中华经典名著

全本全注全译丛书

刘洪妹◎译注

西京杂记

中華書局

图书在版编目(CIP)数据

西京杂记/刘洪妹译注. —北京:中华书局,2022.1(2024.6重印)
(中华经典名著全本全注全译丛书)
ISBN 978-7-101-15514-3

Ⅰ.西…　Ⅱ.刘…　Ⅲ.笔记小说-小说集-中国-东晋时代
Ⅳ.I242.1

中国版本图书馆CIP数据核字(2021)第254350号

书　　名	西京杂记
译 注 者	刘洪妹
丛 书 名	中华经典名著全本全注全译丛书
责任编辑	周　旻　肖帅帅
责任印制	陈丽娜
出版发行	中华书局
	(北京市丰台区太平桥西里38号　100073)
	http://www.zhbc.com.cn
	E-mail:zhbc@zhbc.com.cn
印　　刷	北京中科印刷有限公司
版　　次	2022年1月第1版
	2024年6月第4次印刷
规　　格	开本/880×1230毫米　1/32
	印张12⅛　字数230千字
印　　数	16001-20000册
国际书号	ISBN 978-7-101-15514-3
定　　价	32.00元

目录

卷二

卷三

卷四

卷五

卷六

前言

《西京杂记》是一部记载西汉奇闻逸事的笔记小说。“西京”指的是汉代都城长安。《西京杂记》便是以记录长安生活为主的内容丰富庞杂的著作。同时它也是一部充满争议的奇书，其作者之辨、内容之争皆充满了话题性。

一、《西京杂记》的作者之争

关于《西京杂记》的作者，历来众说纷纭。作者先后有西汉刘歆、东晋葛洪、南朝吴均、萧贲以及无名氏之说。各种说法各论其理，争议颇多，至今难以定论。

吴均说赞同者不多。唐段成式《酉阳杂俎·语资》曰：“庾信作诗用《西京杂记》事，旋自追改曰：‘此吴均语，恐不足用也。’”因此后人有吴均说，如南宋晁公武《郡斋读书志》卷二曰：“江左人或以为吴均依托为之。”但此说赞成者实寥，主要依据在于，与吴均“仕同朝”的殷芸所撰《小说》，其中已引用了《西京杂记》十数条。如果确为吴均所作，殷芸不太可能不知情。鲁迅《中国小说史略》亦说：“所谓吴均语者，恐指文句而言，非谓《西京杂记》也。梁武帝敕殷芸撰《小说》，皆钞撮故书，已引《西京杂记》甚多，则梁初已流行世间，固以葛洪所造为近是。”

萧贲说也无足够说服力。据《南史·齐武诸子传》载，萧贲曾作

《西京杂记》，该记多达六十卷。宋王应麟《困学纪闻》卷十二曰："今按《南史》，萧贲著《西京杂记》六十卷，然则依托为书，不止吴均也。"故一般认为此记非彼记，萧贲之著应只是同名之作而已。因为两书的卷数差异太大。

无名氏说亦无甚支持者。最早著录《西京杂记》的《隋书·经籍志》于史部旧事类著录为"《西京杂记》二卷"，未署撰者名。但支持此说的似未再见。只有唐代颜师古在《汉书·匡张孔马传·匡衡传》中注曰："今有《西京杂记》者，其书浅俗，出于里巷，多有妄说。"并未提及作者何人。

以上三说附和者寡，争议主要集中于刘歆说和葛洪说。

刘歆说起于葛洪，其《西京杂记》跋曰："洪家世有刘子骏《汉书》一百卷，无首尾题目，但以甲乙丙丁纪其卷数。先父传之。歆欲撰《汉书》，编录汉事，未得缔构而亡，故书无宗本，止杂记而已，失前后之次，无事类之辨。后好事者以意次第之，始甲终癸为十帙，帙十卷，合为百卷。洪家具有其书，试以此记考校班固所作，殆是全取刘书，有小异同耳。并固所不取，不过二万许言。今抄出为二卷，名曰《西京杂记》，以裨《汉书》之阙。"此段意为，刘歆写作了《汉书》，但未完稿而亡故，后有好事者编辑其书而成百卷，葛洪家藏有此书。对照班固的《汉书》，葛洪发现其书皆取之于刘歆《汉书》，仅有二万余字未采用。故葛洪将这二万余字抄录成书，取名《西京杂记》。也就是说，《西京杂记》的作者是刘歆，葛洪只是抄录、编集者，并且取了个书名而已。

葛洪的刘歆说获得诸多认同。宋黄伯思《东观余论·跋〈西京杂记〉后》曰："此书中事，皆刘歆所记，葛稚川采之，以补班史之阙耳。其称'余'者，皆歆本语。"清卢文弨《抱经堂丛书·西京杂记》卷首《新雕西京杂记缘起》曰："今此书之果出于歆，别无可考，即当以葛洪之言为据。洪非不能自著书者，何必假名于歆？……洪以为本之刘歆，则吾亦从而刘歆之耳，又何疑焉。"另外，清姚振宗《隋书经籍志考证》及向新阳、刘克任《西京杂记校注》皆支持刘歆说。

葛洪说最早起于后晋。后晋刘昫在《旧唐书·经籍志》中,将《西京杂记》一卷列在史部杂传类,作者著录为晋葛洪撰。《新唐书·艺文志》将其二卷列在史部故事类和地理类,作者亦署名"葛洪"。唐代认同葛洪著《西京杂记》之说者颇多,亦有不少人在否定刘歆说的同时认定该书为葛洪托名之作。唐刘知幾《史通·杂述》曰:"国史之任,记事记言,视听不该,必有遗逸。于是好奇之士,补其所亡,若和峤《汲冢纪年》、葛洪《西京杂记》……此之谓逸事者也。"唐徐坚《初学记》卷二十"赏赐"目下注明引文出自"葛洪《西京杂记》"。唐段成式《酉阳杂俎·广动植一》曰"葛稚川尝就上林令鱼泉得朝臣所上草木名"、张彦远《历代名画记》引"画工弃市"条皆认为是葛洪所作。

宋代及以后,依旧有人赞同葛洪说。宋晁公武《郡斋读书志》卷二上史部杂史类曰:"《西京杂记》二卷,右晋葛洪撰。"宋程大昌《演繁露·墓石志》引《西京杂记》"杜子夏生作葬文"条曰:"《西京杂记》所记制度,多班固书所无,又其文气妩媚,不能古劲,疑即葛洪为之。"宋陈振孙《直斋书录解题·传记类》曰:"《西京杂记》六卷,晋句漏令丹阳葛洪稚川撰。"《太平御览》所引《西京杂记》亦署名"葛洪",宋王钦若《册府元龟》卷五五五曰:"葛洪选为散骑常侍,领大著作,固辞不就。撰《神仙传》十卷,《西京杂记》一卷。"余嘉锡《四库提要辨证·西京杂记辨证》说:"宋晁伯宇《续谈助》卷一《洞冥记》后引张柬之之言云:'昔葛洪造《汉武内传》《西京杂记》……'柬之此文,专为辨伪而作,而确信为葛洪所造。"并举例《册府元龟》卷五五五认为:"《元龟》之例,止采经史诸子及历代类书,不取异端小说。其言葛洪撰《西京杂记》,必别有本,可补本传之阙矣。"

刘歆说与葛洪说的主要争议点,在于是否认可葛洪跋文。

自唐起,即有怀疑和否认刘歆说。主要是结合刘歆生平经历,对葛洪跋文的说法表示怀疑,并质疑《西京杂记》的有关内容,进而否定刘歆说。如陈振孙《直斋书录解题·传记类》释《西京杂记》曰:"按洪博闻深学，江左绝伦，所著书几五百卷，本传具载其目，不闻有此书，而向、歆父子亦不闻尝作史传于世，使班固有所因述，亦不应全没不著也。殆有可疑者，岂惟非向、歆所传，亦未必洪之作也。”

清代以来，有学者认为《西京杂记》是葛洪杂抄汉魏百家短书并托名刘歆所作。《钦定四库全书》虽然依葛洪原跋将六卷《西京杂记》署名为“汉刘歆撰，晋葛洪辑”，但《四库全书总目提要》指出《西京杂记》的叙事内容与《史记》《汉书》矛盾之处，认为刘歆不可能犯如此错误，以此为证据否认刘歆说。提要曰：“今考《晋书·葛洪传》，载洪所著有《抱朴子》，神仙、良吏、集异等传，《金匮要方》《肘后备急方》并诸杂文，共五百余卷。并无《西京杂记》之名。则作洪撰者，自属舛误。特是向、歆父子作《汉书》，史无明文。而以此书所纪，与班书参校，又往往错互不合。如《汉书》载文帝以代王即位，而此书乃云文帝为太子。《汉书》载广陵王胥、淮南王安并谋逆自杀，而此书乃云胥格猛兽，陷脰死，安与方士俱去。《汉书·杨王孙传》，即以王孙为名，而此书乃云名贵，似是故谬其事，以就洪《跋》中小有异同之文。又歆始终臣莽，而此书载吴章被诛事，乃云章后为王莽所杀，尤不类歆语。又《汉书·匡张孔马传·匡衡传》‘匡鼎来’句，服虔训‘鼎’为‘当’，应劭训‘鼎’为‘方’。此书亦载是语，而以‘鼎’为匡衡小名。使歆先有此说，服虔、应劭皆后汉人，不容不见，至葛洪乃传，是以陈振孙等，皆深以为疑。”

余嘉锡《四库提要辨证·西京杂记辨证》也论定班固“《汉书》之采自刘氏父子者，仅《新序》《说苑》《七略》中之汉事者而已”，认为葛洪“所言刘歆《汉书》之事，必不可信，盖依托古人以自取重耳”，进而否定刘歆著《西京杂记》说。

概括起来，反对刘歆说的理由主要有：其一，刘歆并没有写过百卷《汉书》。因为正史或野史都未提及刘歆父子曾著此书，相反，他们用了二十余年时间整理汉代官藏典籍，撰写了《七略》。加之官务缠身，哪还有余暇撰写百卷《汉书》。且其续汉史之作也仅有数篇。其二，书中并不避刘歆之父向之名讳。其三,书中内容杂入了晋制。其四,《西京杂记》的内容与《史记》《汉书》等屡有矛盾之处,刘歆不可能犯如此错误。

而支持刘歆说者则坚称:其一,刘歆修史并非无中生有,前人对此屡有记述。班固《汉书》采自刘向父子所作实多,只是班固并未提及。其二,司马迁在《史记》中亦未避其父司马谈之名讳,但不能因此否认司马迁为《史记》作者,《西京杂记》亦同理。其三,古时书籍的传播靠的是传抄翻刻,历代传抄时增删更改亦不少见,故杂入晋制可以理解。其四,《史记》等正史未必穷尽所有资讯,而《西京杂记》原本便是杂取趣闻传说,与正史有分歧实属正常。而且,看似与正史不合的内容并非皆为凭空杜撰,其实可以从其他典籍中得到印证。如"书太史公事"与"汉帝葬用珠襦玉匣"等见于《汉旧仪》中,"昆明池养鱼"亦载于《三辅故事》。争议双方各执己见,既无法完全说服对方,双方各自理据亦并非无懈可击。如葛洪家传的刘歆《汉书》百卷因史无记载亦未见流传后世,故支持者无法确凿其说,而反对说对避名讳与杂入后代内容的理据同样无法自圆。

主张刘歆说与认同葛洪说者争执不休,好似一桩无解的"悬案"。其实,迄今为止,在激烈的争议中仍然有些问题难以得到有力的、具有足够说服力的澄清。如葛洪并非无名无才之辈,为什么非要托刘歆之名?葛洪跋中的"好事者"究竟何人?"刘安与方士俱去""司马迁下狱死"等说法如果刘歆不会犯错是否葛洪一定会犯?这些都有待更多更深入的探讨。

不管坚持刘歆说还是执着于葛洪说,都绕不开葛洪。因此,当今的版本,关于该书的作者仍然有两种署名法:"刘歆撰,葛洪集","葛洪撰(集)"。如上所言,刘歆说与葛洪说皆有可取之处,但也存在无法确切自圆之处,故本书将作者确定为"葛洪辑",即葛洪辑录、抄撮前人之作编集而成,其中必有传抄自刘歆所著之作。

葛洪(约262或283—343或363)是东晋文学家、道教理论家。丹阳句容(今属江苏)人,字稚川,自号抱朴子。葛洪为东吴世臣后裔,其祖父是三国时吴国大鸿胪,其父入晋后做过邵陵太守。葛洪少年时家道中落,但“好学,家贫,躬自伐薪以贸纸笔,夜辄写书诵习,遂以儒学知名”(《晋书·葛洪传》)。他不惜代价寻书问义,故遍读经史百家之书,究览世间典籍,尤好神仙道养之法。晋惠帝太安二年(303),西晋八王之乱时,葛洪被征召为将兵都尉。得胜后葛洪无意功赏,“径至洛阳,欲搜求异书以广其学”(《晋书·葛洪传》)。后返归故里埋头著述十余载,完成了道教名著《抱朴子》。此后先后辞任司徒掾、谘议参军等官职,隐居广东罗浮山炼丹采药、著书立说。葛洪一心向学,为人木讷,性情寡淡,不喜交游,不慕名利。一生著述甚多,计约六百卷。除《抱朴子》外,据《晋书·葛洪传》曰:“其余所著碑诔诗赋百卷,移檄表章三十卷,神仙、良吏、隐逸、集异等传各十卷,又抄《五经》《史》《汉》、百家之言、方技杂事三百一十卷,《金匮药方》一百卷,《肘后备急方》四卷。”而《西京杂记》或属于“隐逸”传、“百家之言、方技杂事”之列。

二、《西京杂记》的内容之“杂”

《西京杂记》的作者之争至今未有确凿定论,其书之内容也引人关注。

明孔天胤《刻〈西京杂记〉序》曰:“乃若此书所存,言宫室苑囿,舆服典章,高文奇技,瑰行伟才,以及幽鄙而不涉淫怪,烂然如汉之所极观,实盛称长安之旧制也。故未央、昆明、上林之记,详于郡史;卿、云辞赋之心,闳于本传;《文木》等八赋,雅丽独陈;《雨雹对》一篇,天人茂著。余如此类,遍难悉数,然以之考古,岂不炯览巨丽哉?”确实如此,《西京杂记》这部笔记小说,其内容广泛庞杂、丰富多彩,可谓包罗万象。

《西京杂记》杂记西汉故实和逸闻,以“杂记”冠名,确实体现了该书“杂”的特点。书中内容本就取自西汉旧闻,杂取各种史书,既有正史,也包括野史以及方技杂说,汇集各种趣闻琐事,内容来源复杂,涵盖宫廷制度、风景地理、礼仪习俗、奇闻逸事等,涉及的人物上及帝王嫔妃、王侯将相，下至方士文人、市井俗人，故而从宫廷到民间，从帝王到“草根”一网打尽。既有世俗人间常情也有冥府墓葬之说，既有里巷民情也有奇闻传说，而能工巧匠、珍玩绝技、文人雅作也比比皆是，内容庞杂，射猎广泛，“杂载人间琐事”。其中在历史、文化、礼制、习俗等方面，涉猎丰富详尽，具有珍贵的史料价值。书中内容主要涉及以下几个方面：

描述宫廷生活。此部分内容占据了书中诸多篇幅。无论是未央宫、建章宫、上林苑、太液池，还是昭阳殿、开襟楼，西汉宫廷建筑无不宏大精美、富丽堂皇，宫中陈设豪华、气派秀丽。皇家苑囿陂池精彩纷呈，满园奇花异果。奇珍异宝令人眼界大开，《天子笔》中奢华的笔杆，《几被以锦》中皇帝用物贵重奢侈，《武帝马饰之盛》中金银鞍具精美华贵，《四宝宫》陈设珠光宝气，《玳瑁床》稀罕珍奇。而宫廷生活更是骄奢淫逸，君臣王侯歌舞升平，宴饮寻欢，如《上林名果异木》满园二千多种奇树异果、《鲁恭王禽斗》一年花费二千石、《梁孝王宫囿》豪奢壮观。而权贵暗地争权夺利、暴戾血腥，宠臣恃宠而骄、无法无天，如《霍显为淳于衍起第赠金》《邓通钱文侔天子》《董贤宠遇过盛》等。后宫嫔妃则宫斗争势，受宠淫乱、失宠哀怨，吕后的残杀赵王如意母子、戚夫人的哀泣歌舞、赵飞燕姐妹的奢侈荒淫都有充分具体的呈现。

记录典章制度。在旧闻逸事的记录中，本书也较为完整具体地记载了汉代典章制度。如《八月饮酎》叙述的是宗庙祭祀制度，包括祭祖用酒、“太牢”具备、“皇帝侍祠”等细节。《止雨如祷雨》记录了水灾时大臣们虔心祭祀山川、祈祷雨停以求国泰民安的场景。《大驾骑乘数》中皇帝出巡的大驾卤簿，虽有缺失，并或杂入晋制，但简略而清晰地描述了皇帝出行的车驾、仪仗等规制，队列隆重，阵势浩大，从中可以一窥汉帝王雄武浩荡的天子威仪。玉几、天子笔等皇宫器用规格，珠襦玉匣等帝王丧葬殓服规制等，从不同方面比较全面地呈现了汉代的政治、礼乐、宫廷制度。这些制度许多来源于先秦，在汉代得以保留继承并不断发展完善，从中我们可以寻根究源，梳理典章制度的前世今生。

关注文人文学。本书汇集了许多文人逸事和创作佳品。西汉时的文人创作主要以赋见长,这在书中随处得以欣赏。梁孝王忘忧馆中文人相聚斗赋,七篇完整的赋作,既形象地描述了聚饮的热闹场面,也充分展现了文士们临场作赋、出口成章的文学才华,更让人身临其境地感受了汉代献赋的风气。中山王为兄作赋,以及汉昭帝的《黄鹄歌》、邹长倩的赠言等,让我们领略了汉代兴盛的文学创作风气。

司马相如在书中诸多文人中着墨最多、形象最丰富。扬雄赞其赋"不似从人间来,其神化所至"令人"雅服"。某人写赋无人欣赏,但假托司马相如之作便"大见重于世"。假借相如大名并不可取,但也充分说明了相如文名之盛。书中还有许多关于文学创作的观点、理论,《百日成赋》中司马相如关于创作的高论:"合綦组以成文,列锦绣而为质,一经一纬,一宫一商。此赋之迹也。赋家之心,苞括宇宙,总览人物,斯乃得之于内,不可得而传。"文章内容与形式("文"与"质")统一,写作技巧易于学习而心灵感悟则只能意会("赋之迹"与"赋家之心"),这些见解即使在今天依然可资借鉴。其他如扬雄、枚乘等人的创作风格特点总结,《文章迟速》对比枚皋与司马相如的写作优劣与特点风格:"枚皋文章敏疾,长卿制作淹迟,皆尽一时之誉。而长卿首尾温丽,枚皋时有累句,故知疾行无善迹矣。"扬雄则一语道破两人的长处:"军旅之际,戎马之间,飞书驰檄,用枚皋;廊庙之下,朝廷之中,高文典册,用相如。"这些文人墨客阐述的关于文赋创作的真知灼见,都给后人的文学写作和文学理论研究提供了丰富、珍贵的史实依据。《辨〈尔雅〉》中关于《尔雅》作者之辨,从古至今几千年,仍是讨论、争辩的话题,也给研讨提供了坚实的史料。加上文坛趣闻琐事,如弘成子文石、司马相如与卓文君的逸事言论、扬雄的创作趣事、董仲舒的理论学说、匡衡勤学苦读的典故、司马迁的生平和《史记》创作经历等,这些内容都是可贵的极有价值的资料,增加了后人对西汉文学家和其生活时代的具体了解、认识。

展示艺术创作。西汉的音乐、舞蹈等艺术创作也在《西京杂记》中得到了较为充分的展示。如戚夫人、赵飞燕的舞蹈，以及琴瑟筑缶等艺术表演形式，古琴曲《双凤离鸾》《赤凤凰来》《单鹄寡凫》《归风送远》等，鼓乐在朝廷政治中的作用等，既再现了丰富多彩的宫廷以及社会生活，同时也真实形象地汇聚了秦汉时期的艺术成就。更有民间的角抵戏，是后世探讨中国戏剧起源的重要研究依据。

汇集传统习俗。《西京杂记》中记载的传统风俗习惯和当时流行时尚比比皆是。如沿袭自古代的传统习俗：正月上辰池边盥濯食蓬饵祓妖邪、三月上巳祓禊祈福、五月五日佩戴五彩丝缕、七月七日七夕系五彩丝缕与穿针乞巧、九月九日重阳节佩茱萸饮菊花酒等。在《戚夫人侍儿言宫中乐事》中，宫女们将一整年的不同习俗挨个过了个遍。从这些众多的习俗活动来看，驱邪祈福是主旋律，躲避灾祸、祈求安康，平安一生当是贵族与平民的共同愿景。而像五日子不举等民间陋习能被有理有据地批驳，闪耀的是理性认知的光芒。

多彩娱乐游戏。书中记载娱乐游戏活动繁多，有六博、斗鸡、围棋、弹棋、蹴鞠，还有幻术、角抵戏、投壶、弹丸、射猎等。这些习俗、文化有的传承自先秦，有的兴起于西汉，不仅流行于宫廷，也盛行于民间，堪称普天同庆同乐，让后人得以窥见西汉时代物质生活与精神生活的面貌，形象直观地感受到传统与流行的魅力。

此外，丁缓、鲁班等能工巧匠们的高超技艺以及巧夺天工的精湛作品、陈宝光家传织绫技艺、匠人胡宽以假乱真建新丰邑的神奇，广川王盗取古墓、滕公生而知葬地、嵩真自算死期，弘成子吞石成通儒、昆明池中会鸣吼甩尾的石玉鲸鱼等，这些神秘而玄幻的逸闻或怪诞传说以夸张的怪谈手法极力渲染，故事、人物的完整叙事和细腻的细节刻画，增加了本书内容的趣味性与可读性。

三、《西京杂记》的史学价值

作为逸事体笔记小说的早期代表作品，《西京杂记》流传非常广泛。

最早引用《西京杂记》的当为南朝齐梁殷芸所撰《小说》,同时代人贾思勰也在其著《齐民要术》中引用了《西京杂记》的内容。此后,《西京杂记》在后世屡被引用。据统计,《四库全书》的正文及注释中提及《西京杂记》超过五千次,其中绝大部分是引用《西京杂记》的内容。《西京杂记》影响深远由此可见一斑。它保存了丰富的史料,令后人得以在正史外扩充史实、丰富历史,具有珍贵的史学研究价值,既可以与正史互相印证,也可以补充、完善历史细节。

《西京杂记》中有些内容非常准确,其真实性已经被当代考古发现所证实。如《西京杂记》中所记的未央宫周回长度比其他典籍的记载更准确,与考古发掘时的实地测量数据基本相符;河北满城发掘的中山王刘胜墓中的金缕玉衣、长信宫灯和博山香炉与书中的记载准确地相互印证;《昭阳殿》中赵昭仪居住的昭阳殿中绘有彩色图画的木质屏风,在长沙马王堆一号汉墓出土文物中便有类似的一架,长方形,下部还有足座以承托重量。

关于典章制度、习俗传统等内容的准确记载,突出了《西京杂记》的文献史料价值。如《八月饮酎》记录的皇家祭祀制度、《大驾骑乘数》描述的皇帝出行的舆驾制度,这些精确的记载与《汉书·礼乐志》《后汉书·礼仪志》等文字材料多有互证。《西京杂记》最早记载了七夕节乞巧、重阳节食蓬饵之俗,清晰地梳理了这些民情风俗的历史源头。始于汉代的上辰节衅浴祓除的习俗也在书中得以记录存证。

《西京杂记》中的一些信息比正史内容更加完整丰富。如《相如死渴》中,司马相如和卓文君返成都后生活拮据,"以所着鹔鹴裘就市人阳昌贳酒,与文君为欢。既而文君抱颈而泣曰:'我平生富足,今乃以衣裘贳酒。'"与《史记》等书的记载相比,增加了"用身上所穿鹔鹴裘抵押给小贩换酒喝"的细节,两人生活困顿的情景更具体可视。再如深得汉哀帝宠幸的佞臣董贤,在《汉书·佞幸传·董贤传》中记载了哀帝"诏将作大匠为贤起大第北阙下,重殿洞门,木土之功穷极技巧,柱槛衣以绨锦"。

除了“重殿洞门”“柱槛衣以绨锦”外，对大宅第的建筑并无太多具体描述，而《西京杂记》中《董贤宠遇过盛》对此宅第有更加详尽的描绘：“哀帝为董贤起大第于北阙下，重五殿，洞六门，柱壁皆画云气华花，山灵水怪，或衣以绨锦，或饰以金玉。南门三重，署曰南中门、南上门、南便门。东西各三门，随方面题署，亦如之。楼阁台榭，转相连注，山池玩好，穷尽雕丽。”以民间关注的视角，从建筑规模、装饰到庭院设置、楼门题名等都有详细完整的记录，彰显这座大宅第的奢华，更加具体地证明了皇帝对其的滥宠，也足以说明建宅第之事的真实性和可靠性。

《西京杂记》中有些内容在《史记》《汉书》等正史中未见记载。如《古生杂术》，赵广汉赴任京兆尹伊始，便罢免了惯于溜须拍马的都掾吏古生。此事虽在《汉书》赵传中并未见记载，不过廉明强力、不惧威权的赵广汉，处置只是属官的古生，想见只是平常事。《广川王发古冢》记载了广川王刘去疾盗掘数个古墓之事，此事在《汉书·景十三王传·广川王传》中未载，而从其传杀人如麻的残暴性格来看，盗古墓的可信度颇高，更丰富了其性格形象的刻画。

《西京杂记》中也有一些内容与正史记载不同或相抵触。如《百日雨》记叙汉文帝时一场延续百日的大雨，在《汉书》等书中并未有记载。如赵王如意之死，《史记·吕太后本纪》记载为吕后“使人持鸩饮之”，《西京杂记》中则为“吕后命力士于被中缢杀之”。淮南王刘安之死，《史记·淮南衡山列传》记载的是刘安因谋反事败而“自刭杀”，而《西京杂记》中则叙述好方术的他与方士成仙“俱去”。

刘安的飞仙而去也许只是传说，《西京杂记》中有些人与事和正史不符，也许只是传闻或讹传或演绎。但其实，这才应该是真实的历史状态，因为，如赵王如意之死之类的事件原本就是隐秘不宣的，故外人多有猜测，自然说法不一。事实真相其实难以有定论，而历史的本来面目究竟如何，正史也非唯一确定的标准答案。

何况作为笔记小说，《西京杂记》这种汇集趣闻杂说，游走于正史与野史之间、真实与传说混同的作品，正符合笔记小说的特点，也因此成为笔记小说传统的早期代表作。

所以，虽然无法完全确定《西京杂记》中所有内容的真实性，但不妨将其看作是当时或之后对历史人物或事件的不同观点。而作为补遗之作，也应该将《西京杂记》视为正史的补充或另一个视角的叙述，在比较和对比中参考、探究，以区分真伪、判定是非，更清晰地检视、研究历史，以此作为后世了解西汉社会的一扇有用、有益与有趣的窗口。尤其是葛洪据以编集的汉代、包括晋代原作许多已亡佚无存，故《西京杂记》的拾遗补阙作用愈加突出，价值愈显珍贵。

四、《西京杂记》的文学价值

《西京杂记》也有重要的文学价值可供挖掘、研究和欣赏。鲁迅《中国小说史略》评论《西京杂记》说："若论文学，则此在古小说中，固亦意绪秀异，文笔可观者也。"书中生动形象的语汇和典故、有趣的逸闻逸事等，都为文学艺术创作提供了丰富的题材和艺术想象空间。《四库全书总目提要》曰："其中所述，虽多为小说家言，而摭采繁富，取材不竭。李善注《文选》，徐坚作《初学记》，已引其文。杜甫诗用事谨严，亦多采其语。词人沿用数百年，久成故实，固有不可遽废者焉。"

《西京杂记》杂取趣闻传说，不少叙事多为片段、片言，但也有若干篇目叙事完整清晰、描写精妙、人物形象突出，具有强烈的文学气息。《画工弃市》关于王昭君的故事便是典型一例。"元帝后宫既多，不得常见，乃使画工图形，案图召幸之。诸宫人皆赂画工，多者十万，少者亦不减五万，独王嫱不肯，遂不得见。匈奴入朝，求美人为阏氏，于是上案图，以昭君行。及去，召见，貌为后宫第一，善应对，举止闲雅。帝悔之，而名籍已定。帝重信于外国，故不复更人。乃穷案其事，画工皆弃市，籍其家，资皆巨万。画工有杜陵毛延寿，为人形，丑好老少，必得其真。安陵陈敞，新丰刘白、龚宽，并工为牛马飞鸟众势，人形好丑，不逮延寿。下杜阳望，亦善画，尤善布色。樊育亦善布色。同日弃市。京师画工，于是差稀。”画师受贿丑化致昭君被选中出塞和亲的情节自《西京杂记》始。这个故事有起因、有结果，过程完整，有曲折情节、有矛盾冲突，有人物描写，也有心理刻画，几乎完美地展现了文学写作的所有要素。王昭君的形象尤其传神，她虽身居后宫，但不愿像其他宫女一样贿赂画工，因而被画得很丑，无缘得案图“召幸”的皇帝恩宠。当她被选中出塞和亲时，皇帝才发现，昭君“貌为后宫第一”，并且“善应对，举止闲雅”。昭君的美貌、高尚的人品令人赞叹。美貌与智慧并举的昭君埋没于后宫，被欺骗的皇帝案图误选昭君出塞和亲，罪魁祸首的画工事后被弃市，昭君与贪婪的画工、后悔不已的元帝之间的矛盾冲突鲜明突出，极具传奇色彩。

《西京杂记》丰沛的历史感触、平实的记人叙事和片段琐事式的故事线索，给了后代文学家以无尽的想象和创作灵感。远山眉、芙蓉面的精彩比喻出自《相如死渴》。杜甫《秋兴》八首之七曰：“昆明池水汉时功，武帝旌旗在眼中。织女机丝虚夜月，石鲸鳞甲动秋风。……”唐温庭筠《昆明池水战词》中的诗句“石鲸眼裂蟠蛟死”，其诗景皆取材于书中对昆明池的描述。贾岛《剑客》诗“十年磨一剑，霜刃未曾试”，化用了《高祖斩蛇剑》中“十二年一加磨莹，刃上常若霜雪”一句。司马相如与卓文君的故事与传说、凿壁偷光、秋胡戏妻、鸡犬识新丰等典故、故事，都被后人引为典实，成为文人墨客进行诗文和戏剧创作的极佳素材，流传千年不衰。

从《西京杂记》的写人记事中，可以充分欣赏到各种文学描写手法。如细腻的外貌描写：“文君姣好，眉色如望远山，脸际常若芙蓉，肌肤柔滑如脂。”（《相如死渴》）鲜明的对比手法：“枚皋文章敏疾，长卿制作淹迟，皆尽一时之誉。而长卿首尾温丽，枚皋时有累句，故知疾行无善迹矣。扬子云曰：‘军旅之际，戎马之间，飞书驰檄，用枚皋；廊庙之下，朝廷之中，高文典册，用相如。’”（《文章迟速》）精致的细节刻画：“复猎于冥山之阳，又见卧虎，射之，没矢饮羽。进而视之，乃石也，其形类虎。退而更射，镞破竿折而石不伤。”（《金石感偏》）精彩的行动与对话描写：“衡邑人有言《诗》者，衡从之，与语质疑，邑人挫服，倒屣而去。衡追之，曰：‘先生留听，更理前论。’邑人曰：‘穷矣。’遂去不返。”（《闻〈诗〉解颐》）以及传神的性格描写：“敬曰：‘敬本衣帛，则衣帛见。敬本衣旃，则衣旃见。今舍旃褐，假鲜华，是矫常也。’不敢脱羊裘，而衣旃衣以见高祖。”（《娄敬不易旃衣》）饱含文学色彩的描写，令《西京杂记》充满了浓厚的文学魅力。

五、《西京杂记》的版本与译注

关于《西京杂记》的版本，葛洪跋语中称为二卷。著录首见于《隋书·经籍志》，其于史部旧事类著录为二卷。《旧唐书·经籍志》著录于史部杂传类，一卷。《新唐书·艺文志》著录于史部故事类和地理类，二卷。宋《郡斋读书志》归于杂史类，二卷。宋《直斋书录解题》列于传记类，六卷。分为六卷或为宋人重新编次。《宋史·艺文志》著录于传记类，六卷。《钦定四库全书》著录为子部小说家类一（杂事之属），六卷。清卢文弨《抱经堂丛书》著录为二卷。此后版本多为六卷，如《秦汉图记》本，程荣《汉魏丛书》本，商濬《稗海》本，毛晋《津逮秘书》本，张海鹏《学津讨原》本，吴琯《古今逸史》本，以及《四部丛刊》本、《笔记小说大观》本等。现今所能见最早刊本是明嘉靖壬子（1552）的孔天胤刊本。今日通行的《西京杂记》皆为六卷本。

本书以中华书局1985年版《西京杂记》为底本（中华书局版为罗根泽点校本，以明程荣校《汉魏丛书》为底本，参校孔天胤刊本、《历代小史》《龙威秘书》《古今逸史》《稗海》《津逮秘书》《抱经堂丛书》《学津讨原》诸本），并参考其他通行版本。个别字词与其他版本不同，则依通行版本径改。各本之间如有脱字、异文等，亦比较后择善而改。原先流行版本中并无小标题，自卢文弨本增加了标题目录，既概括了内容又方便检索，效果颇佳。本书亦依卢本标题，只参考通行本做少量更改以期更符合文意，并于小标题前加序数排列，更便于查找阅读。

为让读者对汉代社会有一个完整全面的认识，本书译注重点放在深入具体地解析原文，注释学科术语、典章、典故、名物等文化常识性内容以及历史、人物、事件等，尤其关注政治经济、文化历史、地理名物、风俗民情等方面的内容，力求释义详、释有据，充分利用古代典籍、今人著论的研究成果和考古成果以探本究源，详述来龙去脉。关注资料对比，原文所述内容与《史记》《汉书》或其他典籍的异同处，亦详加说明。所有资料皆引原文，以保证最大限度地传达原意。词句的不同解释与说法亦选择引用列举，尊重古今学者研究论断，以求释义完整全面。

此外，在注释时，准确标注释义的来源出处，区分词义的不同解释。对生僻词语、常见字的特殊读音以及多音字依据《现代汉语词典》第7版、《汉语大词典》《辞海》标注汉语拼音。译文以直译为主，追求语言通俗流畅，可读性强。

译注过程中参考了刘庆柱等专家的研究成果，因体例所限，只随文注明出处，在此深致感谢。笔者力争译注准确严谨，但学力有限，恐仍失之疏漏，诚盼批评指正。

卷一

【题解】

《西京杂记》起初为一卷本或二卷本，宋代始有六卷本。六卷本中各卷篇幅不等，分卷标准未知。《西京杂记》的内容为片段式或片言式叙述，同一话题穿插于各卷之中，内容庞杂，“杂”记的特点尤为突出。

本卷内容集中描述宫廷生活，萧何营造未央宫以壮汉室声威，武帝修建昆明池训练水军，太液池鸟语花香，乐游苑花木招摇，上林苑种满奇树异果，昭阳殿奢华比肩天子宫殿，吉光裘神奇、天子笔华贵。开卷扑面而来的便是汉宫廷张扬的骄奢气息。

奢华的宫廷生活之外，令人称奇的是汉代工匠高超的技艺和惊人的创造力，常满灯、被中香炉、博山香炉、七轮扇，钜鹿陈宝光家祖传的织绫技法，昆明池中的玉刻鲸鱼，赵昭仪赠赵飞燕的礼单中罗列的奢侈稀罕之物等，其中有些已被考古发现所证实，有些作为出土文物被后世亲眼所见，其精巧的设计和精湛的工艺令人叹为观止。

《西京杂记》的史学价值也在本卷中得以充分体现。萧何主持营造的未央宫，其周回长度与考古实测相近；八月饮酎的祭祀礼制、帝侯用几的等级差异、帝王丧葬殓服规制，这些汉代制度的具体叙说既有考古发现佐证，也被其他典籍所认同、引用，其可靠性似不言而喻。上林苑中多达两千余种的奇果异木被文人司马相如的辞赋作品反复咏叹。七月七日穿针开襟楼证明了在汉代便流行七夕节妇女穿针乞巧的风俗。

既然杂取趣闻逸事，传说自然不可避免。汉高祖的斩白蛇剑光彩射人，即使剑藏鞘中也挡不住其光芒；济北王刘兴居谋反时，大风突袭、旌旗飞天堕井，就连战马也悲鸣不前；《汉书·昭帝纪》记载昭帝时黄鹄飞落建章宫太液池一事，本卷也记录了这一祥瑞之兆，而且收录了传说由时年八岁的昭帝所作的《黄鹄歌》；宣帝当年在襁褓中身系的身毒国宝镜助他多年后“从危获济”。这些传说固然有明显的夸张成分，但叙事中的真实要素似乎也难以断然排除。

1.萧相国营未央宫

汉高帝七年①，萧相国营未央宫②。因龙首山制前殿③，建北阙④。未央宫周回二十二里九十五步五尺⑤，街道周回七十里。台殿四十三，其三十二在外⑥，其十一在后。宫池十三，山六⑦，池一、山一亦在后。宫门闼凡九十五⑧。

【注释】

①汉高帝七年：前200年。本条所载萧何营造未央宫的时间与《汉书·高帝纪》相同，而《史记·高祖本纪》中记载此事则系高帝八年（前199）。有此差异是因为纪年之法不同。汉初因袭秦制，以十月为岁首，故营造未央宫的时间是为高帝七年。汉武帝时改历，以正月为岁首。《史记·孝武本纪》曰：“汉改历，以正月为岁首，而色上黄，官名更印章以五字，因为太初元年（前104）。”王力《中国古代文化常识》说：“秦始皇统一中国后，改以建亥之月（即夏历的十月）为岁首，但是夏正比较适合农事季节，所以并不称十月为正月，不改正月（秦人叫端月）为四月，春夏秋冬

和月份的搭配，完全和夏正相同。汉初沿袭秦制。……汉武帝元封七年（前104）改用太初历，以建寅之月为岁首，此后大约二千年间，除王莽和魏明帝时一度改用殷正，唐武后和肃宗时一度改用周正外，一般都是用的夏正。”故若以正月为岁首计算，此事则为高帝八年。何清谷《三辅黄图校注》说：“《汉书》卷一《高帝纪》、《资治通鉴》卷十一《汉纪》三，均把此事列入汉高祖七年春二月。因为从秦始皇二十六年（前221）至汉武帝太初元年，这一百十七年采用的是颛顼历，以十月为岁首。例如高祖七年从十月始，十一月、十二月、一月、二月、三月、四月、五月、六月、七月、八月、九月，都在七年内。所以十月之后的春二月，在高祖七年不在八年。”因此本条与《汉书》所载的营造时间更为准确。汉高帝，即汉高祖刘邦（前256或前247—前195），西汉王朝的建立者，前202年—前195年在位。字季，沛县（今属江苏）人。“高祖为人，隆准而龙颜，美须髯，左股有七十二黑子。仁而爱人，喜施，意豁如也。常有大度，不事家人生产作业。及壮，试为吏，为泗水亭长，廷中吏无所不狎侮。好酒及色。”（《史记·高祖本纪》）秦二世元年（前209），陈胜起义，刘邦起兵响应，称沛公，初属项梁。趁项羽与秦军主力在巨鹿决战时率先进入关中。汉高帝元年（前206）攻占咸阳，同年被项羽封为汉王。与项羽楚汉之争数年后，于汉高帝五年（前202）即皇帝位，建立汉朝，定都长安（今陕西西安西北）。“群臣皆曰：‘高祖起微细，拨乱世反之正，平定天下，为汉太祖，功最高。’上尊号为高皇帝。”（《史记·高祖本纪》）汉高帝十二年（前195）死于长乐宫，葬于长陵。

②萧相国：即萧何（？—前193），西汉初大臣。沛县（今属江苏）人，秦末随刘邦起兵，是刘邦的得力助手和大功臣，备受刘邦器重。刘邦初为汉王时封萧何为丞相，“汉五年（前202）……上以何功最盛，先封为酂侯，食邑八千户。……奏位次……令何第一，

赐带剑履上殿，入朝不趋。”（《汉书·萧何曹参传》）高帝十一年（前196），因献计诛杀淮阴侯韩信有功，刘邦改拜萧何为相国以示优宠。相国，官名，秦称丞相，为百官之长，秦代以后为辅佐皇帝的最高官职。汉以前，相国即丞相。汉以后，相国之位望渐尊于丞相。《西汉会要·职官一》曰：“丞相、相国，皆秦官，金印紫绶，掌丞天子助理万机。秦有左右，高帝即位，置一丞相，十一年更名相国，绿绶。”营：建造，修造。未央宫：汉初宫殿名，位于长安城西南部，遗址在今陕西西安西北郊汉长安故城内西南隅。汉辛氏《三秦记》曰：“未央宫，一名紫微宫。然未央为总称，紫宫其中别名。”《史记·高祖本纪》曰“萧丞相营作未央宫”，《正义》注曰：“《括地志》云：‘未央宫在雍州长安县西北十里长安故城中。’”陈晓捷注《三辅故事》说：“未央，其先为秦之章台宫。汉代又加以修整。……汉初萧何将章台修整后，改名未央宫。”刘庆柱《地下长安》说：“未央为吉祥语，含无尽、永远、长寿、长生之义。未央宫，又称紫宫或紫微宫。我国古代天文学家分天体恒星为三垣，中垣有紫微十五星，也称紫宫。紫宫是天帝的居室，之所以把未央宫称为紫宫，因为是天子的皇宫。”未央宫建成后常为朝见之所，是汉代三大宫殿之一，与长乐宫、建章宫齐名。新莽末被毁。《三辅黄图》卷二曰：“（未央宫）至孝武以木兰为棼橑，文杏为梁柱，金铺玉户。华榱璧珰，雕楹玉碣。重轩镂槛，青琐丹墀。左墄右平。黄金为壁带，间以和氏珍宝，风至其声玲珑然也。”王仲殊《汉代考古学概说》说：“（未央宫的）规划十分整齐，全宫平面为一规整的方形。四面围墙的长度，东墙和西墙各为2150米，南墙和北墙各为2250米，周围全长8800米，合汉代二十一里；全宫面积约5平方公里，占长安城总面积的七分之一。围墙虽已夷平，仅存地下的墙基，但西墙尚有一小段遗留在地面上，其高度竟达11米。”宫，古代对房屋、居室的通称。秦汉以来，特指帝王之宫。王力《中国古代文化常识》说:“上古时代,宫指一般的房屋住宅,无贵贱之分。所以《孟子·滕文公上》说:‘且许子何不为陶冶,舍皆取诸其宫中而用之?’秦汉以后,只有王者所居才称为宫。”萧何建未央宫之事,《史记·高祖本纪》曰:“萧丞相营作未央宫,立东阙、北阙、前殿、武库、太仓。高祖还,见宫阙壮甚,怒,谓萧何曰:‘天下匈匈苦战数岁,成败未可知,是何治宫室过度也?’萧何曰:‘天下方未定,故可因遂就宫室。且夫天子以四海为家,非壮丽无以重威,且无令后世有以加也。’高祖乃说。”《史记·高祖本纪》与《汉书·高帝纪》皆曰萧何治未央宫“立东阙、北阙、前殿、武库、太仓”。《三辅黄图》卷六亦曰:“武库,在未央宫,萧何造,以藏兵器。”但宋程大昌《雍录》卷二曰:“未央在汉城西隅,而长乐乃其东隅也。秦樗里子百年前已尝言之,汉兴,其言果验。据《元和志》所言,则曰两宫相距,中间正隔一里,此一里所即武库,樗里子墓介乎其中者也。”王仲殊《汉代考古学概说》说:“从《史记·樗里子传》和其他许多有关的记载来看,武库不在未央宫内,而在未央宫与长乐宫之间。《资治通鉴》注引《元和郡县志》谓未央宫与长乐宫相隔一里,其实不然。根据实际的勘探,长乐宫的西墙与未央宫的东墙相距为950米,合汉代二里有余,武库的位置便在这一地段上。……发掘工作说明,和长安城中其他许多建筑物一样,武库毁于新莽末年的战火。所藏武器虽然多已被取走,但仍有一些残余,其种类包括铁制的甲、戟、矛、剑、刀、镞和铜制的戈和镞等,完全足以说明它是武库。”

③因:沿着,依。龙首山:山名,又称龙首原,在今陕西西安城北,起于渭水南岸,山势由东南向西北再折向东。《三秦记》曰:“龙首山,长六十里,头入渭水,尾达樊川,头高二十丈,尾渐下,高五六丈。云:昔有黑龙从山南(南山)出,饮渭水,其行道成土山,故因

以为名。”长安城即建于其北坡，未央宫依此山而建。制：建造，修建。前殿：即未央宫正殿。刘邦曾在此大会诸侯群臣，后为汉代举行重大典礼和朝会的场所。《关中记》曰：“未央宫殿，皆疏龙首山土作之，然殿居山上，故曰冠云。”“未央宫殿及台，皆疏龙首山土以作之。殿基出长安城上，非筑也。”程大昌《雍录》卷一曰：“汉长安城在龙首山上，周丰、镐之东北也。龙首山来自樊川，其初由南向北，行至渭滨，乃始折转向东。汉之未央，据其折东高处，以为之基，地形既高，故宫基不假累筑，直出长安城上。张衡《西京赋》曰：‘疏龙首以抗殿。’抗者，引而高之之谓也。”刘庆柱《关中记辑注》说：“根据钻探和发掘资料，未央宫前殿台基建于自然的黄生土土丘之上，其上曾发现有新石器时代仰韶文化墓葬。……除了前殿之外，未央宫之内其他宫殿并非‘皆疏龙首山土以作之’，它们均应为附近取土夯筑而成。”《三辅黄图》卷二曰：“前殿东西五十丈，深十五丈，高三十五丈。”何清谷校注说：“具体筑法大约是将龙首山的最高峰，削成由北而南三个大台级，四周略加修整，再用夯土包筑三个台基的四周和表面，然后再在台面上营造殿堂。”王仲殊《汉代考古学概说》说：“前殿，基本上居全宫的正中，其基址至今犹高耸在地面上，南北长约350米，东西宽约200米，北端最高处高在15米以上，是利用龙首山的丘陵造成的。”由此可见未央宫规模宏伟。刘庆柱《地下长安》说：“在宫城中，前殿作为大朝正殿，居各殿之前，这应该就是前殿之名的缘起。前殿居未央宫中央，宫城内的宫殿、官署等建筑，均在其两侧或后部。这种布局，对后代宫城中前殿、太极殿或其他大朝正殿位置的安排有着深远的影响。……前殿利用了龙首山丘陵形成的高台作为殿址。丞相萧何选择龙首山丘陵作为前殿台基有两方面的考虑：其一，是为了使前殿建筑高大、雄伟、壮观，从而体现皇帝的‘重威’；其二，这样施工可节省大量财力和人力。这在西汉初年刚刚结束多年战争的情况下，是十分必要的。……未央宫前殿遗址，是目前我国历史上保存最完整、规模最大、最有代表性、时代较早的高台宫殿建筑遗址。……未央宫前殿的三殿布局形制，在后代宫城三殿之制方面有着清楚的反映，对后世影响深远。”

④北阙：指未央宫的正门，是发布天子号令和通告赏罚的地方，也是百官等候朝见或上书之处。《史记·高祖本纪》曰“未央宫”“北阙”，《正义》引颜师古注曰：“未央殿虽南向，而当上书奏事谒见之徒皆诣北阙，公车司马亦在北焉，是则以北阙为正门，而又有东门、东阙，至于西南两面，无门阙矣。”《集解》引《关中记》曰：“东有苍龙阙，北有玄武阙。玄武所谓北阙。”刘庆柱《关中记辑注》说：“北阙遗址约位于未央宫前殿遗址北八百二十米，西距直城门一千一百五十米，西南距天禄阁遗址一百米。北阙与横门大街南北对直，门外有东西向的直城门大街。北阙与前殿之间有南北大路相通。”阙，又名魏、象魏，是宫门前的门观建筑，通常于门两侧各建一高台，中间为道路，台上起楼观，亦可作瞭望守卫之用。《周礼·天官·大宰》曰：“（正月之吉）乃县治象之法于象魏，使万民观治象，挟日而敛之。”《吕氏春秋·审为》曰：“身在江海之上，心居乎魏阙之下。”高诱注曰：“魏阙，象魏也。悬教象之法，浃日而收之。魏魏高大，故言魏阙。”程大昌《雍录》曰：“若夫阙之得名也，以其立土为高，夹峙宫门两旁，而中间阙然也。《周官》象魏，《春秋》两观，皆其物也。秦始皇表南山为阙，取峰峦凹处名之为阙也。”《三辅黄图》卷六曰：“阙，观也。周置两观以表宫门，其上可居，登之可以远观，故谓之观。人臣将朝，至此则思其所阙。”崔豹《古今注·都邑》曰：“阙，观也。古每门树两观于其前，所以标表宫门也。其上可居，登之则可远观，故谓之观。人臣将朝，至此则思其所阙多少，故谓之阙。其上皆丹垩，其下皆画云

气仙灵奇禽怪兽，以昭示四方焉。”刘庆柱《地下长安》说：“皇宫宫门之前的阙，是宣布国家政令和张贴重要安民告示之处。根据礼仪，文武大臣进皇宫宫门之前，都要候于阙下，要在阙下想想自己有什么不足（即‘缺’什么）。阙上有罘罳，罘罳是用木头镂空雕刻成的各种连续的几何纹图形，观其图形，反复不得其解，所以称为罘罳，实际是复思，即反复思考。阙上装饰罘罳，就是要求大臣朝见皇帝行至阙下，要反复考虑其奏章与应答。”因为阙为皇帝所专有，故言阙皆指朝廷或皇帝，如《汉书·严朱吾丘主父徐严终王贾传·朱买臣传》曰：“买臣随上计吏为卒，将重车至长安，诣阙上书，书久不报。”

⑤周回：周围，一周。里：长度单位，“市里”的简称，古以三百步为一里，后以一百五十丈为一里。按《中国历代度制演变测算简表》，秦汉时的一丈合今制231厘米。古代长度单位常以身体长度或黍为根据。《孔子家语·王言解》曰：“布指知寸，布手知尺，舒肘知寻。”魏学洢《刻舟记》曰：“舟首尾长约八分有奇，高可二黍许。”步：古代长度单位。历代不一，周代以八尺为一步，秦代以六尺为一步，汉沿秦制。《礼记·王制》曰：“古者以周尺八尺为步，今以周尺六尺四寸为步。”未央宫周回长度，或因传抄错讹，各书记载不一。《三辅黄图》卷二曰：“未央宫周回二十八里。”《类编长安志》卷二引《关中记》曰：“未央宫，周旋二十三里。”与本条所载相近。王仲殊《汉代考古学概说》说：据考古勘察，未央宫“四周围墙的长度，东墙和西墙各为2150米，南墙和北墙各为2250米，周围全长8800米，合汉代二十一里”。

⑥台殿四十三，其三十二在外：殿阁室庭等建筑有四十三座，三十二座在外。台殿，泛指亭台楼阁等建筑物。《三辅黄图》卷二曰：“又有殿阁三十二，有寿成、万岁、广明、椒房、清凉、永延、玉堂……白虎等殿。”于汉代不同时期所建。台，高而上平的方形建筑

物，供观察瞭望用。《尔雅·释宫》曰："四方而高曰台。"《淮南子·本经训》曰："崇台榭之隆。"高诱注曰："积土高丈曰台，加木曰榭。"刘庆柱《地下长安》说："先秦时期，秦国国王在龙首山北麓修筑了章台。汉初，在章台基础上，又修筑了前殿。未央宫建筑以前殿为主体，其他重要建筑物分布在前殿周围，其中以前殿东南和西北部各种宫室建筑最为密集。根据历史文献记载，未央宫有各种楼台殿阁40多座。……未央宫中以前殿、石渠阁、天禄阁和柏梁台等为代表的宫殿台阁，是我国古代高台宫殿建筑中的杰作。"

⑦山六：土山六座。或为未央宫内假山一类的建筑。

⑧宫门闼（tà）凡九十五：宫殿大门和小门加起来共九十五个。闼，内门，小门。后泛指门。《汉书·霍光金日磾传·霍光传》曰："出入禁闼二十余年，小心谨慎。"颜师古注曰："宫中小门谓之闼。"《三辅黄图》曰："闱闼，宫中小门也。"何清谷校注说："闱与闼，都指宫中之小门或偏门。……《汉书》卷四十一《樊哙传》：'哙乃排闼直入。'颜师古注：'闼，宫中小门也，一曰门屏也。'"潘岳《关中记》曰："有台三十二，池一十二，土山四，宫殿门八十一，掖门十四。"《汉书·高后纪》曰："（朱虚侯）章从（太尉）勃请卒千人，入未央宫掖门。"颜师古注曰："非正门而在两旁，若人之臂掖也。"

【译文】

汉高祖七年，相国萧何开始修建未央宫。利用龙首山的高耸地势为台基建造了前殿、北阙。未央宫周长二十二里九十五步五尺，宫内街道长度有七十里。宫中有各种殿阁室庭四十三座，其中三十二座在外面，十一座在后宫。宫中有水池十三个，土山六座，其中一口水池和一座土山也在后宫。宫门包括小门共有九十五个。

2.武帝作昆明池

武帝作昆明池[①],欲伐昆明夷[②],教习水战。因而于上游戏养鱼,鱼给诸陵庙祭祀,余付长安市卖之[③]。池周回四十里。

【注释】

①武帝作昆明池:汉武帝开凿昆明池。《汉书·武帝纪》曰:元狩三年(前120)"减陇西、北地、上郡戍卒半,发谪吏穿昆明池"。《三辅黄图》卷四曰:"《西南夷传》曰:'天子遣使求身毒国市竹,而为昆明所闭。天子欲伐之,越巂昆明国有滇池,方三百里,故作昆明池以象之,以习水战,因名曰昆明池。'《食货志》曰:'时越欲与汉用船战逐,乃大修昆明池也。'"武帝,即汉武帝刘彻(前156—前87),西汉皇帝,景帝之子,其母为王夫人。前141年—前87年在位。"年四岁立为胶东王。七岁为皇太子。十六岁,后三年(前141)正月,景帝崩。甲子,太子即皇帝位。"(《西汉会要·帝系一》)在位期间接受董仲舒建议,"独尊儒术",以儒术为其统治思想。昆明池,在汉长安城西南,上林苑内,今陕西西安西南沣水与潏水之间。武帝派遣使者欲前往古印度但被昆明部族所阻,便仿照昆明滇池开凿了人工湖昆明池,以训练水军准备征伐昆明部族。《三辅旧事》曰:"昆明池地三百三十六顷,有百艘楼船,上建楼橹,戈船各数十,上建戈矛,四角悉垂幡葆麾盖,照烛涯涘。"班固《西都赋》曰:"登龙舟,张凤盖,建华旗,祛黼帷,镜清流。靡微风,澹淡浮。棹女讴,鼓吹震。"有说昆明池之址为西周镐京遗址。《三辅黄图》卷四曰:"武帝初穿池得黑土。帝问东方朔,东方朔曰:西域胡人知。乃问胡人,胡人曰:劫烧之余灰也。《三秦记》

曰:‘昆明池中有灵沼,名神池,云尧时治水,尝停船于此池。’”王仲殊《汉代考古学概说》说:“元狩三年为了准备与昆明国作战而训练水军,并解决首都水源不足的问题,在长安城西南面沣水和潏水之间开凿昆明池。两千多年后的今天,昆明池的遗迹犹依稀可辨。它是一片面积约十多平方公里的洼地,北部的一处高地像是当时池中的岛屿,应该便是《西京赋》所说的‘揭焉中峙’的豫章馆的所在。《西都赋》在叙述昆明池及豫章馆时说‘左牵牛而右织女’,《西京赋》说‘牵牛立其左,织女处其右’。今斗门镇附近尚遗存石雕人像一对,一东一西,遥遥相对,它们的作风古朴,显然是西汉的作品。东面的石雕是男像,应系牵牛,西面的石雕是女像,当为织女,前者位于豫章馆所在岛屿的东部,后者位于昆明池址的西侧,与班张两赋的记述完全相符。”除训练水军外,昆明池的重要功用是保证长安都城的供水。何清谷《三辅黄图校注》说:“汉武帝开凿昆明池是为了操练水军,讨伐西南诸国,这一目的不容否认。但昆明池的功能绝不仅此一点,它是长安城西南的总蓄水库,足以有效地供应汉城内外各宫殿区的用水,还可接济漕渠的水量,当然又是上林苑内的重要游乐区。昆明池的水源是洨水。……昆明池建于细柳原和高阳原之间的洼地,池址水平高度高于长安城区,利于池水向城区输送。”刘庆柱《地下长安》亦说:“汉武帝时期,是长安城发展的顶峰。西汉时期,长安城内宫室建筑主要是未央、长乐二宫。汉武帝即位后,在都城大兴土木,一时间长安城宫观林立,使长安城及西郊、西南郊原来的给水系统满足不了都城的供水需要,因此寻找新的水源,解决都城及其附近地区的给水问题,已亟待解决。就是在这种情况下,元狩四年(前119),汉武帝开凿了昆明池。过去人们多据历史文献记载,认为昆明池的开凿是为训练水军,其实解决长安城的水源问题,才是当时急需解决的问题。……古人还注意到将给、排水工程的开挖渠、池，与城市园林建设统一。如昆明池、沧池、太液池等，不只是蓄水库，还是风景优美的池苑。这些都形成了中国古代都城给、排水工程的重要特点。"

②伐：征伐，讨伐。昆明夷：汉时分布在西南滇池一带的古部族。夷，古代中原地区对边远地区部族的贬称。

③"因而于上游戏养鱼"以下三句：《三辅黄图》卷四曰："《庙记》曰：'池中后作豫章大船，可载万人，上起宫室，因欲游戏，养鱼以给诸陵祭祀，余付长安厨。'……'一说，甘泉宫南有昆明池，池中有灵波殿，皆以桂为殿柱，风来自香。'又曰：'池中有龙首船，常令宫女泛舟池中，张凤盖，建华旗，作棹歌，杂以鼓吹，帝御豫章观临观焉。'"卫宏《汉旧仪》卷下曰："上林苑中昆明池、镐池、牟首诸池，取鱼鳖给祠祀，用鱼鳖千枚以上，余给太官。"《关中记》曰："（昆明池）人钓鱼，纶绝而去，梦于帝求去其钩。明日帝戏于池，见鱼衔索，帝取其钩放之，间三日复游，池滨得珠一双，帝曰：'岂非昔鱼之报也？'"刘庆柱《关中记辑注》说："昆明池是上林苑的观赏水池，也是都城长安调节用水的水库，还是皇室用鱼的重要生产基地。都城长安厨的用鱼大多来自昆明池，除此之外，西汉各陵的祭祀用鱼也由昆明池提供。故这里才有昆明池'钓鱼'之说。"《三辅故事》曰："武帝作昆明池，以习水战，后昭帝小，不能复征讨，于池中养鱼以给诸陵祠，余付长安市，鱼乃贱。"张衡《西京赋》曰："其中则有鼋鼍巨鳖，鳣鲤鲊鲖，鲔鲵鲿鲨。修额短项，大口折鼻，诡类殊种。"描述了昆明池中养殖的各种鱼类、鱼形等。给，供给，提供。陵庙，古代帝王陵墓以及祭祀祖先的宫室。陵，秦以后专指为帝王修建的巨型墓地。庙，此指祭祀帝王祖先的地方。刘庆柱《地下长安》说："西汉帝陵，一般在陵园附近设有庙，专门为陵事活动修建，所以又称陵庙。如高祖长陵的原庙、景帝阳陵的德阳庙……西汉时代实行预作寿陵制度，作为陵组成

部分的陵庙，也应该于皇帝生前修建。不过因为是皇帝生前所建，所以讳言庙而称之为宫。如景帝庙号德阳宫、武帝庙号龙渊宫等。”长安市，指长安城内的集市。张衡《西京赋》曰：“廓开九市，通阛带阓，旗亭五重，俯察百隧。”《三辅黄图》卷二引《庙记》曰：“长安市有九，各方二百六十六步。六市在道西，三市在道东。凡四里为一市。致九州之人在突门。夹横桥大道，市楼皆重屋。”王仲殊《汉代考古学概说》说：“综合各种文献记载，可以肯定长安城内有九市。三市在街道之东，称东市；六市在街道之西，称西市。由于长安城的南部和中部都属宫殿区，九市只能是在城的北部。……在城的西北部一带，有的地方曾发现地面上散布着许多陶俑和钱范，说明这里是手工业作坊的所在，也可以作为上述判断的一种依据。《汉书·惠帝纪》说：‘（惠帝）六年（前189），起长安西市。’由此可见，市的位置早在筑城之初就已经选定。”刘庆柱《关于中国古代都城考古研究中的几个问题》说：“汉长安城的市场主要是城内西北部的东市与西市，东市以商业经营为主，西市之内布满官手工业作坊，西市之外周围发现许多陶窑遗址。东市与西市相邻，二者仅有一路相隔。”

【译文】

汉武帝为了征伐西南的昆明部族开凿了昆明池，用来训练士兵水上作战的能力。后来昆明池用来游戏、养鱼，养的鱼主要供给各陵庙的祭祀活动，富余下来的鱼则被拿到长安的集市上卖掉。昆明池周长四十里。

3.八月饮酎

汉制：宗庙八月饮酎[①]，用九酝太牢[②]，皇帝侍祠[③]。以正月旦作酒，八月成，名曰酎[④]，一曰九酝，一名醇酎。

【注释】

①宗庙：古代帝王、诸侯祭祀祖宗的庙宇。许慎《说文解字》“宀部”曰：“宗，尊祖庙也。”“广部”曰：“庙，尊先祖貌也。”段玉裁注曰：“凡尊者谓之宗，尊之则曰宗之。”“尊其先祖而以是仪貌之，故曰宗庙。诸书皆曰：庙，貌也。《祭法》注云：庙之言貌也。宗庙者，先祖之尊貌也。古者庙以祀先祖，凡神不为庙也。为神立庙者，始三代以后。”《礼记·曲礼下》曰：“君子将营宫室，宗庙为先，厩库为次，居室为后。”《礼记·中庸》曰：“宗庙之礼，所以祀乎其先也。”《国语·鲁语上·夏父弗忌改昭穆之常》曰：“夫宗庙之有昭穆也，以次世之长幼，而等胄之亲疏也。”《三辅黄图》卷五曰：“汉立四庙，祖宗庙异处，不序昭穆。”汉蔡邕《独断》卷下曰：“宗庙之制，古学以为人君之居，前有朝，后有寝，终则前制庙以象朝，后制寝以象寝，庙以藏主，列昭穆。寝有衣冠几杖，象生之具，总谓之宫。《月令》曰：先荐寝庙。”张光直《艺术、神话与祭祀》说：“祖庙也有三个等级，即宗庙、祖庙、祢庙。每个组织都会首先建立一个与其等级相一致的祖庙作为维持其亲缘秩序的中心。”饮酎（zhòu）：汉代一种祭祀，即在春酒酿成时，皇帝用以献于宗庙。亦指古时天子品尝新酒。也称“尝酎”或“酎”。《礼记·月令》曰：“（孟夏之月）天子饮酎，用礼乐。”郑玄注曰：“春酒至此始成，与群臣以礼乐饮之于朝，正尊卑也。”酎，经过数次酿制而成的醇酒，酒味浓厚。《汉书·景帝纪》曰：“高庙酎，奏武德、文始、五行之舞。孝惠庙酎，奏文始、五行之舞。”颜师古注曰：“张晏曰：‘正月旦作酒，八月成，名曰酎。酎之言纯也。至武帝时，因八月尝酎会诸侯庙中，出金助祭，所谓酎金也。’师古曰：‘酎，三重酿，醇酒也，味厚，故以荐宗庙。’”卫宏《汉旧仪》补遗卷下曰：“皇帝唯八月饮酎，车驾夕牲，牛以绛衣之。”

②九酝（yùn）：经多次酿造而成的酒。九，意为多。太牢：指古代祭

祀时牛、羊、豕三牲具备。后专指牛为太牢，羊为少牢。太牢是最隆重的礼。《礼记·王制》曰："天子社稷皆太牢。诸侯社稷皆少牢。"《大戴礼记·曾子天圆》曰："诸侯之祭，牲牛，曰太牢。大夫之祭，牲羊，曰少牢。士之祭，牲特豕，曰馈食。"牢，圈养牲畜的地方。许慎《说文解字》"牛部"曰："牢，闲也，养牛马圈也。"

③侍祠：主持祭祀。侍，司，掌管。祠，祭名，春祭。《毛传》曰："春曰祠，夏曰禴，秋曰尝，冬曰烝。"《尔雅·释天》曰："春祭曰祠。"郭璞注曰："祠之言食。"也泛指祭祀。《尚书·尹训》曰："伊尹祠于先王。"

④"以正月旦作酒"以下三句：《三辅黄图》卷五曰："四时祭宗庙用太牢，列侯皆献酎金以助祭。《汉仪》：'诸侯王岁以户口酎黄金于汉庙，皇帝临受献金，金不如斤两，色恶，王削县，侯免国。'"何清谷校注说："《汉书补注》卷六《武帝纪》引沈钦韩曰《通典》丁孚《汉仪》云：'《酎金律》文帝所加，以正月朝作酒，八月成，名酎酒。因令诸侯助祭贡金。汉律金布令，于诸侯列侯各以人口数，率千口奉金四两，奇不满千口至五百以下者皆助酎，少府授之。'这一制度创自文帝，每年八月祭祀宗庙时，诸侯王除献酎酒外，还要献黄金助祭，称为'酎金'。献金数按所辖人口计，每千人四两，皇帝亲临现场接受献金。所献黄金数量不足或质量低劣者，王要被削县，侯要被免国，还有削户、夺爵等处分。如武帝元鼎五年（前112），'列侯坐献黄金酎祭宗庙不如法，夺爵者百六人，丞相赵周下狱死（《武帝纪》）'。"

【译文】

汉代制度：宗庙在每年的八月份要用醇酒祭祀祖先，用经过多次酿造的醇酒献祭，用牛羊豕三牲作供品，皇帝会亲自主持祭祀。祭祀用的醇酒早在正月初一便开始酿造，到八月才酿制而成，称为酎，还有一种说法是该酒经过数次酿造，又叫醇酎。

4. 止雨如祷雨

京师大水①,祭山川以止雨②。丞相、御史、二千石祷祠③,如求雨法④。

【注释】

①京师:此指汉代都城长安。长安,汉代都城,在今陕西西安西北约3公里,北距渭水南岸约2公里。元骆天骧《类编长安志》卷一曰:"长安,厥壤肥饶,四面险固,被山带河,外有洪河之险,西有汉中、巴、蜀,北有代马之利,所谓天府陆海之地也。"宋程大昌《雍录》卷二曰:"汉高帝自栎阳徙都长安,长安也者,因其县有长安乡而取之以名也。"《三辅黄图》序曰:"汉高祖有天下,始都长安,实曰西京,欲其子孙长安都于此也。"《三秦记》曰:"长安,地皆黑壤。城中今赤如火,坚如石。父老所传,尽凿龙首山为城。"《三辅黄图》卷一曰:"汉之故都,高祖七年方修长安宫城,自栎阳徙居此城,本秦离宫也。初置长安城,本狭小,至惠帝更筑之。"刘庆柱《地下长安》说:"都城长安,是在秦咸阳城渭南地区秦兴乐宫、章台、南宫(即甘泉宫)、官社、诸庙等基础之上建设的。"长安城的建设,自汉高祖开始建未央宫与长乐宫,汉惠帝时修筑城墙并建东市、西市,长安城的建设初具规模。汉武帝时大兴土木,建明光宫、桂宫、建章宫,扩建上林苑并开凿昆明池,长安城的建设达到顶峰。《三辅黄图》卷一曰:"(长安城)高三丈五尺,下阔一丈五尺,上阔九尺,雉高三坂,周回六十五里。城南为南斗形,北为北斗形,至今人呼汉京城为斗城是也。"王仲殊《汉代考古学概说》说:"经1957年和1962年两次实测,东面城墙长约6000米,南面城墙长约7600米,西面城墙长约4900米,北面城墙长约7200米;四面城墙总长约25700米,合汉代六十二里强,基本上

与《史记·吕后本纪》索隐及《续汉书·郡国志》注引《汉旧仪》长安城周围六十三里的记载相符。全城总面积约36平方公里。”刘庆柱《关中记辑注》也说：“长期以来，一些人认为长安城的规划者是以天上的‘北斗’和‘南斗’形状为根据设计长安城蓝图的。我认为这种看法可能是人们的附会。产生这种说法的历史原因是：一些古代文人要神化皇权、神化皇帝，皇帝都城自然也在神化之列。在古代，长安城被说成‘斗城’恐怕就是这种神话活动的产物。关于长安城为‘斗城’之说不见于汉代文献记载，魏晋始有此说。魏晋时代玄学兴盛，这种说法产生于那时是可以理解的。我认为长安城南、北形如‘南斗’和‘北斗’的原因，应该是汉初修筑长安城时因地制宜所致。汉代渭河在长安城北三里，北城墙紧邻当时渭河南岸。此段渭河系西南向东北流向，岸边城墙与河道方向平行。北城墙上所辟厨城门、洛城门，为了便于守卫，在城门东部城墙均向北突出。这样就使斜直的城墙出现了几处弯折，因而形成了北城墙的‘北斗’形状。至于南城墙则因长乐宫、未央宫修筑在前，城墙营筑在后，因而南城墙只能是沿着已修好的未央宫和长乐宫宫墙营建，加之长乐宫西南有高庙建筑，为了将其包括于城内，故南城墙既不平直，中部又向外凸出，呈现出所谓‘南斗’之形。”刘庆柱《古代都城考古揭示的多民族统一国家的认同》说：“作为西汉王朝都城的汉长安城，奠定了此后中国古代都城两千年的文化传统，主要表现在考古发现都城中规模最大的皇宫——未央宫，大朝正殿的‘前殿’是都城规模最大、最高宫殿建筑；宗庙与社稷分列皇宫左右；市场居于皇宫之北；都城基本为方形，每面各辟3座城门，一门三道。这一都城形制实际上是中国古代都城营建理论《周礼·考工记》的‘匠人营国，方九里，旁三门。国中九经九纬，经涂九轨。左祖，右社；面朝后市’的最早实践版。”

②祭山川：古人以为山川皆有神灵，故经常祭拜山川祈求风调雨顺、平安富足。

③丞相：官名，最高国务长官，辅佐皇帝处理政务。战国时秦国始置，也称宰相、相国。御史：此指御史大夫。官名，秦始置，辅佐丞相处理政务，汉承秦制，为全国最高监察、执法长官，负责监察百官，管理国家重要典籍等。《汉书·百官公卿表上》曰："御史大夫，秦官，位上卿，银印青绶，掌副丞相。"《汉书·薛宣朱博传·朱博传》曰："高皇帝以圣德受命，建立鸿业，置御史大夫，位次丞相，典正法度，以职相参，总领百官，上下相监临，历载二百年，天下安宁。"西汉时，御史大夫与丞相、太尉合称三公，权位尤重。二千石：官秩等级，因所得俸禄以米谷为标准，故以"石"称之。汉代九卿、郡守等俸禄等级皆为二千石，故此处代指高级官吏。亦指郡国守相。王力《中国古代文化常识》说："汉代和郡平行的还有'国'，这是皇帝子弟的封地，设官初仿中央，吴楚七国之乱后加以裁削，由中央派相处理行政。相和太守相当，都是二千石的官，所以汉代往往用二千石作为'郡国守相'的代称。"石，古代重量单位，汉时一石为一百二十斤，《汉书·律历志上》曰："三十斤为钧，四钧为石。"亦为容量单位，十斗为一石。祷祠：祈祷祭祀。

④求雨法：指求雨的方法。卫宏《汉旧仪》补遗卷下曰："求雨，太常祷天地、宗庙、社稷、山川以赛，各如其常牢，礼也。四月立夏，旱，乃求雨祷雨而已；后旱，复重祷而已；讫立秋，虽旱不得祷求雨也。"而《汉书·董仲舒传》曰："仲舒治国，以《春秋》灾异之变推阴阳所以错行，故求雨，闭诸阳，纵诸阴，其止雨反是。"张华《博物志》卷八曰："《止雨祝》曰：天生五谷，以养人民。今天雨不止，用伤五谷，如何如何，灵而不幸，杀牲以赛神灵，雨则不止，鸣鼓攻之，朱丝绳萦而胁之。"由此可知，求雨法与止雨法似乎并不相同。

【译文】

京城长安发大水，要祭祀山川祈祷雨停。丞相、御史大夫和俸禄二千石的高级官员都要参与祷告祭祀，求止雨的方法和求雨的方法一样。

5.天子笔

天子笔管①，以错宝为跗②，毛皆以秋兔之毫③，官师路扈为之④。以杂宝为匣⑤，厕以玉璧、翠羽⑥，皆直百金⑦。

【注释】

①笔管：笔杆。

②错宝：将金银或宝石镶嵌在玉器等器物上。错，在器物上描金或镶嵌金玉等宝物，是古代一种特殊的装饰工艺。跗（fū）：物体的底端。此指笔管下端部分。应劭《汉官仪》卷上曰："尚书令、仆、丞、郎，月给赤管大笔一双，篆题曰'北工作楷'于头上，象牙寸半着笔下。"该描述与此处相似。赵彦卫《云麓漫钞》卷四曰："今多言宝跗，盖出《西京杂记》。"

③秋：阴历七月至九月，立秋到立冬的期间，是庄稼成熟的季节。《尔雅·释天》曰："秋为旻天。""秋为白藏。"郭璞注曰："旻犹愍也，愍万物凋落。""气白为收藏。"邢昺疏曰："云'秋为旻天'者，《诗·大雅·召旻》云'旻天疾威'之类，旻，愍也，言秋气肃杀，万物可愍，故曰旻天。""云'秋为白藏'者，言秋之气和，则色白而收藏也。"毫：指兽毛。秋天鸟兽之毛细长尖锐且富有弹性，是制笔的绝佳材料，其中以秋兔毫为最佳。王羲之《笔经》曰："汉时，诸郡献兔毫，出鸿都，惟有赵国毫中用。"

④官师：管理制笔工匠的官吏。路扈：人名，生平不详。

⑤杂宝：指各种宝石，品种不同、色彩各异。匣：存放天子笔的盒子。

⑥厕：间杂，混杂。玉璧：即璧或璧玉，中间有圆孔的扁平圆形玉器，中心有孔，边阔大于孔径。古代贵族用作朝聘、祭祀、丧葬时的礼器，也作佩饰。亦泛指美玉。许慎《说文解字》"玉部"曰："玉，石之美有五德者：润泽以温，仁之方也；䚡理自外，可以知中，义之方也；其声舒扬，专以远闻，智之方也；不挠而折，勇之方也；锐廉而不忮，絜之方也。"王学泰《礼乐文化中的玉》说："玉是礼乐的媒介，礼是由祭祀引申出来的，而'礼'字的原始字形就是一个器皿中放着两串玉以祭上天；最早的乐器当属打击乐，而玉磬是上古的重要的乐器之一。……礼乐文化中玉的地位是不可取代的，特别对贵族来说，玉器贯穿了他们的生活。日常生活中君子必须佩玉。《礼记·玉藻》说'君子无故，玉不去身'。这个玉就是玉佩。政治活动中玉佩更不可少，因为不同形状玉器有不同的政治功能。……诸侯聘问要用圭，访问国事用玉璧，召取臣子用瑗，放逐决绝用玦，召还用环。这些也正是礼治的体现。"翠羽：颜色青翠鲜艳的羽毛，可做装饰品。

⑦直：同"值"，价值。百金：百斤黄金，汉代以黄金为上币。《汉书·食货志下》曰："黄金一斤，直钱万。"陈直《汉书新证》说："黄金一斤，直钱万，每两合六百二十五钱。他银一流直一千，每两合一百二十五钱。金价比银价恰好贵五倍。"此处百金应非实指，喻意天子笔名贵。傅玄《傅子·校工篇》曰："尝见汉末一笔之柙，雕以黄金，饰以和璧，缀以随珠，发以翡翠。此笔非文犀之植，必象齿之管，丰狐之柱，秋兔之翰。用之者必被珠绣之衣，践雕玉之履。由是推之，极靡不至矣。"可作为实例体会汉代笔与匣的精美华贵。

【译文】

天子用的笔，笔杆上镶嵌着金银宝石，笔毫选用的是秋兔身上的细毛，由管理制笔工匠的官吏路扈监管制作。存放天子笔的盒子上镶满了各种宝石，还用玉璧和颜色青翠鲜艳的羽毛作装饰，这些都相当名贵，价值连城。

6.几被以锦

汉制：天子玉几①，冬则加绨锦其上②，谓之绨几。以象牙为火笼③，笼上皆散华文④，后宫则五色绫文⑤。以酒为书滴⑥，取其不冰⑦；以玉为砚，亦取其不冰。夏设羽扇⑧，冬设缯扇⑨。公侯皆以竹木为几⑩，冬则以细罽为橐以凭之⑪，不得加绨锦。

【注释】

①玉几：古代放在天子席位边嵌玉的矮小桌子，放置于席榻上或床上，供天子坐时可倚靠休息。《周礼·天官·大宰》曰："大朝觐会同，赞玉币、玉献、玉几、玉爵。"郑玄注曰："玉几，王所依也。立而设几，优尊者。"《诗经·大雅·公列》曰："俾筵俾几，既登乃依。"汉从周制。《太平御览》卷七百一十曰："《汉旧仪》曰：天子用玉几。"几，古人坐时凭依或搁置物件的小桌。古人席地而坐卧，故几亦矮小，供人凭靠。

②冬：阴历十月至十二月，立冬到立春的期间。《尔雅·释天》曰："冬为上天。""冬为玄英。"邢昺疏曰："云'冬为上天'者，《诗·小雅·信南山》云'上天同云'之类，言冬时无事，唯在于上，故曰上天。郭云'言时无事，在上临下而已'者，言冬气闭藏，无他生杀之事，唯在于上监于下而已也。""云'冬为玄英'者，言冬之气和，则黑而清英也。"绨（tí）锦：厚实光滑、织有彩色大花纹的丝织品。绨，厚绸子，质地较粗。锦，用预先染色的桑蚕丝等

原料织成的有彩色花纹的丝织品。侯良《西汉文明之光——长沙马王堆汉墓》说:“锦是以彩色丝线织出斜纹重经组织的高级提花织物。它是汉代丝织技术最高水平的标志。其基本组织均系4枚纹变化组织,运用一上三下、二上二下、三上一下等基本规律和不同色线提经起花。”

③火笼:供取暖或熏衣被用的器具,形似笼状。

④散:散布。华文:同“花纹”。

⑤后宫:皇帝嫔妃所居住的后庭内宫,亦指居住在后宫的皇帝的嫔妃、姬妾、宫女等。《礼记·昏义》曰:“古者天子后立六宫、三夫人、九嫔、二十七世妇、八十一御妻,以听天下之内治,以明章妇顺,故天下内和而家理。”孔颖达疏曰:“后之六宫在王之六寝之后,亦大寝一、小寝五,其九嫔以下,亦分居之。”此是商周之制,汉代延之。《三辅故事》曰:“武帝时,后宫八区,有昭阳、飞翔、增城、合欢、兰林、披香、凤皇、鸳央等殿。后有增修安处、常宁、茝若、椒风、发越、蕙草等殿。”张衡《西京赋》曰:“后宫则昭阳飞翔,增成合欢,兰林披香,凤皇鸳鸾。群窈窕之华丽,嗟内顾之所观。”描述了汉时后宫之盛。绫:一种薄细、光滑带花纹的丝织品。

⑥书滴:研墨时用的水滴。

⑦冰:冻结。

⑧夏:阴历四月至六月。《尔雅·释天》曰:“夏为昊天。”“夏为朱明。”邢昺疏曰:“云‘夏为昊天’者,《诗·雨无正》云‘浩浩昊天’,故此释之。昊者,元气博大之貌。郭云‘言气皓旰’者,皓旰,日光出之貌也,言畏日光明皓旰,因名云昊天也。”“云‘夏为朱明’者,言夏之气和,则赤而光明也。”羽扇:鸟的羽毛制成的长柄大扇,为宫廷仪仗之一。通称“雉尾扇”或“翟羽扇”,因多用翟(即长尾雉)羽制成。亦可用来遮蔽风尘,故又称“障扇”或“掌扇”。崔豹《古今注·舆服》曰:“雉尾扇,起于殷世。高宗时

有雊雉之祥，服章多用翟羽。周制以为王后夫人之车服。舆辇有翣，即缉雉羽为扇翣，以障翳风尘也。汉朝乘舆服之，后以赐梁孝王。魏晋以来无常，准诸王皆得用之。障扇，长扇也。汉世多豪侠，象雉尾扇而制长扇也。”

⑨缯（zēng）扇：用丝织品制成的障扇。缯，古代丝织品的总称。《汉书・樊郦滕灌傅靳周传・灌婴传》曰：“灌婴，睢阳贩缯者也。”颜师古注曰：“缯者，帛之总名。”湖南长沙马王堆西汉一号墓出土的装有各种丝织品的竹制箱子，简牍上便书写为“缯笥”。

⑩公侯：古代爵位，分为公、侯、伯、子、男五等。此处代指达官贵人。

⑪罽（jì）：一种毛织品。《尔雅・释言》曰：“氂，罽也。”邢昺疏曰：“释曰：毛氂所以为罽。舍人曰：氂谓毛罽也。胡人续羊毛而作衣，然则罽者织毛为之，若今之毛氍毹（qú shū，纯毛或毛麻混织的毛布、毛毯），以衣马之带鞅也。”橐（tuó）：一种两端不封口的袋子，古时常与囊并称。《诗经・大雅・公刘》曰：“乃裹糇粮，于橐于囊。”《毛传》曰：“小曰橐，大曰囊。”《汉书・刑法志》曰“为之囊橐”，颜师古注曰：“有底曰囊，无底曰橐。”黄金贵、黄鸿初《古代文化常识》说：“段玉裁《说文解字注》说：‘囊者，言实其中如瓜瓤也。’可见是瓤状物。《史记・淮阴侯列传》……说‘乃夜人为万余囊，盛满沙’……无论大小不同，都是整体包裹如瓤，一端开口，盛物后扎束。因此应该说，囊，都是有底的……段玉裁说：‘橐者，言虚其中有待如木㯉也。’可见其特点是中空鼓突。……一幅布帛或一块皮革，盛物后卷拢，两头一扎，就成了橐。因此，说‘无底曰橐’，没错。……但是，当还有一种橐。……马、驼等载物需要盛物垂挂两边的袋子，远行者需要肩挂前后的袋子，即出现另一种橐：将两端固定作底，中开口盛物。据我们观察，在唐以前文献中，凡记述某人出门远行，总是带着‘橐’，而不是囊，因此，说‘有底曰橐’也不错。……古代袋子共有三种。

一种是一端开口而有底，名为‘囊’，二是两端无底又无口，三是两端有底中开口。后两种都名为‘橐’。”此指罩在竹木几上的套子。

【译文】

汉代的制度：皇帝使用嵌玉的桌几，冬天就在几上铺上厚实光滑、绣有彩色花纹的丝锦，称作“绨几”。用象牙做成御寒的火笼，火笼上布满了花纹，后宫用的火笼上则是绣有五色花纹的绫布。皇帝用酒代替研墨用的水滴，因为酒不易结冰；用玉作砚台，也是为了不易冻结。夏天使用长柄羽扇，冬天则置备丝织的障扇。王公诸侯们则用竹木作几，冬天在几上套上细毛织品方便倚靠，但不允许铺上皇帝才能使用的厚实的彩色绨锦。

7.吉光裘

武帝时，西域献吉光裘①，入水不濡②。上时服此裘以听朝③。

【注释】

①西域：汉以后对玉门关、阳关以西广大地区的总称，始见于《汉书·西域传》。其传序曰：“西域以孝武时始通，本三十六国，其后稍分至五十余，皆在匈奴之西，乌孙之南。”在汉代，西域有诸多小国，被匈奴控制。汉武帝时张骞曾出使西域。《汉书·张骞李广利传·张骞传》曰：“时匈奴降者言匈奴破月氏王，以其头为饮器，月氏遁而怨匈奴，无与共击之。汉方欲事灭胡，闻此言，欲通使，道必更匈奴中，乃募能使者。骞以郎应募，使月氏，与堂邑氏奴甘父俱出陇西。”汉宣帝时期置西域都护府管理该地。吉光裘：用神兽吉光的毛皮做成的皮衣。吉光，传说中的一种神兽。

张衡《文选·东京赋》曰:"扰泽马与腾黄。"薛综注曰:"《山海经》曰:'大封国有文马,缟身朱鬣,名曰吉良,乘之寿千岁。'《瑞应图》曰:'腾黄,神马,一名吉光。'然吉良、腾黄,一马而异名也。"裘,皮衣,毛向外。许慎《说文解字》"裘部"曰:"裘,皮衣也。"段玉裁注曰:"裘之制毛在外。"《周礼·天官·司裘》曰:"掌为大裘,以共王祀天之服。"郑玄注引郑司农曰:"大裘,黑羔裘,服以祀天,示质。"很多皮毛都可制裘,其中狐裘和豹裘最珍贵,鹿裘、羊裘最普通。《吕氏春秋·分职》曰:"卫灵公天寒凿池,宛春谏曰:'天寒起役,恐伤民。'公曰:'天寒乎?'宛春曰:'公衣狐裘,坐熊席,陬隅有灶,是以不寒。今民衣弊不补,履决不组。君则不寒矣,民则寒矣。'公曰:'善!'令罢役。"《淮南子·齐俗训》曰:贫人"冬则羊裘解札"。《晏子春秋·外篇》曰:"晏子相(齐)景公,布衣鹿裘以朝。公曰:'夫子之家,若此其贫也,是奚衣之恶也?'"

②濡(rú):沾湿,浸湿。东方朔《海内十洲记》曰:"武帝天汉三年(前98),帝幸北海,祠恒山。四月,西国王使至,献此胶四两,吉光毛裘……吉光毛裘黄色,盖神马之类也。裘入水数日不沉,入火不焦。"

③上:皇上。此指汉武帝。服:穿。听朝:上朝听政。

【译文】

汉武帝时,西域献来用神兽吉光的皮毛制成的皮衣,这种皮衣即使放入水里也不会被浸湿。汉武帝时常穿着它上朝处理政事。

8.戚夫人歌舞

高帝戚夫人善鼓瑟击筑①。帝常拥夫人倚瑟而弦歌②,毕,每泣下流涟③。夫人善为翘袖折腰之舞④,歌《出塞》《入塞》《望归》之曲⑤。侍婢数百皆习之,后宫齐首高唱,声入云霄。

【注释】

①戚夫人：汉高祖刘邦宠姬、赵王如意生母。刘邦曾意图废太子刘盈改立如意为太子，因此吕后对戚夫人非常嫉恨，刘邦死后，戚夫人被吕后断手足、挖眼弄哑，使居厕中，谓之“人彘”。夫人，皇帝之妾。《汉书·外戚传上》曰：“汉兴，因秦之称号，帝母称皇太后，祖母称太皇太后，適称皇后，妾皆称夫人。”鼓：弹奏。瑟：古代一种拨弦乐器，形似古琴，春秋时已流行，相传由泰帝亦称伏羲、庖牺所创。许慎《说文解字》“琴部”曰：“瑟，庖牺所作弦乐也。”段玉裁注曰：“弦乐，犹磬曰石乐。清庙之瑟亦练朱弦。凡弦乐以丝为之，象弓弦，故曰弦。”应劭《风俗通义·声音》曰：“《世本》：‘宓（伏）羲作瑟，长八尺一寸，四十五弦。’”瑟的形制各代不一，主要有五十弦与二十五弦。《史记·孝武本纪》曰：“泰帝使素女鼓五十弦瑟，悲，帝禁不止，故破其瑟为二十五弦。”由长沙马王堆汉墓和其他地方的汉墓出土的瑟可知，汉代的瑟多为二十五弦。击：敲打。筑：古代弦乐器，流行于战国至汉代。形似筝，颈细而肩圆，弦下设柱，演奏时，左手按弦的一端，右手执竹尺击弦发音。有五弦、十三弦、二十一弦三种。刘熙《释名·释乐器》曰：“筑，以竹鼓之，筑柲之也。”《史记·高祖本纪》曰“高祖击筑”，《集解》引韦昭曰：“筑，古乐，有弦，击之不鼓。”《正义》注曰：“应劭云：‘状似瑟而大，头安弦，以竹击之，故名曰筑。’颜师古云：‘今筑形似瑟而小，细项。’”许慎《说文解字》“竹部”曰：“筑，以竹曲五弦之乐也。”段玉裁注曰：“《乐书》曰：细项，肩圆。鼓法：以左手扼项，右手以竹尺击之。《史》云：善击筑者高渐离。”

②倚：随着，合着。弦歌：依琴瑟的音律而歌唱。《列子·仲尼》曰：“弦歌诵书，终身不辍。”《礼记·乐记》曰：“然后正六律，和五声，

弦歌《诗·颂》。此之谓德音。”孔疏曰:“弦歌《诗·颂》者,谓以琴瑟之弦,歌此《诗·颂》也。”

③流涟:悲戚落泪的样子。

④翘袖折腰:举袖弯腰。此为跳舞的姿态,从出土的汉代舞蹈组俑可见汉代舞姿动作幅度较大。

⑤《出塞》《入塞》《望归》:皆是古歌曲名。崔豹《古今注·音乐》曰:“横吹,胡乐也。博望侯张骞入西域,传其法于西京。唯得《摩诃兜勒》一曲。李延年因胡曲,更进新声二十八解,乘舆以为武乐,后汉以给边将军。和帝时,万人将军得用之。魏晋以来,二十八解不复具存。见世用者《黄鹄》《龙头》《出关》《入关》《出塞》《入塞》《折杨柳》《黄覃子》《赤之阳》《望行人》十曲。”《望行人》或即《望归》。

【译文】

汉高祖宠姬戚夫人擅长弹瑟敲筑。高祖常常拥着戚夫人随着瑟筑的音律而歌唱,每次唱完都悲戚落泪。戚夫人也擅长舞蹈,她举袖弯腰,边跳边唱着《出塞》《入塞》《望归》的曲子。数百奴婢跟着学唱,后宫中众人齐声高唱,歌声响彻云霄。

9.弫环

戚姬以百炼金为弫环①,照见指骨。上恶之②,以赐侍儿鸣玉、耀光等各四枚③。

【注释】

①戚姬:即戚夫人。姬,妾。亦指宫中女官。《史记·吕太后本纪》曰“得定陶戚姬”,《集解》曰:“如淳曰:‘众妾之总称也。《汉官仪》曰姬妾数百。’苏林曰:‘清河国有妃里,而题门作姬。’瓒曰:

‘《汉秩禄令》及《茂陵书》姬，内官也，秩比二千石，位次倢伃下，在七子、八子之上。’”《索隐》曰：“《茂陵书》曰‘姬是内官’，是矣。然官号及妇人通称姬者，姬，周之姓，所以《左传》称伯姬、叔姬，以言天下之宗女，贵于他姓，故遂以姬为妇人美号。故《诗》曰‘虽有姬姜，不弃憔悴’是也。”百炼金：通常所言百炼金指经过多次锻炼后提取的高纯度金。但周天游校注《西京杂记》说：“汉代并无金指环出土，也未见有明确的文献记载。此‘百炼金’当是百炼刚。”晋刘越石《重赠卢湛》诗曰：“何意百炼钢，化为绕指柔。”弫（kōu）环：指环一类的首饰品。环，璧的一种，圆圈形的玉器。亦泛指圆圈形的物品。

②恶：讨厌，憎恨。

③赐：旧指上对下给予恩惠或财物。黄金贵、黄鸿初《古代文化常识》说：“《说文·贝部》曰：‘赐，予也。’故‘赐’也指上对下给予。但是，一、‘赐’的对象不一定有功。……二、‘赐’的作用侧重在给某种权力、荣誉，故有礼尊色彩。”

【译文】

戚夫人用经过多次锻炼而提取的高纯度金属制作成指环，戴在手上可以照见手指里的骨头。高祖很讨厌这些指环，戚夫人便把它们赏赐给了侍女鸣玉、耀光等人，每人各四枚。

10. 鱼藻宫

赵王如意年幼①，未能亲外傅②，戚姬使旧赵王内傅赵媪傅之③，号其室曰养德宫④，后改为鱼藻宫⑤。

【注释】

①赵王如意：即赵隐王刘如意（前208—前194），刘邦第四子，戚夫

人之子。汉高帝九年（前198）被封为赵王。汉高祖死后，被吕后设计杀害。

②外傅：古代教导贵族子弟学习诗书、礼仪、技艺的教师。《礼记·内则》曰："十年，出就外傅，居宿于外，学书计。"郑玄注曰："外傅，教学之师也。"《礼记·曾子问》曰："孔子曰：'古者男子，外有傅，内有慈母，君命所使教子也，何服之有？'"此时赵王如意年幼，尚不能独自外出就学。

③旧赵王：应指张敖。汉高帝四年（前203），高帝封张耳为赵王。张耳死后，其子张敖继为赵王，汉高帝九年（前198）被贬为宣平侯。内傅：古代负责保育贵族子弟的保姆。《礼记·内则》曰："择于诸母与可者，必求其宽裕、慈惠、温良、恭敬、慎而寡言者，使为子师；其次为慈母，其次为保母，皆居子室。他人无事不往。"媪（ǎo）：对老年妇女的尊称。

④养德宫：宫室名。周天游校注《西京杂记》说："《三辅黄图》卷三所引有养德宫，为汉甘泉宫中一处宫院。当建于秦或汉初，汉武帝建甘泉宫，将其包括在内。"但何清谷《三辅黄图校注》说："养德宫不知在何地，但肯定不在甘泉宫。甘泉宫是武帝所建，而赵王刘如意是高祖刘邦的爱子，这时武帝之父尚未出生，哪有甘泉宫？顾炎武《历代宅京记》把养德宫和中安宫、永信宫都列为长安宫异名，这是正确的。养德宫肯定在长安城中，不在未央宫便在长乐宫。"

⑤鱼藻宫：宫室名。出自《诗经·小雅·鱼藻》，取"鱼在在藻，依于其蒲，王在在镐，有那其居"之寓意，诗中描述的是周武王在镐京宴乐群臣的情景。

【译文】

赵王如意年纪尚幼，还不能独自外出接受老师的教诲，戚夫人就让原赵王的保姆、一位赵姓老妇人来教导他，戚夫人给如意的居室取名叫养德宫，后来改名为鱼藻宫。

11.缢杀如意

惠帝尝与赵王同寝处①，吕后欲杀之而未得②。后帝早猎③，王不能夙兴④，吕后命力士于被中缢杀之⑤。及死，吕后不之信。以绿囊盛之⑥，载以小軿车入见⑦，乃厚赐力士。力士是东郭门外官奴⑧。帝后知，腰斩之⑨，后不知也。

【注释】

①惠帝：即汉惠帝刘盈（前210—前188），西汉皇帝，汉高祖刘邦长子，吕后所生，前194年—前188年在位。惠帝性格仁慈软弱，因不忍吕后残杀了赵王母子，“孝惠以此日饮为淫乐，不听政，故有病也”。（《史记·吕太后本纪》）后郁郁而终。同寝处：一起生活起居。刘邦死后，吕后召赵王如意至长安，惠帝知晓吕后谋杀意图，将如意接进宫中一同生活以保护赵王。《史记·吕太后本纪》曰：“孝惠帝慈仁，知太后怒，自迎赵王霸上，与入宫，自挟与赵王起居饮食。”

②吕后（前241—前180）：名雉，刘邦原配，又称“高后”，曾助刘邦平定天下、铲除异己。《西汉会要·帝系一》曰：“惠帝即位，尊为皇太后。太后立帝姊鲁元公主女为皇后，无子，取后宫美人子名之以为太子。惠帝崩，太子立为皇帝，年幼，太后临朝称制。”吕后临朝称制数年，因欲立诸吕为王侯，引发刘邦旧臣不满，后死于未央宫。之后，诸吕势力被铲除。

③猎：打猎，捕捉禽兽。《诗经·魏风·伐檀》曰：“不狩不猎，胡瞻尔庭有县貆兮。”

④夙兴：很早起来。夙，早晨。兴，起来。

⑤被：被子。刘熙《释名·释衣服》曰：“被，被也，被覆人也。”许慎《说文解字》“衣部”曰：“被，寝衣，长一身有半。”段玉裁注

曰："《论语·乡党》篇曰：必有寝衣，长一身有半。孔安国曰：今被也。郑注曰：今小卧被是也。引申为横被四表之被。"缢杀：勒死。《汉书·高五王传·刘如意传》曰："吕太后征王到长安，鸩杀之。"《史记·吕太后本纪》曰："孝惠元年（前194）十二月，帝晨出射，赵王少，不能蚤起。太后闻其独居，使人持鸩饮之。黎明，孝惠还，赵王已死。"二书所载如意死因皆与本条相异。

⑥绿囊：绿色的口袋。汉代后宫使用的袋子多为绿色。

⑦軿（píng）车：上有顶，两旁和后部有帷障的车子，多供妇人乘用。《后汉书·舆服志上》曰："（太皇太后、皇太后）非法驾，则乘紫罽軿车。"刘庆柱《地下长安》说："当时在京畿地区使用的交通工具，主要有牛车、马车。……西汉时代，马车主要用来乘人，已非先秦时代主要用于战争。与乘坐牛车相比，马车大多为有钱人乘坐。马车种类很多，当时统治阶级以官爵大小、地位高低之不同，而规定乘坐不同形制的马车。皇帝要乘驷马之车，而且四匹马的颜色要一样。……马车中大量的是一马驾乘的轺车，是长安一般官吏、文人和殷实人家的交通工具。车的等级不仅在于驾马数量的多少，车子本身因其用途不一样，乘车人地位不同，形制也各异。"

⑧东郭门：即汉长安城的宣平门，也称东都门。汉长安都城共有十二门，东西南北各三门。《三辅黄图》卷一曰："长安城东出北头第一门曰宣平门，民间所谓东都门。《汉书》曰：'元帝建昭元年（前38），有白蛾群飞蔽日，从东都门至轵道。又疏广太傅、受少傅，上疏乞骸骨归，公卿大夫为设祖道，供张东都门外，即此门也。其郭门亦曰东郭。'"《汉书·隽疏于薛平彭传·疏广传》曰："供张东都门外。"颜师古注引苏林曰："长安东郭门也。"东都门是汉代长安城东部出入的重要门户，也是送别亲友分手之处。刘庆柱《地下长安》说："根据历史文献记载，通过汉长安城门进出都城

的道路，以宣平门、横门较多，其次是复盎门、雍门。”王仲殊《汉代考古学概说》说：“由于宫殿集中在城的南部和中部……一般的居民，包括官吏在内，就只能居住在城的北部，特别是在城的东北部，靠近宣平门的地区。庾信《哀江南赋》有‘践长乐之神皋，望宣平之贵里’之句，也说明了宣平门附近一带是汉代的重要住宅区。……因此，西北面的横门和东北面的宣平门就成了长安城中吏民出入最频繁的城门。……宣平门主要是管东南方面的交通，出门沿渭水南岸东行，出函谷关而达关东广大地区，其重要性更在横门之上。根据各种文献记载，宣平门又称东都门，或称都门，由于位置重要，出入频繁，《汉书》《后汉书》中有关此门的记载也最多。”刘庆柱《地下长安》说：“汉长安城不但城门规模大小不同，而且城门形制也不甚一样，即东面城门之外两侧置阙，南、北、西三面城门之外无阙。已经考古发掘的宣平门、霸城门遗址的门阙遗存，对我们了解汉长安城城门制度十分重要。宣平门遗址的门阙分列于城门两侧，南门阙与北门阙分别在南门道与北门道之外17米，门阙东西宽25米，南北长35米，其西端均与东城墙相连。……有个别城门（如宣平门）虽遭（西汉末年）火焚，但以后历代仍多次修复和重建，一直作为一座完整的城门沿用至隋文帝徙都大兴城。”官奴：因犯法或遭牵连而被没入官府为奴的人。

⑨腰斩：一种古代酷刑，行刑时将犯人从腰部斩为两截。

【译文】

惠帝为保护赵王如意曾与如意一同生活起居，吕后想杀害赵王但未能得手。有一天惠帝早起去打猎，赵王未能早起，吕后便派了一个力士将赵王在被中勒死。赵王死了，吕后还不相信。力士便用一个绿色口袋裹着赵王的尸体，放在一辆四周围着帷幔的小车上入宫觐见吕后，吕后这才重赏了力士。力士是长安城东郭门外官府的奴仆。惠帝后来知道了这事，腰斩了力士，而吕后并不知道。

12.乐游苑

乐游苑自生玫瑰树[①]，树下多苜蓿[②]。苜蓿一名怀风，时人或谓之光风。风在其间，常萧萧然[③]。日照其花有光采，故名苜蓿为怀风。茂陵人谓之连枝草[④]。

【注释】

①乐游苑：汉代著名苑囿，又名乐游原、乐游园，故址在今陕西西安东南部雁塔区一带。《关中记》曰："宣帝少依许氏，长于杜县。乐（崩）之后，葬于南（杜东）原，立庙于曲池之北亭，曰乐游原。"《三辅黄图》卷四曰："乐游苑，在杜陵西北，宣帝神爵三年（前59）春起。"《长安志》曰："（乐游苑）居京城之最高，四望宽敞，城内了如指掌。"汉宣帝在此先建乐游苑，后又建了乐游庙，死后也葬于附近，号杜陵。李白《忆秦娥》即咏此苑，诗曰："乐游原上清秋节，咸阳古道音尘绝。音尘绝，西风残照，汉家陵阙。"《汉书·宣帝纪》曰"起乐游苑"，颜师古注曰："案其处则今之所呼乐游庙者是也，其余基尚可识焉。"苑，畜养禽兽并种植林木的地方，多为帝王和贵族游玩打猎的风景园林。《周礼·秋官·雍氏》曰："禁山之为苑、泽之沉者。"许慎《说文解字》"艸部"曰："苑，所以养禽兽。"段玉裁注曰："《周礼·地官·囿人》注：囿，今之苑。是古谓之囿，汉谓之苑也。《西都赋》上囿禁苑，《西京赋》作上林禁苑。"《淮南子·本经训》曰"侈苑囿之大"，高诱注曰："有墙曰苑，无墙曰囿，所以畜禽兽也。"《汉书·高帝纪上》曰"故秦苑囿园池"，颜师古注曰："养鸟兽曰苑，苑有垣曰囿，所以种植谓之园。"秦以前的苑皆为天然动物园，汉代时在北部与西部边区兴建苑数十处，主要牧养军马，而建在长安附近的苑则是皇家游乐田猎之所。元骆天骧《类编长安志》卷三曰："养鸟兽者通名

苑，故谓之牧马处为苑。”何清谷校注《三辅黄图》卷四说：“秦汉时期的苑主要有两类：皇室御苑和牧师苑。两者性质不同：皇室御苑一般集中设在京畿地区，主要豢养珍禽异兽，是帝王的游乐场所，本卷所列其他各苑皆是；牧师苑则是一般设在适宜畜牧的边郡，以养马为主，兼养牛羊，是官营牧场。”

②苜蓿（mù xu）：一年或多年生草本植物，又名木粟、牧宿、怀风、光风、连枝草，主要用作饲料或肥料，其嫩叶可食。原产西域，据传是张骞出使西域后，由汉使自大宛国（今乌兹别克斯坦、土库曼斯坦一带）引入。《史记·大宛列传》曰：“（大宛）俗嗜酒，马嗜苜蓿。汉使取其实来，于是天子始种苜蓿、蒲陶肥饶地。及天马多，外国使来众，则离宫别观旁尽种蒲萄、苜蓿极望。”《太平御览》卷九百九十六曰：“《博物志》曰：‘张骞使西域，所得蒲桃、胡葱、苜蓿。’《述异记》曰：‘张骞苜蓿园，在今洛中，苜蓿，本胡中菜，骞始于西国得之。’”

③萧萧然：草木摇动的样子。

④茂陵：汉代邑名，在今陕西兴平东北，距西安40公里，汉初属槐里茂乡，汉武帝为自己建造的陵墓即坐落于此，故称茂陵。《三辅黄图》卷六曰：“武帝茂陵，在长安城西北八十里。建元二年（前139）初置茂陵邑。本槐里县之茂乡，故曰茂陵，周回三里。《三辅旧事》云：‘武帝于槐里茂乡，徙户一万六千，置茂陵，高一十四丈一百步。茂陵园有白鹤观。’”汉代皇帝即位后，先治陵、置县，并迁功臣将相和地方豪强于此居住，以加强中央集权，削弱地方势力。

【译文】

乐游苑里生长着野生玫瑰树，树下有许多苜蓿。苜蓿又叫怀风，当时有人叫它光风。风吹进苜蓿丛中，苜蓿便随风摇曳。阳光照耀在苜蓿花上，花儿便增添了光彩，故称苜蓿为怀风。茂陵人则叫它连枝草。

13.太液池

太液池边皆是雕胡、紫萚、绿节之类[①]。菰之有米者[②]，长安人谓为雕胡；葭芦之未解叶者[③]，谓之紫萚；菰之有首者，谓之绿节。其间凫雏、雁子布满充积[④]，又多紫龟、绿鳖[⑤]。池边多平沙，沙上鹈鹕、鹧鸪、䴔䴖、鸿鹢[⑥]，动辄成群。

【注释】

①太液池：汉代建章宫中的人工湖，西汉时皇帝与嫔妃们游玩之处，占地百亩，汉武帝时挖掘而成，故址在今陕西西安西北。因为水面宽阔，池水丰沛，故取名"太液"，意为津液滋润。《三辅旧事》曰："太液池在建章宫北，池周回千顷。日出旸谷，浴于咸池，至虞渊即莫。此池象之也。"《三辅黄图》卷四曰："太液池，在长安故城西，建章宫北，未央宫西南。太液者，言其津润所及广也。《关辅记》云：'建章宫北有池，以象北海，刻石为鲸鱼，长三丈。'《汉书》曰：'建章宫北治大池，名曰太液池，中起三山，以象瀛洲、蓬莱、方丈，刻金石为鱼龙、奇禽、异兽之属。'"何清谷校注说："太液池的水源来自昆明池。""《汉书》卷二十五《郊祀志》颜师古注引《三辅故事》云：太液池'北岸有石鱼，长二丈，高五尺，西岸有石鳖三枚，长六尺'。1973年，在高低堡子村西侧发现一件长4.9米，中间最大直径1米，形如橄榄的石雕，可能就是当年池边的石鱼。"王仲殊《汉代考古学概说》说："建章宫北有太液池，其遗迹尚大致可寻。1973年在池址的北侧发现了一件巨型的鱼形石雕，长近5米，证实了各种文献关于太液池北岸当时置有石鱼的记载。"文人辞赋中也有对于太液池的描写。班固《西都赋》曰："前唐中而后太液，览沧海之汤汤。扬波涛于碣石，激神岳之嶈嶈。滥瀛洲与方壶，蓬莱起乎中央。于是灵草冬容，神木丛生。岩峻

嶒崒，金石峥嵘。”张衡《西京赋》曰：“顾临太液，沧池漭沆。渐台立于中央，赫昈昈以弘敞。清渊洋洋，神山峨峨。列瀛洲与方丈，夹蓬莱而骈罗。上林岑以垒嵬，下崭岩以嵒龉。长风激于别隯，起洪涛而扬波。浸石菌于重涯，濯灵芝以朱柯。海若游于玄渚，鲸鱼失流而蹉跎。”刘庆柱《地下长安》说：“如同未央宫沧池一样，太液池不只是点缀建章宫风景的水池，还为千门万户的建章宫提供了大量蓄水。更为重要的是，太液池作为大海的象征，皇帝把其安排在皇宫之中，显示出宫城作为国家的缩影，其宫城东、西、南、北四面辟门，象征天下国土尽在宫中，又把海洋河川以太液池为象征，统统纳入宫城。”雕（diāo）胡：即菰（gū）的果实，又名菰米，也称为雕胡、安胡。紫萚（tuò）：叶子未张开的芦苇，因外皮呈紫褐色而得名。萚，落地之草木皮、叶。绿节：即茭白。

②菰：多年生草本植物，生长于浅水处，春生新枝，夏秋抽生花茎，有变异不开花而嫩茎肥大者称为茭白，开花结籽即为菰米，可食用。明周祈《名义考·雕菰》曰：“《说文》：‘雕（菰）一名蒋。’今所食茭苗米也。初生苗谓之茭白，中心生薹如藕，至秋如小儿臂，可蒸食。其中有黑点者谓之茭郁，至后结实，可炊为饭，乃雕菰米也。”米：去皮壳的某些植物的籽实。后魏贾思勰《齐民要术》卷六曰：“《本草》云：‘莲、菱、芡中米，上品药。’”

③葭（jiā）芦：初生的芦苇。《诗经·豳风·七月》曰：“七月流火，八月萑苇。”孔颖达疏曰：“初生为葭，长大为芦，成则名为苇。”

④凫（fú）：水鸟名，俗称野鸭。状如家鸭而略小，常于水中群游、低飞。《尔雅·释鸟》曰：“舒凫，鹜。”邢昺疏曰：“李巡曰：野曰凫，家曰鹜。《礼记·内则》辨鸟之不可食者云‘舒凫翠’。”宋罗愿《尔雅翼·释鸟五》曰：“凫，似鸭而小，长尾，背上有文。今江东亦呼为鸩。陆玑云：‘大小如鸭，青色，卑脚短喙，水鸟之谨愿者也。’……《方言》曰：‘野凫甚小而好没水中者，南楚之外谓之䴘

鹕。’”雏（chú）：小鸡。此指幼小的鸟类。雁：鸟名，野鹅。颈和翼较长，足和尾较短，羽毛淡紫褐色，善游泳和飞行，常见的有鸿雁、白额雁等。《礼记·月令》曰：“（仲秋之月）盲风至，鸿雁来，玄鸟归，群鸟养羞。”杜甫《九日五首》其一曰：“殊方日落玄猿哭，旧国霜前白雁来。”

⑤龟：古人视其为神灵之物，灼龟甲占卜。《礼记·礼运》曰：“何为四灵？麟、凤、龟、龙，谓之四灵。”汉王充《论衡·龙虚篇》引孔子曰：“龙食于清，游于清；龟食于清，游于浊；鱼食于浊，游于清。丘上不及龙，下不为鱼，中止其龟欤？”《春秋公羊传·定公八年》曰“龟青纯”，何休注曰：“纯，缘也。千岁之龟青髯，明于吉凶。《易》曰：‘定天下之吉凶，成天下之亹亹者，莫善乎蓍龟。’”鳖：《周礼·天官·鳖人》曰：“以时簎鱼、鳖、龟、蜃，凡貍物。春献鳖、蜃，秋献龟、鱼。”

⑥鹈鹕（tí hú）：水鸟名。体大嘴长，嘴下有可伸缩的皮囊以捕食鱼类。《尔雅·释鸟》曰：“鹈，鴮鸅。”郭璞注曰：“今之鹈鹕也。好群飞，沉水食鱼，故名洿泽，俗呼之为淘河。”《诗经·曹风·候人》曰：“维鹈在梁，不濡其翼。”孔颖达引陆玑疏曰：“鹈，水鸟，形如鹗而极大，喙长尺余，直而广，口中正赤，颔下胡大如数升囊。若小泽中有鱼，便群共杼水，满其胡而弃之，令水竭尽，鱼陆地，乃共食之，故曰淘河。”《庄子·外物》曰：“鱼不畏网而畏鹈鹕。”鹧鸪（zhè gū）：鸟名。形似母鸡，头似鹌鹑，栖息于灌木丛、树林中，单独或成对活动。鵁鶄（jiāo jīng）：即池鹭，水鸟名，别称鳽。腿长，有栗红色毛斑，以捕食鱼虫蛙为生。《尔雅·释鸟》曰：“鳽，鵁鶄。”郭璞注曰：“似凫，脚高，毛冠，江东人家养之，以厌火灾。”段成式《酉阳杂俎·广动植之一·羽篇》：“鵁鶄，旧言辟火灾。巢于高树，生子穴中，衔其母翅飞下养之。”鹢（yì）：水鸟名，形似鹭而体形较大。罗愿《尔雅翼·释鸟三》曰：“字或作鹝、作䳱、

作䴘。善高飞，能风能水。古者天子舟首象䴘，所以厌水神。《淮南》云：‘龙舟䴘首。’如是古矣。《上林赋》：‘棹䴘牛首。’汉人船首犹画青雀。盖其遗制。”

【译文】

太液池周围生长着雕胡、紫萚、绿节之类的植物。菰中有米一样的果实的，长安人称为雕胡；叶片尚未张开的幼小的芦苇，被称作紫萚；菰中有头的被称为绿节。在这些众多的植物中间，到处都是小野鸭小雁子，还有很多紫色的龟和绿色的鳖。太液池边还有许多平整的沙地，沙地上水鸟众多，有鹈鹕、鹧鸪、䴔䴖、鸿鹢，经常成群结队。

14.终南山华盖树

终南山多离合草①，叶似江蓠而红绿相杂②，茎皆紫色，气如萝勒③。有树直上百尺，无枝，上结丛条如车盖④，叶一青一赤，望之班驳如锦绣⑤。长安谓之丹青树⑥，亦云华盖树⑦。亦生熊耳山⑧。

【注释】

①终南山：秦岭主峰之一，又称南山、太乙山、太一山、地肺山，位于今陕西西安以南。山势奇骏，植物繁茂，物产丰富，是古代长安主要的资源宝库。刘庆柱《地下长安》说：终南山“是秦岭西自武功、东至蓝田县境的总称，包括翠华山、南五台、圭峰山、骊山等山峰，文献亦称此段秦岭为南山”。《关中记》曰：“终南山一名中南山，言在天中，居都之南也。又曰终南太一，左右三十里内名福地。”《三秦记》曰：“太一在骊山西，山之秀者也。”程大昌《雍录》卷五曰：“终南山横亘关中南面，西起秦、陇，东彻蓝田，凡雍、岐、

鄠、鄠、长安、万年，相去且八百里，而连绵峙据其南者，皆此之一山也。既高且广，多出物产，故《禹贡》曰‘终南厚物’也。……是自尧、禹以至周、汉，皆言终南之饶物产也，不当别有一山自名厚物也。”《汉书·东方朔传》曰：“夫南山，天下之阻也，南有江淮，北有河渭，其地从汧陇以东，商洛以西，厥壤肥饶。汉兴，去三河之地，止霸产以西，都泾渭之南，此所谓天下陆海之地，秦之所以虏西戎兼山东者也。其山出玉石、金、银、铜、铁、豫章、檀、柘，异类之物，不可胜原，此百工所取给，万民所卬足也。”离合草：草名。

②江蓠（lí）：香草名，也作江离，又名蘼芜，其粗根也是中药芎䓖。《离骚》曰：“扈江离与辟芷兮，纫秋兰以为佩。”李时珍《本草纲目·草部》曰：“嫩苗未结根时，则为蘼芜。既结根后，乃为芎䓖。大叶似芹者为江蓠，细叶似蛇床者为蘼芜，如此分别自明白矣。”

③萝勒：即香菜，又称兰香，也可入药。东晋十六国时，北人为避后赵皇帝石勒名讳而改称兰香。

④车盖：古代车子上的伞形物，由一根木柱支撑，用来遮阳挡风雨。《史记·商君列传》曰：“五羖大夫之相秦也，劳不坐乘，暑不张盖，行于国中，不从车乘，不操干戈。”车上立盖，只有一定身份地位的人方可享用。《汉书·循吏传·黄霸传》曰：“其以贤良高第扬州刺史霸为颍川太守，秩比二千石，居官赐车盖，特高一丈”。

⑤班驳：同“斑驳”，多种色彩错落相杂的样子。唐白居易《山石榴花十二韵》曰：“离披乱剪彩，斑驳未匀妆。”

⑥丹青：丹砂和青雘（huò）两种矿石，可制作颜料。丹青树的树叶一面青色一面赤红色，与这两种矿石色泽相似，故名。

⑦华盖：帝王出行时所乘车子的伞盖上饰有五色云气、金枝玉叶等花纹，色彩斑斓，故称。崔豹《古今注·舆服》曰：“华盖，黄帝所作也，与蚩尤战于涿鹿之野，常有五色云气金枝玉叶止于帝，上有花葩之象，故因而作华盖焉。”

⑧熊耳山：山名，为秦岭东段支脉，在今河南西部，因两峰对峙，形如熊耳而得名。熊，罗愿《尔雅翼·释兽二》曰："古以熊配虎为旗，又皆以为王射之侯，又以皮为冠。执罼者冠之，谓之旄头。乘舆之出，则前旄头而后豹尾。盖乘舆黄麾内，羽仗班弓前，左罼右罕，执罼者冠熊皮冠，谓之旄头。……盖熊于山中，行数十里，悉有跧伏之所，必在山岩枯木中，山民谓之熊馆。惟虎出百里外，即迷失道路，熊出而不迷，故开道者首熊以出焉。"

【译文】

终南山上有很多离合草，叶子长得很像江蓠草但是红绿相间，草茎都是紫色，气味像萝勒一样。山上还有一种树，笔直地向上生长，高达百尺却没有岔枝，而在树顶上，枝条缠绕纠结形如车盖，树叶一面青色另一面是赤红色，看上去色彩斑斓美如刺绣。长安人称这种树为丹青树，也称华盖树。这种树也生长在熊耳山。

15.高祖斩蛇剑

汉帝相传以秦王子婴所奉白玉玺①，高帝斩白蛇剑②。剑上有七采珠、九华玉以为饰③，杂厕五色琉璃为剑匣④。剑在室中⑤，光景犹照于外⑥，与挺剑不殊⑦。十二年一加磨莹⑧，刃上常若霜雪。开匣拔鞘，辄有风气，光彩射人。

【注释】

①秦王子婴（？—前206）：秦始皇之孙，秦二世胡亥之侄。秦二世三年（前207），丞相赵高杀了胡亥，立子婴为秦王，未敢称帝，子婴当政仅46天便向刘邦投降，后被项羽所杀。白玉玺：秦始皇印，秦代传国玉玺，相传为秦代丞相李斯用蓝田玉镌刻而成，上书八篆字。后成为汉代国玺。汉应劭《汉官仪》卷下曰："天子有传

国玺，文曰‘受命于天既寿且康’。不以封也。”《史记·高祖本纪》曰：“汉元年十月，沛公兵遂先诸侯至霸上。秦王子婴素车白马，系颈以组，封皇帝玺符节，降轵道旁。”《汉书·元后传》曰：“初，汉高祖入咸阳至霸上，秦王子婴降于轵道，奉上始皇玺。即高祖诛项籍，即天子位，因御服其玺，世世传受，号曰汉传国玺。”玺，印。古代不分尊卑皆称玺，秦统一后专指皇帝之印，以玉制。卫宏《汉旧仪》卷上曰：“汉以来，天子独称玺，又以玉，群臣莫敢用也。”蔡邕《独断》卷上亦曰：“秦以来，天子独以印称玺，又独以玉，群臣莫敢用也。”但周伟洲《西汉皇后玉玺和甘露二年铜方炉的发现》说：“汉时，帝、后印独称玺之说并不确。《汉官旧仪补遗》记‘诸侯王黄金玺，橐驼钮，文曰玺’。传世有‘淮阳王玺’可证。又匈奴单于印，文也曰玺（见《汉书·匈奴传》）。出土和传世的西汉印中，非帝后之印而玉质者也不少。如北京故宫博物院藏‘婕妤妾赵’印，长沙杨家山西汉墓出土‘陈平’印，皆玉质。可能在西汉并未形成制度，只是‘群臣莫敢用’，到东汉较严格，故卫宏有此记载。”

②斩白蛇剑：汉高祖刘邦斩杀白蛇的剑。《史记·高祖本纪》曰：“高祖以亭长为县送徒骊山，徒多道亡。自度比至皆亡之，到丰西泽中，止饮，夜乃解纵所送徒。曰：‘公等皆去，吾亦从此逝矣！’徒中壮士愿从者十余人。高祖被酒，夜径泽中，令一人行前。行前者还报曰：‘前有大蛇当径，愿还。’高祖醉，曰：‘壮士行，何畏！’乃前，拔剑击斩蛇。蛇遂分为两，径开。……后人来至蛇所，有一老妪夜哭。……妪曰：‘吾子，白帝子也，化为蛇，当道，今为赤帝子斩之，故哭。’……后人告高祖，高祖乃心独喜，自负。”于是，斩白蛇剑便成为刘邦承天命享天下的重要物证。斩蛇之剑从何而来？一说得自太上皇，《三辅旧事》曰：“太上皇微时，佩一刀，长三尺，上有铭字难识。传云殷高宗伐鬼方时所作也。高祖以之

斩白蛇。及定天下,藏于宝库。守藏者见白气如云出户,状如龙蛇。"一说得自南山,陶弘景《古今刀剑录》曰:"前汉刘季,在位十二年。以始皇三十四年(前213),于南山得一铁剑,长三尺,铭曰'赤霄',大篆书。及贵,常服之,此即斩蛇剑也。"陈直《三辅黄图校证》说:"《异苑》云:'晋惠帝元康二年(292),武库火烧孔子履、高祖斩白蛇剑、王莽头等三物。'据此,高祖斩蛇剑,至晋时始毁也。"蛇,《仪礼·乡射礼》曰:"福长如笱,博三寸,厚寸有半。龙首,其中蛇交。"郑玄注曰:"蛇龙,君子之类也。"贾公彦疏曰:"《易》云:'龙战于野,其血玄黄。'郑注云:'圣人喻龙,君子喻蛇。'是蛇龙总为君子之类也。"

③七彩、九华:形容色彩缤纷绚丽,颜色多样。七、九,意为色彩繁多,皆非实指。

④杂厕:掺杂。琉璃:又称流离、瑠璃,一种有色半透明的玉石。《汉书·西域传上》曰:"(罽宾国)出封牛、水牛、象、大狗、沐猴、孔爵、珠玑、珊瑚、虎魄、璧流离。"颜师古注引《魏略》曰:"大秦国出赤、白、黑、黄、青、绿、缥、绀、红、紫十种流离。……此盖自然之物,采泽光润,逾于众玉,其色不恒。"

⑤室:装剑的剑鞘。扬雄《方言》卷九曰:"剑削(鞘),自河而北燕赵之间谓之室。"《史记·刺客列传》曰:"(秦王)拔剑,剑长,操其室。"《索隐》注曰:"室谓鞘也。"

⑥光景:剑身反射出来的光芒。

⑦挺剑:拔出剑鞘里的剑。《战国策·魏四·秦王使人谓安陵君》曰:"挺剑而起。"

⑧磨莹:磨冶剑身,使之有光泽。贾岛《剑客》诗曰:"十年磨一剑,霜刃未曾试。今日把示君,谁有不平事?"首两句似出自本句。

【译文】

汉代皇帝将秦王子婴投降时进献的白玉玺和高祖斩杀白蛇的宝剑

代代相传。宝剑上装饰着珍贵的七彩珠和九华玉，剑鞘由五色斑斓的琉璃宝石装饰。剑在鞘内，光芒仍能照射到外面，与拔出鞘的剑发出的光芒没有差别。十二年磨炼一次宝剑，剑刃上常常光亮如霜雪。打开剑盒，拔剑出鞘，就有一股剑光寒气扑来，光彩逼人。

16.七夕穿针开襟楼

汉彩女常以七月七日穿七孔针于开襟楼①，俱以习之②。

【注释】

①彩女：即采女。汉代宫女的一种称号，在宫中的地位较低，后也泛指宫女。应劭《风俗通义·佚文》曰："六宫采女凡数千人。按采者，择也。天子以岁八月，遣中大夫与掖庭丞相工，率于洛阳乡中阅视童女，年十三以上，二十以下，长壮皎洁有法相者，因载入后宫，故谓之采女也。"《汉书·外戚传》曰"家人子"，颜师古注曰："采择良家子以入宫，未有职号，但称家人子也。"《后汉书·皇后纪上》曰：后宫"又置美人、宫人、采女三等，并无爵秩，岁时赏赐充给而已"。七月七日：俗称七夕。《风俗通义·佚文》曰："织女七夕当渡河，使鹊为桥。"自汉代起，即传说牛郎织女这夜在天河相会。在这天，民间还有晒经书以及姑娘穿针乞巧的风俗。七孔针：针名。开襟楼：又名开襟阁，汉代掖庭楼阁名，在未央宫，宫女居住之所。叶廷珪《海录碎事》卷二曰："汉宫女七夕穿针，皆会于开襟楼，针皆七孔。"楼，古代城墙或土台上的建筑物，似阁或榭。吕思勉《中国文化小史》说："《尔雅·释宫》：'四方而高曰台。有木者谓之榭。陕而修曲曰楼。'《注》云：'台，积土为之。'榭是在土台之上，再造四方的木屋。楼乃榭之别名，不过其形状有正方修曲之异而已，这都是供游观眺望之所，并不是可以住人的。"

②俱以习之：高承《事物纪原·岁时风俗部》曰："《西京杂记》曰：'汉采女常以七月七日夜穿七孔针于开襟楼。'今七夕望月穿针，以彩缕过者为得巧之候，其事盖始于汉。"

【译文】

汉代的宫女常常在每年的七月初七这天在未央宫开襟楼穿七孔针，大家对此已经习以为常了。

17. 身毒国宝镜

宣帝被收系郡邸狱[①]，臂上犹带史良娣合采婉转丝绳[②]，系身毒国宝镜一枚[③]，大如八铢钱[④]。旧传此镜见妖魅，得佩之者为天神所福，故宣帝从危获济[⑤]。及即大位[⑥]，每持此镜，感咽移辰[⑦]。常以琥珀笥盛之[⑧]，缄以戚里织成锦[⑨]，一曰斜文锦[⑩]。帝崩[⑪]，不知所在。

【注释】

①宣帝：即汉宣帝刘询（前91—前49），汉武帝曾孙，戾太子刘据之孙，前74年—前49年在位。《西汉会要·帝系一》曰："昭帝崩，无嗣。大将军霍光请皇后召昌邑王。六月，王受皇帝玺绶。癸巳，光奏王贺淫乱，请废。太后诏曰：'可。'光奏议曰：'孝武帝曾孙病已，操行节俭，慈仁爱人，可以嗣孝昭皇帝后。'奏可。宗正德至曾孙尚冠里舍，洗沐，赐御府衣。太仆以軨猎车奉迎曾孙。庚申，入未央宫，见皇太后，封为阳武侯。已而群臣奉上玺绶，即皇帝位。"收：逮捕。系：拘囚，关押。郡邸：汉代各郡设在京城的官舍。长安城中的官邸，一般为诸侯王国、汉王朝邻近地区派驻京城的办事处。此官邸既是官府在京城的办公场所，也是住宿之

地。邸中附设有监狱,以临时收治犯法的官吏和朝廷交押的犯人。武帝末年,宫廷权力斗争激烈,宫中上下迷信鬼神,巫师便大行其道。《汉书·武五子传·刘据传》曰:"(近臣江)充与太子及卫氏有隙,恐上晏驾后为太子所诛,会巫蛊事起,充因此为奸。"《三辅旧事》曰:"江充为铜(桐)人长尺,以针刺其腹,埋太子宫中,晓医术,因言其事。"江充借机诬陷太子在宫中埋桐人诅咒重病的武帝早死,因而掀起一场巫蛊之祸。恐惧的太子刘据发兵,杀了江充。《西汉会要·帝系三》曰:"征和二年(前91)七月,按道侯韩说、使者江充等掘蛊太子宫。壬午,太子与皇后谋斩充,以节发兵与丞相刘屈氂大战长安,死者数万人。庚寅,太子亡,皇后自杀。八月辛亥,太子自杀于湖。"太子家人也多遇害,就连刚出生的刘询也被抓捕。《汉书·宣帝纪》曰:"(刘询)生数月,遭巫蛊事,太子、良娣、皇孙、王夫人皆遇害。……曾孙虽在襁褓,犹坐收系郡邸狱。"颜师古注曰:"如淳曰:'谓诸郡邸置狱也。'师古曰:'据《汉书仪》,郡邸狱治天下郡国上计者,属大鸿胪。此盖巫蛊狱繁,收系者众,故曾孙寄在郡邸狱。'"邸,古时诸侯国设在京师供朝觐皇帝者住宿的官舍。后亦泛指高级官员办事或居住之所。《史记·孝文本纪》曰:"太尉乃跪上天子玺符。代王谢曰:'至代邸而议之。'遂驰入代邸,群臣从至。"《索隐》引许慎《说文解字》曰:"邸,属国舍。"《汉书·文帝纪》曰"至邸而议之",颜师古注曰:"郡国朝宿之舍,在京师者率名邸。邸,至也,言所归至也。"

②史良娣:戾太子刘据之妾,史姓,宣帝祖母,死于巫蛊之祸。《汉书·武五子传·刘据传》曰:"元鼎四年(前113),(据)纳史良娣,产子男进,号曰史皇孙。"良娣,太子妾的一种称号。《汉书·武五子传·刘据传》曰"史良娣",颜师古注引韦昭曰:"良娣,太子之内官也。太子有妃,有良娣,有孺子,凡三等。"《汉

书·外戚传上》卫太子史良娣传亦曰:“太子有妃,有良娣,有孺子,妻妾凡三等。”合采:织成彩色图案。婉转丝绳:古代风俗,用彩丝织成各种丝带佩戴在身上。汉代无论贵族平民,皆流行佩戴或赠送五色丝缕,以求避鬼神、避病灾和兵祸,期望健康长寿。应劭《风俗通义·佚文》曰:“五月五日,赐五色续命缕,俗说以益人命。”“五月五日,以五彩丝系臂,名长命缕,一名续命缕,一名辟兵缯,一名五色缕,一名朱索,辟兵及鬼,命人不病温。又曰,亦因屈原。”

③身毒:印度古译名之一,又称天竺。《史记·大宛列传》曰:“(大夏)其东南有身毒国。”《索隐》引孟康曰:“即天竺也,所谓浮图胡也。”《正义》曰:“一名身毒,在月氏东南数千里。俗与月氏同,而卑湿暑热。其国临大水,乘象以战。”《汉书·张骞李广利传·张骞传》曰:“吾贾人往市之身毒国。身毒国在大夏东南可数千里。”颜师古注曰:“李奇曰:‘一名天笃,则浮屠胡是也。’师古曰:‘即敬佛道者。’”

④八铢钱:本为秦钱,方孔圆钱,重半两,汉初因其太沉重而废除,高后二年(前186)更铸八铢钱,直径三厘米。《汉书·高后纪》曰“行八铢钱”,颜师古注引应劭曰:“本秦钱,质如周钱,文曰‘半两’,重如其文,即八铢也。汉以其太重,更铸荚钱,今民间名榆荚钱是也。民患其太轻,至此复行八铢钱。”《汉书·食货志下》曰:“秦兼天下,币为二等:黄金以溢为名,上币;铜钱质如周钱,文曰‘半两’,重如其文。而珠玉龟贝银锡之属为器饰宝藏,不为币,然各随时而轻重无常。汉兴,以为秦钱重难用,更令民铸荚钱。黄金一斤。而不轨逐利之民蓄积余赢以稽市物,痛腾跃,米至石万钱,马至五百金。”铢,秦汉时期的计量单位。按《中国历代衡制演变测算简表》,汉时一斤为十六两,一两为二十四铢。一株合今制0.65克。

⑤从危获济：宣帝刘询在狱中时受到廷尉监邴吉的关照得以保命。《汉书·宣帝纪》曰："武帝疾，往来长杨、五柞宫，望气者言长安狱中有天子气，上遣使者分条中都官狱系者，轻重皆杀之。内谒者令郭穰夜至郡邸狱，（邴）吉拒闭，使者不得入，曾孙赖吉得全。因遭大赦，吉乃载曾孙送祖母史良娣家。"此后，刘询得到曾受恩于戾太子的掖庭令张贺的帮助，长大成人。元平元年（前74），昭帝亡，无子嗣，被昭帝重用的大将军霍光于是从掖庭中迎立刘询为帝。济，救援。

⑥大位：指皇位。

⑦移辰：时间长久。辰，时辰，古代计时单位，一个时辰相当于今两小时。

⑧常：通"尝"，曾经。琥珀笥（sì）：用琥珀装饰的方盒。笥，装衣物或饭食的方形竹器。

⑨缄（jiān）：束缚，封闭。戚里：汉代长安城内地名，因帝王姻戚多聚居于此而得名。《三辅黄图》卷二曰："长安闾里一百六十，室居栉比，门巷修直。有宣明、建阳、昌阴、尚冠、修城、黄棘、北焕、南平、大昌、戚里。"《汉书·万石卫直周张传·石奋传》曰："于是高祖召其姊为美人，以奋为中涓，受书谒。徙其家长安中戚里。"颜师古注曰："于上有姻戚者，则皆居之，故名其里为戚里。"里，原指人所聚居的地方。许慎《说文解字》"里部"曰："里，居也，从田从土。"段玉裁注曰："有田有土而可居也。"此指古代地方行政组织。《周礼·地官·遂人》曰："五家为邻，五邻为里。"各代构成里的实际户数不一。许倬云《说中国》说："郡县以下的基层，在春秋时代还是以'社'为中心的人群共同体。所谓'社'，也就是地方的保护神。……汉代延续秦制。地方基层的行政建立于乡、里。我们从秦汉简牍的记载，看到'社'转变为'里'。……最基层的'里'，……政府掌握了每一个'里'的人口数字，多少

大男、大女、中男、中女、小男、小女，他们每年的增加和减少，这些人所属的家庭以及彼此的关系，和每一家的产业。政府征收人头税，即所谓算钱和田赋，也由当地‘里’的干部负责收集。……地方行政当局经过乡里的组织，直接掌握国民的生活。”织成锦：古代名贵丝织品，用彩丝金线织成花纹图案，类似刺绣，多产于蜀地，汉以来常用作王公贵族的服饰衣料。

⑩斜文锦：丝织品名。文，通“纹”。

⑪崩：古代称帝王死亡。《礼记·曲礼下》曰：“天子死曰崩，诸侯曰薨，大夫曰卒，士曰不禄，庶人曰死。”郑注曰：“异死名者。为人亵其无知，若犹不同然也。自上颠坏曰崩，薨，颠坏之声。卒，终也。不禄，不终其禄。死之言澌也，精神澌尽也。”

【译文】

宣帝被逮捕囚禁在郡邸的监狱中时，他的手臂上还佩戴着祖母史良娣编织的五彩图案的婉转丝绳，上面系着一枚来自身毒国的宝镜，宝镜有八铢钱那么大。传说这枚宝镜能照得见妖魔鬼怪，佩戴它的人会受到天神的福佑，因此，宣帝能从危难中得到解救。宣帝即位后，每次拿着这枚宝镜，都会久久地感叹呜咽。他曾用琥珀装饰的方形竹器盛放宝镜，并用戚里出产的华贵的织成锦，也称斜文锦包裹起来。宣帝驾崩后，宝镜便不知到哪里去了。

18.霍显为淳于衍起第赠金

霍光妻遗淳于衍蒲桃锦二十四匹①，散花绫二十五匹②。绫出钜鹿陈宝光家③，宝光妻传其法。霍显召入其第④，使作之。机用一百二十镊⑤，六十日成一匹，匹直万钱⑥。又与走珠一琲⑦，绿绫百端⑧，钱百万，黄金百两，为起第宅[9]，奴婢不可胜数。衍犹怨曰："吾为尔成何功，而报我若是哉[10]！"

【注释】

①霍光（？—前68）：汉骠骑将军霍去病之弟，西汉武帝、昭帝、宣帝三朝重臣。字子孟，河东平阳（今山西临汾西南）人。受武帝遗诏辅佐昭帝，任大司马大将军，昭帝死后，迎立昌邑王，因其荒淫无道而废之，复迎立宣帝，极受昭帝与宣帝礼遇。执政20年，权势极盛，轻徭薄赋，百姓充实，四夷宾服。《汉书·霍光金日磾传·霍光传》曰："光为人沈静详审，长财七尺三寸，白皙，疏眉目，美须髯。每出入下殿门，止进有常处，郎仆射窃识视之，不失尺寸，其资信端正如此。"霍光妻：即霍显，霍光续弦。宣帝时，霍显欲送小女成君入后宫为皇后，以巩固家族地位。时许皇后临产病重，霍显收买指使宫廷女医淳于衍毒死许皇后。"显恐事败，即具以实语光。光大惊，欲自发举，不忍，犹与。会奏上，因署衍勿论。"（《汉书·霍光金日磾传·霍光传》）霍光女终入宫立为皇后。《西汉会要·帝系二》曰："（霍光女）立三岁而光薨。上立许后男为太子。显恚不食，呕血，复教皇后令毒太子。皇后数召太子赐食，保阿辄先尝之，后挟毒不得行。"后杀许皇后事败露，霍氏谋废宣帝，事发后，霍氏被诛灭，霍皇后被废。淳于衍：宣帝时宫廷女医。字少夫。蒲桃锦：织有葡萄花纹的彩色锦缎。蒲桃，即"葡萄"。段成式《酉阳杂俎·广动植之三·木篇》曰："此物实出于大宛，张骞所致。有黄、白、黑三种，成熟之时，子实逼侧，星编珠聚，西域多酿以为酒，每来岁贡。在汉西京，似亦不少。"匹：计量单位。《汉书·食货志下》曰："布帛广二尺二寸为幅，长四丈为匹。"

②散花绫：一种织有彩色花纹的丝织品。沈从文《中国文物常识》

说:“锦类的纹样发展……必然和同时期的铜玉漆绘花纹有个相通处。到汉代,群鹄、游猎、云兽、文锦和同时金银错器、漆器花纹就有密切联系,已从实物上得到证明。传玄为马钧作传,称改造锦机,化繁为简,提花方法已近于后来织机。《西京杂记》记陈宝光家织散花绫,由于提花法进步,色泽也复杂得不可思议。”

③钜鹿:秦始皇二十六年(前221)灭赵置郡,汉因之。治所在今河北平乡。陈宝光:西汉钜鹿人,其妻擅长织绫,闻名当地。

④第:大宅,宅院。《汉书·高帝纪下》曰:“为列侯食邑者,皆佩之印,赐大第室。吏二千石,徙之长安,受小第室。”颜师古注引孟康曰:“有甲乙次第,故曰第也。”

⑤镊(niè):又称牵挺、镊机,古代织丝的器具,此处指织机上提综的踏板。

⑥直:通“值”。陈直《两汉经济史料论丛·关于两汉的手工业》说:“此为私人作坊加工的特货,故比其它缯帛售价为高。”

⑦走珠:一种南越产大珠。沈怀远《南越志》曰:“珠有九品,大五分以上至一寸八分,分为八品。有光彩,一边小平,似覆釜者名珰珠,珰珠之次为走珠,走珠之次为滑珠。”陈继儒《珍珠船》卷四曰:“珠一寸以上曰大品珠,大而底平曰珰珠,次曰走珠、滑珠、磥砢珠。”琲(bèi):成串的珠子,十串珠为一琲。左思《文选·吴都赋》曰:“金镒磊砢,珠琲阑干。”刘渊林注曰:“琲,贯也,珠十贯为一琲。”

⑧端:古代布帛长度单位,各代标准不一。《左传·昭公二十六年》曰“以币锦二两”,杜预注曰:“二丈为一端,二端为一两,所谓匹也。二两二匹。”陈直《两汉经济史料论丛·关于两汉的手工业》说:“古诗有:‘客从远方来,遗我一端绮。’是汉时缯帛一匹,亦可称为一端。”《魏书·食货志》曰:“旧制,民间所织绢、布,皆幅广二尺二寸,长四十尺为一匹,六十尺为一端,令任服用。后乃渐至

滥恶，不依尺度。”

⑨起：修建。宅：辟为居住之处。刘熙《释名·释宫室》曰：“宅，择也，择吉处而营之也。”后指住所。

⑩报：报答，用实际行动或财物表示感谢。《汉书·外戚传上》曰：“（霍显）亦未敢重谢衍。”与本条所记有异。

【译文】

霍光的妻子霍显送给女医淳于衍蒲桃锦缎二十四匹，散花绫二十五匹。这种绫出自钜鹿陈宝光家，陈宝光的妻子继承了织造这种绫的技艺。霍显把陈妻召进自己府第，让她织绫。织机上用了一百二十个提综的踏板，六十天才织成一匹，每匹都价值万金。霍显又送给淳于衍十串走珠，一百端绿绫，百万钱，百两黄金，还为她兴建宅邸，家里奴婢不可胜数。即使这样淳于衍仍旧抱怨说：“我为你立下了何等大功，而你报答我的就只是这些东西！”

19.旌旗飞天堕井

济北王兴居反①，始举兵②，大风从东来，直吹其旌旗③，飞上天入云，而堕城西井中④。马皆悲鸣不进。左右李廓等谏⑤，不听。后卒自杀。

【注释】

①济北王兴居：“北”原为“阴”，据史料改。刘兴居，汉高祖之孙，高祖长子齐悼惠王刘肥之子。高后六年（前182）被封为东牟侯，参与平定诸吕、迎立文帝，“及文帝立，闻朱虚、东牟之初欲立齐王，故黜其功。（文帝）二年（前178），王诸子，乃割齐二郡以王章、兴居。”（《汉书·高五王传·济北王兴居传》）刘兴居不满，借文帝外出劳军之机起兵谋反，兵败被俘后自杀。

②举兵：起兵造反。

③旌旗：旗帜的通称。《周礼·春官·司常》曰："凡军事，建旌旗。"旌，古代用旄牛尾或兼五彩羽毛饰杆头的旗子。《周礼·春官·司常》曰："全羽为旞，折羽为旌。"《尔雅·释天》曰："注旄首曰旌。"郭璞注曰："载旄于杆头，如今之幢，亦有旒。"

④城：在都邑四周用作防御的墙垣，一般有两重，里面的称城，外面的叫郭。城指内城，郭指外城。《孟子·公孙丑下》曰："三里之城，七里之郭，环而攻之而不胜。"

⑤左右：跟随身边的侍从、近臣。李廓：济北王身边的近臣亲信，生平不详。

【译文】

济北王刘兴居造反，刚开始起兵的时候，忽然一阵大风从东方刮来，径直吹起他的军旗，军旗被吹上了天空，直入云霄，最后堕落在城西的井中。他的战马都悲鸣嘶叫着不肯前行。刘兴居的左右近臣如李廓等人都劝诫他不要谋反了，但刘兴居不听。最终兵败自杀而亡。

20.弘成子文石

五鹿充宗受学于弘成子[1]。成子少时，尝有人过己[2]，授以文石[3]，大如燕卵。成子吞之，遂大明悟[4]，为天下通儒[5]。成子后病，吐出此石，以授充宗，充宗又为硕学也[6]。

【注释】

①五鹿充宗：西汉儒家学者，西汉梁丘贺派《易》学和《齐论语》传人。字君孟。有《周易略说》三篇，已失传。与中书令石显交结，官尚书令、少府，石显失宠后被贬官。五鹿，复姓。弘成子：西汉儒者，生平不详。

②过：来访，拜访。

③文石：有花纹的石头。

④明悟：明白领悟。

⑤通儒：能博通古今，既严守古训又适时通变者；或学识渊博，通晓世务，堪为一代宗师者。应劭《风俗通义·佚文》曰："儒者，区也，言其区别古今，居则玩圣哲之词，动则行典籍之道，稽先王之制，立当时之事，纲纪国体，原本要化，此通儒也。若能纳而不能出，能言而不能行，讲诵而已，无能往来，此俗儒也。"

⑥硕学：博学多闻、声名显赫的大学者。

【译文】

五鹿充宗师从弘成子学习。弘成子小时候，曾有人来探访他，送给他一块带花纹的石头，大小如燕子生的蛋。成子吞下了这块石头，就变得非常聪明有悟性，于是便成为学识渊博、通晓古今的大宗师。后来成子病重，吐出了这块石头，把它送给了充宗，充宗吞下了石头后，也变成了博学多闻、声名卓著的大学者。

21.《黄鹄歌》

始元元年①，黄鹄下太液池②。上为歌曰③："黄鹄飞兮下建章④，羽肃肃兮行跄跄⑤，金为衣兮菊为裳⑥。唼喋荷荇⑦，出入蒹葭⑧，自顾菲薄⑨，愧尔嘉祥⑩。"

【注释】

①始元元年：前86年。始元，汉昭帝刘弗陵的第一个年号。

②黄鹄（hú）：一种大鸟，一说天鹅。朱骏声《说文通训定声·孚部》曰："形似鹤，色苍黄，亦有白者，其翔极高，一名天鹅。"《楚辞·惜誓》曰："黄鹄之一举兮，知山川之纡曲；再举兮，睹天地之

圜方。”《商君书·画策》曰:“黄鹄之飞,一举千里,有必飞之备也。”韩婴《韩诗外传》卷二曰:“夫黄鹄一举千里,止君园池,食君鱼鳖,啄君黍粱,无此五者,君犹贵之,以其所从来者远矣。臣将去君,黄鹄举矣。”在古代,黄鹄被视为吉祥的鸟,一旦有黄鹄降临皇家苑囿,便被认为是吉庆之事,是上天对皇帝的首肯,因此朝廷会大肆庆贺,皇帝也会赏赐众臣。《汉书·昭帝纪》曰:“始元元年春二月,黄鹄下建章宫太液池中。公卿上寿。赐诸侯王、列侯、宗室金钱各有差。”下:飞落。

③上:指汉昭帝刘弗陵。

④建章:即建章宫,汉代宫室名,位于汉长安城西上林苑,其地原为建章乡,故以乡名为宫名。武帝太初元年(前104),未央宫柏梁台遭遇火灾,武帝听信粤巫勇之之言,在城外上林苑中建造了比未央宫更大的建章宫以镇压火灾。《汉书·郊祀志下》曰:“勇之乃曰:‘粤俗有火灾,复起屋,必以大,用胜服之。’于是作建章宫,度为千门万户,前殿度高未央。其东则凤阙,高二十余丈。其西则商中,数十里虎圈。其北治大池,渐台高二十余丈,名曰泰液。池中有蓬莱、方丈、瀛洲、壶梁,象海中神山龟鱼之属。其南有玉堂璧门大鸟之属。立神明台、井干楼,高五十丈,辇道相属焉。”《关中记》曰:“上林苑中有宫十二,建章其一也。”宫内西北部即为太液池。建章宫内共建有三十余座宫殿,周长逾10公里,与未央宫间建有飞阁辇道,以方便往来。程大昌《雍录》卷二曰:“《东方朔传》曰:‘陛下以城中为小,图起建章,左凤阙,右神明,号称千门万户。’……建章如此其侈,而正史少曾正书临幸,则皆从飞阁越城以出也。”建章宫建成后,武帝常居于此,直到昭帝时代,皇宫才迁回未央宫。《关中记》曰:“建章宫其制度事兼未央宫,周回二十余里。”刘庆柱《关中记辑注》说:“建章宫的形制布局是按照未央宫兴建的。汉武帝把建章宫看作他的新皇宫。……从

诸文献记载的建章宫规模来看，与未央宫不无两样。至于其宫内布局对后代皇宫建筑的影响，甚至超过未央宫。”

⑤肃肃：象声词，鸟扇动羽翼的声音。《诗经·唐风·鸨羽》曰：“肃肃鸨羽，集于苞栩。”《毛传》曰：“肃肃，鸨羽声也。”跄跄（qiāng）：舞动，飞跃奔腾的样子。《尔雅·释训》曰：“跄跄，动也。”邢昺疏曰：“恐动趋步，威仪谨敬也。”《汉书·扬雄传》曰：“秋秋跄跄，入西园，切神光。”《尚书·益稷》曰：“笙镛以间，鸟兽跄跄。”孔安国传曰：“鸟兽化德，相率而舞，跄跄然。”

⑥金：金色。衣、裳（cháng）：古代服饰称上为衣，下为裳。《诗经·邶风·绿衣》曰：“绿兮衣兮，绿衣黄裳。”亦泛指衣服，男女皆服。许嘉璐《中国古代衣食住行》说：“裳，在《说文》为‘常’的异体字。‘常，下裙也。裳，常或从衣。’‘帬（裙）’下云‘下裳也’。常、裙二字互训，说明裳就是裙。《诗经·小雅·斯干》：‘乃生男子，载寝之床，载衣之裳，载弄之璋。’郑笺：‘裳，昼日衣也。’又《豳风·七月》：‘八月载绩，载玄载黄。我朱孔阳，为公子裳。’《释名》：裙，下裳也。裙，群也，联接群幅也。”菊：此指菊黄色。

⑦唼喋（shà zhá）：水鸟和鱼吃食时发出的声音。荷：荷花，别名芙蕖。《太平御览》卷九百九十九曰：“《毛诗义疏》曰：‘芙蕖，茎为荷，其花未发为菡萏，已发为芙蕖。其实莲，莲青皮，里白子为的，的中有青，长三分，如钩，为薏。语曰苦如薏也。’”《尔雅·释草》曰：“荷，芙蕖。其茎茄，其叶蕸，其本蔤，其华菡萏，其实莲，其根藕，其中的，的中薏。”邢昺疏曰：“李巡曰：皆分别莲茎叶华实之名。芙蕖其总名也，别名芙蓉，江东呼荷。菡萏，莲华也；的，莲实也；薏，中心也。郭璞曰：‘蔤，茎下白蒻在泥中者。’今江东人呼荷花为芙蓉，北方人便以藕为荷，亦以莲为荷，蜀人以藕为茄，或用其母为华名，或用根子为母叶号，此皆名相错，习俗传误，失其正体者也。陆玑疏云：‘莲青皮里白子为的，的中有青为薏，味甚

苦,故里语云苦如薏是也。'"《楚辞·离骚》曰:"制芰荷以为衣兮,集芙蓉以为裳。"王逸注曰:"芙蓉,莲华(花)也。"罗愿《尔雅翼·释草八》曰:"《周书》曰:'鱼龙成则薮泽竭,薮泽竭则莲藕掘。'宋时太官作血衉,庖人削藕皮,误落血中,遂散不凝。医乃用藕,疗血多效。叶可裹物。汉郑敬为新迁功曹,与同郡邓敬折芰为米,以荷为肉。"荇(xìng):荇菜,一种多年水生植物,嫩时可食。《诗经·周南·关雎》曰:"参差荇菜,左右流之。"孔颖达引陆玑疏曰:荇"白茎,叶紫赤色,正圆,径寸余,浮在水上,根在水底,与水深浅等"。罗愿《尔雅翼·释草五》曰:"荇菜今陂泽多有,今人犹止谓之荇菜,非难识也。叶亦卷渐开,虽圆而稍羡,不若莼之极圆也。叶皆随水高低,平浮水上,花则出水,黄色六出,今宛陵陂湖中,弥覆顷亩,日出照之如金,俗名金莲子。"

⑧蒹葭(jiān jiā):初生的尚未长穗的芦荻。《诗经·秦风·蒹葭》曰:"蒹葭苍苍,白露为霜。"《尔雅·释草》曰:"葭,华。蒹,薕。葭,芦。"邢昺疏曰:"此辨蒹葭等生成之异名也。葭,一名华,即今芦也。苇之未成者。蒹,一名薕。"

⑨菲薄:才能浅陋,自谦之词。

⑩嘉祥:祥瑞。《汉书·宣帝纪》曰:"屡获嘉祥,非朕之任。"

【译文】

始元元年,有一只黄鹄飞落在太液池。昭帝为此作了一首歌辞曰:"黄鹄飞来啊降临在建章宫,展翅而飞啊跳跃翱翔,上身金色啊腹下菊黄。在荷花荇菜丛往来觅食,在初生的芦荻中翩飞穿行,我自认才能浅陋、仁德微薄,愧对黄鹄你带来的祥瑞。"

22.送葬用珠襦玉匣

汉帝送死皆珠襦玉匣①。匣形如铠甲②,连以金缕③。

武帝匣上，皆镂为蛟、龙、鸾、凤、龟、麟之象④，世谓为蛟龙玉匣。

【注释】

①送死：为死者办理丧事。珠襦（rú）玉匣：即金缕玉衣。汉代皇帝和贵族的殓服，按照死者的等级不同分为金缕、银缕、铜缕。金缕玉衣是汉代帝王所用的殓服，当时的人们认为玉可以保持尸骨不腐，将玉作为高贵的礼器和身份的象征。卫宏《汉旧仪》补遗卷下曰："帝崩，含以珠，缠以缇缯十二重；以玉为襦，如铠状，连缝之，以黄金为缕；腰以下以玉为札，长一尺，广二寸半为匣，下至足，亦缝以黄金缕。请诸衣衿敛之。……王侯葬，腰以下玉为札，长尺，广二寸半为匣，下至足，缀以黄金缕为之。"玉衣是将许多四角穿有小孔的玉片用金丝、银丝或铜丝编缀而成。刘庆柱《地下长安》说："这种衣服颇像匣子，所以又称玉柙或玉匣。"王仲殊《汉代考古学概说》说："以满城汉墓的二件为例，刘胜的玉衣共用玉片2498片，金丝重1100克，窦绾的玉衣共用玉片2160片，金丝重700克，其制作所费的人力和物力是十分惊人的。从出土的实物，并结合文献的记载来看，西汉的玉衣似乎多属金缕，东汉的玉衣则有金缕、银缕、铜缕之分。据《续汉书・礼仪志》记载，皇帝用金缕，诸侯王和始封的列侯用银缕，其他多用铜缕，估计袭爵的列侯也在用铜缕之列。河北定县东汉中山简王刘焉的玉衣是鎏金的铜缕，其等级可能与银缕的相当。迄今发现的完整的玉衣，以满城汉墓（武帝时期）的二件为最早。……以玉衣为葬服，其目的是企图保存尸骨不朽。《后汉书・刘盆子传》说，西汉诸帝陵墓内凡穿有玉衣的尸体都完好如生人，这当然是无稽之谈，不足为信。曹丕在下禁令时就说，用玉衣之类殉葬是'愚俗之所为'。"襦，一种可御寒的绵夹袄。许慎《说文解字》"衣部"曰：

“襦，短衣也。一曰䙝衣。”史游《急就篇》曰“袍襦”，颜师古注曰：“短衣曰襦，自膝以上。一曰短而施要者襦。”许嘉璐《中国古代衣食住行》说：“襦又有长襦、短襦的区别。长襦称褂，僮仆的长襦叫裋，短襦又叫腰襦。但是在古代作品里一般只称襦，不分长短。”

②铠（kǎi）甲：古代作战时的护身服装，用金属片或皮革制成。

③金缕（lǚ）：金丝线。缕，丝线，亦泛指细而长的线状物。《尔雅·释天》曰“维以缕”，郭璞注曰：“用朱缕维连持之，不欲令曳地。《周礼》曰：‘六人维王之太常。’是也。”

④镂（lòu）：雕刻，雕镂。《尔雅·释器》曰：“金谓之镂，木谓之刻，骨谓之切，象谓之磋，玉谓之琢，石谓之磨。”邢昺疏曰：“郭云‘六者皆治器之名’也。则此谓治器加功而成之名也，故《论语》注云‘切磋琢磨，以成宝器’是也。”蛟：古代传说中的瑞兽，像龙，短角，能兴风作浪发洪水。鸾：传说中凤凰一类的神鸟、瑞鸟。《山海经·西山经》曰：“（女床之山）有鸟焉，其状如翟而五采文，名曰鸾鸟，见则天下安宁。”罗愿《尔雅翼·释鸟一》曰：“鸾，赤色，五采，鸡形，鸣中五音。古者职方氏之职，扬、荆二州，其畜宜鸟兽。先儒以为孔鸾䴔䴖犀象之属，然则盖常有之物，非若麟凤为畜，鸟兽不獝狘也。孔雀䴔䴖，后世稔识；而鸾在《纬书》，已成瑞物。故《瑞应图》称‘鸾，赤神之精，凤凰之佐’。”凤：传说中的神鸟，百鸟之王，雄的称凤，雌的叫凰，通称凤或凤凰，羽毛五色，声如箫乐。《山海经·南山经》曰：“（丹穴之山）有鸟焉，其状如鸡，五采而文，名曰凤皇（凰），首文曰德，翼文曰顺，背文曰义，膺文曰仁，腹文曰信。是鸟也，饮食自然，自歌自舞，见则天下安宁。”许慎《说文解字》“鸟部”曰：“凤，神鸟也，天老曰：‘凤之象也……五色备举。出于东方君子之国，翱翔四海之外，过昆仑，饮砥柱，濯羽弱水，暮宿风穴。见则天下大安宁。’……凤飞，群

鸟从以万数，故以为朋党字。”韩婴《韩诗外传》卷八曰：“黄帝即位，施惠承天，一道修德，惟仁是行，宇内和平，未见凤凰，惟思其象，夙寐晨兴。乃召天老而问之曰：‘凤象何如？’天老对曰：‘夫凤之象，鸿前而麟后，蛇颈而鱼尾，龙文而龟背，燕颔而鸡啄。戴德负仁，抱中挟义。’”麟：麒麟，古代传说中的神兽，形状像鹿，头上有角，全身有鳞甲，尾像牛尾，疾行如飞。古人以为仁兽、瑞兽，视为祥瑞的象征。《诗经·周南·麟之趾》曰：“麟之趾，振振公子，于嗟麟兮！”罗愿《尔雅翼·释兽一》曰：“《说文》：‘麒，仁兽’，‘麟，牝麒也’。《淮南子》曰：‘麒麟斗而日月蚀。’盖岁星散为麟，岁其失序则麟斗，麟斗则日月蚀矣。骐骥善走，故良马因之，亦名为骐骥也。”

【译文】

汉代皇帝丧葬时，都使用珠玉编缀装饰的金缕玉衣作为殓服。玉衣的形状像铠甲，用金丝线将玉石一片片串联起来。武帝殓服的玉衣上面，都雕刻着蛟、龙、鸾、凤、龟、麒麟等图案，世人称之为蛟龙玉匣。

23. 三云殿

成帝设云帐、云幄、云幕于甘泉紫殿①，世谓三云殿。

【注释】

①成帝：即汉成帝刘骜（前51—前7），汉元帝刘奭（shì）之子，前32年—前7年在位。应劭《风俗通义·正失》曰：“孝成皇帝好《诗》《书》，通览古今，闲习朝廷仪礼，尤善汉家法度故事。”《汉书·成帝纪》曰：“元帝在太子宫生甲观画堂，为世嫡皇孙。宣帝爱之，字曰太孙，常置左右。年三岁而宣帝崩，元帝即位，帝为太子。壮好经书，宽博谨慎。初居桂宫，上尝急召，太子出龙楼门，不敢绝

驰道，西至直城门，得绝乃度，还入作室门。上迟之，问其故，以状对。上大说，乃著令，令太子得绝驰道云。”元帝崩，刘骜即皇位。即位后耽于酒色，宠爱赵飞燕姐妹，致使外戚擅政，国势日颓。云帐、云幄、云幕：泛指装饰有象征天空中云彩图案的帐幕。刘熙《释名·释床帐》曰：“帐，张也，张施于床上也。小帐曰斗，形如覆斗也。”“幄，屋也，以帛衣板施之，形如屋也。”“幕，幕络也，在表之称也。”许慎《说文解字》“巾部”曰：“帐，张也。”“在旁曰帷。”“帷在上曰幕。”天幕下围在四周的布幔叫帷，覆盖在上面的布幔叫幕，帷幕内像宫室的帐篷叫幄。古代帝王凡出宫狩猎或祭祀时，都有专人张设云帐。甘泉：指甘泉宫，汉代宫室名，故址在今陕西淳化甘泉山。原有秦宫林光宫，汉武帝时在此扩建，是汉代最大的离宫建筑群。《三辅黄图》卷二曰：“甘泉宫，一曰云阳宫。《史记》秦始皇二十七年（前220），作甘泉宫及前殿，筑甬道，自咸阳属之。《关辅记》曰：‘林光宫，一曰甘泉宫，秦所造，在今池阳县西，故甘泉山，宫以山为名。宫周匝十余里。汉武帝建元中增广之，周十九里。’‘去长安三百里，望见长安城，黄帝以来圜丘祭天处。’”程大昌《雍录》卷二则曰：“秦之林光，至汉犹存。汉武元封二年（前109）始即磨盘岭山秦宫之侧作为之宫，是为汉甘泉矣。孟康注《郊祀志》曰：‘甘泉一名林光。’师古曰：‘汉于秦林光旁起甘泉宫，非一名也。’师古之说是也。”传说甘泉山是黄帝以来祭天的圜丘处，故从汉武帝开始，汉代皇帝多在甘泉宫祭拜天地并朝会诸侯。《关中记》曰：“左有通天台，高三十余丈，祭天时于此候天神下也。”《汉书·郊祀志下》曰：“（汉武帝）作通天台，置祠具其下，将招来神仙之属。”程大昌《雍录》卷二曰：“武帝之为此宫也，不独以备游眺也，采信方士明庭之语，求以自通于仙，故增之又增之，如泰畤，如仙掌露盘，及泰一诸画像，尽在其上也。”陈晓捷《三辅故事》注引《中国文物地图集·陕西分册下》说:“甘泉宫遗址在今淳化县铁王乡凉武帝村周围,面积约148.6万平方米。宫城平面略呈长方形,南墙总长1949米,现存长816米,残高2.5米;西墙总长890米,现存长610米,残高1至4.5米;北墙总长1950米,现存长约600米,残高2至5米;东墙总长880米,现存长约120米,残高约1米。宫墙西南角、西北角各有圆形角楼台一座,分别残高2米、4米,顶径约7米余。”紫殿:甘泉宫中的一个殿名。刘庆柱《地下长安》说:“甘泉宫的主体建筑是前殿,也称甘泉殿,或称紫殿。”《三辅黄图》卷二曰:“帝又起紫殿,雕文刻镂黼黻,以玉饰之。成帝永始四年(前13)行幸甘泉,郊泰畤,神光降于紫殿。”成帝为此赏赐当地吏民并大赦天下,又设“三云”于紫殿。但何清谷校注说:“紫殿疑即紫檀,是甘泉泰畤的一部分。《汉书》卷二十五《郊祀志》云:‘甘泉泰畤紫檀八觚’,八觚即八角形。又云:‘紫檀有文章采镂黼黻之饰及玉、女乐’,与本文所云紫殿的装饰相同。”

【译文】

汉成帝在甘泉宫紫殿中张设带有云彩图案的云帐、云幄、云幕,世人因而称紫殿为三云殿。

24.掖庭

汉掖庭有月影台、云光殿、九华殿、鸣鸾殿、开襟阁、临池观①,不在簿籍②,皆繁华窈窕之所栖宿焉③。

【注释】

①掖庭:未央宫中天子居室两旁的房舍,是妃嫔宫女居住的地方,也称掖廷、液廷。《三辅黄图》卷三曰:“掖庭殿,在天子左右,如肘膝。”应劭《汉官仪》卷下曰:“婕妤以下,皆居掖庭。掖庭,后宫

所处。”班固《西都赋》曰：“后宫则有掖庭、椒房，后妃之室。”《汉书·百官公卿表上》曰：“武帝太初元年（前104）更名……永巷为掖庭。”月影台：位于未央宫中前殿之北。鸣鸾：指皇帝或贵族出行。鸾，铃，车铃，此指系在马勒或车前横木上的铃铛，常悬挂在帝王车上作装饰。开襟阁：即开襟楼。阁，建在高处的建筑物，多周围有窗，可以凭高远望。临池观：未央宫西南部临近太液池的地方，可以登高观池。观，台榭，建在高台上的建筑物，只有柱子、顶而无墙壁，类似后代的亭子。

②簿籍：登记簿册。此指妃嫔花名册，由掖庭令亲自掌管。汉代帝王嫔妃众多，卫宏《汉旧仪》卷下曰：“皇后一人。婕妤以至贵人，皆至十数。美人比待诏，无数。元帝、成帝皆且千人。”嫔妃共分十四等。《汉书·外戚传上》曰：“適称皇后，妾皆称夫人。又有美人、良人、八子、七子、长使、少使之号焉。至武帝制倢伃、娙娥、傛华、充依，各有爵位。而元帝加昭仪之号，凡十四等云。”自第二等婕妤以下嫔妃皆居住在掖庭，她们既是皇帝的侍妾，同时也是各有职号的女官，按照相应官职领取俸禄，其德行、妊娠、陪宿等皆有专职女官及时记录在案。而十四等之外的普通宫女，无职号亦不为皇帝所知，仅在后宫服务。这些待诏掖庭尚未入等的宫女或许就属“不在簿籍”之列。

③窈窕：妖艳美好的样子。

【译文】

汉代掖庭包括月影台、云光殿、九华殿、鸣鸾殿、开襟阁、临池观等宫舍，那些还没有登上掖庭花名册的美丽的宫女们就居住在这里。

25.昭阳殿

赵飞燕女弟居昭阳殿①，中庭彤朱②，而殿上丹漆③，砌皆铜沓[4]，黄金涂[5]，白玉阶，壁带往往为黄金釭[6]，含蓝田璧[7]，明珠、翠羽饰之[8]。上设九金龙，皆衔九子金铃。五色流苏[9]，带以绿文紫绶[10]，金银花镊[11]。每好风日，幡旄光影[12]，照耀一殿，铃镊之声，惊动左右。中设木画屏风[13]，文如蜘蛛丝缕[14]。玉几玉床[15]，白象牙簟[16]，绿熊席。席毛长二尺余，人眠而拥毛自蔽[17]，望之不能见，坐则没膝。其中杂熏诸香，一坐此席，余香百日不歇[18]。有四玉镇[19]，皆达照无瑕缺[20]。窗扉多是绿琉璃[21]，亦皆达照，毛发不得藏焉。椽桷皆刻作龙蛇[22]，萦绕其间，鳞甲分明，见者莫不兢慄[23]。匠人丁缓、李菊[24]，巧为天下第一。缔构既成[25]，向其姊子樊延年说之[26]，而外人稀知，莫能传者。

【注释】

①赵飞燕女弟：即赵飞燕的妹妹赵合德，亦称赵昭仪。赵飞燕（？—前1），汉成帝皇后。长安人，原为阳阿公主家婢女，擅长歌舞，因为体态轻盈，故称飞燕，其舞姿吸引了汉成帝，被成帝召入宫中百般宠幸，后立为皇后。汉哀帝即位后，赵飞燕被尊为皇太后。汉平帝即位，飞燕被贬为庶人后自杀。赵昭仪与赵飞燕一同进宫，也深受成帝宠幸，赵飞燕被立为皇后后，她也被封为昭仪，地位仅次于皇后。《西汉会要·帝系二》曰："成帝召（飞燕）入宫，大幸。有女弟，复召入，俱为倢伃。许后废，乃立倢伃为皇后，弟为昭仪。姊弟专宠十余年，卒皆无子。"成帝终日与赵氏姐妹荒淫无度，暴毙后，朝廷内外归罪于赵昭仪，皇太后诏"治问皇帝起居发病状"，赵昭仪因此自杀。昭阳殿：即昭阳舍，位于未央宫，汉武帝时设立的一处后宫，成帝时赵飞燕姐妹居住于此。《汉书·外戚传下》赵皇后传曰："皇后既立，后宠少衰，而弟绝幸，为

昭仪。居昭阳舍,其中庭彤朱,而殿上髹漆,切皆铜沓,黄金涂,白玉阶,壁带往往为黄金釭,函蓝田璧,明珠、翠羽饰之,自后宫未尝有焉。”班固《西都赋》曰:“昭阳特盛,隆乎孝成,屋不呈材,墙不露形。”《三辅黄图》卷三曰:“成帝赵皇后居昭阳殿,有女弟,俱为婕妤,贵倾后宫。”

②中庭:昭阳正殿前的庭院。彤朱:用朱红色漆涂地。

③丹漆:以红漆涂地。蔡质《汉官典职仪式选用》曰:“以丹漆地,故称丹墀。”应劭《汉官仪》卷下曰:“犹天子朱泥殿上,曰丹墀也。”因此,只有天子居住的宫室才能以丹漆涂地,可见赵昭仪深受成帝宠爱。

④砌:门槛。铜沓:用铜包裹木门槛。铜,古谓之赤金。吕思勉《中国文化小史》说:“在古代,铜的使用,除造兵器以外,多以造宝鼎等作为玩好奢侈之品,所以《淮南子·本经》说:‘衰世镌山石,锲金玉,擿蚌蜃,销铜铁,而万物不滋。’将铜铁和金玉、蚌蜃(谓采珠)同视。”沓,包在外面。《汉书·外戚传下·赵皇后传》曰“切皆铜沓”,颜师古注曰:“沓,冒其头也。”

⑤涂:即鎏,古代黄金工艺,类似于后来的镀金。《汉书·外戚传下·赵皇后传》曰“黄金涂”,颜师古注曰:“涂,以金涂铜上也。”

⑥壁带:墙壁上方露出的横木,形状像带子。《汉书·外戚传下·赵皇后传》曰“壁带往往为黄金釭”,颜师古注曰:“壁带,壁之横木露出如带者也。于壁带之中,往往以金为釭,若车釭之形也。”壁,指内墙,如宫室的墙壁。刘熙《释名·释宫室》曰:“壁,辟也,辟御风寒也。”釭:本指嵌在车轮中心的圆孔,用以穿轴,可使轮与轴光滑耐磨。此指壁带上的环状金属物,套在横木接头部位或中间,既有固定作用也很美观。汉代时的釭上不仅有鎏金和精美的图案,还常镶嵌珠宝羽毛等物,因此更显华贵。

⑦含:镶嵌。蓝田:山名,在陕西蓝田以东,骊山以南,山上盛产美

玉。元骆天骧《类编长安志》卷六曰:“在蓝田县东南三十里。《范子计然》曰:‘英玉出蓝田。’一名覆车山。郭缘生《述征记》曰:‘山形如覆车之象。其山出玉,亦名玉山。’后魏《风土记》曰:‘山巅方二里,圣贤仙隐之处,刘雄鸣学道于此。下有神祠甚严,霸水之源出蓝田谷。西又有尊卢氏冢,次北有女娲氏谷,则知此地是三皇旧居之所。’”亦为县名,在陕西渭河平原南部、秦岭北麓、渭河支流灞河上游。秦置县。《三秦记》曰:“有川,方三十里,其水北流。出玉、铜、铁、石。”“玉之类者曰求,其次曰蓝,盖以县出美玉,故名蓝田。”《汉书·地理志上》曰:“蓝田,山出美玉,有虎候山祠。秦孝公置也。”《史记·秦本纪》曰:“(孝公)十二年(前350),作为咸阳,筑冀阙,秦徙都之。并诸小乡聚,集为大县,县一令,四十一县。”班固《西都赋》曰:“金釭衔璧,是为列钱。”

⑧翠羽:翠色的鸟羽。何清谷《三辅黄图校注》卷三说:“这是昭阳殿墙壁上的装饰。大约是壁中贯以像带一样的横木,横木上吊黄金环,环中悬挂蓝田玉璧、明珠、翡翠、鸟的羽毛等。”

⑨流苏:用彩色羽毛或丝线编织而成的穗子,垂挂在车马、屋内、帷帐或其他器物上作装饰用。张衡《文选·东京赋》曰:“驸承华之蒲梢,飞流苏之骚杀。”薛综注曰:“流苏,五彩毛杂之,以为马饰而垂之。”《后汉书·舆服志上》曰:“大行载车,其饰如金根车……垂五彩,析羽流苏前后。”此处为殿上装饰,用于悬挂铃镊。

⑩绶(shòu):一种丝带,用来系结帷幕或者印环等物。在先秦时只是一种普通的日常装饰,自秦起根据官职高低,以长度、颜色等规格制定了组绶的佩戴标准。卫宏《汉官旧仪》卷上曰:“秦以前民皆佩绶,以金、玉、银、铜、犀、象为方寸玺,各服所好。”《后汉书·舆服志下》曰:“韨佩既废,秦乃以采组连结于璲,光明章表,转相结受,故谓之绶。汉承秦制,用而弗改,故加之以双印佩刀

之饰。”沈从文《中国古代服饰研究·汉石刻垂绶佩剑武士》说:“汉代是封建社会成熟期,官阶等级,除衣服冠巾有严格区别外,腰间垂绶,更区别显明。组、绶同属丝织带子类织物,组多用来系腰,是一条较窄狭具实用意义的丝条,绶则约三指宽织有丙丁纹的丝条,用不同颜色和绪头多少分别等级,和官印一同由朝廷颁发,通称‘印绶’(或称‘玺绶’)。印分玉、金、银、铜,绶有长短及不同颜色。照法律规定,退职或死亡,应一同缴还。关于组绶制度……当时如何佩戴,文献上说不清楚,从画刻上反映,才比较明确,原来挂在右腰一侧。”华梅等《中国历代〈舆服志〉研究》说:“汉代官员通常在袍服外面佩挂组绶,‘组’和‘绶’都是用彩丝编成的长条形带饰,属于绶绦一类。汉代一官必有一印,一印必有一绶,官员们平时将印纳入腰右侧的鞶囊中,把组绶垂于腰前,于是绶的颜色就成了社会身份、官职高低的最鲜明标志,也自然成为权力的象征。帝王百官、后妃、命妇印纽上的彩色绦带,也叫‘印绶’,简称‘绶’。其颜色、长度都有具体规定,初见于战国时期。”《礼记·玉藻》曰:“天子佩白玉而玄组绶,公侯佩山玄玉而朱组绶,大夫佩水苍玉而纯组绶,世子佩瑜玉而綦组绶,士佩瓀玟而缊组绶。孔子佩象环五寸而綦组绶。”《汉书·百官公卿表上》曰:“相国、丞相,皆秦官,金印紫绶……(高帝)十一年更名相国,绿绶。”太师、太傅、太保、前后左右将军,皆金印紫绶。《后汉书·舆服志下》曰:“公、侯、将军紫绶,二采,紫白,淳紫圭,长丈七尺,百八十首。公主封君服紫绶。”《汉书·外戚传上》曰:“昭仪位视丞相,爵比诸侯王。”本条记赵昭仪用“紫绶”,与正史吻合。

⑪花镊(niè):用金银制作的雕刻着花朵图案的垂饰,系于彩色流苏或绿纹紫绶上。镊,垂饰。特指缀附于簪钗的垂饰。《后汉书·舆服志下》曰:“(簪)下有白珠,垂黄金镊。”

⑫幡旄(fān máo):旄旗的羽毛饰,也指饰有羽毛的旗幡。幡,旗帜。

旄，原指旄牛尾。《周礼·春官》曰“旄人”，郑玄注曰：“旄，旄牛尾，舞者所持以指麾。”后指旗子，古代用牦牛尾缚于竿子顶端作杆饰，起指挥与先导作用。

⑬木画屏风：上有彩色绘画的木质屏风。湖南省博物馆、中科院考古研究所《长沙马王堆一号汉墓》上集记录的出土文物中便有一件彩绘木质屏风。屏风，室内挡风或作为屏蔽的用具，形似门，可移动，有的单扇，有的多扇可折叠。刘熙《释名·释床帐》曰：“屏风，言可以屏障风也。”

⑭蜘蛛：《太平御览》卷九百四十八曰：“焦赣《易林·未济之蛊》曰：蜘蛛作网，以司行旅。……《广五行记》曰：蜘蛛集于军中及人家，有喜事。张望《蜘蛛赋》曰：……吐自然之纤绪，先皇羲而结网，凭轻捞敽隐显，应大明之幽朗。”

⑮床：供人睡卧的用具。古代的床既是眠具也是坐具。刘熙《释名·释床帐》曰：“人所坐卧曰床。床，装也，所以自装载也；长狭而卑曰榻，言其榻然近地也。”

⑯簟（diàn）：供坐卧铺垫用的苇席或竹席。江淹《文选·别赋》曰“夏簟清兮昼不暮”，李善注曰：“张俨《席赋》曰：‘席为冬设，簟为夏施。’”簟用白象牙片编织而成，无疑更为豪奢。

⑰蔽：遮盖。

⑱歇：消散。

⑲玉镇：即玉瑱，玉制的压席子的器具。屈原《楚辞·九歌·东皇太一》曰：“瑶席兮玉瑱，盍将把兮琼芳。”王逸注曰：“瑱，一作镇。”洪兴祖补注曰：“瑱，压也……《周礼》：玉镇，大宝器。故书作瑱。”朱熹集注曰：“瑱，与镇同，所以压神位之席也。”《楚辞·九歌·湘夫人》曰：“白玉兮为镇。”

⑳达照：通明透亮。瑕缺：玉的斑点。

㉑窗：窗的古字为“囱”，特指天窗。许慎《说文解字》“囱部”曰：

"在墙曰牖,在屋曰囱。"段玉裁注曰:"屋在上者也。"另《说文解字》"穴"部曰:"窗,通孔也。"王充《论衡·别通篇》曰:"凿窗启牖,以助户明也。"扉:门扇。绿琉璃:绿色的琉璃。汉代时,琉璃来自西域,非常稀有,用作窗户更显奢侈。

㉒椽桷(chuán jué):泛指椽子,即放在檩子上承接屋面板和瓦的条木。椽,椽子的总称。刘熙《释名·释宫室》曰:"椽,传也,相传次而布列也。或谓之榱,在檼旁下列衰衰然垂也。"一般横向平行传次排列。多特指圆形椽。桷,方形椽。刘熙《释名·释宫室》曰:"桷,确也,其形细而疏确也。或谓之椽。"许慎《说文解字》"木部"曰:"椽,榱也。""桷,榱也。椽方曰桷。"段玉裁注曰:"桷之言棱角也。椽方曰桷,则知桷圆曰椽矣。"《左传·桓公十四年》曰:"以大宫之椽归,为卢门之椽。"杜预注曰:"圆曰椽,方曰桷。《说文》云:'周谓之椽,齐、鲁谓之桷。'"宋李诫《营造法式·大木作制度二·椽》曰:"椽,其名有四:一曰桷,二曰椽,三曰榱,四曰橑。短椽,其名有二:一曰栋,二曰禁楄。"许慎《说文解字》"木部"曰:"橑,椽也。""榱,椽也。秦名屋椽也。周谓之椽。齐鲁谓之桷。"

㉓兢慄:惊悚颤抖的样子。兢,恐惧,战栗。慄,吓得发抖。

㉔丁缓、李菊:应是修建昭阳殿的匠师,生平不详。

㉕缔构:营造,构建。既:已经。

㉖其:应为丁缓、李菊二人中的一人。姊子:姐姐的儿子。樊延年:人名,生平不详。周天游校注《西京杂记》说:"汉时崇尚神仙方术,追求长生不老,所以以'延年'为名者甚众。"

【译文】

赵飞燕的妹妹赵昭仪居住在昭阳殿,殿前的庭院用朱红色的漆涂地,殿上也漆成了红色,门槛外表包裹了一层铜,铜上面又涂了一层黄金,台阶用白玉做成,墙壁上方露出的带子一样的横木用金釭包裹,金釭上镶嵌了蓝田出产的美玉，还装饰着明珠和翠色的鸟羽。壁带上面雕刻了九条金龙，每条金龙的嘴里都衔着九子金铃。铃铛下面垂挂着五彩的花穗，壁带上还系着带有绿色花纹的紫色绶带，下面悬挂着金银制作的雕刻着花朵图案的垂饰。每当风和日丽天晴好，彩旗的光彩照亮了整座宫殿，清脆悦耳的铃铛声在附近回荡。殿里摆设着绘有彩色图画的木质屏风，上面的花纹细致得像蜘蛛吐出的丝线。殿中还有白玉做成的几案和床，白色象牙制成的凉席，以及绿色熊皮做成的席子。绿熊席子上的毛长达二尺多，人睡觉时躲在里面，从远处根本见不到人影，坐在熊席上，熊毛能盖过膝盖。席子上混杂熏染着多种香料，只要在这席子上坐过，身上沾染的香气一百天也不会消散。席子周围还有四个玉镇，每个都晶莹通透，看不到一丝斑点。殿中的门窗多用绿色的琉璃镶嵌，通透晶莹，连一根头发也无法隐藏。椽桷木上都雕刻着龙蛇的图案，龙蛇缠绕在椽木之间，连鳞甲都雕刻得栩栩如生，看到的人没有不感到惊悚颤抖的。负责建造昭阳殿的工匠丁缓、李菊，技艺精湛堪称天下第一。昭阳殿竣工后，只是对他姐姐的儿子樊延年谈起过建殿的情况，但宫外很少有人知道此事，关于昭阳殿的奢华情况也没有流传开来。

26.珊瑚高丈二

积草池中有珊瑚树①，高一丈二尺，一本三柯②，上有四百六十二条。是南越王赵佗所献③，号为烽火树④。至夜，光景常欲燃。

【注释】

①积草池：汉代上林苑中十池之一。汉代时少府属官有上林十池监，管理十池。《三辅黄图》卷四曰："十池，上林苑有初池、麋池、牛首池、蒯池、积草池、东陂池、西陂池、当路池、犬台池、郎池。"

②本：株，棵。柯：树枝。

③南越王赵佗：即南越国国王赵佗（？—前137），也称尉佗，真定（今河北正定）人。秦始皇发兵南越时从军，曾任南海郡龙川县（今属广东）令，后曾代行南海郡尉职。秦亡，他兼并桂林、象郡，自立为南越武王。《汉书·西南夷两粤朝鲜传·南粤传》曰："高帝已定天下，为中国劳苦，故释佗不诛。十一年（前196），遣陆贾立佗为南粤王。"吕后执政后，赵佗与汉交兵，称帝，号南武帝，文帝时复归附。南越，又称南粤，古越人的一支，在今广东、广西与越南北部一带，曾建立南越国，传至第五代，于元鼎六年（前111）被汉武帝所灭，在此地重置郡县。

④烽火树：珊瑚树多为红色，枝杈状如火焰，故名。烽火，或称烽烟、烽燧，古代边防高台上报警的两种信号。白天燃烧积薪或狼粪发烟，称"燧"，夜晚燃烧草捆，看火，叫"烽"。《后汉书·光武帝纪下》曰"修烽燧"，李贤注曰："前书音义曰：边方备警急，作高土台，台上作桔皋，桔皋头有兜零，以薪草置其中，常低之，有寇即燃火，举之以相告，曰烽。又多积薪，寇至即燔之，望其烟，曰燧。昼则燔燧，夜乃举烽。"《墨子·号令》曰："与城上烽燧相望。"

【译文】

上林苑积草池中有一棵珊瑚树，高达一丈二尺，一根主干上有三个分叉的树枝，树枝上共有四百六十二根小枝条。这株珊瑚树是南越王赵佗进献的，被称为烽火树。每到夜晚，珊瑚树便闪闪发光，好像马上要燃烧起来了。

27.玉鱼动荡

昆明池刻玉石为鱼①，每至雷雨，鱼常鸣吼，鬐尾皆动。汉世祭之以祈雨，往往有验。

【注释】

①刻玉石为鱼:《三辅黄图》卷四曰:"《三辅故事》又曰:'池中有豫章台及石鲸,刻石为鲸鱼,长三丈,每至雷雨,常鸣吼,鬣尾皆动。'"与本条内容相似。罗愿《尔雅翼·释鱼三》曰:"鲸,海中大鱼也。其大横海吞舟,穴处海底。出穴则水溢,谓之鲸潮。或曰:'出则潮下,入则潮上。'其出入有节,故鲸潮有时。《江赋》曰:'介鲸乘涛以出入。'"杜甫《秋兴》(其七)诗曰"石鲸鳞甲动秋风",唐温庭筠《昆明池水战词》曰"石鲸眼裂蟠蛟死",其典皆出自于此。陈直《三辅黄图校证》说:"鲸鱼刻石今尚存,原在长安县开瑞庄,现移陕西省博物馆。"陈晓捷《三辅故事》注引《中国文物地图集·陕西分册下》说:"石鲸为火成岩质,原在长安区斗门乡马营寨村西。已断为鲸体、鲸尾两截。鲸体长5米,尾长1.1米。鲸体始迁至客省庄,今存陕西历史博物馆。鲸尾仍在原地。"

【译文】

昆明池里有一条用玉石雕刻成的鲸鱼,每当打雷下雨的时候,石鲸鱼常常发出鸣吼的声音,鱼鳍鱼尾都摆动起来。汉代经常祭拜鲸鱼玉石刻以求雨,而且往往都很灵验。

28.上林名果异木

初修上林苑[①],群臣远方[②],各献名果异树。亦有制为美名,以标奇丽者[③]。

梨十:紫梨、青梨实大、芳梨实小、大谷梨、细叶梨、缥叶梨、金叶梨出琅琊王野家,太守王唐所献、瀚海梨出瀚海北,耐寒不枯、东王梨出海中、紫条梨[④]。

枣七：弱枝枣、玉门枣、棠枣、青华枣、樗枣、赤心枣、西王母枣出昆仑山[⑤]。

栗四：侯栗、榛栗、瑰栗、峄阳栗峄阳都尉曹龙所献，大如拳[⑥]。

桃十：秦桃、榹桃、缃核桃、金城桃、绮叶桃、紫文桃、霜桃霜下可食、胡桃出西域、樱桃、含桃[⑦]。

李十五：紫李、绿李、朱李、黄李、青绮李、青房李、同心李、车下李、含枝李、金枝李、颜渊李出鲁、羌李、燕李、蛮李、侯李[⑧]。

柰三：白柰、紫柰花紫色、绿柰花绿色[⑨]。

查三：蛮查、羌查、猴查[⑩]。

椑三：青椑、赤叶椑、乌椑[⑪]。

棠四：赤棠、白棠、青棠、沙棠[⑫]。

梅七：朱梅、紫叶梅、紫花梅、同心梅、丽枝梅、燕梅、猴梅[⑬]。

杏二：文杏材有文采、蓬莱杏东郡都尉于吉所献，一株花杂五色，六出，云是仙人所食[⑭]。

桐三：椅桐、梧桐、荆桐[⑮]。

林檎十株[⑯]。枇杷十株。橙十株。安石榴十株[⑰]。楟十株[⑱]。白银树十株。黄银树十株。槐六百四十株[⑲]。千年长生树十株。万年长生树十株[⑳]。扶老木十株[㉑]。守宫槐十株[㉒]。金明树二十株。摇风树十株。鸣风树十株。琉璃树七株。池离树十株。离娄树十株。楠四株[㉓]。枞七株[㉔]。白俞梅、杜梅、桂蜀漆树十株[㉕]。栝十株[㉖]。楔四株[㉗]。枫四株[㉘]。

余就上林令虞渊得朝臣所上草木名二千余种[㉙]。邻人石琼就余求借[30]，一皆遗弃。今以所记忆，列于篇右[31]。

【注释】

①上林苑：苑名，为西汉皇帝游乐场所，故址在今陕西西安蓝田、长安、周至一带。秦始皇三十五年（前212）始建，于苑中建造皇宫，阿房宫即为其前殿。《史记·秦始皇本纪》曰："诸庙及章台、上林皆在渭南。""乃营作朝宫渭南上林苑中。"汉代继续使用上林苑，汉武帝时扩建，挖池堆山，增加了许多人造成分。《三辅黄图》卷四曰："汉上林苑，即秦之旧苑也。《汉书》云：'武帝建元三年（前138）开上林苑，东南至蓝田宜春、鼎湖、御宿、昆吾，旁南山而西，至长杨、五柞，北绕黄山，濒渭水而东。周袤三百里。'离宫七十所，皆容千乘万骑。《汉宫殿疏》云：'方三百四十里。'《汉旧仪》云：'上林苑方三百里，苑中养百兽，天子秋冬射猎取之。'"《三辅故事》曰："上林北至甘泉、九嵕，南至长杨、五柞，连绵四百余里。"《三秦记》曰："长安正南秦岭，岭根水流为秦川，一名樊川。汉武上林，唯此为盛。"司马相如《上林赋》曰："终始霸浐，出入泾渭，酆镐潦潏，纡余委蛇，经营乎其内，荡荡兮八川分流，相背而异态。"张衡《西京赋》曰："上林禁苑，跨谷弥阜。东至鼎湖，邪界细柳。掩长杨而联五柞，绕黄山而款牛首。缭垣绵联，四百余里。"程大昌《雍录》卷九曰："惟其侈大如是，故世之传言不一。在《宫殿疏》则曰方百四十里，在扬雄则曰周袤数百里，《汉仪》则曰方三百里也。语之多少，虽不齐等，要之拓地既广，故说者亦遂展转加侈也。"《三辅黄图》卷四曰："上林苑中有六池、市郭、宫殿、鱼台、犬台、兽圈。"刘庆柱《地下长安》说："为了便于管理，（上林苑）周围筑以墙垣，开辟了12座城门。这时的上林苑，发展为宫观、官署、池苑并存，其中有各种宫观建筑70余座、苑囿36处。"而昆明池、建章宫、太液池均建于其中，可见上林苑

地域之广阔。王仲殊《汉代考古学概说》说:“汉武帝时收上林苑为宫苑,并大事扩充,长安城东南面至西南面的广大地区都在它的范围之中,周围至二百多里。苑内放养禽兽,供皇帝射猎,并筑离宫别馆数十处,许多印上‘上林’字样的瓦当便是它们最明显的遗物。1961年在长安城址西南面约2公里的三桥镇高窑村发现了一处建筑遗址,由好几座房基组成,较大的一座房基长约340米,宽约65米,当为上林苑中重要宫观的遗址。在房基附近发现了一个窖穴,内有铜鉴、铜鼎、铜钫和铜铜共二十余件,器上所刻铭文表明它们是上林苑中所用之物,大概是因新莽末年的战乱而被有意埋藏起来的。”刘庆柱《地下长安》说:“西汉中期,是西汉王朝的鼎盛时期,国都长安这时也处于它发展的黄金时代。汉武帝不仅在长安城内大兴土木,而且还向城外大力发展,按照‘夏宫’标准,营建了长安城北郊的避暑胜地——甘泉宫,营筑了长安城西郊‘度比未央’的建章宫,大规模扩建了上林苑,使之变成了一座楼台亭阁耸立其间,珍禽异兽、奇花名果俱备其中的皇家公园。”

②远方:指偏远的边疆或邻国。因而所进献的果树皆是长安罕见的物种。《礼记·王制》曰:“不变,屏之远方,终身不齿。”郑玄注曰:“远方,九州之外。”方,古时指国家,邦国。

③标:标榜。奇丽:奇异绮丽。

④梨:《三秦记》曰:“汉武帝国,一名樊川,一名御宿。有大梨,如五升瓶,落地则破。其主取者,以布囊承之,名含消梨。”大谷:地名,又称大谷口,在今河南洛阳东南水泉口,以产梨著称。缥(piǎo):青白色,淡青色,今所谓月白。何晏《景福殿赋》曰:“周制白盛,今也惟缥。”琅琊(láng yá):又作琅邪,秦汉郡名。高后七年(前181)立刘泽为琅琊王,别为国。文帝元年(前179)更为郡,郡治东武(今山东诸城),辖境在今山东半岛东南部。王

野：人名，生平不详。太守：官名，郡的最高行政长官，本为战国时代郡守的尊称，秦代称守，掌管司法、军事、税赋、民政等事务。《汉书·百官公卿表上》曰："郡守，秦官，掌治其郡，秩二千石。……景帝中二年（前148）更名太守。"瀚海：汉时指呼伦湖和贝尔湖，在今蒙古一带。霍去病曾进击匈奴至该地。张华《博物志》卷一曰："汉北广远，中国人尠有至北海者。汉使骠骑将军霍去病北伐单于，至瀚海而还，有北海明矣。"亦泛指北方和西北地区。东王：一名木公，常与西王母并称。古代传说中的仙人东王公，居住在东海外的东荒山上，领男仙，执掌诸仙名籍。东方朔《神异经·东荒经》曰："东荒山中有大石室，东王公居焉。长一丈，头发皓白，人形鸟面而虎尾。载一黑熊，左右顾望，恒与一玉女投壶。"段成式《酉阳杂俎·诺皋记上》曰："东王公讳倪，字君明。天下未有人民时，秩二万六千石。佩杂绶，绶长六丈六尺。从女九千。"东王梨或出产于今山东半岛以东的海岛上。

⑤弱枝：相传西汉时期条枝有弱水。《史记·大宛列传》曰："安息长老传闻条枝有弱水、西王母，而未尝见。"故弱枝枣当产自西域条枝弱水一带。玉门：地名，在今甘肃，河西走廊西部，西汉废玉门关屯戍而置玉门县，因有玉门关而闻名，是通往西域的重要门户。梬（yǐng）枣：即楰枣、软枣，柿子的原始栽培品种，又名君迁子，俗称牛奶柿，也称丁香柿。李时珍《本草纲目·果部》曰："其木类柿而叶长，但结实小而长，状如牛奶，干熟则紫黑色。一种小圆如指顶大者名丁香柿。"《史记·司马相如列传》曰："楂梨梬栗，橘柚芬芳。"裴骃《集解》引《汉书音义》曰："梬，梬枣也。"贾思勰《齐民要术》卷四曰："种楰枣法：阴地种之，阳中则少实。足霜，色殷，然后乃收之。早收者涩，不任食之也。《说文》云：'梬枣也，似柿而小。'"西王母枣：因传说出于昆仑山，故名。杨衒之《洛阳伽蓝记》卷一曰："景阳山南有百果园，果列作林，林各有

堂。有仙人枣，长五寸，把之两头俱出，核细如针。霜降乃熟，食之甚美。俗传云出昆仑山，一曰西王母枣。”郭义恭《广志》曰：“西王母枣，大如李核，三月熟，众果之先熟者。”陆翙《邺中记》曰：“石虎园中有西王母枣，冬夏有叶，九月生花，十二月乃熟，三子一尺。”西王母，亦称金母、王母娘娘、王母，或西姥，仙人名，传说中居住在昆仑山山脉的女神，与东王公对称。段成式《酉阳杂俎·诺皋记上》曰：“西王母姓杨，讳回，治昆仑西北隅。”亦流传其实为西域昆仑山部落女首领。《竹书纪年·周纪》曰：“穆王十七年（前960），西征昆仑丘，见西王母。”一说为神人。《山海经·西山经》：“玉山，是西王母所居也。西王母其状如人，豹尾虎齿而善啸，蓬发戴胜，是司天之厉及五残。”《太平御览》卷三十八曰：“《列仙传》又曰：西王母者，神人也。人面蓬头发，虎牙豹尾，善啸，穴居，名西王母，在昆仑山下。”昆仑山：山名，中国西部的山脉，在我国西藏与新疆交接处，西起帕米尔高原东部，东延至青海境内，海拔5000米到7000米，多雪峰、冰川、火山、温泉。在神话传说中，昆仑山是西王母居住之地，神秘莫测。张华《博物志》卷一引《河图·括地象》曰：“地部之位起形高大者有昆仑山，广万里，高万一千里，神物之所生，圣人仙人之所集也。出五色云气，五色流水，其泉（白水）南流入中国，名曰河也。”

⑥栗：《三秦记》曰：“御栗（宿）苑出栗，十五枚一升。”“汉武帝果园，大栗十五枚一升。”罗愿《尔雅翼·释木二》曰：“大率栗味咸，性温而宜于肾，有患足弱者，坐栗木下，多食之，至能起行。其质缜密，故称玉质缜密以栗。玉色黄者，侔蒸栗也。古者治果实之名，栗曰撰之。”侯栗：一种良种栗。榛（zhēn）栗：俗称榛子。《礼记》郑注曰：“榛似栗而小，关中、鄜坊甚多。”峄（yì）阳：地名，即峄山之南，在鲁国驺县境内，今山东邹城东南。《汉书·地理志下》曰：“鲁国……驺，故邾国，曹姓。……峄山在北。”一说在下

邳。《汉书·地理志上》曰："东海郡……下邳，葛峄山在西，古文以为峄阳。"则峄阳即为下邳，在今江苏邳州峄山南。都尉：官名。秦灭六国，在地方设三十六郡，置郡守、郡丞、郡尉。郡尉作为郡守的副职，主管军事，维持地方治安。秦时称"尉"，汉景帝中元二年（前148）更名"都尉"。西汉时另有属国都尉、驸马都尉、协律都尉等官职，不一定关乎武事。曹龙：人名，生平不详。

⑦桃：罗愿《尔雅翼·释木二》曰："桃，华之繁丽者，故称'桃之夭夭，灼灼其华'。……桃能去不祥。桃之实在木上不落者名枭桃，一名桃奴，及茎叶毛皆去邪。故古者植门以桃梗，出冰以桃弧，临丧以桃菊。《典术》曰：'桃者，五木之精，仙木也，故厌伏邪气，制百鬼。'"秦桃：秦地出产的桃子。秦指秦国故地，在今陕西、甘肃、宁夏一带。榹（sī）桃：山桃，又名毛桃。《尔雅·释木》曰："榹桃，山桃。"郭璞注曰："实如桃而小，不解核。"邢昺疏曰："（桃子）生山中者名榹桃。"李时珍《本草纲目·果部》曰："山中毛桃，即《尔雅》所谓榹桃者，小而多毛，核粘味恶。其仁充满多脂，可入药用。"左思《蜀都赋》曰："榹桃函列，梅李罗生。"缃（xiāng）：浅黄色。刘熙《释名·释采帛》曰："缃，桑也，如桑叶初生之色也。"清孙诒让《札迻》卷二曰："《周礼·内司服》职有'鞠衣'，郑注云：'鞠衣，黄桑服也，色如鞠尘，象桑叶始生者。'《急就篇》'郁金半见缃白䨿'，颜注云：'缃，浅黄也。'"金城：西汉郡名，昭帝始元六年（前81）置，郡治允吾，在今甘肃南部至青海西宁以东一带。绮：织有花纹的单色丝织品。此指叶面纹理清晰。胡桃：即核桃，原产西域羌胡地区，汉代张骞通西域时传入，因西域人被称为胡人，故名。张华《博物志》卷六曰："张骞使西域还，乃得胡桃种。"含桃：樱桃的别名。《礼记·月令》曰："（仲夏之月）天子乃以雏尝黍，羞以含桃。"郑注曰："含桃，樱桃也。"李时珍《本草纲目·果部》曰："其颗如璎珠，故谓之樱。而许慎作莺桃，

云莺所含食,故又曰含桃。"据此,向新阳、刘克任《西京杂记校注》说:"'含桃'应为'樱桃'之注文误入正文者。"

⑧李:古诗《君子行》曰:"瓜田不纳履,李下不正冠。"罗愿《尔雅翼·释木二》曰:"其华与桃尤繁密,故《诗》云'何彼秾矣,华如桃李'……李实繁,则有窃食之嫌,虽欲整冠其下且不可,犹《汉广》之乔木,不可休息,无实则其下可休矣。行人谓之行李,亦或取于此。"车下李:一名郁李。落叶灌木,春天先开粉红色小花,果实圆而小,味道酸甜,果仁可入药。《史记·司马相如列传》曰"隐夫郁棣",《集解》引郭璞注曰:"郁,车下李也。"颜渊李:因此李出自鲁地,故以鲁人颜渊命名。颜渊(前521—前490),春秋末期鲁国人,孔子杰出门徒之一。名回,字子渊,因好学、安贫乐道的出众德行而受到孔子赞许。鲁:地名,指今山东南部。羌(qiāng):古代西域民族,西汉时期主要生活在今甘肃、宁夏东部以及陕西西北部一带。燕:地名,在今河北北部及辽宁南部一带,原属古燕国地区。蛮:古代对中原以外的南方部族的贬称,其地域包含今湖北、湖南、江苏、浙江一带。

⑨柰(nài):果木名,与林檎同类,亦指其果实,像苹果而小,也称沙果。李时珍《本草纲目·果部》曰:"柰与林檎,一类二种也。树、实皆似林檎而大,西土最多,可栽可压。有白、赤、青三色,白者为素柰,赤者为丹柰,亦曰朱柰,青者为绿柰,皆夏熟。凉州有冬柰,冬熟,子带碧色。"段成式《酉阳杂俎·广动植之三·木篇》曰:"汉时紫柰大如升,核紫花青,研之有汁,可漆。或著衣,不可浣也。"

⑩查(zhā):即楂,果木名,山楂的一种,果实味酸,可入药或制成蜜饯。蛮查:即榠楂,原产吴越,故名,落叶乔木,似木瓜但略大,果实味涩,可入药。猴查:树高数尺,叶有五尖,枝杈间有刺,三月开小白花,九月熟,果实有红白两色,生长于山野茅林中,因为猴子、

老鼠爱吃而得名“猴查”“鼠查”“茅查”等。

⑪椑（bēi）：即椑柿，果木名，柿之短而小者，果实为黑色，其汁可制漆，常用于染渔网、漆雨伞等，又称青椑、乌椑、漆柿等。罗愿《尔雅翼·释木二》曰：“又有椑，似柿而青黑，生江淮南，所谓‘梁侯乌椑之柿’是也。利以作漆，漆与蟹性反，故不宜与蟹同食。其叶厚，经霜乃丹色。”潘岳《闲居赋》曰：“张公大谷之梨，梁侯乌椑之柿。”南朝宋谢灵运《山居赋》曰：“椹梅流芬于回峦，椑柿被实于长浦。”

⑫棠：果木名，有赤白两种。赤棠：棠之一种，木理坚韧，果实涩且无味，不可食。白棠：棠之一种，亦称甘棠、棠梨，果实似梨而小，味酸甜，可食。沙棠：棠之一种，味道像李子但无核。《山海经·西山经》曰：“（昆仑之丘）有木焉，其状如棠，黄花赤实，其味如李而无核，名曰沙棠，可以御水，食之使人不溺。”《吕氏春秋·本味》曰：“果之美者，沙棠之实。”

⑬梅：树名，落叶乔木，品种很多，性耐寒，叶卵形，早春开花，有粉红、红、白等颜色，气味清香。也指其果实，球形，青色，成熟的为黄色，可食，味酸。《左传·昭公二十年》曰：“水火醯醢盐梅以烹鱼肉，燀之以薪。”《管子·地员》曰：“五沃之土……其梅其杏，其桃其李。”

⑭杏：汉氾胜之《氾胜之书·耕田》曰：“杏始华荣，辄耕轻土弱土。望杏花落，复耕。耕辄蔺之。”元司农司《农桑辑要·播种》曰：“《杂阴阳书》曰：禾生于枣或杨，大麦生于杏，小麦生于桃，稻生于柳或杨，黍生于榆，大豆生于槐，小豆生于李，麻生于杨或荆。”罗愿《尔雅翼·释木二》曰：“又按五果之义，春之果莫先于梅，夏之果莫先于杏，季夏之果莫先于李，秋之果莫先于桃，冬之果莫先于栗。五时之首，寝庙必有荐，而此五果适丁其时，故特取之。杏之枝叶华果皆赤，故古者钻燧，夏取枣杏之火也。”文杏：又称

巴旦杏、八担杏。《西安府志》引《咸宁志》曰："花千叶者曰文杏。"是由中亚传入的特产，树似杏而叶子较小，果实尖小，肉薄，核如梅核，壳薄，果仁甜美，味如榛子。蓬莱：古代传说中渤海里的仙山之一，为神仙所居之处，另有瀛洲、方丈，号称三仙山。王嘉《拾遗记》卷十曰："蓬莱山，亦名防丘，亦名云来，高二万里，广七万里。水浅，有细石如金玉，得之不加陶冶，自然光净，仙者服之。"东郡：西汉郡名，靠近渤海，所辖今河北南部、河南东北部和山东西北部一带，太守治所在濮阳（今属河南），都尉治所在东阿（今属山东）。郡，原为郭，疑有误，据史实改。于吉：或作干吉，人名，生平不详。六出：六个花瓣。段成式《酉阳杂俎·广动植之三·木篇》曰："诸花少六出者，唯栀子花六出。陶真白言，栀子剪花六出，刻房七道，其花香甚。相传即西域薝卜花也。"出，花瓣。

⑮桐：木名，有油桐、梧桐、泡桐等，古代诗文中多指梧桐。《逸周书·时训》曰："清明之日，桐始华。……桐不华，岁有大寒。"陈翥《桐谱·器用》曰："桐之材，则异于是。采伐不时，而不蛀虫；渍湿所加，而不腐败；风吹日曝，而不坼裂；雨溅泥淤，而不枯藓；干濡相兼，而其质不变；楩楠虽类，而其永不敌。与夫上所贵者卓矣。"椅桐：即白桐，泡桐，木名，木质轻软，生长很快，色白而纹理美丽，不生蛀虫，是制作家具和琴瑟的良材。梧桐：木名，落叶乔木，木质轻韧，可制家具或乐器。《王逸子》曰："木有扶桑、梧桐、松柏，皆受气淳矣，异于群类者。松柏冬茂，阴木也；梧桐春荣，阳木也；扶桑日所出，阴阳之中也。"古代认为梧桐是凤凰栖止之木。《诗经·大雅·卷阿》曰："凤皇鸣矣，于彼高冈。梧桐生矣，于彼朝阳。"后因以"梧凤之鸣"比喻政教和协，天下太平。荆桐：当是楚地所产的桐树。

⑯林檎（qín）：果木名，即沙果，在南方称为花红。果实比柰小而圆。

⑰安石榴：果木名，又名甘石榴，简称石榴、榴，落叶灌木或小乔木，叶对生，夏季开花。果实近球形，秋季成熟，肉质半透明，多汁，味酸甜。左思《吴都赋》曰："龙眼橄榄，棎榴御霜。"传为张骞出使西域带回。《太平御览》卷九七〇曰："《博物志》曰：张骞使西域还，得安石榴。"《艺文类聚》卷八六曰："陆机与弟云书曰：张骞为汉使外国十八年，得涂林安石榴也。"

⑱楟（tíng）：果木名，即山梨，野生品种。李时珍《本草纲目·果部》曰："山梨，野梨也。处处有之。梨大如杏，可食。其木文细密，赤者文急，白者文缓。"

⑲槐：罗愿《尔雅翼·释木三》曰："槐者，虚星之精，其叶尤可玩。古者朝位树之，私家之朝皆植焉。……槐花可以染黄，其子上房可以染皂，其根可作神烛。"

⑳万年长生树：即万年青，又称冬青树。一说指檍树。

㉑扶老木：木名，因其长节实心，可做成手杖扶持老人，故名。又名灵寿木。《汉书·匡张孔马传·孔光传》曰"赐太师灵寿杖"，颜师古注曰："孟康曰：'扶老杖也。'服虔注曰：'灵寿，木名。'师古曰：'木似竹，有枝节，长不过八九尺，围三四寸，自然有合杖制，不须削治也。'"

㉒守宫槐：槐之一种。《尔雅·释木》曰："守宫槐，叶昼聂宵炕。"《尔雅疏》曰："聂，合也；炕，张也。言其叶昼合夜开者，别名守宫槐。郭曰：'槐叶昼日聂合而夜炕布者，名为守宫槐。'"但是罗愿《尔雅翼·释木三》曰："郭璞以为昼日聂合而夜炕布者，名为守宫魂。按《说文》'橻，木叶摇白，从木聂声'，则聂乃开之意。又炕，干也。木叶近火而干，则当相合。然则郭氏之说，正反之耳。今江东有槐昼开夜合者，谓之合昏槐。盖启闭以时，有守之义。说者以为此槐与《雅》说相反，不知郭氏误解之也。"

㉓楠：木名，即楠木，常绿乔木，枝干高大，木质坚固有芳香，属名贵

木材。

㉔枞（cōng）：树名，即冷杉，常绿乔木，似松。《尔雅·释木》曰："枞，松叶柏身。"郭璞注曰："今大庙梁材用此木。《尸子》所谓松柏之鼠，不知堂密之有美枞。"

㉕白俞：即白榆，木名，指白皮的榆树，又名"枌"。《尔雅·释木》郭璞注曰："枌榆先生叶，却著荚，皮色白。"《诗经·陈风·东门之枌》曰："东门之枌，宛丘之栩。"

㉖栝（kuò）：树名，即桧树，也称圆柏。《尚书·禹贡》曰："厥贡羽、毛、齿、革，惟金三品，杶、干、栝、柏。"孔安国传曰："柏叶松身曰栝。"李时珍《本草纲目·木部》曰："柏叶松身者，桧也。其叶尖硬，亦谓之栝。今人名圆柏，以别侧柏。"桧树常与枞树合称，罗愿《尔雅翼·释木一》曰："枞，松叶柏身；桧，柏叶松身。从者，合异而为同；会者，聚两以为一，故二木合松柏之体，而取合纵胥会之义，犹《淮南子》云'槐榆与橘柚合而为兄弟'也。……《字说》曰：'桧，柏叶松身，则叶与身皆曲；枞，松叶柏身，则叶与身皆直。枞以直而从，桧以曲而会之。'以直而从之，故音'从容'之'从'，以曲而会之，故音'会计'之'会'。"

㉗楔（xiē）：木名，指樱桃。《尔雅·释木》曰："楔，荆桃。"郭璞注曰："今樱桃。"一说有刺像松的树。左思《文选·蜀都赋》曰"棕枒楔枞"，刘渊林注曰："楔，似松有刺也。"张衡《南都赋》曰："其木则柽松楔㮨。"

㉘枫：木名，即枫香树，有红枫、丹枫之称，落叶大乔木，叶掌状三裂，边缘锯齿形，经秋红赤似染，春日开花，结果如小圆球，可入药。许慎《说文解字》"木部"曰："枫木也。厚叶弱枝，善摇。一名欇。"段玉裁注曰："枫为树，厚叶弱茎，大风则鸣，故曰欇欇。"传说黄帝杀蚩尤于黎山，兵器染上了血，化为了枫树。《山海经·大荒南经》曰："有宋山者……有木生山上，名曰枫木。枫木，蚩尤

所弃其柽梏，是谓枫木。"《尔雅·释木》曰"枫树，欇欇"。郭注曰："枫树似白杨，叶圆而歧，有脂有香，今之枫香是也。"邢昺疏曰："《本草》唐本注云'树高大，叶三角。商、洛之间多有之'是也。"古诗词中秋令红叶植物也称枫，如《楚辞·招魂》曰："湛湛江水兮上有枫，目极千里兮伤春心。"

㉙上林令：掌管上林苑的水衡都尉属官，秩俸六百石。《汉书·百官公卿表上》曰："水衡都尉，武帝元鼎二年（前115）初置，掌上林苑，有五丞。……初，御羞、上林、衡官及铸钱皆属少府。"少府为秦汉官名，位列九卿，为皇帝私府。《汉书·百官公卿表上》曰："少府，秦官，掌山海池泽之税，以给供养。"《三辅黄图》卷四曰："《旧仪》曰：'上林有令有尉，禽兽簿记其名数。'又有上林诏狱，主治苑中禽兽、宫馆之事，属水衡。"虞渊：人名，生平不详。

㉚石琼：人名，生平不详。

㉛篇右：上文、前文之意，因古人书写顺序为自右向左，故称。司马相如《上林赋》中亦描述了上林苑中遍植的名木花果、缤纷落英，赋曰："于是乎卢橘夏熟，黄甘橙楱，枇杷燃柿，亭柰厚朴，樗枣杨梅，樱桃蒲陶，隐夫薁棣，荅遝离支，罗乎后宫，列乎北园。貤丘陵，下平原，扬翠叶，扤紫茎，发红华，垂朱荣，煌煌扈扈，照曜钜野。沙棠栎槠，华枫枰栌，留落胥邪，仁频并闾，欃檀木兰，豫章女贞，长千仞，大连抱，夸条直畅，实叶葰楙，攒立丛倚，连卷欐佹，崔错癹骫，坑衡閜砢，垂条扶疏，落英幡纚，纷溶萷蔘，猗旎从风，藰莅卉歙，盖象金石之声，管籥之音。柴池茈虒，旋还乎后宫，杂袭絫辑，被山缘谷，循阪下隰，视之无端，究之无穷。"

【译文】

汉武帝刚开始扩建上林苑的时候，朝廷大臣、边远地方以及邻国，都各自献上了名贵的果树和奇异的树木。有的还取了好听的名字，以标榜凸显果木的珍奇绮丽。

梨树有十种：紫梨、青梨果实很大、芳梨果实较小、大谷梨、细叶梨、缥叶梨、金叶梨出自琅琊郡王野家，是琅琊太守王唐进献的、瀚海梨出自瀚海以北地区，耐寒，冬天也不会枯萎、东王梨出自东海的岛上、紫条梨。

枣树有七种：弱枝枣、玉门枣、棠枣、青华枣、樗枣、赤心枣、西王母枣出自昆仑山。

栗树有四种：侯栗、榛栗、瑰栗、峄阳栗是峄阳都尉曹龙进献的，果实像拳头那么大。

桃树有十种：秦桃、榹桃、缃核桃、金城桃、绮叶桃、紫文桃、霜桃下霜后才可以吃、胡桃出自西域、樱桃、含桃。

李树有十五种：紫李、绿李、朱李、黄李、青绮李、青房李、同心李、车下李、含枝李、金枝李、颜渊李出自鲁地、羌李、燕李、蛮李、侯李。

柰树有三种：白柰、紫柰花是紫色的、绿柰花是绿色的。

山楂树有三种：蛮楂、羌楂、猴楂。

椑树有三种：青椑、赤叶椑、乌椑。

棠树有四种：赤棠、白棠、青棠、沙棠。

梅树有七种：朱梅、紫叶梅、紫花梅、同心梅、丽枝梅、燕梅、猴梅。

杏树有两种：文杏树上有花纹、蓬莱杏是东郡都尉于吉进献的，一株树上开的花混杂了多种颜色，每朵有六个花瓣，据说这种杏是仙人吃的。

桐树有三种：椅桐、梧桐、荆桐。

林檎十株。枇杷十株。橙十株。安石榴十株。楟十株。白银树十株。黄银树十株。槐树六百四十株。千年长生树十株。万年长生树十株。扶老树十株。守宫魂十株。金明树二十株。摇风树十株。鸣风树十株。琉璃树七株。池离树十株。离娄树十株。楠树四株。枞树七株。白榆构、杜构、桂蜀漆树十株。栝树十株。楔树四株。枫树四株。

我从上林令虞渊那里得到了朝廷大臣们进献上来的花草果木的名册，共有两千多种。我的邻居石琼向我借去看，结果给弄丢了。现在我把我能够记得的种类名称都写出来，列在了上面。

29.巧工丁缓

长安巧工丁缓者[①],为常满灯[②],七龙五凤,杂以芙蓉莲藕之奇[③]。又作卧褥香炉[④],一名被中香炉。本出房风[⑤],其法后绝[⑥]。至缓始更为之[⑦],为机环[⑧],转运四周,而炉体常平,可置之被褥,故以为名。又作九层博山香炉[⑨],镂为奇禽怪兽,穷诸灵异[⑩],皆自然运动。又作七轮扇,连七轮,大皆径丈,相连续,一人运之[⑪],满堂寒颤[⑫]。

【注释】

①巧工:技艺精湛的工匠。

②常满灯:汉代一种灯名,因为灯油常满常燃,属于长明灯,故名。汉代制灯,官府手工业者,由少府属官考工令以及尚方令下属中尚方负责,私人制作则有私人作坊。其制灯的技艺高超,设计精美,近年屡有出土,如长信宫灯等。王仲殊《汉代考古学概说》说:“1968年在河北省满城发掘了西汉中山靖王刘胜及其妻窦绾的墓,墓中有着许多珍贵的青铜器。……最有名的是一件称为‘长信宫灯’的铜灯,通体镀金,灿然发光,它的全体形状是一个跪坐着的宫女用双手执灯,不仅宫女的形象塑造得十分完美,而且灯盘和灯罩的设计也十分巧妙,既可以调节灯光的亮度和照射的方向,又可使烛火燃烧时的烟烬通过宫女的手臂纳入其体内(宫女体内是空的),以保持清洁。”

③芙蓉:荷花的别名。

④卧褥香炉:放在被中使用的一种熏香器具,运用回转运动原理和常平支架制成。司马相如《古文苑·美人赋》曰“金鉔熏香”即指此类香炉。章樵注曰:“《西京杂记》:长安巧工丁缓作被中香

炉，为机环，转运四周，而炉体常平。”李素桢《探索〈西京杂记〉的史料》说：“它是一个球形炉子，球壳内部装有大小二环，大环的轴装在球壳上，小环则套在大环内，二环的轴互相垂直。内放香料的小器物又用轴装在内环上，并使其轴与内外二环的轴均保持水平状态。……这种机械原理与现代陀螺仪中的万向支架完全相同。”香炉，焚香器具。赵希鹄《洞天清录·古钟鼎彝器辨·香炉》曰：“古以萧艾达神明，而不焚香，故无香炉。今所谓香炉，皆以古人宗庙祭器为之。”

⑤房风：人名，应是汉代巧工，擅长制香炉，生平不详。

⑥法：制作方法。绝：失传。

⑦更：又，再。

⑧机环：机轮。

⑨博山香炉：古香炉名，是汉代最流行的熏香器具，原为汉太子宫中所用香炉，铜制。从出土实物可见，其造型为圆形铜盘底座，中间有铜柄承接炉身，高低可调。炉身半圆形，上面的炉盖做成重叠山峰造型，还有羽人、走兽等形象，呈尖锥体。炉内焚香时，烟气飘忽而出，盘旋缭绕，仿佛传说中的海中仙山博山，因此得名，也简称铜博山、博山炉。也有以金银制成。赵希鹄《洞天清录·古钟鼎彝器辨·香炉》曰：“博山炉，乃汉太子宫所用者，香炉之制始于此。”洪刍《香谱》卷下曰：“《东宫故事》曰：皇太子初拜，有铜博山香炉。《西京杂记》：丁缓又作九层博山香炉。”赵翼《七十自述》诗曰“一缕名香袅博山”。沈从文《中国文物常识》说：“焚香用的博山炉，是依照当时神话传说中的海上蓬莱三山风景做成的。主要纹样是浮雕狩猎纹。这种翠绿色亮釉的配合技术，有可能是当时方士从别处传来的。在先或只帝王宫廷中使用，到东汉才普遍使用。”王仲殊《汉代考古学概说》说：“（西汉中山靖王刘胜及其妻窦绾的墓中）还有一件‘错金博山炉’，炉身和炉盖的形

状铸成层层起伏的山峦，其间有树木、野兽和猎人，花纹用金丝镶嵌，金丝有粗有细，细的有如毫发，用以刻画人物、动物、树木，山峰的细部，制作得极其精致。……刘胜夫妇墓中的这些青铜器，是当时宫廷、王府的专用品。……说明满城汉墓中的那些青铜器，即使在当时的朝廷、王府之中，也是不可多得的珍品，所以制作得特别精美。”

⑩穷：极尽，用尽，终极。

⑪运：转动。

⑫堂：建于高台基之上的厅房。刘熙《释名·释宫室》曰：“堂，犹堂堂，高显貌也。”古时，整幢房子建筑在一个高出地面的台基上，前面是堂，只有楹柱，无门户、墙壁，不住人，堂后面是室，住人。后泛指房屋的正厅。

【译文】

长安有位技艺精湛的能工巧匠叫丁缓，他曾做过一种常满灯，灯面上雕刻了七条龙、五只凤，还交织着荷花、莲藕等奇异的纹饰。他还做过卧褥香炉，又叫被中香炉。这种香炉原来是一位叫房风的巧匠发明的，但后来这种技艺失传了。直到丁缓才又开始制作，这种香炉上安装了一个机轮，可以一圈圈转动，但炉身却一直保持直立不倒，而且能平稳地放在被褥中，故以此为名。丁缓还做过九层博山香炉，上面雕镂有许多奇禽怪兽，穷尽各种灵巧奇异之技能，并且能自动旋转。丁缓还制作过一种七轮扇，用七个轮子相连，每个轮子直径都大得超过一丈，相互衔接起来，一个人转动这个扇子，扇出来的大风吹得满屋子的人冷得直打哆嗦。

30.飞燕昭仪赠遗之侈

赵飞燕为皇后，其女弟在昭阳殿遗飞燕书曰[①]：

“今日嘉辰[②]，贵姊懋膺洪册[③]，谨上襚三十五条[④]，以陈踊跃之心[5]：金华紫轮帽[6]，金华紫罗面衣[7]，织成上襦，织成下裳，五色文绶，鸳鸯襦[8]，鸳鸯被，鸳鸯褥[9]，金错绣裆[10]，七宝綦履[11]，五色文玉环[12]，同心七宝钗[13]，黄金步摇[14]，合欢圆珰[15]，琥珀枕，龟文枕[16]，珊瑚玦[17]，马脑彄[18]，云母扇[19]，孔雀扇[20]，翠羽扇，九华扇[21]，五明扇[22]，云母屏风，琉璃屏风，五层金博山香炉，回风扇[23]，椰叶席[24]，同心梅，含枝李，青木香[25]，沉水香[26]，香螺卮出南海，一名丹螺[27]，九真雄麝香[28]，七枝灯[29]。”

【注释】

①遗（wèi）：送。

②嘉辰：美好的日子。

③贵姊：尊贵的姐姐。懋膺（mào yīng）：荣膺，荣获。懋，盛大，后引申为喜庆之意。膺，接受，承当。洪册：指汉成帝签署的立赵飞燕为皇后的诏书。洪，大。册，古代帝王用于册立、封赠的诏书。

④谨：表示恭敬之意。襚（suì）：原指赠送给死者的衣衾，后泛指赠人衣物。也可指赠送器物。《荀子·大略》曰：“衣服曰襚。”《礼记·杂记上》曰：“诸侯相襚，以后路与冕服。”孔疏曰：“襚谓以物送死用也。”条：品种。

⑤陈：表达。踊跃：欢欣鼓舞的样子。

⑥金华紫轮帽：一种用金花装饰的紫色圆边帽子。在古代，帽是头衣的一种，是圆形的布帛制成的软帽，覆盖住头发，起保温御寒作用，相当于现在普通人戴的便帽。金华，通“金花”，作装饰用。紫轮，紫色的圆边。

⑦罗：稀疏而轻软的丝织品，编织方法是多根经丝相绞织入一根纬丝，因而呈椒孔状。《楚辞·招魂》曰：“蒻阿拂壁，罗帱张些。”

《战国策·齐四·管燕得罪齐王》曰:“下宫糅罗纨,曳绮縠,而士不得以为缘。”本意为捕鸟兽的网。刘熙《释名·释采帛》曰:“罗,文疏罗也。”面衣:织于帽檐上用来遮面的纱巾,远行时可防沙或遮挡风寒。《晋书·惠帝纪》曰:“行次新安,寒甚,帝坠马伤足,尚书高光进面衣,帝嘉之。”高承《事物纪原·冠冕首饰部·帷帽》卷三曰:“又有面衣,前后全用紫罗为幅,下垂,杂它色为四带,垂于背,为女子远行乘马之用,亦曰面帽。按《西京杂记》,赵飞燕为皇后,女弟昭仪上襚三十五条,有金花紫罗面衣,则汉已有面衣也。”

⑧鸳鸯襦:绣有鸳鸯图案的短袄。在汉代时很流行。鸳鸯,罗愿《尔雅翼·释鸟五》曰:“(鸳鸯)雌雄未尝相舍,飞止相匹。人得其一,则其一思而死。古者明王,交于万物有道,则诗人以此托兴,其首章曰‘鸳鸯于飞,毕之罗之’,二章曰‘鸳鸯在梁,戢其左翼’。”

⑨褥:用柔软的棉絮、兽皮等做成,坐卧时垫在身体下面。

⑩金错:一种手工艺,指在器物表面的花纹、文字上描金,或者用金丝镶嵌组成花纹、文字。裆(dāng):背心、坎肩之类的衣服。

⑪七宝:用多种宝物装饰的器物,后泛指贵重工艺品。七,意指多。綦履(qí lǚ):系鞋带的单底鞋。綦,鞋带。《晏子春秋·内篇·谏下》曰:“景公为履,黄金之綦,饰以银,连以珠,良玉之絇,其长尺,冰月服之,以听朝。”《汉书·外戚传下》曰:“俯视兮丹墀,思君兮履綦。”颜师古注曰:“綦,履下饰也。言视殿上之地,则想君履綦之迹也。”履,鞋子。史游《急就篇》曰“履舄”,颜师古注曰:“单底谓之履,或以丝为之。”朱骏声《说文通训定声·需部》曰:“汉以前复底曰舄,禅底曰屦,汉以后曰履,今曰鞵(鞋)。”陈直《两汉经济史料论丛·关于两汉的手工业》说:这些是“统治阶级最华贵的便用织物,不是一般人民所能服用的,另一方面,可以看出二千年前纺织手工业的成绩和进步”。

⑫五色文玉环：多彩的玉戒指。

⑬钗：发簪。

⑭步摇：汉代流行的一种女子头饰。《后汉书·舆服志下》曰："步摇以黄金为山题，贯白珠为桂枝相缪，一爵九华，熊、虎、赤罴、天鹿、辟邪、南山丰大特六兽，《诗》所谓'副笄六珈'者。"刘昭注曰："《毛诗传》曰：'副者，后夫人之首饰，编发为之。笄，衡笄也。珈，笄饰之最盛者，所以别尊卑。'郑玄曰：'珈之言加也。副既笄而加饰，如今步摇上饰，古之制所未闻。'"王先谦集解曰："《释名》曰：'步摇，上有垂珠，步则摇也。'陈祥道云：'汉之步摇，以金为凤，下有邸，前有笄，缀五采玉以垂下，行则动摇。'"此指皇后出席祭祀活动时的首饰。这种头饰起初按礼制仅限皇后、长公主等极少数贵妇人使用，后逐渐在民间流行。

⑮合欢：植物名，落叶乔木，羽状复叶，小叶昼开夜合，木材可作家具。花称合欢花，也叫马缨花。花萼和花瓣黄绿色，花丝粉红色。珰（dāng）：耳珠。

⑯龟文枕：带有龟背纹的枕头。

⑰玦（jué）：古时佩戴的玉器，环形，有缺口。与环一样，当中空心（谓之好），肉（指四周玉）好若一，只是在肉上缺了一块，断开的两边不连接。常用作表示决断、决绝的象征物。许慎《说文解字》"玉部"曰："玦，玉佩也。"段玉裁注曰："《九歌》注曰：玦，玉佩也。先王所以命臣之瑞。故与环即还，与玦即去也。《白虎通》曰：君子能决断则佩玦。韦昭曰：玦如环而缺。"《广韵》卷五曰："玦，佩如环而有缺，逐臣赐玦，义取与之诀别也。"

⑱马脑彄：玛瑙制成的指环。马脑，即玛瑙。

⑲云母：一种矿石，深色，可分割成片，轻薄而透亮，可作成镜屏，古人以为此石为云之根，故名。

⑳孔雀：罗愿《尔雅翼·释鸟一》曰："（孔雀）尤自珍爱，遇芳时好

景，闻弦歌，必舒张翅尾，眄睐而舞。盖物之能自爱者，如鸾自歌，凤自舞也。”

㉑九华扇：汉宫扇名，竹制，上编织成花纹的扇子。曹植《九华扇赋》序曰：“昔吾先君常侍，得幸汉桓帝，时赐尚方竹扇。其扇不方不圆，其中结成文，名曰九华。”

㉒五明扇：古代仪仗中使用的一种掌扇。崔豹《古今注·舆服》曰：“五明扇，舜作也。既受尧禅，广开视听，求贤人以自辅，故作五明扇也。汉公卿士大夫皆得用之，魏、晋非乘舆不得用也。”五明，意为中原与四夷皆明德。

㉓回风：旋风。《尔雅·释天》曰：“回风为飘。”郭注曰：“旋风也。”

㉔椰：椰树。罗愿《尔雅翼·释木四》曰：“（椰）实大如瓠，系在树头。实外有皮如胡桃。核里有肤白如雪，厚半寸，如猪膏，味美如胡桃。肤里有汁升余，清如水，美如蜜，饮之可以愈渴。核作饮器。”晋张协《七命》曰：“析龙眼之房，剖椰子之壳。”左思《吴都赋》曰：“槟榔无柯，椰叶无阴。”

㉕青木香：即木香，本名蜜香，又名南木香、广木香，多年生草本植物，香气如蜜，可供药用。

㉖沉水香：沉香的别名，是香木的一种，可从中提炼出名贵的熏香料，黑色芳香，可供药用，脂膏凝结成块，因为质地坚硬，入水即沉，故名。

㉗香螺卮（zhī）：用香螺壳制成的酒器。香螺，螺的一种，软体动物，个体较大，多红色，故也称丹螺。卮，古代酒杯，圆筒形，有的有盖，多用青铜或兽角制成。南海：汉代郡名，郡治番禺，即今广州。

㉘九真：汉代郡名，是汉武帝平南越后所设九郡之一，元鼎六年（前111）置，辖今越南河内以南至顺化以北地区。雄麝香：雄麝腹部香腺的分泌物，干燥后呈颗粒状或块状，香味浓烈，是名贵香料，可入药。麝，哺乳动物，外形像鹿而小，无角，尾短，前腿短后腿

长，擅长跳跃。雄麝的犬齿发达，能分泌麝香。也叫香獐子。李时珍《本草纲目·兽部》曰："麝之香气远射，故谓之麝。或云麝父之香来射，故名，亦通。其形似獐，故俗呼香獐。"

㉙七枝灯：一种灯具，在灯盏上共七个灯柱环立。

【译文】

赵飞燕被册封为皇后，她的妹妹赵昭仪在昭阳殿给飞燕送来了一封书信，信上说：

"在今天这个美好的日子里，尊贵的姐姐您荣耀地受封为皇后，我恭谨地向您献上三十五件礼物，以表欢欣鼓舞之情：装饰有金花的紫色圆边帽，装饰有金花的紫色丝织面衣，织成锦做成的短袄，织成锦做成的下衣，五彩花纹的丝带，绣有鸳鸯图案的短袄，绣有鸳鸯图案的被子，绣有鸳鸯图案的褥子，错彩镂金的绣花坎肩，多种宝物装饰的系带的鞋子，有彩色花纹的玉环，做成同心纹饰并用各种宝石镶嵌的宝钗，黄金打造的步摇，有合欢花纹饰的耳珠，用琥珀装饰的枕头，绣有乌龟背纹的枕头，珊瑚玉环，玛瑙指环，云母扇，孔雀扇，翠羽扇，九华扇，五明扇，云母屏风，用琉璃装饰的屏风，五层金博山香炉，回风扇，椰叶席，同心梅，含枝李，青木香，沉水香，香螺壳制成的酒器出自南海，又叫丹螺，九真郡出产的雄麝香，七枝灯。"

31.擅宠后宫

赵后体轻腰弱①，善行步进退②，女弟昭仪不能及也③。但昭仪弱骨丰肌④，尤工笑语⑤。二人并色如红玉⑥，为当时第一，皆擅宠后宫。

【注释】

①赵后：即赵飞燕。腰弱：腰肢纤细、柔弱。伶玄《赵后外传》曰：

“长而纤便轻细，举止翩然。”“丰若有余，柔弱无骨。”

②行步：舞步。

③昭仪：妃嫔称号。汉元帝始置，原为妃嫔第一级，位视宰相，仅次皇后，爵比诸侯王。《汉书·外戚传上》曰“元帝加昭仪之号”，颜师古注曰：“昭显其仪，示隆重也。”《汉书·外戚传下》孝元傅昭仪传曰：“元帝既重傅倢伃，及冯倢伃亦幸，生中山孝王，上欲殊之于后宫，以二人皆有子为王，上尚在，未得称太后，乃更号曰昭仪，赐以印绶，在倢伃上。昭其仪，尊之也。至成、哀时，赵昭仪、董昭仪皆无子，犹称焉。”此指赵飞燕妹妹赵昭仪。及：赶上。

④弱骨丰肌：体格娇弱，肌肤丰润。

⑤工：擅长。

⑥并：都，皆。色：姿色。

【译文】

赵飞燕体态轻盈，腰肢纤弱，舞步姿态优美，进退得体，她妹妹赵昭仪不如她。但赵昭仪体格娇弱，肌肤丰润，说话微笑的表情尤其动人、令人着迷。姐妹二人的姿色都像红玉一样，是当时天下最美的女子，都是后宫中最受皇帝宠幸的美人。

卷二

【题解】

本卷中最为引人关注的是王昭君出塞的故事，亦可说是《西京杂记》中最著名的故事。

元帝时后宫嫔妃宫女众多，皇帝无暇召幸所有人，便想出了一条妙计，让画师画下宫女的容貌，再按画像挑出召幸人选。谁不想被皇帝宠幸呢？于是后宫大出血，大家争相贿赂画师，多则十万钱，至少也不低于五万钱，都希望画师把自己画得美点。画师无疑挣了个盆满钵满。唯独王昭君不愿出分文，自然就被画得很丑，因此便没有任何机会见上皇帝一面，只能在深宫后院中寂寂无闻、默默度日。这依画像挑人的方法挺有用，皇帝亦用这种方法选出与匈奴和亲的人选。这次，王昭君被挑中了。

临行前，王昭君终于见到了皇帝，皇帝也目睹了王昭君的真面目。原来昭君是后宫中第一美女啊，光彩照人又落落大方。皇帝心里真是后悔呀！可皇帝是讲信用的人，已经决定了的事怎么能反悔？于是昭君还是出塞了，但龙颜大怒，那些贪婪的画师便倒了霉，个个丢了性命，不出所料，其家中皆资产万贯。这正应了那句：出来混总是要还的。

昭君因何出塞，史载不同。《汉书》并未明言选择昭君的缘由，昭君的人物形象几乎缺失；《后汉书》曰昭君因数岁不得见宠，积怨求行，昭君的形象是哀怨的；本卷则曰因画师丑画昭君相貌致其被误选。

历史的真相无从得知。不过,比较而言,本卷中昭君的形象更加具体、完整,其故事更具戏剧性,最适合文学描写。美貌智慧的昭君与贪婪低俗的画师是故事的矛盾中心,被欺瞒的皇帝前后心态变化可谓曲折波澜。事件的叙事要素一应俱全,从中可以演绎出若干章节幕次。涉事三方一波三折,故事性强,矛盾冲突尖锐,文学描写足以酣畅淋漓,因而颇受后世文学家青睐。后世并不在乎史实如何,更关注的是强烈的故事性和激烈的矛盾与冲突。因此诸多昭君题材多以本卷故事为蓝本进行加工创作,昭君这一文学人物从古代流行至今,成为取之不竭的创作素材。同时也让《西京杂记》得以持续扬名于世。

32.画工弃市

元帝后宫既多[①],不得常见,乃使画工图形[②],案图召幸之[③]。诸宫人皆赂画工[④],多者十万,少者亦不减五万[⑤],独王嫱不肯[⑥],遂不得见。匈奴入朝[⑦],求美人为阏氏[⑧],于是上案图,以昭君行[⑨]。及去,召见,貌为后宫第一,善应对[⑩],举止闲雅[⑪]。帝悔之,而名籍已定[⑫]。帝重信于外国[⑬],故不复更人[⑭]。乃穷案其事[⑮],画工皆弃市[⑯],籍其家[⑰],资皆巨万[⑱]。画工有杜陵毛延寿[⑲],为人形[⑳],丑好老少,必得其真。安陵陈敞[㉑],新丰刘白、龚宽[㉒],并工为牛马飞鸟众势[㉓],人形好丑不逮延寿[㉔]。下杜阳望亦善画[㉕],尤善布色[㉖]。樊育亦善布色。同日弃市。京师画工,于是差稀[㉗]。

【注释】

①元帝:即汉元帝刘奭(前75—前33),西汉皇帝,宣帝子,前49年—前33年在位。“(元帝为)宣帝微时生民间。年二岁,宣帝即

位。八岁，立为太子。黄龙元年（前49）十二月，宣帝崩。癸巳，太子即皇帝位。”（《西汉会要·帝系一》）《汉书·元帝纪》曰：“元帝多材艺，善史书。鼓琴瑟，吹洞箫，自度曲，被歌声，分刌节度，穷极幼眇。”元帝少时即崇尚儒术，在位时为人优柔寡断，宠任宦官外戚，民间赋役繁重，致西汉由此衰落。

②画工：宫中从事绘画的人，画师。图形：绘制人物画像。

③案图：根据人物画像的美丑。案，通“按”，根据，依据。图，画工绘制的宫女画像。召幸之：召该宫人入寝宫侍寝。幸，指被帝王宠幸。

④宫人：指嫔妃、宫女。赂：用财通路，即为某一目的有意赠人财物。

⑤减：少于。

⑥王嫱（qiáng）：即王昭君。南郡秭归（今属湖北）人，名嫱（《汉书》作“樯”“墙”），字昭君，元帝后期入宫，待诏掖庭。竟宁元年（前33），匈奴呼韩邪单于入朝求亲，元帝遣昭君出塞和亲。《汉书·匈奴传下》曰：“王昭君号宁胡阏氏，生一男伊屠智牙师，为右日逐王。……呼韩邪死……复株累单于复妻王昭君，生二女，长女云为须卜居次，小女为当于居次。”卒葬于匈奴。今内蒙古呼和浩特有昭君墓，世称青冢。自从昭君出塞，匈奴与汉修好数十年。

⑦匈奴：古代北方游牧民族，先后有“鬼方”“混夷”“猃狁”“山戎”等名称，战国时称匈奴、胡，活跃于燕、赵、秦以北地区。“无文书，以言语为约束。儿能骑羊，引弓射鸟鼠，少长则射狐兔，肉食。士力能弯弓，尽为甲骑。其俗，宽则随畜田猎禽兽为生业，急则人习战攻以侵伐，其天性也。”（《汉书·匈奴传上》）秦汉之际实力强盛，统辖大漠南北，汉初屡次南下骚扰北方边境。武帝时多次出击致其势渐衰，宣帝时匈奴单于归附于汉，此后数十年交往频繁。

⑧阏氏（yān zhī）：匈奴单于、诸王之妻的统称。《史记·匈奴列传》

曰:“单于有太子名冒顿。后有所爱阏氏,生少子。”《史记·韩信卢绾列传》曰:“匈奴骑围上,上乃使人厚遗阏氏。”后亦指其他民族君主之妻妾。

⑨以昭君行:昭君因何出塞,史说不一。《汉书·元帝纪》曰:“竟宁元年(前33)春正月,匈奴呼韩邪单于来朝。诏曰:‘匈奴……呼韩邪单于不忘恩德,向慕礼仪,复修朝贺之礼,愿保塞传之无穷,边垂长无兵革之事。其改元为竟宁,赐单于待诏掖庭王樯为阏氏。’”《汉书·匈奴传下》曰:“竟宁元年,单于复入朝……自言愿婿汉氏以自亲。元帝以后宫良家子王墙字昭君赐单于。”《后汉书·南匈奴列传》曰:“昭君字嫱,南郡人也。初,元帝时,以良家子选入掖庭。时呼韩邪来朝,帝敕以宫女五人赐之。昭君入宫数岁,不得见御,积悲怨,乃请掖庭令求行。呼韩邪临辞大会,帝召五女以示之。昭君丰容靓饰,光明汉宫,顾景裴回,竦动左右。帝见大惊,意欲留之,而难于失信,遂与匈奴。”本条则谓因画工丑画昭君相貌致使昭君被误选。

⑩善应对:回答问题非常得体恰当。

⑪闲雅:即娴雅,娴静优雅,举止大方。

⑫名籍:名册,上书被赐出嫁匈奴的女子的名字、名分和诏文等。

⑬重:重视,看重。信:信用,信义。

⑭更:更换。

⑮穷案:追根究底,彻底查办。

⑯弃市:汉代死刑。先秦至汉初称“磔刑”,即斩首后悬首暴尸示众,汉景帝时改为弃市,因在闹市中行刑,并抛尸示众,故称。《汉书·景帝纪》曰“改磔曰弃市”,颜师古注曰:“应劭曰:‘先此诸死刑皆磔于市,今改曰弃市,自非妖逆不复磔也。’师古曰:‘磔谓张其尸也。弃市,杀之于市也。谓之弃市者,取刑人于市,与众弃之也。’”《礼记·王制》曰:“刑人于市,与众弃之。”

⑰籍其家：抄没其家产，并登记入册。籍，登记、记录，亦特指登记予以没收的家产。

⑱巨万：指数额巨大。《史记·司马相如列传》曰："士卒多物故，费以巨万计。"《索隐》曰："案：巨万犹万万也。案：数有大小二法。张揖曰'算法万万为亿'，是大数也。《鬻子》曰'十万为亿'，是小数也。"

⑲杜陵：县名，在今陕西西安东南，古为杜柏国，秦置杜县。汉元康元年（前65），因为汉宣帝筑陵于此，乃更名杜陵。《三辅黄图》卷六曰："宣帝杜陵，在长安城南五十里。帝在民间时，好游鄠、杜间，故葬此。"毛延寿：人名，汉代宫廷画师，生平不详。下文中陈敞、刘白、龚宽、阳望、樊育，皆为宫廷画师，生平不详。

⑳为人形：画人像。

㉑安陵：汉代县名，故治在今陕西咸阳东北。汉惠帝建安陵于此，因置县。《三辅黄图》卷六曰："惠帝安陵，去长陵十里。按《本纪》，惠帝七年（前188）八月戊寅，崩于未央宫，葬安陵，在长安城北三十五里。安陵有果园鹿苑云。"

㉒新丰：汉代县名，故治在今陕西临潼西北。汉初，汉高祖定都长安后，其父亲太上皇想念老家丰邑（今江苏沛县），刘邦便在骊邑仿照老家的布局筑城，后置县并改名新丰。《汉书·地理志上》曰："新丰，骊山在南，故骊戎国。秦曰骊邑。高祖七年（前200）置。"颜师古注引应劭曰："太上皇思东归，于是高祖改筑城寺街里以象丰，徙丰民以实之，故号新丰。"程大昌《雍录》卷七曰："为其自故丰而徙此，故名新丰也。"《史记·高祖本纪》曰："更名郦邑曰新丰。"《正义》注曰："前于郦邑筑城寺，徙其民实之，未改其名，太上皇崩后，命曰新丰。"

㉓工：精通。众势：各种姿势形态。

㉔不逮：不及，赶不上。

㉕下杜：古地名，又称杜城、杜县，在今陕西西安西南，本为周代杜原城，汉代属京兆尹管辖。《汉书·宣帝纪》曰“率常在下杜”，颜师古曰：“下杜即今之杜城。”因汉宣帝在杜县东少陵原上修造陵墓杜陵，便改杜城为下杜。

㉖布色：调配好颜色后在画上着色，指画师对画面的色调色彩进行安排设计。

㉗差稀：有所减少。差，比较，稍微。昭君不愿贿赂画工，因此被画工丑画相貌而被选中出塞和亲。此说因极富戏剧性，故流传甚广，影响后世诸多昭君题材的诗文抒写，如元马致远《汉宫秋》等。

【译文】

汉元帝时期，后宫已经有很多嫔妃宫女了，元帝无法经常召见她们，于是就命令宫中的画师把她们的相貌画下来，再依据画像来选择召幸宫女。宫女们为了被皇帝召见，都要贿赂画师，送给画师的财物多的有十万钱，少的也不会低于五万，只有王嫱不愿意行贿画师，因而没被元帝召幸过。后来，匈奴呼韩邪单于到长安朝觐元帝，并请求元帝赐一名美女作为匈奴王后，于是元帝根据宫女的画像，选择了王昭君出塞和亲。等到临行前召见时，元帝才发现昭君的相貌在后宫中是最美的，而且对答得体，行为举止大方，风度娴静优雅。元帝非常后悔，可是和亲的名单、诏书已经确定了。元帝注重与外国交往的信用，所以就没再换人。这事过后，元帝便追根究底彻查此事，将宫中的画师全部杀掉，弃尸于市，并抄没了画师们的家产，他们的资产都不计其数。画师中有位杜陵人毛延寿，他擅长画人物肖像，无论相貌美丑、年岁大小，都画得非常逼真。安陵人陈敞，新丰人刘白、龚宽都精通于画牛马飞鸟的各种姿态，但描绘人像美丑时就不如毛延寿画得逼真。下杜人阳望也擅长绘画，尤其善于给画面着色。樊育也擅长画面的着色。这些人都在同一天被杀，弃尸于市。长安城里的画师，从此就比较稀少了。

33.东方朔设奇救乳母

武帝欲杀乳母①,乳母告急于东方朔②。朔曰:“帝忍而愎③,旁人言之,益死之速耳④。汝临去⑤,但屡顾我,我当设奇以激之⑥。”乳母如言。朔在帝侧曰:“汝宜速去。帝今已大,岂念汝乳哺时恩邪⑦!”帝怆然⑧,遂舍之⑨。

【注释】

①乳母:奶娘,奶妈。古代宫廷、贵族多雇佣乳母哺育婴儿,因此乳母与乳子关系密切,皇帝的乳母常常被封受赏。

②告急:在危急时向人求救。东方朔(前154—前93):西汉文学家。字曼倩,平原厌次(今山东惠民)人。《汉书·东方朔传》曰:“武帝初即位,征天下举方正贤良文学材力之士……朔初来,上书曰:‘臣朔少失父母,长养兄嫂。年十三学书,三冬文史足用。十五学击剑。十六学《诗》《书》,诵二十二万言。十九学孙吴兵法,战阵之具,钲鼓之教,亦诵二十二万言。凡臣朔固已诵四十四万言。又常服子路之言。臣朔年二十二,长九尺三寸,目若悬珠,齿若编贝,勇若孟贲,捷若庆忌,廉若鲍叔,信若尾生。若此,可以为天子大臣矣。’”后待诏金马门,官至太中大夫。东方朔博学多闻,性诙谐滑稽,机智善辩,常于谈笑间为国事犯颜直谏。应劭《风俗通义·正失》曰:“俗言:东方朔太白星精,黄帝时为风后,尧时为务成子,周时为老聃,在越为范蠡,在齐为鸱夷子皮。言其神圣能与王霸之业,变化无常。”工于辞赋,名篇有《答客难》《非有先生论》等。

③忍:残忍。愎(bì):性格乖戾,刚愎自用。

④益:更加。

⑤去:去受刑。

⑥设奇：安排奇妙的计策。激：刺激，激将。

⑦乳哺：喂养。

⑧怆然：悲伤，悲恸。

⑨舍之：放了奶娘。《史记·滑稽列传》曰："武帝时有所幸倡郭舍人者，发言陈辞虽不合大道，然令人主和说。武帝少时，东武侯母常养帝，帝壮时，号之曰'大乳母'。……乳母家子孙奴从者横暴长安中，当道掣顿人车马，夺人衣服。闻于中，不忍致之法。有司请徙乳母家室，处之于边，奏可。乳母当入至前，面见辞。乳母先见郭舍人，为下泣。舍人曰：'即入见辞去，疾步数还顾。'乳母如其言，谢去，疾步数还顾，郭舍人疾言骂之曰：'咄！老女子！何不疾行！陛下已壮矣，宁尚须汝乳而活邪？尚何还顾！'于是人主怜焉悲之，乃下诏止无徙乳母，罚谪谮之者。"该故事中救武帝乳母的是倡优郭舍人，与本条略有出入。

【译文】

汉武帝要杀他的奶娘，危急关头奶娘慌忙向东方朔求救。东方朔说："皇帝生性残忍且刚愎自用，如果别人为你说情，只会令你死得更快。你在被押走受刑的时候，只要不断地回头看我，我将会安排奇妙的计策来刺激皇上放了你。"奶娘按照东方朔的吩咐做了。东方朔站在武帝的身边说道："你就赶快走吧。皇帝如今已经长大了，哪里还会记得当年你哺育他的恩情呢！"武帝听了很悲伤难过，于是就把奶娘放了。

34.五侯鲭

五侯不相能①，宾客不得来往②。娄护丰辩③，传食五侯间④，各得其欢心⑤，竞致奇膳⑥。护乃合以为鲭⑦，世称"五侯鲭"⑧，以为奇味焉。

【注释】

①五侯：指汉成帝刘骜的五个舅舅。汉成帝重用外戚王氏，于河平二年（前27），“上悉封舅谭为平阿侯，商成都侯，立红阳侯，根曲阳侯，逢时高平侯。五人同日封，故世谓之‘五侯’”。（《汉书·元后传》）能：亲善，和睦。

②宾客：原称战国时代诸侯贵族所供养的食客，他们依附于贵族，为主人献计献策，贡献才智。西汉时，食客之风依旧盛行。

③娄护：即楼护，字君卿，齐国（今山东）人，少时随父行医长安，出入贵戚家，后改学经传，任京兆吏多年。“为人短小精辩，议论常依名节，听之者皆竦。与谷永俱为五侯上客，长安号曰‘谷子云笔札，楼君卿唇舌’，言其见信用也。母死，送葬者致车二三千两，闾里歌之曰：‘五侯治丧楼君卿。’”（《汉书·游侠传·楼护传》）王莽时娄护被封为息乡侯，列于九卿。丰辩：能言善辩。

④传食：轮流就食。

⑤各得其欢心：能得到五侯的欢心。《汉书·游侠传·楼护传》曰：“是时王氏方盛，宾客满门，五侯兄弟争名，其客各有所厚，不得左右，唯护尽入其门，咸得其欢心。”

⑥致：送来，给予。奇膳：珍奇罕见的美食。膳，饭食，美食。《广雅·释器》曰：“膳，肉也。”《周礼·天官》曰“膳夫”，郑玄注曰：“膳之言善也，今时美物曰珍膳。”《左传·闵公二年》曰：“太子奉冢祀社稷之粢盛，以朝夕视君膳者也。”孔颖达疏曰：“膳者美食之名。”

⑦鲭（zhēng）：同“脏”，鱼脍，把鱼、肉合烹烩煮而成的佳肴。

⑧五侯鲭：把五侯送来的鱼肉饭菜混合在一起煮出来的食品。贾思勰《齐民要术·脏腤煎消法》曰：“五侯脏法：用食板零揲，杂鲊、肉，合水煮，如作羹法。”裴启《裴子语林》曰：“娄护，字君卿，历游五侯之门。每旦，五侯家各遗饷之。君卿口厌滋味，乃试合五

侯所饷之鲭而食，甚美。世所谓五侯鲭，君卿所致。”与本条可互参。

【译文】

汉成帝的五个王侯舅舅彼此看不顺眼，各家门下的宾客也不能互相往来。娄护能言善辩，在五侯家轮流就餐混饭吃，能赢得每个王侯的欢心，五位王侯也争相给他送来珍奇罕见的美味佳肴。娄护就把这些佳肴混合在一起烹煮，做成了鲭，世人称为“五侯鲭”，认为是一道美味的佳肴。

35.公孙弘粟饭布被

公孙弘起家徒步①，为丞相，故人高贺从之②。弘食以脱粟饭③，覆以布被④。贺怨曰：“何用故人富贵为⑤？脱粟布被，我自有之⑥。”弘大惭⑦。贺告人曰：“公孙弘内服貂蝉⑧，外衣麻枲⑨，内厨五鼎⑩，外膳一肴⑪，岂可以示天下⑫！”于是朝廷疑其矫焉⑬。弘叹曰：“宁逢恶宾⑭，无逢故人。”

【注释】

①公孙弘（前200—前121）：汉武帝时丞相。字季，菑川薛（今山东滕州南）人。少时家贫，曾为狱吏，年四十余始治《春秋公羊传》。武帝时曾两次以贤良征为博士。因办事谨慎，又熟悉文法吏事，深得汉武帝信任，被封平津侯。汉代多以列侯为丞相，无爵位而受封丞相者，始于公孙弘。《汉书·公孙弘卜式儿宽传·公孙弘传》曰：“先是，汉常以列侯为丞相，唯弘无爵，上于是下诏曰：‘朕嘉先圣之道，开广门路，宣招四方之士，盖古者任贤而序位，量能以授官，劳大者厥禄厚，德盛者获爵尊，故武功以显重，而文德以

行褒。其以高成之平津乡户六百五十封丞相弘为平津侯。'”据称公孙弘心机深厚，为人心胸狭窄，对得罪自己的人必伺机报复。《史记·平津侯主父列传》曰：“弘为人恢奇多闻，常称以为人主病不广大，人臣病不节俭。弘为布被，食不重肉。”“弘为人意忌，外宽内深。”起家徒步：指出身平民，没有特殊、深厚的政治与经济背景。徒步，步行，代指布衣平民，因为古代平民出行无车。《汉书·公孙弘卜式儿宽传·公孙弘传》曰：“弘自见为举首，起徒步，数年至宰相封侯。”

②故人：旧友。高贺：人名，生平不详。从：投靠。

③脱粟饭：用去皮的小米做成的干饭，在汉代是民间极普通的饭食。《史记·平津侯主父列传》曰：“食一肉脱粟之饭。”《索隐》曰：“案：一肉，言不兼味也。脱粟，才脱谷而已，言不精凿也。”汉代人把煮熟的小米饭晒干，做成干粮储存起来，食用时加水拌食或浇汤食用。粟，植物名，俗称“谷子”。也指未去皮壳的谷粒，已舂去糠的则称小米。李绅《古风》曰：“春种一粒粟，秋成万颗子。”罗愿《尔雅翼·释草一》曰：“古不以粟为谷之名，但米之有孚壳者皆称粟。今人以谷之最细而圆者为粟。”侯良《西汉文明之光——长沙马王堆汉墓》说：“古代农书上称粟为粱，糯性粟为秫。甲骨文中的‘禾’就是粟。……甲骨文中‘禾’‘粟’等字经常出现，均像粟穗低垂或掉子的形状。因为粟的种植普遍，‘禾’即成为粮食作物的泛称。《墨子·尚贤》说：‘菽粟多而民足乎食。’《氾胜之书》将粟列为五谷之首。”王仲殊《汉代考古学概说》说：“在黄河流域和北方地区，以种植粟和小麦为主。陕西米脂画像石的牛耕图中，刻绘着成熟的黍，可见它是当地主要的谷物。由于在咸阳、洛阳、江陵、光化、长沙、徐州、广东等地也发现了黍，可见它的种植是很普遍的。”

④覆：盖。

⑤何用：有什么用。

⑥我自有之：我自己家也有。

⑦大惭：非常惭愧。

⑧貂蝉：古代侍御近臣以貂尾和附蝉为饰的冠冕。此指皇帝近臣所穿的华贵服饰。应劭《汉官仪》曰："侍中金蝉左貂。金取坚刚，百炼不耗。蝉居高食洁，目在腋下。貂内劲悍而外温润。貂蝉不见传记者，因物论义。予览《战国策》，乃知赵武灵王胡服也。……侍中冠、武弁大冠，亦曰惠文冠，加金珰，附蝉为文，貂尾为饰，谓之貂蝉。"

⑨麻枲（xǐ）：即麻。《礼记·内则》曰："执麻枲，治丝茧。"亦指麻的种植、纺绩之事。《吕氏春秋·上农》曰："是以春秋冬夏皆有麻枲丝茧之功，以力妇教也。"此指质地很粗劣的麻织衣服。麻，大麻、亚麻、黄麻等麻类植物的总称，古代专指大麻。罗愿《尔雅翼·释草一》曰："麻实既可以养人，而其缕又可以为布，其利最广。然麻之属总名麻，别而言之，则有实者别名苴，而无实者别名枲。……陶隐居言八谷之中，胡麻最为良，以《诗》黍、稷、稻、粱、禾、麻、菽、麦为八谷。而引董仲舒云：'禾是粟苗，麻是胡麻。'按胡麻大宛之种，张骞得之以归。诗人所称，岂应近舍中国之苴，而远述大宛之巨胜？此说非是。又以其胡物而细，故别谓中国之麻为汉麻，亦曰大麻。"吕思勉《中国文化小史》说："麻的发明，起于何时，亦无可考。知用麻丝之后，织法的发明，亦为一大进步。《淮南子·氾论训》说：'伯余之初作衣也，緂麻索缕，手经指挂，其成犹网罗。后世为之机杼胜复，以领其用，而民得以掩形御寒。'手经指挂，是断乎不能普遍的。织法的发明，真是造福无穷的了。但其始于何时，亦不可考。"王仲殊《汉代考古学概说》说："（汉代）作为主要纺织材料的大麻，已普遍种植，洛阳烧沟汉墓中有写着'麻万石'字样的陶仓，长沙马王堆和贵县罗泊湾

汉墓更发现了大麻子的实物。”枲，大麻的雄株。亦泛指麻。《尚书·禹贡》曰：“厥贡，漆、枲、絺、纻。”一说不结籽的麻。

⑩鼎：古代食器，用于盛鱼肉，调以五味，也可作烹煮器，用青铜或陶土制成。也多用于宗庙的礼器和墓葬的明器。亦是传国的重器。许嘉璐《中国古代衣食住行》说：“鼎是用来煮肉和盛肉的。……都鼎比较大，以圆腹三足的为多，也有方腹四足的。因此后代常说‘鼎足而立’……鼎口处有直立的两耳，可以穿进杠子以便抬举。在鼎下烧火。”古代富豪贵族皆列鼎而食，一般诸侯五鼎、卿大夫三鼎。一说诸侯七鼎、大夫五鼎。《汉书·严朱吾丘主父徐严终王贾传上》主父偃传曰：“丈夫生不五鼎食，死则五鼎亨尔！”颜师古注曰：“张晏曰：‘五鼎食，牛、羊、豕、鱼、麋也。诸侯五，卿大夫三。’师古曰：‘五鼎亨之，谓被镬亨之诛。’”此句意谓公孙弘饮食极为奢侈。

⑪一肴（yáo）：一道菜。肴，熟肉。亦泛指鱼、肉等荤菜。三国魏张揖《广雅·释器》曰：“肴，肉也。”

⑫示：给人看，作为表率。《史记·平津侯主父列传》曰：“（弘）食一肉脱粟之饭。故人所善宾客，仰衣食，弘奉禄皆以给之，家无所余。士亦以此贤之。”与此条高贺语有异。

⑬矫：虚伪，表里不一。《汉书·公孙弘卜式儿宽传·公孙弘传》载汲黯对公孙的评价曰：“弘位在三公，奉禄甚多，然为布被，此诈也。”

⑭恶宾：粗暴无礼、不好伺候的客人。

【译文】

公孙弘出身布衣，后来当上了丞相，老朋友高贺投靠跟从了他。公孙弘给高贺吃糙米饭，盖粗布缝制的被子。高贺不满地抱怨道：“老朋友富贵发达了有什么用？吃糙米饭、盖粗布被子，这些我自己家也有。”公孙弘听了非常惭愧。高贺告诉别人说：“公孙弘在家里穿着华贵的衣服，在外面却穿粗麻布衣服，在家里排着五口大鼎大吃大喝，在外面吃饭却只有一道菜，这样的人怎么能给天下人做表率呢！”于是朝廷开始怀疑公孙弘虚伪、表里不一。公孙弘感叹地说：“我宁愿碰到粗暴无礼、不好伺候的客人，也不要遇到高贺这样的老朋友。”

36.文帝良马九乘

文帝自代还①，有良马九匹②，皆天下之骏马也。一名浮云③，一名赤电④，一名绝群⑤，一名逸骠⑥，一名紫燕骝⑦，一名绿螭骢⑧，一名龙子⑨，一名麟驹⑩，一名绝尘⑪，号为九逸⑫。有来宣能御⑬，代王号为王良⑭，俱还代邸⑮。

【注释】

①文帝：即汉文帝刘恒（前202—前157），西汉皇帝，汉高祖刘邦之子，薄太后所生。初封代王，周勃等平定诸吕之乱后被拥立为帝，前180年—前157年在位。文帝崇尚节俭，信奉黄老之术，轻赋税，减刑罚，与民休息，使汉代经济迅速恢复。应劭《风俗通义·正失》曰：“文帝尊汉家，基业初定，重承军旅之后，百姓新免于干戈之难，故文帝宜因修秦余政教，轻刑事少，与之休息，以俭约节欲自持，初开籍田，躬劝农耕桑，务民之本，即位十余年，时五谷丰熟，百姓足，仓廪实，蓄积有余。”与其子汉景帝开创了“文景之治”，巩固了汉朝统治。自代还：从代国回到京城。指周勃等人铲除吕氏势力后，代王刘恒从代国回返长安。此时应是代王回京城即位皇帝之前。代，古地名，春秋时为代国，在今河北蔚县一带，战国时为赵襄子所灭。秦时置代郡，汉初同姓九国之一，高帝三年（前204）刘邦以代郡等五十三县封给其兄刘喜为代王，后改封如意为代王，高祖十一年（前196）平定代相国陈豨叛乱后

改封刘恒为代王，都晋阳（今山西太原），后又都中都（今山西平遥西南）。

②良马：好马。代地靠近匈奴，以出产良马著称。韩婴《韩诗外传》卷九曰："诗曰：'代马依北风，飞鸟扬故巢。'皆不忘故之谓也。"曹植《朔风》曰："愿骋代马，倏忽北徂。"

③浮云：比喻骏马神态飘逸。

④赤电：形容马快如赤色闪电。赤，赤色，形容马的毛色。电，形容马奔跑的速度很快。

⑤绝群：形容出色，出类拔萃。

⑥逸骠：奔跑疾速的马。逸，奔跑。骠，黄色有白斑或黄色白鬃尾的马。许慎《说文解字》"马部"曰："骠，黄马发白色。一曰白髦尾也。"

⑦紫燕骝（liú）：快如飞燕的马。骝，黑鬣黑尾巴的红马。

⑧螭（chī）：古代传说中的一种动物，蛟龙之属，头上无角。许慎《说文解字》"虫部"曰："螭，若龙而黄，北方谓之地蝼。或云无角曰螭。"《楚辞·九歌·河伯》曰："乘水车兮荷盖，驾两龙兮骖螭。"洪兴祖补注曰："《集韵》：蜥螭，龙无角。"骢（cōng）：青白色相间的马，今名菊花青马。亦泛指马。《乐府诗集·杂歌谣辞三·鲍司隶歌》曰："鲍氏骢，三人司隶再入公。马虽瘦，行步工。"

⑨龙子：形容骏马非凡的神态，有如龙的后代。

⑩麟驹：形容骏马的气度像麒麟的后代。

⑪绝尘：形容马奔跑神速，好像马蹄不会沾到尘土一样。

⑫九逸：九匹骏马。

⑬来宣：人名，生平不详，应为擅长御马者。能御：善于驾驭骏马。

⑭代王：指汉文帝。王良：春秋末年晋国人，晋国正卿赵简子的御手，以善于御马而著称。《左传·哀公二年》曰"邮无恤御简子"，

杜预注曰："邮无恤，王良也。"《孟子·滕文公下》曰："简子曰：'我使掌与女乘。'谓王良，良不可。"《淮南子·览冥训》曰："昔者王良，造父之御也，上车摄辔，马为整齐而敛谐，投足调均，劳逸若一。"

⑮代邸（dǐ）：代国在京师长安的官邸。代王刘恒刚回长安，还未正式继位，故先住代邸。《西汉会要·帝系一》曰："高后崩。大臣迎代王入代邸。群臣从至，上议曰：'丞相陈平等再拜言大王足下：子弘等皆非孝惠皇帝子，不当奉宗庙。大王高皇帝子，宜为嗣。愿大王即天子位。'"《史记·孝文本纪》曰："（代王）乃命宋昌参乘，张武等六人乘传诣长安。"其传中未有本条中文帝携良马而还的故事，而在《汉书·严朱吾丘主父徐严终王贾传下》贾捐之传中则有文帝拒收献马的故事，其传曰："（文帝）时有献千里马者，诏曰：'鸾旗在前，属车在后，吉行日五十里，师行三十里，朕乘千里之马，独先安之？'于是还马，与道里费，而下诏曰：'朕不受献也，其令四方毋求来献。'"

【译文】

汉文帝刘恒从代国回到京城长安的时候，带来了九匹好马，都是天下难得一见的骏马。一匹叫浮云，一匹叫赤电，一匹叫绝群，一匹叫逸骠，一匹叫紫燕骝，一匹叫绿螭骢，一匹叫龙子，一匹叫麟驹，一匹叫绝尘，合称为九逸。有个擅长驾驭骏马的人叫来宣，代王称他是现代王良，带着他一起回到了代国设在京城的官邸中。

37.武帝马饰之盛

武帝时，身毒国献连环羁①，皆以白玉作之，马瑙石为勒②，白光琉璃为鞍③。鞍在暗室中常照十余丈，如昼日。自是长安始盛饰鞍马④，竞加雕镂⑤，或一马之饰直百金⑥。

皆以南海白蜃为珂[7]，紫金为华[8]，以饰其上。犹以不鸣为患[9]，或加以铃镊[10]，饰以流苏，走则如撞钟磬[11]，若飞幡葆[12]。后得贰师天马[13]，帝以玫瑰石为鞍[14]，镂以金银鍮石[15]，以绿地五色锦为蔽泥[16]，后稍以熊罴皮为之[17]。熊罴毛有绿光，皆长二尺者，直百金。卓王孙有百余双[18]，诏使献二十枚[19]。

【注释】

①羁：没有嚼口的马笼头，是控制、制约马的鞍具。史游《急就篇》曰"辔勒鞅韅靽羁缰"，颜师古注曰："羁，络头也，谓勒之无衔者也。"一般用皮革制作，编缀成连环状。贵族皇室则以金银玉石装饰，显得华丽珍贵，如在秦陵出土的铜车马便以金银制作。

②勒：指整套的笼头，带有嚼口的马衔。《孔子家语·执辔》曰："夫德法者，御民之具，犹御马之有衔勒也。"用玛瑙石来制作更加珍贵。

③白光琉璃：白色透明的带有荧光的琉璃。鞍：鞍子，放在牲口背上驮运东西或供人骑坐的器具，多用皮革或木头加垫子制成。此指马鞍。

④盛饰：装扮华丽。鞍马：马鞍和马。

⑤竞：争着，争相。

⑥或：有时。

⑦蜃（shèn）：海里生长的大蛤蜊，外壳颜色漂亮，可作装饰用。《礼记·月令》曰："（孟冬之月）雉入大水为蜃。"《国语·晋语九·窦犨谓君子哀无人》曰："雀入于海为蛤，雉入于淮为蜃。"韦昭注曰："小曰蛤，大曰蜃。皆介物，蚌类。"珂：马勒上的装饰物。《太平御览》卷三百五十九曰："服虔《通俗文》曰：勒饰曰珂。"

⑧紫金：指紫磨金，一种精美的金子，是黄金和赤铜的合金。曹昭《格古要论·珍宝论》曰："古云半两钱，即紫金。今人用赤铜和

黄金为之，然世人未尝见真紫金也。”

⑨鸣：原指鸟虫鸣叫。此指发出声音。患：担心，忧虑。

⑩铃镊：带有垂饰的铃铛。

⑪钟磬（qìng）：钟和磬，皆为古代打击乐器。钟，青铜制，中空，口朝下悬挂于架上，以槌叩击发音，祭祀或宴享时用，战斗中亦用以指挥进退。《北堂书钞》卷一〇八引《五经通义》曰：“钟者，秋分之气。万物至秋而成，至冬而藏，物之坚成不灭绝莫如金，故金为钟，相继不绝也。”班固《白虎通义》卷二曰：“钟之为言动也，阴气用事，万物动成，钟为气，用金声也。”应劭《风俗通义·声音》曰：“《世本》：‘垂作钟。’秋分之音也。《诗》：‘鼓钟于宫，声闻于外。’《论语》云：‘乐云乐云，钟鼓云乎哉？’”磬，形状像曲尺，用玉、石头或金属制成，悬挂于架上，击之而鸣。应劭《风俗通义·声音》曰：“《世本》：‘毋句作磬。’《尚书》：‘豫州锡贡磬错。’《诗》云：‘笙磬同音。’《论语》：‘子击磬于卫，有荷蒉而过者，曰：有心哉！’”

⑫幡葆：车盖上的旗子。葆，车盖，上面装饰有五色羽毛。《礼记·杂记下》曰：“匠人执羽葆御柩。”孔颖达疏曰：“葆，谓盖也。”

⑬贰师：即贰师城，位于大宛国，故址在今吉尔吉斯斯坦西南部，该地以出产汗血马著称，汗血马亦称作天马。太初元年（前104），汉武帝派李广利进攻大宛意图夺取良马。《汉书·张骞李广利传·李广利传》曰：“（武帝）以李广利为贰师将军，发属国六千骑及郡国恶少年数万人以往，期至贰师城取善马，故号‘贰师将军’。”《汉书·武帝纪》亦曰：“太初元年，发天下谪民西征大宛。”《汉书·西域传上》曰：“（大宛国）多善马。马汗血，言其先天马子也。张骞始为武帝言之，上遣使者持千金及金马，以请宛善马。宛王以汉绝远，大兵不能至，爱其宝马不肯与。汉使妄言，宛遂攻杀汉使，取其财物。于是天子遣贰师将军李广利将兵前后

十余万人伐宛，连四年。宛人斩其王毋寡首，献马三千匹，汉军乃还。”天马：大宛所产汗血宝马。《史记・大宛列传》曰：“初，天子发书《易》，云‘神马当从西北来’。得乌孙马好，名曰‘天马’。及得大宛汗血马，益壮，更名乌孙马曰‘西极’，名大宛马曰‘天马’云。”张华《博物志》卷三曰：“大宛国有汗血马，天马种，汉、魏西域时有献者。”

⑭玟（mín）：同“珉”，似玉的美石。瑰（guī）：同“瑰”，美石。

⑮鍮（tōu）石：黄铜，一种铜矿石，属于天然铜。顾野王《重修玉篇》卷十八“金部”曰：“鍮，石似金也。”

⑯地：底色，质地。蔽泥：也称障泥。一种马具，垫在马鞍下，垂于马腹两旁的挡泥垫，以遮挡马蹄飞溅起来的泥土灰尘，也为防止骑士所穿的盔甲、佩带的武器等磨伤马腹。

⑰稍：逐渐。罴（pí）：熊的一种，也叫棕熊、马熊、人熊。《诗经・大雅・韩奕》曰：“献其貔皮，赤豹黄罴。”孔颖达引陆玑疏曰：“罴有黄罴，有赤罴，大于熊。其脂如熊白而粗理，不如熊白美也。”《尔雅・释兽》曰：“罴如熊，黄白文。”郭注曰：“似熊而长头高脚，猛憨多力，能拔树木。关西呼曰貑熊。”

⑱卓王孙：蜀郡临邛（今四川邛崃）大富商，卓文君之父。其祖先系赵人，以铁致富，秦统一后，被强制迁徙，遂到临邛。《史记・货殖列传》曰：“（卓氏）即铁山鼓铸，运筹策，倾滇蜀之民，富至僮千人。田池射猎之乐，拟于人君。”卓王孙即卓氏后代，是当时有名的富豪。《史记・司马相如列传》曰：“临邛中多富人，而卓王孙家僮八百人。”

⑲诏使献二十枚：因连年战争，汉初时经济凋敝，经过文景之治，经济渐趋强盛，因此，到武帝时，奢侈之风日盛。桓宽《盐铁论・散不足篇》曰：“今富者鞻耳银镊韉，黄金琅勒，罽绣弁汗，华鞯胡鲜。”沈从文《中国文物常识》说：“马鞍镫具使用金银加工，必然

是汉代文景以后，社会生产发展到一定程度时，才会出现。……《西京杂记》有关于精美鞍具的种种描写，认为是武帝时创始，长安仿效。这部书的时代虽可怀疑，提出的问题却和大宛天马南来，及社会生产发展情形一致。金银装鞍具，必木漆制作的'高桥鞍'才相宜，制作材料的改变，也必然由于这个时代的应用而开始。乐府诗起于西汉，盛行于东汉，就常有金银鞍具的形容。而且越来越讲究。《三辅决录》记梁冀曾用一'镂衢鞍'讹诈平陵富人公孙奋钱五千万。如不是实物十分精美，是无从用它借口的。"沈从文《中国古代服饰研究·汉画刻中所见几种骑士》说："从图像取证，西汉一代还少见如此繁琐华丽马具。《三国志·吴书·甘宁传》才出现马踏镫。马身加铃镊装备，'响马'即由之而得名。画刻中反映且更晚。到东汉后期，马匹装具显明已大有改进，《梁冀别传》曾提到贵戚权臣梁冀用'镂衢鞍'向平陵吝啬富人士（公）孙奋质钱五千万。一马鞍质钱到数千万，制作无疑已十分精美。曹植有《上银鞍表》，说因不敢乘用，才缴还。另外曾有些鞍桥上镶嵌些银质镂空残余材料发现，器物大量用银作饰，正是东汉晚期风气。"

【译文】

汉武帝时期，身毒国献来编成连环状的马笼头，都是用白玉做成的，用玛瑙石做成马笼头，用透明发光的白色琉璃制成马鞍。这种马鞍即使放在黑暗的房间里也能照亮十余丈远，好像白昼一样。从此以后，长安开始流行马笼头和马鞍的华贵装饰，人们争相刻镂马笼头和马鞍，有的马身上的装饰物的价值竟然达到百金。人们用产自海边的白色大蛤蜊装饰马笼头，还用紫金做成花朵，装饰在马笼头上。即使如此，有人还嫌这些装饰品不能发出声响，又挂上带有垂饰的铃铛，系上五彩穗，这样马行走时就会像敲击钟磬一样发出悦耳清亮的声音，彩穗像车盖上的彩旗一样迎风飘扬。后来武帝得到了贰师天马，用美石做成马鞍，在上面还用金银黄铜等镶嵌了图案，用绿底的五彩锦缎制成挡泥垫，后来逐渐又改用棕熊皮制作。棕熊毛发出绿光，长达二尺多，价值百金。蜀郡的大富商卓王孙有一百多张，皇帝下诏令他进献了二十张。

38.茂陵宝剑

昭帝时①，茂陵家人献宝剑②，上铭曰③："直千金，寿万岁④。"

【注释】

①昭帝：即汉昭帝刘弗陵（前94—前74），西汉皇帝，汉武帝幼子，其母赵婕妤。前87年—前74年在位，因即位时年幼，而由霍光、桑弘羊等大臣辅政。《汉书·霍光金日磾传·霍光传》曰："（光等）受遗诏辅少主。明日，武帝崩，太子袭尊号，是为孝昭皇帝。帝年八岁，政事壹决于光。"《西汉会要·帝系一》曰："武帝后元二年（前87）二月，立为皇太子。年八岁，以侍中奉车都尉霍光为大司马大将军，受遗诏辅少主。明日，武帝崩。戊辰，太子即皇帝位。元凤四年（前77），帝加元服。"昭帝在位期间，改革武帝政治，加强北方防卫，并召开盐铁会议，议民所困，商定对策。

②家人：汉代宫廷中无名号职位的官人。此指看守陵墓的人。《汉书·儒林传·辕固传》曰："窦太后好《老子》书，召问固。固曰：'此家人言耳。'"颜师古注曰："家人言僮隶之属。"另如应劭《风俗通义·皇霸》曰："然而立谈者人异，缀文者家舛，斯乃杨朱哭于歧路，墨翟悲于练素者也。""家"与"人"似同义。

③铭：铭文，在器物上刻上的陈事颂德的文字。

④寿万岁：祝人长寿。此指祝皇帝万寿无疆。

【译文】

汉昭帝时期，看守武帝茂陵的人献上一把宝剑，剑上的铭文刻的是："值千金，寿万岁。"

39. 相如死渴

司马相如初与卓文君还成都[①]，居贫愁懑[②]，以所着鹔鹴裘就市人阳昌贳酒[③]，与文君为欢。既而文君抱颈而泣曰："我平生富足，今乃以衣裘贳酒。"遂相与谋于成都卖酒。相如亲着犊鼻裈涤器[④]，以耻王孙。王孙果以为病[⑤]，乃厚给文君，文君遂为富人[⑥]。文君姣好[⑦]，眉色如望远山[⑧]，脸际常若芙蓉[⑨]，肌肤柔滑如脂[⑩]。十七而寡，为人放诞风流，故悦长卿之才而越礼焉[⑪]。长卿素有消渴疾[⑫]，及还成都，悦文君之色，遂以发痼疾[⑬]。乃作《美人赋》[⑭]，欲以自刺[⑮]，而终不能改，卒以此疾至死。文君为诔[⑯]，传于世。

【注释】

①司马相如（前179—前118）：西汉文学家。蜀郡成都（今属四川）人，字长卿，本名犬子，后因仰慕兰相如而更名。口吃。曾为梁孝王门客。武帝好其赋，擢其为郎。曾奉使西南，后为孝文园令。擅长辞赋，其赋铺张宏大，文辞富丽，于篇末常寄寓讽谏。传世之作有《子虚赋》《上林赋》等。后人称其为"赋圣"。卓文君：临邛大富商卓王孙之女。有一次，卓王孙宴客，赴宴的司马相如弹琴助兴，吸引了寡居在家的卓文君。《史记·司马相如列传》曰："是时卓王孙有女文君新寡，好音，故相如缪与令相重，而以琴心挑之。……及饮卓氏，弄琴，文君窃从户窥之，心悦而好之，恐不

得当也。既罢，相如乃使人重赐文君侍者通殷勤。文君夜亡奔相如，相如乃与驰归成都。”

②居贫：生活贫困。愁懑：忧愁郁闷。

③鹔鹴（sù shuāng）裘：用鹔鹴鸟的皮做成的裘服。一说用鹔鹴飞鼠的皮制成。鹔鹴，亦作“鹔鷞”，鸟名，雁的一种。罗愿《尔雅翼·释鸟五》曰：“鹔鹴，水鸟，盖雁属也。《归葬》曰：‘有凫鸳鸯，有雁鹔鹴。’《西京赋》亦曰：‘鸟则鹔鹴鸹鸨，䴐鹅鸿鹍。上春候来，季秋就温。南翔衡阳，北栖雁门。’”《楚辞·大招》曰：“鸿鹄代游，曼鹔鷞只。”王逸注曰：“鹔鷞，俊鸟也。”洪兴祖补注曰：“鹔鷞，长颈绿身，其形似雁。一曰凤皇别名。马融曰：其羽如纨，高首而修颈。《说文》曰：西方神鸟也。东方发明，南方焦明，西方鹔鷞，北方幽昌，中央凤皇。”亦指飞鼠。段成式《酉阳杂俎·广动植之一·羽篇》曰：“鹔鹴，状如燕稍大，足短，趾似鼠。未尝见下地，常止林中。偶失势控地，不能自振。及举，上凌青霄。出凉州。”就：向。市人：市场里的商贩。阳昌：人名，生平不详。贳（shì）：赊欠。此指抵押。

④犊鼻裈（kūn）：合裆短裤，因形似犊鼻而得名。《史记·司马相如列传》曰：“相如与俱之临邛，尽卖其车骑，买一酒舍酤酒，而令文君当炉。相如身自著犊鼻裈，与保庸杂作，涤器于市中。”裴骃《集解》引韦昭注曰：“今三尺布作形如犊鼻矣。称此者，言其无耻也。”《汉书·司马相如传上》曰“犊鼻裈”，颜师古注曰：“即今之衳也，形似犊鼻，故以名云。”如此看来，“犊鼻裈”在古代为贫民穿戴，类似当今的裤衩、短裤，穿起来便于劳作。司马相如在市场上如此衣着，或是想让老丈人难堪。另一说指围裙。裈，即衳，小裤。史游《急就篇》曰“袴裈”，颜师古注曰：“合裆谓之裈，最亲身者也。”涤器：清洗杯盘餐具。本条中卖酒地点与《史记》《汉书》异。

⑤病:耻辱。《晏子春秋·内篇·杂下》曰:“圣人非所与嬉也,寡人反取病焉。”《仪礼·士冠礼》曰:“宾对曰:‘某不敏,恐不能共事,以病吾子,敢辞。’”郑玄注曰:“病,犹辱也。”

⑥遂为富人:《史记·司马相如列传》曰:“卓王孙不得已,分予文君僮百人,钱百万,及其嫁时衣被财物。文君乃与相如归成都,买田宅,为富人。”

⑦姣好:容貌美丽。

⑧眉色如望远山:眉毛呈黛色,如同远山一样的颜色。此后便以“眉山”形容女子秀丽的双眉。唐韩偓《五更》诗曰:“绣被拥娇寒,眉山正愁绝。”

⑨脸际:面颊边。

⑩脂:油脂,凝结的油脂。《诗经·卫风·硕人》曰:“手如柔荑,肤如凝脂。”形容皮肤洁白细嫩。《礼记·内则》曰:“脂、膏以膏之。”孔疏曰:“凝者为脂,释者为膏,以膏沃之,使之香美。”

⑪悦:喜欢,倾慕。越礼:违反礼教。古代男女婚嫁,必父母之命媒妁之言,而卓文君未经父母同意,便与司马相如私订终身。

⑫素:素来,一直。消渴疾:即糖尿病。《黄帝内经·素问·奇病论》曰:“脾瘅……数食甘美而多肥也,肥者令人内热,甘者令人中满,故其气上溢,转为消渴。”《史记·司马相如列传》曰:“相如口吃而善著书。常有消渴疾。”

⑬痼疾:持续长久仍未治愈的疾病。此指消渴疾。

⑭美人赋:该赋模仿宋玉《登徒子好色赋》,假设相如游于梁王门下,邹阳向梁王进谗言说相如好色不忠,不便多游后宫,相如作赋自解。此赋今存,首见于《古文苑》,亦见于《初学记》卷一九、《艺文类聚》卷一八等。赋,文体名。是韵文与散文的综合体,讲究辞藻、对偶,用韵,盛行于汉魏。最早以赋闻名的是战国时荀卿的《赋篇》,今存《礼赋》《知赋》等。汉代辞赋名家有司马相如、

扬雄、枚乘、贾谊等。班固《两都赋》序曰:“赋者,古诗之流也。”《文心雕龙·诠赋》曰:“赋者,铺也。铺采摛文,体物写志也。”挚虞《文章流别论》曰:“赋者,敷陈之称,古诗之流也。”

⑮自刺:规劝自己。

⑯诔(lěi):哀悼死者的悼文,旧时哀祭文的一种。《礼记·曾子问》曰:“贱不诔贵,幼不诔长,礼也。”郑注曰:“诔,累也。累列生时行迹,读之以作谥,谥当由尊者成。”陆机《文赋》曰:“诔缠绵而凄怆。”此诔文未传。

【译文】

司马相如与卓文君两人私奔刚回到成都的时候,生活非常贫困,为此忧闷发愁,把身上穿的鹔鹴裘拿到市场上抵押给小贩阳昌换酒,跟卓文君一起欢饮。酒后,卓文君抱头痛哭道:“我一直衣食无忧,过着富裕的生活,今天却沦落到用衣服换酒喝的地步。”两人商量着在成都开个酒馆卖酒。司马相如亲自穿着短裤清洗杯盘餐具,想让卓王孙难堪。卓王孙果然感到这是自己的耻辱,于是送给卓文君丰厚的财物,文君一下子成了有钱人。卓文君容貌美丽,眉毛如黛好像远山的颜色,脸颊粉红好似盛开的荷花,皮肤光滑洁白如凝脂。她十七岁成了寡妇,言行放诞不羁,所以才会因为喜欢司马相如的才华而违反礼教与他私奔。司马相如一直患有糖尿病,他回到成都后,因为贪恋卓文君的美貌而旧疾复发。于是他撰写了《美人赋》,想以此自我规劝,但终究也没改掉对卓文君的迷恋,最终死于这种病。卓文君写了诔文悼念他,该文流传后世。

40.赵后淫乱

庆安世年十五①,为成帝侍郎②。善鼓琴③,能为《双凤离鸾》之曲④。赵后悦之⑤,白上⑥,得出入御内⑦,绝见爱幸⑧。尝着轻丝履⑨,招风扇⑩,紫绨裘,与后同居处。欲有子，而终无胤嗣[11]。赵后自以无子，常托以祈祷，别开一室，自左右侍婢以外，莫得至者，上亦不得至焉。以軿车载轻薄少年[12]，为女子服，入后宫者日以十数，与之淫通，无时休息。有疲怠者，辄差代之[13]，而卒无子[14]。

【注释】

①庆安世：人名，生平不详。

②侍郎：官名。两汉郎官的一种，为九卿之一光禄勋的属官，是宫廷内皇帝身边的侍从。《汉书·百官公卿表上》曰："郎中令，秦官，掌宫殿掖门户，有丞。武帝太初元年（前104）更名光禄勋。属官有大夫、郎、谒者，皆秦官。……郎掌守门户，出充车骑，有议郎、中郎、侍郎、郎中，皆无员，多至千人。"

③琴：乐器名，指古琴。传为神农创制，一说为宓（伏）羲所造。许慎《说文解字》"琴部"曰："琴，禁也。神农所作。洞越。练朱五弦，周时加二弦。"琴身为狭长形，木质音箱，面板外侧有十三徽，底板穿"龙池""凤沼"二孔，上古为五弦，至周时增为七弦。《礼记·乐记》曰："昔者舜作五弦之琴以歌《南风》。"古人把琴列为雅乐的一种，认为可以安顿心灵，禁止邪念。《诗经·小雅·鹿鸣》曰："我有嘉宾，鼓瑟鼓琴。"应劭《风俗通义·声音》曰："雅琴者，乐之统也，与八音并行，然君子所常御者，琴最亲密，不离于身，非必陈设于宗庙乡党，非若钟鼓罗列于虡悬也，虽在穷阎陋巷，深山幽谷，犹不失琴，以为琴之大小得中，而声音和，大声不喧哗而流漫，小声不湮灭而不闻，适足以和人意气，感人善心。故琴之为言禁也，雅之为言正也，言君子守正以自禁也。……今琴长四尺五寸，法四时五行也。七弦者，法七星也。"《乐府诗集·琴曲歌辞一》序引《琴操》曰："琴长三尺六寸六分，象三百六十六

日。广六寸，象六合也。文上曰池，池，水也，言其平。下曰滨，滨，宾也，言其服也。前广后狭，象尊卑也。上圆下方，法天地也。五弦，象五行也。文王、武王加二弦以合君臣之恩。"《太平御览》卷五七九曰："《琴书》曰：……（琴）皆长三尺六寸，法暮之数也；上圆而敛，象天也；下方相平，法地；十三徽配十二律，余一象闰也；本五弦，宫、商、角、徵、羽也；加二弦，文、武也。至后汉蔡邕又加二弦，象九星，在人法九窍，其样有异，传于四代，所象凤首、翅、足、尾。南方朱雀，为乐之主也，五分其身，以三为上，以二为下，三天两地之义也。上广下狭，尊卑之象也。中翅八寸，象八风。腰广四寸，象四时。轸圆，象阳转而不穷也。临乐承露，用枣唇，用梓，未达先贤深意也。"

④《双凤离鸾》：古琴曲名，属于杂曲，今已失传。《乐府诗集·琴曲歌辞一》序曰："其后西汉时有庆安世者，为成帝侍郎，善为《双凤离鸾之曲》，齐人刘道强能作《单凫寡鹤之弄》，赵飞燕亦善为《归风送远之操》，皆妙绝当时，见称后世。若夫心意感发，声调谐应，大弦宽和而温，小弦清廉而不乱，攫之深，醳之愉，斯为尽善矣。"

⑤赵后：即汉成帝皇后赵飞燕。

⑥白：禀告，告诉。上：指汉成帝。

⑦御内：后宫。除非宦官或特殊召见的大臣，否则皇帝以外的任何男子不得进入后宫。

⑧绝：极度，极其。爱幸：宠爱，宠幸。

⑨轻丝履：锦履的一种，用细丝线编织成的面料作鞋面的轻软的单底鞋。《汉书·贾谊传》曰："今民卖僮者，为之绣衣丝履偏诸缘。"

⑩招风扇：扇名，一种轻便的羽毛扇。陆机《羽扇赋》曰："其执手也安，其应物也诚，其招风也利，其播气也平。"

⑪胤（yìn）嗣：后代，子孙。

⑫轻薄少年：游手好闲、举止放荡的年轻男子。伶玄《赵后外传》

曰："后所通宫奴燕赤凤者，雄捷能超观阁，兼通昭仪。赤凤始出少嫔馆，后适来幸。"此燕赤凤即为轻薄少年之一。

⑬差：派人。

⑭卒无子：最终无子女。《汉书·外戚传下》赵皇后传曰："（赵后）姊弟专宠十余年，卒皆无子。"《赵后外传》曰："（成）帝尝早猎，触雪得疾，阴缓弱不能壮发。"故与赵后姐妹无子。而其早年与许皇后和曹宫人所生之子，皆被赵昭仪害死，故成帝无后嗣。

【译文】

庆安世十五岁，是汉成帝的侍从。他擅长弹琴，会弹奏《双凤离鸾》的曲子。赵皇后飞燕很喜欢他，禀告皇上，让他可以自由出入后宫，对他格外宠幸。庆安世经常脚踏轻软的丝面鞋，摇着招风扇，身穿紫色丝缎裘衣，与皇后同住一起。赵后很想要个孩子，但最终也没能如愿。赵后因为没孩子，便经常借口要祈祷，单独布置了一间屋子，除了贴身侍候的婢女，没人能进去，就连皇帝也不能进去。赵后用带有帷幔的小车载着轻佻放荡的年轻男子，让他们穿上女人的衣服溜进后宫，每天都有十多人，与赵后淫乱通奸，一刻也不停歇。若有谁劳累倦怠了，赵后便派人替换他，但最终还是没有子女。

41.作新丰移旧社

太上皇徙长安①，居深宫，凄怆不乐。高祖窃因左右问其故②，以平生所好，皆屠贩少年③，酤酒卖饼④，斗鸡蹴踘⑤，以此为欢，今皆无此，故以不乐。高祖乃作新丰，移诸故人实之⑥，太上皇乃悦⑦。故新丰多无赖，无衣冠子弟故也⑧。高祖少时，常祭枌榆之社⑨，及移新丰，亦还立焉。高帝既作新丰，并移旧社，衢巷栋宇⑩，物色惟旧。士女老幼，相携路首，各知其室。放犬羊鸡鸭于通涂[11]，亦竞识其家。其匠人胡宽所营也[12]。移者皆悦其似而德之[13]，故竞加赏赠[14]，月余，致累百金[15]。

【注释】

①太上皇：皇帝父亲的尊号。此指汉高祖刘邦之父。秦并天下后，秦始皇称自己为皇帝，追尊自己的父亲秦庄襄王为太上皇，汉代也以此尊称皇帝的父亲。《史记·高祖本纪》曰："六年（前201），高祖……乃尊太公为太上皇。"《集解》曰："蔡邕曰：'不言帝，非天子也。'"《索隐》曰："又按：《本纪》秦始皇追尊庄襄王为太上皇，已有故事矣。盖太上者，无上也。皇者德大于帝，欲尊其父，故号曰太上皇也。"《汉书·高帝纪下》曰："夏五月丙午，诏曰：'人之至亲，莫亲于父子，故父有天下传归于子，子有天下尊归于父，此人道之极也。前日天下大乱，兵革并起，万民苦殃，朕亲被坚执锐，自帅士卒，犯危难，平暴乱，立诸侯，偃兵息民，天下大安，此皆太公之教训也。诸王、通侯、将军、群卿、大夫已尊朕为皇帝，而太公未有号。今上尊太公曰太上皇。'"颜师古注曰："太上，极尊之称也。皇，君也。天子之父，故号曰皇。不预治国，故不言帝也。"徙：移居，迁徙。

②窃：私下，暗地里。因：通过，依靠。

③屠贩少年：从事屠夫、贩卖等职业的年轻人，都是出身低微的市井之人。

④酤（gū）酒：卖酒。饼：是汉代最普通的主食，以小麦粉为原料，加水掺和，捏成饼状，不经发酵蒸熟而成。刘熙《释名·释饮食》曰："饼，并也，溲面使合并也。胡饼作之大漫沍也，亦言以胡麻着上也。蒸饼、汤饼、蝎饼、髓饼、金饼、索饼之属，皆随形而名之也。"《汉书·宣帝纪》曰："每买饼，所从买家辄大雠。"

⑤斗鸡：以鸡相斗的游戏。战国时便已流行的一种游戏。《战国策·齐策》曰："临淄甚富而实，其民无不吹竽鼓瑟，击筑弹琴，斗鸡走犬，六博蹋鞠者。"陈鸿《东城老父传》曰："玄宗在藩邸时，乐民间清明节斗鸡戏。及即位，治鸡坊于两宫间。"鸡，《周礼·春官·鸡人》曰："掌共鸡牲，辨其物。大祭祀，夜呼旦以叫百官。"罗愿《尔雅翼·释鸟一》曰："鸡，司时之畜，鸣必三度。故《礼》有初鸣而衣服者。又能自守，不为风雨止，故诗人以比不改度之君子。"应劭《风俗通义·祀典》曰："俗说：鸡鸣将旦，为人起居；门亦昏闭晨开，扞难守固；礼贵报功，故门户用鸡也。《青史子》书说：'鸡者，东方之牲也，岁终更始，辨秩东作，万物触户而出，故以鸡祀祭也。'"蹴踘（cù jū）：即蹴鞠，也称蹋鞠，古代军队中一种习武游戏，也是盛行于民间的球类游戏。刘向《别录》释《蹴鞠新书》曰："《蹴鞠》者，传言黄帝所作，或曰起战国之时。记云黄帝也，蹴，亦蹋也。蹋鞠，兵势也，所以练武士。知有材也。皆因嬉戏而讲习之。今军士无事，得使蹋鞠，有书二十五篇。……按，鞠与毬同，古人蹋蹴以为戏。"蹴，踢。踘，一种皮球，内部实心，用柔软有弹性的材料填实，表面多用皮革缝合。扬雄《法言·吾子》曰："断木为棋，捖革为鞠，亦皆有法焉。"《史记·卫将军骠骑列传》曰："其在塞外，卒乏粮，或不能自振，而骠骑尚穿域蹋鞠。"《索隐》注曰："《蹴踘书》有《域说篇》，又以杖打，亦有限域也。今之鞠戏，以皮为之，中实以毛，蹴蹋为戏。"汉代蹴鞠颇为流行，蹴鞠游戏的球门叫"鞠室"，球场叫"鞠域"。在皇宫中也专门修有"鞠城"。桓宽《盐铁论·国疾》曰："里有俗，党有场，康庄驰逐，穷巷蹋鞠。"

⑥实：充实。

⑦太上皇乃悦：《史记·高祖本纪》曰："更命郦邑曰新丰。"《正义》引《括地志》曰："新丰故城在雍州新丰县西南四里，汉新丰宫也。

太上皇时凄怆不乐，高祖窃因左右问故，答以平生所好皆屠贩少年，酤酒卖饼，斗鸡蹴踘，以此为欢，今皆无此，故不乐。高祖乃作新丰，徙诸故人实之。太上皇乃悦。”与本条所记相似。

⑧衣冠子弟：达官贵人子弟，富有而且具有较高修养的人。衣冠，衣和冠，亦泛指衣着。此代指缙绅、士大夫。衣，上衣，亦泛指衣服。冠，帽子的总名，特指古代官吏的礼帽，标志着官职、官阶和身份，士以上方可戴用。蔡邕《独断》卷下曰：“天子冠通天冠，诸侯王冠远游冠，公侯冠进贤冠。”黄金贵、黄鸿初《古代文化常识》说：“帽只是为保暖御寒，而冠的功用有三：固发、饰首、示礼。……‘冠’是古代头衣之冠，整个古代经久不衰，是中国古代官制文化的结晶。”

⑨枌（fén）榆之社：枌榆的土地庙。刘邦初起兵时，曾在枌榆之社祈祷。枌榆，地名，指丰邑枌榆乡，是刘邦的家乡。《史记·封禅书》曰：“高祖初起，祷丰枌榆社。”《集解》引张晏注曰：“枌，白榆也。社在丰东北十五里。或曰枌榆，乡名，高祖里社也。”《汉书·郊祀志上》曰“高祖祷丰枌榆社”，颜师古注曰：“郑氏曰：‘枌榆，乡名也。社在枌榆。’……师古曰：‘以此树为社神，因立名也。’”社，社神，土地神。

⑩衢（qú）巷：街巷。衢，指大路，四通八达的道路。《尔雅·释宫》曰：“四达谓之衢。”郭璞注曰：“交道四出。”巷，里中的道路。《诗经·郑风·叔于田》曰：“叔于田，巷无居人。”栋宇：房屋的正中和四垂。泛指房屋。栋，房屋的正梁，最高中脊下的长横木。刘熙《释名·释宫室》曰：“栋，中也，居屋之中也。”宇，屋檐，住所。《易经·系辞下》曰：“后世圣人易之以宫室，上栋下宇，以待风雨。”

⑪通涂：大路。

⑫胡宽：人名，工匠，生平不详。

⑬德：感激。

⑭赏：赏赐，奖赏。黄金贵、黄鸿初《古代文化常识》说："'赏'是指上给下的财物。具体特点有二：一、给有功者。《说文》：'赏，赐有功也。'《韩非子·难一》：'赏不加于无功。'二、给具体之物。财物、土地、官爵等一切实物都可作为赏物。"

⑮累：累积。

【译文】

汉高祖刘邦的父亲太上皇迁居长安后，居住在深宫大宅中，却凄凉悲伤，郁郁寡欢。高祖私下通过身边的人去打听怎么回事，原来因为太上皇平生所喜好的都是与市井凡人一起做的事，像卖酒卖饼，斗鸡蹋球，等等，以此为乐，现在这些都没有了，所以不快乐。高祖便营造了新的丰邑，迁来老家丰邑的居民，充实新丰，太上皇这才高兴起来。所以新丰多的是市井无赖子弟，因为这里没有达官贵人的子弟。高祖年轻时，曾经祭拜过家乡枌榆的土地庙，迁移新丰时，这个庙还立在那。建好新丰后，高祖也把原来的土地庙迁移过来了，新丰的大街小巷、房屋栋梁、风物景致，和老家的一模一样。男女老幼，相携新丰路口，都能认识各自的家。把狗羊鸡鸭放到大路上，它们也竟然都能找到各自的家。新丰是由工匠胡宽营建的。迁居到新丰的人都很喜欢新丰与原来的丰邑如此相似，都很感激他，所以竞相给他赏赐馈赠，一个多月下来，送来的赏赐赠品累计达到了百金。

42.陵寝风帘

汉诸陵寝①，皆以竹为帘②，帘皆为水纹及龙凤之像。昭阳殿织珠为帘，风至则鸣，如珩佩之声③。

【注释】

①陵寝：古代帝王的陵墓和寝庙。寝庙在陵墓旁，由寝和庙组成。

《礼记·月令》曰:“(仲春之月)耕者少舍,乃修阖扇,寝庙毕备。”郑玄注曰:“凡庙前曰庙,后曰寝。”庙靠前,是祭祀接神之地,寝在后,为衣冠所藏之处,就像其生前居住之所。《三辅黄图》卷五引《汉书·韦贤传》曰:“(陵)园中各有寝便殿,日祭于寝,月祭于殿,时祭于便殿。寝日四上食,庙岁二十五祠,便殿四岁祠。又月一游衣冠。”西汉有十一处皇帝陵寝,其中九陵位于渭水北岸的咸阳原上,从东向西依次为:景帝阳陵、高帝长陵、惠帝安陵、哀帝义陵、元帝渭陵、平帝康陵、成帝延陵、昭帝平陵、武帝茂陵。绵延数十公里。而文帝霸陵在今西安东、宣帝杜陵在今西安南。《三辅黄图》卷五曰:“高庙有便殿,凡言便殿、便室、便坐者,皆非正大之处,所以就便安了。高园于陵上作之,既有正寝,以象平生正殿路寝也。又立便殿于寝侧,以象休息闲晏之处也。”

②帘:以竹、布等制成的遮蔽门窗的用具,可拉合。汉代以竹为之称帘,以布为之叫幨。《汉书·外戚传下》赵皇后传曰:“严持箧书,置饰室帘南去。”

③珩(héng)佩:各种不同的佩玉,玉制,最上部是横玉,下连多节佩,数节至数十节。纹饰以龙、蛇、凤、鸟居多。聂崇义《三礼图》卷八曰:“佩上有双衡(珩),长五寸,博一寸,下有双璜,径二寸,冲牙长三寸。”《诗经·郑风·女曰鸡鸣》曰:“知子之来之,杂佩以赠之。”《毛传》曰:“杂佩者,珩、璜、琚、瑀、冲牙之类。”朱熹《诗经集传》曰:“杂佩者,左右佩玉也。上横曰珩,下系三组,贯以蠙珠。中组之半贯一大珠曰瑀,末悬一玉,两端皆锐,曰冲牙。两旁组半各悬一玉,长博而方曰琚。其末各悬一玉如半璧而内向曰璜。又以两组贯珠,上系珩两端,下交贯于瑀,而下系于两璜。行则冲牙触璜而有声也。”佩玉者多贵族,行路时,多种佩玉碰撞,发出清脆悦耳的声音。珩,佩上部的横玉,也泛指佩玉。

【译文】

汉朝历代皇帝陵墓的寝庙中，都使用了竹子做的门帘，帘子上都雕刻着水纹和龙凤的图案。昭阳殿是用珠子串联起来做成门帘，风一吹过便会发出声响，就如同佩玉摇动碰撞的声音。

43.扬雄梦凤作《太玄》

扬雄读书[①]，有人语之曰："无为自苦，《玄》故难传[②]。"忽然不见。雄著《太玄经》，梦吐凤凰，集《玄》之上[③]，顷而灭。

【注释】

①扬雄（前53—18）：西汉文学家、哲学家、语言学家。一作杨雄，字子云，蜀郡成都人。"雄少而好学，不为章句，训诂通而已，博览无所不见。为人简易佚荡，口吃不能剧谈，默而好深湛之思，清静亡为，少耆欲，不汲汲于富贵，不戚戚于贫贱，不修廉隅以徼名当世。"（《汉书·扬雄传上》）成帝时为给事黄门郎，王莽时为大夫。擅写赋，为"汉赋四大家"之一，曾仿《论语》作《法言》，仿《周易》作《太玄经》，其他作品还有《甘泉赋》《方言》等。

②《玄》：此指《太玄经》，也称《扬子太玄经》，扬雄仿《周易》而作。该书共十卷，分为一玄、三方、九州、二十七部、八十一家、七百二十九赞，以仿《易》的两仪、四象、八卦、六十四重卦、三百八十四爻等，内容是儒、道、阴阳三家的混合体，以"玄"作为宇宙的精神本质，宣扬唯心主义的象数学和卜筮神学，也提出了朴素唯物主义的自然观和认识论，集中反映了扬雄的哲学思想。故：本来。《汉书·扬雄传下》曰："（雄所著《太玄》）刘歆亦尝观之，谓雄曰：'空自苦！今学者有禄利，然尚不能明《易》，又如《玄》何？吾恐后人用覆酱瓿也。'雄笑而不应。"本条与该记载相似。

③集：飞落在。

【译文】

扬雄正在读书，听到有人对他说："不要自讨苦吃了，《太玄经》本来就很难流传下去的。"说完忽然间就不见了。扬雄写作《太玄经》的时候，梦到口中吐出凤凰，凤凰飞落在《太玄经》上，过了一会儿就没有了。

44.百日成赋

司马相如为《上林》《子虚》赋①，意思萧散②，不复与外事相关，控引天地③，错综古今④，忽然如睡⑤，焕然而兴⑥，几百日而后成⑦。其友人盛览⑧，字长通，牂牁名士⑨，尝问以作赋。相如曰："合綦组以成文⑩，列锦绣而为质⑪，一经一纬⑫，一宫一商⑬。此赋之迹也⑭。赋家之心⑮，苞括宇宙⑯，总览人物，斯乃得之于内，不可得而传。"览乃作《合组歌》《列锦赋》而退，终身不复敢言作赋之心矣⑰。

【注释】

①《上林》《子虚》：司马相如作，两篇赋的内容前后衔接，以主人公子虚、乌有、无是公三人对话的形式，铺叙天子、王侯苑囿盛景，行讽谏之实。《子虚赋》为司马相如早年客游梁国时所作，赋中主人公为子虚先生和乌有先生，描写了齐楚苑囿之绝美风景。《汉书·司马相如传上》曰："客游梁，得与诸侯游士居，数岁，乃著《子虚之赋》。"《史记·司马相如列传》曰："上（武帝）读《子虚赋》而善之，曰：'朕独不得与此人同时哉！'（杨）得意曰：'臣邑人司马相如自言为此赋。'上惊，乃召问相如。相如曰：'有是。然此乃诸侯之事，未足观也，请为天子游猎赋，赋成奏之。'上许，

令尚书给笔札。相如以‘子虚’,虚言也,为楚称;‘乌有先生’者,乌有此事也,为齐难;‘无是公’者,无是人也,明天子之义。故空借此三人为辞,以推天子诸侯之苑囿。其卒章归之于节俭,因以风谏。奏之天子,天子大悦。”据此可知,原作一篇,《子虚赋》作于前,涉及的是诸侯之事。武帝召见后,司马相如又作《上林赋》,借无是公之名,补叙了天子游猎之事。

②意思:思绪,心思。此指文意。萧散:闲散,潇洒无拘束。

③控引:控制,纵横。

④错综:交错,综合对比。

⑤忽:恍惚,不分明貌。

⑥焕:光亮,鲜明。此指精神振奋,神采奕奕。

⑦几:几乎。《汉书·贾邹枚路传·枚皋传》曰:“司马相如善为文而迟,故所作少而善于皋。”王楙《野客丛书》卷五《相如〈上林赋〉》曰:“仆谓相如此赋绝非一日所能办者,其运思缉工亦已久矣。及是召见,因以发挥,不然何以不俟上命,遽曰请为天子游猎之赋?是知此赋已平时制下,而非一日一仓卒所能为者。《西京杂记》谓相如为《上林》《子虚赋》几百日而后就,此言似可信。”《文心雕龙·神思》曰:“相如含笔而腐毫,扬雄辍翰而惊梦,桓谭疾感于苦思,王充气竭于思虑,张衡研《京》以十年,左思练《都》以一纪,虽有巨文,亦思之缓也。”张衡、左思磨成一文需逾十年功,而司马相如百日则成文,费时确实不算太久。

⑧盛览:人名,生平不详。

⑨牂牁(zāng kē):亦作“牂牱”“牂柯”。汉代郡名,武帝元鼎六年(前111)置,治且兰(今贵州凯里西北),辖今贵州大部、云南与广西接壤地区。

⑩綦组:杂色丝带。此比喻华丽的辞藻。组,丝带。《尔雅·释天》曰:“饰以组。”郭璞注曰:“用綦组饰旒之边。”文:文采,色彩。此

指文章的形式。

⑪列：排列剪裁。锦绣：色彩精美鲜艳的丝织品，也比喻美好美丽的事物。此处形容巧妙的构思。质：本质，实质。此指文章内容，与前句的“文”对举。

⑫经、纬：指纺织物上纵的方向与横的方向的纱或线，经线与纬线交错编成织物。此指组成赋的内容的条理结构。

⑬宫、商：中国古代音乐术语，将音乐分为宫、商、角、徵、羽五声音阶。《尔雅·释乐》曰：“宫谓之重，商谓之敏，角谓之经，徵谓之迭，羽谓之柳。”郭璞注曰：“皆五音之别名，其义未详。”邢昺疏曰：“云‘其义未详’者，以《尔雅》之作以释六艺，今经典之中无此五名，或在亡逸中，不可得知其义，故云‘未详’。”郝懿行义疏曰：“唐徐景安《乐书》引刘歆云：‘宫者，中也，君也，为四音之纲，其声重厚，如君之德而为重。商者，章也，臣也，其声敏疾，如臣之节而为敏。角者，触也，民也，其声圆长，经贯清浊，如民之象而为经。徵者，祉也，事也，其声抑扬递续，其音如事之绪而为迭。羽者，宇也，物也，其声低平掩映，自高而下，五音备成，如物之聚而为柳。’”《汉书·律历志上》曰：“商之为言章也，物成孰可章度也。角，触也，物触地而出，戴芒角也。宫，中也，居中央，畅四方，唱始施生，为四声纲也。徵，祉也，物盛大而繁祉也。羽，宇也，物聚臧宇覆之地。”王力《中国古代文化常识》说：“古人通常以宫作为音阶的起点，《淮南子·原道训》说：‘故音者，宫立而五音形矣。’宫的音高确定了，全部五声音阶各级的音高也就都确定了。”“其实商角徵羽也都可以作为第一级音。《管子·地员》篇有一段描写五声的文字，其中所列的五声顺序是徵羽宫商角。”宫商为此五声音阶的前两个音阶，一般代称泛指音乐。此处比喻组成赋的文辞韵律。

⑭迹：指写作形式、技巧等通过学习、训练在创作中容易感悟把握、

可以传授的方面。

⑮心：指只可意会不可言传的思想情感、灵感、创作理念等方面，与前句的“迹”相对。

⑯苞括：同“包括”。

⑰心：愿望。朱胜非《绀珠集》卷二曰：“扬雄谓‘长卿赋不似人间来’，叹服不已。其友盛览问：‘则何如其佳？’雄曰：‘合綦组以成文，列锦绣以成质。’雄遂著《合组》之歌，《列锦》之赋。”该说法与本条不同，或传说叙事有差误。

【译文】

司马相如撰写《上林赋》《子虚赋》的时候，文意自由潇洒，不再和外界发生关系，他纵横天地万物间，铺叙古今人与事，有时精神恍惚，好像昏昏欲睡，有时又精神焕发，起来接着写，将近一百天才完成。他有一个朋友叫盛览，字长通，是牂牁郡的名士，曾经向司马相如请教写赋的妙诀。司马相如说：“用丝带般华丽的辞藻组成赋的文采，以锦绣般精巧的构思组成赋的内容，纵横交错，宫商交织。这便是写赋的技巧。写赋的人的内心应该胸怀宇宙，总览世间万物，这是需要由内心来体会的，只可意会不可言传。”盛览听了以后，就写了《合组歌》《列锦赋》，然后便回去了，从此以后终身再不敢谈创作赋的愿望了。

45.仲舒梦龙作《繁露》

董仲舒梦蛟龙入怀①，乃作《春秋繁露》词②。

【注释】

①董仲舒（前179—前104）：西汉哲学家，今文经学派中《春秋》公羊学大师。广川（今河北枣强东）人。“仲舒通五经，能持论，善属文。”（《汉书·儒林传》）曾任博士、江都相和胶西王相，后专事

修学著书，著作有《春秋繁露》《董子文集》。《汉书·董仲舒传》曰："《春秋》大一统者，天地之常经，古今之通谊也。今师异道，人异论，百家殊方，指意不同，是以上亡以持一统；法制数变，下不知所守。臣愚以为诸不在六艺之科孔子之术者，皆绝其道，勿使并进。邪辟之说灭息，然后统纪可一而法度可明，民知所从矣。"这种"罢黜百家独尊儒术"的思想被汉武帝采纳，对儒学成为封建社会的正统意识形态起到了重要作用，影响深远。他把君权、父权、夫权联系起来，形成新的儒学体系，推崇三纲五常的封建理论体系，迎合了汉武帝大一统的需求。

②《春秋繁露》：董仲舒著，共十七卷、八十二篇。董仲舒治《春秋公羊传》，故此书名之"春秋"即指公羊家而言。其内容推崇公羊学，阐述"春秋大一统"思想，杂糅阴阳五行学理论，建立了"天人感应""三纲五常"的新体系，是儒学神学化的代表作。因各史书所载其篇数不一，故后世有人怀疑其内容不全出自董仲舒之笔。梁启超《中国近三百年学术史·清代学者整理旧学之总成绩（二）》说："董子《春秋繁露》为西汉儒家言第一要籍，不独公羊学之宝典而已。"许倬云《万古江河：中国历史文化的转折与开展》说："董仲舒的《春秋繁露》，论编排格局，不能与《吕氏春秋》及《淮南子》相提并论。然而董氏天人感应的理论结构，则融合儒、道、法、阴阳五行为庞大复杂的系统，诚不愧为综合先秦诸家，集其大成的学说。在这一系统中，天体运行，四季递换，人间伦理，政府组织，以至人身生理与心理，都是一个又一个严整的系统。……于是，在这一整体套叠的诸项系统之中，常态是各部分的均衡，也就是阴阳与五行的均衡。"春秋，原指季节。此指儒家经典《春秋》，是由鲁国史官所编的鲁国历史，相传由孔子修订，为编年体史书之祖。后世解释《春秋》的有《左传》《公羊传》和《穀梁传》。春，《尔雅·释天》曰："春为苍天。""春为青阳。"邢

昺疏曰:"郭云:'天形穹隆,其色苍苍,因名云也。'云'春为苍天'者,《诗·王风·黍离》云'悠悠苍天',故此释之也。郭云'万物苍苍然生'者,言春时万物苍苍然生,春时天名曰苍天也。""云'春为青阳'者,言春之气和,则青而温阳也。"繁露,阐发。董仲舒以《春秋公羊说》为主旨,阐发他个人的理解。

【译文】

董仲舒做梦,梦到蛟龙飞到自己怀里,于是就写成了《春秋繁露》词。

46.读千赋乃能作赋

或问扬雄为赋[①],雄曰:"读千首赋,乃能为之。"

【注释】

①或:有人。桓谭《新论·道赋》曰:"扬子云攻于赋,王君大习兵器,余欲从二子学,子云曰:'能读千赋,则善赋。'君大曰:'能观千剑,则晓剑。'谚曰:'伏习象神,巧者不过习者之门。'"为赋:写赋的方法技巧。

【译文】

有人询问扬雄写赋的技巧,扬雄回答说:"读一千首赋,就能写赋了。"

47.闻《诗》解颐

匡衡[①],字稚圭,勤学而无烛[②]。邻舍有烛而不逮[③],衡乃穿壁引其光[④],以书映光而读之。邑人大姓[⑤],文不识[⑥],家富多书,衡乃与其佣作[⑦],而不求偿[⑧]。主人怪,问衡,衡曰:"愿得主人书遍读之。"主人感叹,资给以书,遂成大学[9]。衡能说《诗》[10]，时人为之语曰："无说《诗》，匡鼎来[11]。匡说《诗》，解人颐[12]。"鼎，衡小名也。时人畏服之如是[13]，闻者皆解颐欢笑。衡邑人有言《诗》者，衡从之，与语质疑，邑人挫服，倒屣而去[14]。衡追之，曰："先生留听，更理前论。"邑人曰："穷矣。"遂去不返。

【注释】

①匡衡：西汉经学家。字稚圭，东海承（今山东枣庄东南）人。"父世农夫，至衡好学，家贫，庸作以供资用，尤精力过绝人。"（《汉书·匡张孔马传·匡衡传》）以射策甲科为太常掌故，时号"经明无双"。能文学，善说《诗》，时引经义议论政治得失。元帝时任丞相，封安乐侯，成帝时，为司隶校尉王尊所劾，后免官。

②烛：火把，火炬。《礼记·曲礼上》曰："烛不见跋。"孔颖达疏曰："古者未有蜡烛，唯呼火炬为烛也。"《仪礼·士昏礼》曰："从车二乘，执烛前马。"

③逮：及。

④穿壁：凿穿邻家的墙壁。

⑤邑人：同邑的人。大姓：大户人家。

⑥文不识：人名，生平不详。周天游校注《西京杂记》说："'不识'是汉代较为常见的名字之一。"一说意为不识字。

⑦佣作：受雇给人做工。

⑧偿：报答，酬报。

⑨大学：大学者，即大儒。

⑩《诗》：特指《诗经》，中国最早的诗歌总集，收录了西周初年至春秋中期的诗歌，共三百〇五篇，是古代儒家必修的六部经典之一。汉代言《诗》者有鲁国申培，齐国辕固，燕国韩婴，自成官学一派。毛诗（鲁国毛亨、赵国毛苌）晚出，未立为国学，即今传之

《诗经》。周天游校注《西京杂记》说:“辕固传夏侯始昌,夏侯始昌传后苍,后苍传匡衡。于是《齐诗》一脉有匡氏学一支派。”

⑪无说《诗》,匡鼎来:该句亦见于《汉书·匡张孔马传·匡衡传》,颜师古注曰:“服虔曰:‘鼎犹言当也,若言匡且来也。’应劭曰:‘鼎,方也。’张晏曰:‘匡衡少时字鼎,长乃易字稚圭。世所传衡与贡禹书,上言衡敬报,下言匡鼎白,知是字也。’师古曰:‘服、应二说是也。贾谊曰天子春秋鼎盛,其义亦同,而张氏之说盖穿凿矣。假有其书,乃是后人见此传云匡鼎来,不晓其意,妄作衡书云鼎白耳。字以表德,岂人之所自称乎?今有《西京杂记》者,其书浅俗,出于里巷,多有妄说,乃云匡衡小名鼎,盖绝知者之听。’”成林、程章灿译注《西京杂记》说:“颜师古之说,虽似可信,然张晏为曹魏时人,其所言亦必有所本。魏晋时人所见两汉文献中,必有记匡衡少时字鼎者,《西京杂记》此则盖亦钞录汉人旧说,非出自葛洪杜撰。”周天游校注《西京杂记》则说:“服虔、应劭均为东汉末年大学者,其不言‘鼎’为衡之字,较为可信。《西京杂记》所录虽有舛讹,但颇有可取资之处,师古排斥过甚,亦腐儒之见。”无,不要,别再。

⑫解人颐:令人开怀欢笑。颐,腮,下颌。

⑬畏服:敬畏,折服。

⑭倒屣(xǐ):倒穿着鞋,形容人急促慌乱,鞋未穿好就走了。屣,鞋。一说草拖鞋。黄金贵、黄鸿初《古代文化常识》说:“《广雅·释器》:‘屣,屩也。’屩是草鞋。《庄子·让王》‘原宪华冠屣履’陆德明释文引《通俗文》曰:‘履不著跟曰屣。’《广韵·去寘》也说:‘屣,履不蹑跟。’‘蹑’,踩踏,也指鞋无后跟。现在清楚了,‘屣’,是指没有系带的草拖鞋。”

【译文】

匡衡,字稚圭,学习很勤奋刻苦,但家里晚上却没有火烛。邻居家点着烛火但照不到匡衡家，匡衡就凿穿了墙壁，让烛火照过来，映着烛光读书。同乡有个大户人家，名叫文不识，家境富裕，家里有很多藏书，匡衡就到他家做工，但却不要报酬。主人很奇怪，便问匡衡原因，匡衡回答说："希望能借到主人的藏书通读一遍。"主人很感慨，便借书给他看，匡衡终于成了大学问家。匡衡善于解说《诗经》，当时人们流传说："无说《诗》，匡鼎来。匡说《诗》，解人颐。"鼎是匡衡的小名。当时人们都如此地敬畏佩服匡衡，听他解说《诗经》都开怀大笑。匡衡有个同乡也会解说《诗经》，匡衡就去拜访他，与他讨论，提出质疑，这人被匡衡挫败折服了，倒穿着鞋就慌忙跑掉了。匡衡追上去，说："先生请留步，再继续刚才的讨论吧。"这人说："我已经理屈词穷了。"于是就走了，再也没回来。

48.惠庄叹息

长安有儒生曰惠庄①，闻朱云折五鹿充宗之角②，乃叹息曰："茧栗犊反能尔邪③！吾终耻溺死沟中④。"遂裹粮从云⑤。云与言，庄不能对，逡巡而去⑥，拊心谓人曰⑦："吾口不能剧谈⑧，此中多有⑨。"

【注释】

①儒生：学习儒家学说的书生。惠庄：人名，生平不详。

②朱云：字游，汉代鲁（今山东）人。容貌伟壮，为人好勇任侠，四十岁才开始学习《易》《论语》，博通经学。元帝时为槐里令，因得罪权贵石显而获罪下狱。与少府五鹿充宗辩论《易》学获胜。刚直敢言，不畏权贵，成帝时上书求见，请尚方剑斩佞臣张禹，成帝怒而令斩。《汉书·杨胡朱梅云传·朱云传》曰："云攀殿槛，槛折。云呼曰：'臣得下从龙逢、比干游于地下，足矣！未知圣朝何如耳？'"幸得左将军辛庆忌以死相谏而保命。折五鹿充宗角：

挫了五鹿充宗的锋芒。折……角，此指挫人锋芒，使人折服。《汉书·杨胡朱梅云传·朱云传》曰：“是时，少府五鹿充宗贵幸，为《梁丘易》。自宣帝时善梁丘氏说，元帝好之，欲考其异同，令充宗与诸《易》家论。充宗乘贵辩口，诸儒莫能与抗，皆称疾不敢会。有荐云者，召入，摄齍登堂，抗首而请，音动左右。既论难，连拄五鹿君，故诸儒为之语曰：‘五鹿岳岳，朱云折其角。’由是为博士。”

③茧栗犊：小牛犊初生的角，形似茧或栗而得名。此指初出茅庐，后生晚辈。《国语·楚语下·观射父论祀牲》曰“郊禘不过茧栗”，韦昭注曰：“角如茧栗。”《汉书·郊祀志上》曰：“天地牲，角茧栗。”颜师古注曰：“牛角之形或如茧，或如栗，言其小。”尔：如此，这样。邪（yé）：表示疑问或反诘。

④溺死沟中：比喻处于一隅，默默无闻，无法出人头地。

⑤裹粮：带着干粮出行。粮，《周礼·地官·廪人》曰：“凡邦有会、同、师、役之事，则治其粮与其食。”郑玄注曰：“行道曰粮，谓糒也；止居曰食，谓米也。”《左传·僖公四年》曰“共其资粮屝屦”，孔颖达疏曰：“粮谓米粟，行道之食也。”

⑥逡（qūn）巡：徘徊迟疑，落寞彷徨。

⑦拊（fǔ）心：抚摸胸口，拍着胸口。

⑧剧谈：滔滔不绝地谈论，流畅地谈吐。

⑨此中：胸中。

【译文】

长安城里有个儒生叫惠庄，他听说朱云与五鹿充宗辩论赢了，挫了五鹿充宗的锋芒，于是叹息地说：“初生的小牛犊反而能做到这样！我终究耻于默默无闻。”于是就携带了干粮出发去拜朱云为师。朱云与他讨论问题，惠庄却回答不上来，迟疑彷徨了很久才离去，他拍着胸口对人说：“我的嘴虽然不能滔滔不绝地谈吐，但是我这里面的学问可是很多的。”

49.搔头用玉

武帝过李夫人[①],就取玉簪搔头[②]。自此后,宫人搔头皆用玉[③],玉价倍贵焉。

【注释】

①过:拜访,探望。李夫人:汉武帝宠妃。原为平阳公主家婢,姿色美丽,擅长音乐舞蹈,深得武帝宠爱,其兄李延年、李广利皆因而贵幸。生武帝第五子刘髆,封昌邑王。昭帝时,追赠为"孝武皇后"。李夫人早卒,武帝哀念不已,作《悼李夫人赋》并画其图像挂于甘泉宫。《汉书·外戚传上》李夫人传曰:"(时方士齐人少翁)乃夜张灯烛,设帷帐,陈酒肉,而令上居他帐,遥望见好女如李夫人之貌,还幄坐而步,又不得就视,上逾益相思悲感,为作诗曰:'是邪,非邪?立而望之,偏何姗姗其来迟?'令乐府诸音家弦歌之。"

②就:靠近。簪(zān):头饰,用来固定发髻或连冠于发的长针,多用玉石、兽骨或金属制成。古时用簪是成年的标志,男女皆可使用。男子二十岁行冠礼即成人礼,开始束发戴冠,簪即用来固定冠。女子已许婚者,十五岁及笄,可束发加簪。未许婚者,二十及笄。许嘉璐《中国古代衣食住行》说:"笄与簪是一个东西。先秦时叫笄,从汉代起叫簪。笄、簪的作用是横插过头发与冠冕,使之固定。专用以固定头发的是发笄,固定冠冕的叫衡(横)笄。"搔头:挠头去痒。搔,抓、挠。

③宫人:宫女。搔头:簪子的俗称。白居易《长恨歌》曰:"翠翘金雀玉搔头。"

【译文】

武帝去探望李夫人,他走近李夫人取下她头上的玉簪挠头止痒。从此以后,宫女们的簪子都用玉石来制作,玉的价格因此成倍上涨。

50.精艺棋裨圣教

杜陵杜夫子善弈棋[①]，为天下第一。人或讥其费日[②]，夫子曰："精其理者，足以大裨圣教[③]。"

【注释】

①杜夫子：姓杜的长者，名不详，生平不详。夫子，古代对男子的尊称。弈棋：下围棋。许慎《说文解字》"廾部"曰："弈，围棋也。《论语》曰：'不有博弈者乎！'"扬雄《方言》卷五曰："围棋谓之弈。自关而东，齐、鲁之间皆谓之弈。"桓谭《新论·言体》曰："世有围棋之戏，或言是兵法之类也。"马融《围棋赋》曰："略观围棋兮法于用兵，三尺之局兮为战斗场。陈聚士卒兮两敌相当，拙者无功兮弱者先亡。"围棋起源于中国，弈棋双方用黑白棋子对着，互相围攻，以吃掉对方棋子，占据其位，占位多者为胜。早先棋盘上有纵横各十一、十五、十七道线几种。汉代围棋棋子多为木制，棋盘十七道。唐以后为十九道。

②讥：讥讽。费日：浪费时光。汉代围棋很流行，出现了棋圣吴人严子卿和已知最早的围棋理论著作班固的《弈旨》。对围棋也有不同看法，反对的观点中，具有代表性的是贾谊的"失礼迷风"。

③裨（bì）：帮助，增益。圣教：圣人之教，指儒学。儒家尊禹、汤、文、武、周公、孔子为圣人，尊称圣人教诲为圣教。班固在《弈旨》中阐述了围棋的文化内涵和丰富深厚的哲理，并将围棋之道与政治、军事谋略和儒教伦常融会而叙。文曰："北方之人，谓棋为弈。弘而说之，举其大略，厥义深矣。局必方正，象地则也；道必正直，神明德也；棋有黑白，阴阳分也；骈罗列布，效天文也；四象既阵，行之在人，盖王政也，成败臧否，为仁由己，道之正也。……上有天地之象，次有帝王之治，中有五霸之权，下有战国之事。览其得

失，古今略备。”

【译文】

杜陵县的杜夫子擅长围棋，棋艺堪称天下第一。有人讥笑他下棋浪费光阴，夫子回答说：“能够精通围棋道理，完全可以助益于圣教。”

51.弹棋代蹴踘

成帝好蹴踘，群臣以蹴踘为劳体①，非至尊所宜②。帝曰：“朕好之，可择似而不劳者奏之。”家君作弹棋以献③，帝大悦，赐青羔裘、紫丝履④，服以朝觐⑤。

【注释】

①劳体：劳累过度而伤害身体。劳，辛劳，疲劳。

②至尊：地位极其尊贵的人，指天子帝王。《汉书·礼乐志》曰：“舞人无乐者，将至至尊之前不敢以乐也。”

③家君：对自己父亲的称呼。《易经·下经》曰：“家人有严君焉，父母之谓也。”孔颖达疏曰：“父母，一家之主，家人尊事，同于国有严君。”弹棋：古代博戏之一，汉代所创，起初流行于宫廷中。关于弹棋的起源，一说为汉武帝时期，《太平御览》卷七百五十五引《弹棋经序》曰：“弹棋者，仙家之戏也。汉武帝平西域，得胡人善蹴踘者，尽衔其便捷跳跃，帝好而为之。群臣不能谏，侍臣东方朔以此艺进之，帝就舍蹴踘而上弹棋焉。习之者多在宫禁中，故时人莫得而传。”另一说为汉成帝时期，即本条所叙。另，若本书为假托刘歆所作，故此处或指刘歆之父刘向发明了弹棋。《艺文类聚》卷七十四引曹丕《弹棋赋》曰：“局则荆山妙璞，发藻扬晖；丰腹高隆，庳根四颓；平如砥砺，滑若柔荑。棋则玄木北干，素树西枝；洪纤若一，修短无差。”《后汉书·梁统列传·梁冀传》曰：

"(冀)性嗜酒,能挽满、弹棋、格五、六博、蹴踘、意钱之戏。"李贤注引《艺经》曰:"弹棋,两人对局,黑白棋各六枚,先列棋相当,更先弹之。其局以石为之。"魏改为十六子,唐改为二十四子,宋代失传。

④青羔裘:黑色羊羔皮衣。汉代官吏上朝皆着黑衣,如《汉书·萧望之传》曰:"(张)敞备皂衣二十余年。"颜师古注引如淳曰:"虽有五时服,至朝皆着皂衣。"

⑤朝覲(jìn):臣子上朝覲见皇帝。

【译文】

成帝喜欢踢球,大臣们认为踢球太劳累会伤害身体,并不适合皇上。成帝说:"我喜欢这种游戏,你们可以选择与踢球相似又不伤害身体的活动进献上来。"我父亲制作了弹棋这种游戏献给成帝,成帝非常高兴,赐给他黑色羊羔皮衣和紫色丝织鞋,父亲就穿着裘衣和丝鞋上朝覲见皇上。

52.雪深五尺

元封二年[1],大寒,雪深五尺,野鸟兽皆死,牛马皆蜷蹜如猬[2],三辅人民冻死者十有二三[3]。

【注释】

①元封二年:前109年。元封,汉武帝第六个年号。因为前一年封禅泰山,故改年号。《汉书·五行志中之下》曰:"元鼎二年(前115)三月,雪,平地厚五尺。"《汉书·武帝纪》曰:"(元鼎二年)三月,大雨雪。"并未载有本条年份之事,故本条的年份或有误。

②蜷蹜(quán sù):脚爪蜷缩起来。蹜,收缩,卷曲。猬:指刺猬。

③三辅:汉代长安京畿地区总称,汉武帝时分该地区为京兆尹、左冯

翊、右扶风。《汉书·百官公卿表上》曰:“右扶风……与左冯翊、京兆尹是为三辅。”颜师古注曰:“服虔曰:‘皆治在长安城中。’师古曰:‘《三辅黄图》云京兆在尚冠前街东入,故中尉府,冯翊在太上皇庙西入,右扶风在夕阴街北入,故主爵府。长安以东为京兆,长陵以北为左冯翊,渭城以西为右扶风也。’”《三辅黄图》卷一曰:“秦并天下,置内史以领关中。项籍灭秦,分其地为三……谓之三秦。汉高祖入关,定三秦,元年更为渭南郡,九年罢郡,复为内史。……景帝分置左、右内史,此为右内史。武帝太初元年(前104)改内史为京兆尹,与左冯翊、右扶风,谓之三辅。其理俱在长安古城中。”《太平御览》卷一六四曰:“《三辅黄图》曰:(武帝)太初元年(前104),以渭城以西属右扶风,长安以东属京兆尹,长陵以北属左冯翊,以辅京师,谓之三辅。”何清谷《三辅黄图校注》说:“三辅:西汉治理京畿地区的三个职官的合称,亦指其所辖地区。汉初京畿官称内史,景帝二年(前155)分置左、右内史,与主爵中尉(后改都尉)合称三辅。武帝太初元年(前104)更名主爵都尉为右扶风,右内史为京兆尹,左内史为左冯翊,治所皆在长安城中。”称三辅而不称呼太守,是为突出京畿地方官的特殊性。三辅负责治理京都长安京畿地区,所辖地区亦称三辅,官名与辖区郡名相同,辖境在今陕西中部。此称号沿袭至唐代。

【译文】

元封二年,天气极端寒冷,积雪深达五尺,野地里的鸟兽都冻死了,牛马也像刺猬一样蜷缩起来,京畿地区百姓中,冻死的人占总人口的十分之二三。

53.四宝宫

武帝为七宝床、杂宝桉、厕宝屏风、列宝帐①,设于桂宫②,时人谓之四宝宫。

【注释】

①七宝床:用多种宝物装饰的床。七宝,指金、银、珠玉、珊瑚、琉璃、琥珀、玛瑙等宝物。七,虚指。杂宝、厕宝、列宝:与七宝意相近,指用各种宝物装饰。桉:同“案”,几案,矮桌子,可置于榻上或席上,也可用作书案、食案,长方形或圆形,四足或三足,形制多轻巧,可轻易托起。

②桂宫:西汉宫殿名,是汉武帝为其后妃建造的宫城,建于武帝太初四年(前101),故址在今陕西长安北。《三秦记》曰:“未央宫渐台西有桂宫,中有明光殿,皆金玉珠玑为帘箔,处处明月珠,金陛玉阶,昼夜光明。……桂宫一名甘泉,作迎风台以避暑。”刘庆柱《三秦记辑注》说:“汉甘泉宫乃秦林光宫,在汉长安城以北,相距较远。所谓桂宫一名甘泉宫,当为秦之甘泉宫故名。桂宫可能在秦甘泉宫故址内兴建。”《三辅黄图》卷二曰:“桂宫,汉武帝造,周回十余里。《汉书》曰:‘桂宫有紫房复道,通未央宫。’《关辅记》云:‘桂宫在未央北,中有明光殿土山,复道从宫中西上城,至建章神明台、蓬莱山。’”《三辅故事》曰:“桂宫周遭十余里,内有复道横北渡,西至神明台。”王仲殊《汉代考古学概说》说:“据文献记载,桂宫在未央宫之北,西面隔城与建章宫相近。因此,它的位置应在直城门大街之北,横门大街之西,雍门大街之南。1962年,通过钻探,在这一范围内发现了桂宫的围墙,计东墙和西墙各长约1800米,南墙和北墙各长约880米,四面围墙总长约5300米,约合汉代十三里;全宫平面呈长方形,面积约1.6平方公里。”考古发现与《三辅黄图》所记相合。

【译文】

汉武帝命人制作了镶嵌着各种宝物的七宝床、杂宝几案、厕宝屏风和列宝床帐，陈设在桂宫中，当时人称桂宫为四宝宫。

54.瓠子河决

瓠子河决[①]，有蛟龙从九子[②]，自决中逆上入河，喷沫流波数十里。

【注释】

①瓠(hù)子河：古水名，连接黄河与大野泽(古湖泊名，在今山东巨野、郓城之间)的一条河流，流入黄河的入口处称瓠子或瓠子口(在今河南濮阳南)。瓠子河决发生在汉武帝元光三年(前132)，黄河决口于瓠子口，这是黄河在周显王年间第一次改道后最具破坏性的一次决口，洪水注入瓠子河，沿岸十六郡县受灾。《汉书·武帝纪》曰："河水决濮阳，泛郡十六。发卒十万救决河。"《史记·河渠书》曰："今天子元光之中，而河决于瓠子，东南注钜野，通于淮、泗。于是天子使汲黯、郑当时与人徒塞之，辄复坏。是时武安侯田蚡为丞相，其奉邑食鄃。鄃居河北，河决而南则鄃无水灾，邑收多。蚡言于上曰：'江河之决皆天事，未易以人力为强塞，塞之未必应天。'而望气用数者亦以为然。于是天子久之不事复塞也。"直到二十多年后的元封二年(前109)，武帝才又派人堵塞决口。《史记·河渠书》曰："天子既临河决，悼功之不成，乃作歌曰：'瓠子决兮将奈何？皓皓旰旰兮闾殚为河！……吾山平兮钜野溢，鱼沸郁兮柏冬日。延道驰兮离常流，蛟龙骋兮方远游……'于是卒塞瓠子，筑宫其上，名曰宣房宫。"此后沿岸无水灾。

②从：跟从。九子：相传龙生九子，皆不成龙形，各有所好，分别是蒲牢、囚牛、睚眦、嘲风、狻猊、霸下、狴犴、赑屃、蚩吻。

【译文】

瓠子口黄河决口的时候，有一条蛟龙，后面跟着九子，从决口的地方逆流而上，游入黄河，喷出的水沫激荡着波浪，直到数十里远。

55.百日雨

文帝初，多雨，积霖至百日而止①。

【注释】

①积霖：阴雨连绵，久下不停。霖，连续多日、久下不停的雨。《左传·隐公九年》曰："凡雨，自三日以往为霖。"正史中文帝时期未记载此事。

【译文】

文帝初年，雨水很多，有一次连日下雨，下了足足一百天才停下来。

56.五日子欲不举

王凤以五月五日生①，其父欲不举②，曰："俗谚：'举五日子，长及户则自害③，不则害其父母④。'"其叔父曰⑤："昔田文以此日生⑥，其父婴敕其母曰⑦：'勿举。'其母窃举之⑧。后为孟尝君，号其母为薛公大家⑨。以古事推之，非不祥也。"遂举之。

【注释】

①王凤（？—前22）：汉元帝皇后王政君兄弟，汉成帝之舅。字孝卿，西汉东平陵（今山东济南东）人，元帝永光二年（前42）袭父

爵为阳平侯。成帝即位后,“以凤为大司马大将军领尚书事,益封五千户。王氏之兴自凤始”。(《汉书·元后传》)王凤因此权重,专擅朝政逾十年,权倾朝野。

②其父:即王凤之父王禁,字稚君,曾为廷尉吏,以其女政君之故被封为阳平侯,位特进。举:养育,抚养。

③长及户:长到与门一样高的时候,即成年。及,达到。

④不(fǒu):同“否”。害其父母:《史记·孟尝君列传》曰:“五月子者,长与户齐,将不利其父母。”《索隐》引《风俗通》曰:“俗说五月五日生子,男害父,女害母。”王充《论衡·四讳篇》曰:“俗有大讳四:……四曰讳举正月、五月子。以为正月、五月子杀父与母,不得已举之,父母祸死,则信而谓之真矣。”因为“正月岁始,五月盛阳,子以生,精炽热烈,厌胜父母。父母不堪,将受其患,传相仿效,莫谓不然。有空讳之言,无实凶之效,世俗惑之,误非之甚也”。

⑤叔父:指王凤的叔叔王弘。《汉书·元后传》曰:“婕妤立为皇后,禁位特进,禁弟弘至长乐卫尉。”

⑥田文:齐国贵族,战国四公子之一,袭其父田婴的封爵,封于薛(今山东滕州),称薛公,号孟尝君。齐湣王时为相,舍家业而厚遇天下之士,门下食客数千人。

⑦田婴:战国时齐威王少子,田文之父。初为将,参加马陵之战,后为相。先封彭城(今江苏徐州),后封于薛(今山东滕州南),称薛公,号靖郭君。敕(chì):告诫,诫饬。

⑧窃:偷偷的,暗中。《史记·孟尝君列传》曰:“初,田婴有子四十余人,其贱妾有子名文,文以五月五日生。婴告其母曰:‘勿举也。’其母窃举生之。及长,其母因兄弟而见其子文于田婴。田婴怒其母曰:‘吾令若去此子,而敢生之,何也?’文顿首,因曰:‘君所以不举五月子者,何故?’婴曰:‘五月子者,长与户齐,将不利其

父母。’文曰：‘人生受命于天乎？将受命于户邪？’婴默然。文曰：‘必受命于天，君何忧焉。必受命于户，则可高其户耳，谁能至者！’婴曰：‘子休矣。’……于是婴乃礼文，使主家待宾客。宾客日进，名声闻于诸侯。诸侯皆使人请薛公田婴以文为太子，婴许之。婴卒，谥为靖郭君。而文果代立于薛，是为孟尝君。”

⑨大家（gū）：同“大姑”，古代对妇女的尊称。

【译文】

王凤因为是在五月五日出生的，他的父亲因此不愿意抚养他，说：“俗话说：‘抚养五月初五生下的孩子，等到他长到和门一样高的时候，就会危害自己，否则就会害了他的父母。’”王凤的叔叔则说：“从前田文也是这一天出生的，他父亲田婴告诫他母亲说：‘不能养他。’但他母亲私下里把他抚养成人。后来田文成了孟尝君，尊称他的母亲为‘薛公大家’。按照古时候的事情来推断，这并不是不吉利的事情。”于是王凤的父亲决定抚养他。

57. 雷火燃木得蛟龙骨

惠帝七年夏①，雷震南山②。大木数千株，皆火燃至末。其下数十亩地，草皆燋黄③。其后百许日，家人就其间得龙骨一具，鲛骨二具④。

【注释】

①惠帝七年：前188年。

②南山：即终南山。

③燋（jiāo）黄：焦黄。《管子·七臣七主》曰：“火暴焚地燋草。”燋，通“焦”，火伤，物经火烧而变黄或成炭。

④鲛：蛟龙。《礼记·中庸》曰：“今夫水，一勺之多，及其不测，鼋鼍、

鲛龙、鱼鳖生焉，货财殖焉。”一说是鱼，指传说中重达两千斤的鱼。《淮南子·说山训》曰：“一渊不两鲛。”高诱注曰：“鲛，鱼之长，其皮有珠，今世以刀剑之口，是也。一说，鱼二千斤为鲛。”再一说为海中鲨鱼。罗愿《尔雅翼·释鱼三》曰：“鲛，出南海。状如鳖而无足，圆广尺余，尾长尺许。皮有珠文而坚劲，可以饰物。今总谓之沙鱼。”

【译文】

惠帝七年夏天，雷电击中了终南山。几千株大树，都被大火烧得直到树梢。树下方圆几十亩地范围内，所有的草都被烧得焦黄。此后过了一百多天，有一个僮仆在草丛中捡到了一副龙的骨架，两副鲛的骨架。

58.酒脯之应

高祖为泗水亭长[①]，送徒骊山[②]，将与故人诀去。徒卒赠高祖酒二壶，鹿肚、牛肝各一。高祖与乐从者饮酒食肉而去。后即帝位，朝晡[③]，尚食常具此二炙[④]，并酒二壶。

【注释】

①泗水：即泗水亭，古亭名，位于泗水与沱水交汇处，故址在今江苏沛县东。亭长：汉代地方机构（分为郡、县、乡、亭四级）中最低一级机构首长。战国时为御敌始在与邻国接壤地设亭置亭长。秦汉时十里一亭，亭设亭长，汉平帝时天下有亭二万九千六百三十五。亭长由县令或县长任命，属于县尉管辖。《汉书·百官公卿表上》曰：“大率十里一亭，亭有长。十亭一乡，乡有三老、有秩、啬夫、游徼。……县大率方百里，其民稠则减，稀则旷，乡、亭亦如之，皆秦制也。”亭长主亭内之事，主要职责是维护社会治安等事务，皇帝出巡或地方长官出行时要随行护送。《后汉书·百官

志五》曰："亭有亭长，以禁盗贼。"卫宏《汉旧仪》卷下曰："设十里一亭，亭长、亭侯；五里一邮，邮间相去二里半，司奸盗。亭长持二尺板以劾贼，索绳以收执贼。"《后汉书·舆服志上》曰："长安、洛阳令及王国都县加前后兵车，亭长，设右騑，驾两。"此外，城内都亭、城门门亭也设亭长。亭还设有馆舍，负责接待来往官员、驿骑及过往商民。《史记·高祖本纪》曰："（高祖）及壮，试为吏，为泗水亭长。"《正义》注曰："秦法，十里一亭，十亭一乡。亭长，主亭之吏。高祖为泗水亭长也。《国语》有'寓室'，即今之亭也。亭长，盖今里长也。民有讼争，吏留平辨，得成其政。《括地志》云：'泗水亭在徐州沛县东一百步，有高祖庙也。'"亭，秦汉时乡以下、里以上的行政机构。亦指秦汉时设在道旁供行人停留食宿的处所。刘熙《释名·释宫室》曰："亭，停也，亦人所停集也。"许慎《说文解字》"高部"曰："亭，民所安定也。"后指驿馆。《汉书·高帝纪上》曰："（高祖）为泗上亭长。"颜师古注曰："亭谓停留行旅宿食之馆。"

②徒：被征做劳役的人。骊山：山名，一名郦山、蓝田山，在今陕西临潼东北，因山形似骊马，山色呈青色而得名。一说因古骊戎居此而得名。《类编长安志》卷六曰："《旧长安志》云：'在临潼县东南二里。骊戎来居此山，故以名。'按《土地记》曰：'即蓝田山也。温汤出山下，其阳多宝玉，其阴多黄金。'"是秦岭山脉自蓝田向西北延伸的支脉，绵延20余公里。相传山上有烽火台，为周幽王举烽火戏诸侯之处。秦始皇征天下苦役七十余万在骊山北麓大兴土木修建自己的陵墓。刘邦为泗水亭长时，为秦始皇押送劳役赴骊山做苦工，后在途中起兵。

③朝晡（bū）：早晚。《白虎通义·礼乐》曰："平旦食，少阳之始也。昼食，太阳之始也。晡食，少阴之始也。暮食，太阴之始也。"皇帝的饮食为一日四食，亦以朝晡二食比喻一天的饮食。晡，即申

时，大约在十五时到十七时，亦泛指傍晚，夜。

④尚食：官名，汉承秦置，主掌皇帝膳食之官。卫宏《汉旧仪》卷上曰："太官尚食，用黄金扣器。"补遗卷上曰："太官主饮酒，皆令、丞治。太官汤官奴婢各三千人，置酒，皆缇褠、蔽膝、绿帻。""省中有五尚，即尚食、尚冠、尚衣、尚帐、尚席。"此指给高祖准备饭食。具：准备好饭菜酒席。炙（zhì）：即烤肉。此泛指酒菜。炙的方法来源于远古游牧民族生活中的野餐，《礼记·礼运》曰："昔者先王未有宫室，冬则居营窟，夏则居橧巢；未有火化，食草木之实、鸟兽之肉，饮其血，茹其毛；未有麻、丝，衣其羽皮。后圣有作，然后修火之利，范金合土，以为台榭宫室牖户，以炮，以燔，以亨（烹），以炙，以为醴酪，治其麻、丝，以为布帛。"

【译文】

汉高祖刘邦担任泗水亭长时，送服劳役的人去骊山修建秦始皇墓，快要和相处熟悉的人离别了。役卒送给高祖两壶酒，和鹿肚、牛肝各一份。高祖与愿意跟随自己的人一起喝了酒吃了肉，然后离去。后来，刘邦登上皇位，早晚两餐，负责高祖膳食的官员为高祖准备的饭食经常有这两样菜，再加上两壶酒。

59.梁孝王宫囿

梁孝王好营宫室苑囿之乐[①]，作曜华之宫[②]，筑兔园[③]。园中有百灵山，山有肤寸石、落猿岩、栖龙岫[④]。又有雁池，池间有鹤洲凫渚[⑤]。其诸宫观相连，延亘数十里，奇果异树，瑰禽怪兽毕备。王日与宫人宾客弋钓其中[⑥]。

【注释】

①梁孝王：即刘武（前184—前144），汉文帝次子，窦太后之子，景

帝同母弟弟。初封为代王、淮阳王，后为梁王。景帝即位后曾许诺死后传位给梁王。《汉书·文三王传·梁孝王传》曰："是时，上（景帝）未置太子，与孝王宴饮，从容言曰：'千秋万岁后传于王。'王辞谢。虽知非至言，然内心喜。"在七国叛乱时，梁王拒吴楚有功，为大国，深得景帝及窦太后宠幸。《史记·梁孝王世家》曰："（梁王）得赐天子旌旗，出从千乘万骑。东西驰猎，拟于天子。出言趩，入言警。……梁多作兵器弩弓矛数十万，而府库金钱且百巨万，珠玉宝器多于京师。"景帝也给予梁王特殊的礼遇。《汉书·文三王传·梁孝王传》曰："孝王入朝。景帝使使持乘舆驷，迎梁王于关下。既朝，上疏，因留。以太后故，入则侍帝同辇，出则同车游猎上林中。梁之侍中、郎、谒者著引籍出入天子殿门，与汉宦官亡异。"后因立太子之事，梁王怨恨朝廷重臣袁盎等人，与门客羊胜、公孙诡等谋划刺杀袁盎，事情败露后，景帝益疏梁王，梁王因而郁郁而终。宫室：古时指房屋的通称。《易经·系辞下》曰："上古穴居而野处，后世圣人易之以宫室。"《礼记·内则》曰："由命士以上，父子皆异宫。"高承《事物纪原·宫室居处部》曰："《白虎通》曰：'黄帝作宫室，以避寒暑，此宫室之始也。'"《尔雅·释宫》曰："宫谓之室，室谓之宫。"郭璞注曰："皆所以通古今之异语，明同实而两名。"后指帝王的宫殿。《史记·项羽本纪》曰："（项羽）烧秦宫室，火三月不灭。"苑囿（yòu）：古代畜养禽兽供帝王玩乐的园林。董仲舒《春秋繁露·王道》曰："侈宫室，广苑囿。"囿，古代帝王畜养禽兽以供观赏的园林，汉以后称苑。《诗经·大雅·灵台》曰："王在灵囿，麀鹿攸伏。"孔颖达疏曰："囿者，筑墙为界域而禽兽在其中，故云'囿，所以域养禽兽也'。天子百里，诸侯四十里，解正礼耳。其文王之囿，则七十里。"应劭《风俗通义·佚文》曰："囿者，畜鱼鳖之处也。囿犹有也。"吕思勉《中国文化小史》说："游乐之处，古代谓之苑囿。苑是只有草木的，囿是兼有禽兽的。均系将天然的地方，划出一区来，施以禁御，而于其中射猎以为娱，收其果实等以为利，根本没有什么建筑物。所以其大可至于方数十里（文王之囿，方七十里，齐宣王之囿，方四十里，见《孟子·梁惠王下篇》）。”

②曜（yào）华：宫室名，在梁国都城睢阳（今河南商丘南）城北。

③兔园：梁孝王所建园囿，也称菟园、东苑，又名梁园，俗称竹园。故址在今河南商丘东，为其游乐和招延宾客之所，当时许多名士皆是其座上宾。《史记·梁孝王世家》曰：“于是孝王筑东苑，方三百余里。广睢阳城七十里。大治宫室，为复道，自宫连属于平台三十余里。”《正义》引《括地志》曰：“兔园在宋州宋城县东南十里……俗人言梁孝王竹园也。”咏兔园的诗文很多，枚乘作《梁王兔园赋》，极言其宏丽奢华。谢惠连作《雪赋》，李白留诗《梁园吟》，王昌龄《梁苑》诗曰：“梁园秋竹古时烟，城外风悲欲暮天。”岑参游园后赋诗《山房春事》曰：“梁园日暮乱飞鸦，极目萧条三两家。庭树不知人去尽，春来还发旧时花。”园，四周圈围，布置亭榭石木、种植蔬果花木等的花园。属于私家园林。园的规模不等，大者如诸侯王梁王的园林，其奢侈如皇家苑囿，也可小而精细。吕思勉《中国文化小史》说：“至于私家的园林，则其源起于园。园乃种果树之地，因于其间叠石穿池，造几间房屋，以资休憩，亦不是甚么奢侈的事。”

④肤寸：古代宽一指为一寸，四指侧放的长度为一肤。此指较为微小规整的石块。岫（xiù）：山洞。《尔雅·释山》曰：“山有穴为岫。”郭璞注曰：“谓岩穴。”一说为山峰。

⑤洲、渚（zhǔ）：皆指水中之陆地。《尔雅·释水》曰：“水中可居者曰洲。小洲曰陼（渚）。”邢昺疏曰：“李巡曰：四方皆有水，中央独可居，但大小异其名耳。……《周南》云：‘在河之洲。’《召南》云：‘江有渚。’”

⑥宾客：梁孝王宾客众多，《史记·梁孝王世家》曰："（梁王）招延四方豪杰，自山以东游说之士莫不毕至。齐人羊胜、公孙诡、邹阳之属。"司马相如、枚乘等人也曾投奔梁王。弋（yì）：射猎。王仲殊《汉代考古学概说》说："（汉代）射猎也是一种农副业。长沙马王堆汉墓随葬的肉食品中，走兽有野兔、梅花鹿等，飞禽有斑鸠、雁、鹗、竹鸡、喜鹊、雉、鹤等。各地画像石和画像砖中有狩猎图，四川成都扬子山画像砖上还有弋射图，都是很能说明问题的资料。"

【译文】

梁孝王很喜欢营建宫殿苑囿，以此为乐趣，他营造了曜华宫，修建了兔园。兔园中有座百灵山，山上有肤寸石、落猿岩、栖龙岫等景物。园内还有雁池，池中有供鹤和野鸭等禽鸟栖息的沙洲。园中的宫殿楼阁彼此相连，绵延达数十里，奇异的果木花草，稀有的飞禽走兽，都聚集在这里。梁孝王每天都和宫女、宾客们一起在园中射猎垂钓。

60.鲁恭王禽斗

鲁恭王好斗鸡鸭及鹅雁[①]，养孔雀、鵁䴔，俸谷一年费二千石[②]。

【注释】

①鲁恭王：即刘餘，汉景帝第五子，初为淮阳王，后封鲁王。《史记·五宗世家》曰："（鲁恭王）好治宫室苑囿狗马。季年好音，不喜辞辩。为人吃。"曾经为扩充宫殿而毁孔子旧宅，于墙壁夹缝中得到一些古文经书。《汉书·景十三王传·鲁恭王传》曰："恭王初好治宫室，坏孔子旧宅以广其宫，闻钟磬琴瑟之声，遂不敢复坏，于其壁中得古文经传。"孔安国《尚书序》曰："至鲁恭王好治宫室，坏孔子旧宅，以广其居，于壁中得先人所藏古文虞夏商

周之书及传、《论语》、《孝经》，皆科斗文字。”《汉书·艺文志》亦曰：“《古文尚书》者，出孔子壁中。武帝末，鲁共（恭）王坏孔子宅，欲以广其宫，而得《古文尚书》及《礼记》《论语》《孝经》凡数十篇，皆古字也。”因用以前的文字书写，故称“孔壁古文”，亦称“壁经”“壁中书”。因此事非小事，但《史记》及他书未见类似记载，故对此事存疑者甚多。鹅：罗愿《尔雅翼·释鸟五》曰：“（鹅）性绝警，每更必鸣，可以警盗。…又养之园林，则蛇皆远去，亦主溪毒射工之类。”汉代斗禽盛行，《史记·袁盎晁错列传》曰：“袁盎病免居家，与闾里浮沈，相随行，斗鸡走狗。”《汉书·东方朔传》曰：“（董偃）常从游戏北宫，驰逐平乐，观鸡鞠之会，角狗马之足，上大欢乐之。”《汉书·宣帝纪》曰：“（宣帝少）喜游侠，斗鸡走马。”

②俸谷：原指俸禄。此指饲养禽鸟所消耗的粮食饲料。

【译文】

鲁恭王爱好斗鸡、斗鸭、斗鹅和斗雁，还养了许多孔雀和鵁鶄，每年饲养这些禽鸟的粮食饲料就要花掉一个二千石官吏一年的俸禄。

61.流黄簟

会稽岁时献竹簟供御①，世号为流黄簟②。

【注释】

①会稽（kuài jī）：西汉郡名，秦始置，汉初封诸侯国，此地属荆国，后改荆国为吴国，景帝时，国除，复为郡，辖二十六县，治所在吴县（今江苏苏州）。东汉年间，于吴县设吴郡，辖今苏南地区，改会稽郡治所于山阴（今浙江绍兴），辖地含今浙江、福建及江西部分地区。岁时：一年中的特定时日。供御：进献供皇帝使用。

②流黄：褐黄色，竹篾经过加工后外表显现的颜色。江淹《文选·别赋》曰“晦高台之流黄”，李善注引《环济要略》曰：“间色有五：绀、红、缥、紫、流黄也。”

【译文】

会稽郡每年到一定季节时就要进献当地所产的竹席供皇帝享用，世人称这种竹席为流黄席。

62.买臣假归

朱买臣为会稽太守①，怀章绶②，还至舍亭③，而国人未知也④。所知钱勃⑤，见其暴露⑥，乃劳之曰：“得无罢乎⑦？”遗与纨扇⑧。买臣至郡⑨，引为上客⑩，寻迁为掾史⑪。

【注释】

①朱买臣(？—前115)：西汉官吏。吴县(今江苏苏州)人，字翁子。家贫，以砍柴为生，好读书。武帝时为会稽太守，破东越立功。“买臣受诏将兵，与横海将军韩说等俱击破东越，有功。征入为主爵都尉，列于九卿。”(《汉书·严朱吾丘主父徐严终王贾传上》朱买臣传)后因为与御史大夫张汤结怨倾轧，被武帝所杀。

②怀：怀揣。章绶：印章和绶带，皆是标志官员身份和等级的信物。《汉书·百官公卿表上》曰：“郡守……秩二千石。景帝中二年(前148)更名太守。……凡吏秩比二千石以上，皆银印青绶。”章，官印。

③舍亭：官办客舍，行人停留宿食之处。一说指郡邸，会稽郡设在长安的官邸。

④国人：居住在都城中的人。此指会稽郡内的人。

⑤所知：知交，好友。钱勃：人名，生平不详。

⑥暴露：露天而处。此指没有住宿处。

⑦得无：莫不是。《论语·颜渊》曰："言之得无讱乎？"罢（pí）：同"疲"，疲乏，疲惫。《左传·襄公二十六年》曰："楚罢于奔命。"

⑧纨（wán）扇：用细绢丝制成的圆形的团扇。江淹《班婕妤咏扇》曰："纨扇如团月，出自机中素。"

⑨至郡：到任，到会稽郡上任。

⑩上客：上宾，尊贵的客人。

⑪寻：不久。迁：任命，升迁。掾（yuàn）史：属官的总称，正职称掾，副职为属。掾史是汉代官府主要官吏的属吏，包括三公九卿及地方郡县的属吏均可称为掾史或掾属，分属各部曹，其职责是辅助长官处理司法、治安等方面的事务。郡太守由朝廷直接委任，而太守可以自行聘任郡中之人掌管各方面事务。《汉书·严朱吾丘主父徐严终王贾传上》朱买臣传曰："拜为（会稽）太守，买臣衣故衣，怀其印绶，步归郡邸，直上计时，会稽吏方相与群饮，不视买臣。买臣入室中，守邸与共食，食且饱，少见其绶。守邸怪之，前引其绶，视其印，会稽太守章也。守邸惊，出语上计掾吏。皆醉，大呼曰：'妄诞耳！'守邸曰：'试来视之。'其故人素轻买臣者入（内）视之，还走，疾呼曰：'实然！'坐中惊骇，白守丞，相推排陈列中庭拜谒，买臣徐出户。有顷，长安厩吏乘驷马车来迎，买臣遂乘传去。"相比本条叙事，《汉书》故事细节更多，更有戏剧性。

【译文】

朱买臣被任命为会稽太守后，他怀揣着官印绶带回到官舍，这时郡里的人还都不知道这个消息。朱买臣的朋友钱勃看到他露天而居，就关心地慰问他："你是不是很累啊？"还送给他一把细绢制作的团扇。朱买臣到会稽郡上任后，就把钱勃请来待如座上宾，不久又把他提拔为自己的属官。

卷三

【题解】

本卷中有两篇涉及汉代人生前对死亡的处置态度。

杨贵生活于汉武帝时期，家业富足，生活条件优渥的他醉心黄老之术，快活地享受当世。厚生薄死，他对死后并不在意，嘱咐家人，待他死后将他裸葬在终南山，“死则为布囊盛尸，入地七尺。既下，从足引脱其囊，以身亲土”。（《汉书》本传）他是“以裸葬，将以矫世也”。这在厚葬之风盛行的汉代，着实难得。不过，他没想到的是，终南山土层甚薄，深掘七尺耗费了大量人工凿石，结果不仅没有节俭薄葬，反而花费更多。虽然俭葬反奢明显违背了杨贵的初衷，但是他尊崇的道家返本归真的思想以及对待死亡的豁达仍然令人赞赏。

杜邺是西汉名臣张敞外孙，原籍魏郡，祖父辈迁徙茂陵。杜邺曾任侍御史、刺史。临终前，他留下一篇文章，感叹未能为国尽忠，请求把他葬在长安城外。叶落归根，回葬故土，这是传统习俗，也是汉人故土难离的具体体现。但“气魄无所不之”，“何必故丘，然后即化”。天涯无处无芳草，杜邺的旷达源于他宽广的胸怀，源于他轻看死亡的超然。他死后，这篇文章被刻于石碑上，埋入其墓侧。这亦是最早的一篇自撰墓志铭。

《论语》曰：“死生有命，富贵在天。”意为人的生死、际遇等由天命决定，人力无法控制。墨子曰“非命”，意为不从命，不听信命运而强调人为。诸子百家对生死的态度不同,对命运的解读亦各异。一个人的生死观决定了其世界观,也决定了他对人生尤其是死亡的态度。

古代帝王幻想永生,倾国力搜寻长生不老之药、之术。在《西京杂记》各卷中,既有诸多骄奢淫逸的生的写照,也有帝侯、王公的奢华厚葬的描述。上行下效,送死过度。见惯了厚殓墓葬,杨贵的薄葬之嘱、杜邺的"此焉宴息"之愿以及卷六中只埋有一枚铜镜的袁盎之墓实在难得,其思维意识无疑超越了时代。

63.黄公幻术

余所知有鞠道龙①,善为幻术②,向余说古时事:有东海人黄公③,少时为术,能制蛇御虎。佩赤金刀④,以绛缯束发⑤,立兴云雾,坐成山河。及衰老,气力羸惫⑥,饮酒过度,不能复行其术。秦末,有白虎见于东海,黄公乃以赤刀往厌之⑦。术既不行,遂为虎所杀。三辅人俗用以为戏⑧,汉帝亦取以为角抵之戏焉⑨。

【注释】

①鞠道龙:人名,生平不详。

②幻术:古代魔术,或方士、术士用以迷惑人的法术。流行于汉代,其技艺似源自西方,汉武帝时,西域使者往来长安,安息国便曾献有眩人。《史记·大宛列传》曰:"条支在安息西数千里,临西海。……人众甚多,往往有小君长,而安息役属之,以为外国。国善眩。"《集解》注曰:"应劭曰:'眩,相诈惑。'"《正义》引颜师古注曰:"今吞刀、吐火、殖瓜、种树、屠人、截马之术皆是也。"文中的"眩"即指幻术。周天游《西京杂记校注》说:"东汉永宁元年

(120)，掸国所献还有罗马幻人。又其技艺出于中国本土，往往与方士之术方术相结合，成为原始道教宣扬教义的一种工具。”《汉书·郊祀志上》曰：“(方士李少君认为)祠灶皆可致物，致物而丹沙可化为黄金，黄金成以为饮食器则益寿，益寿而海中蓬莱仙者乃可见之，以封禅则不死，黄帝是也。”据传幻术技法变幻莫测，如桓谭《新论·辨惑》曰：“睢陵有董仲君，好方道，尝犯事坐重罪，系狱，佯病死。数日，目陷虫出，吏捐弃之，既而复活。故知幻术靡所不有，又能鼻吹、口歌、吐舌牙、耸眉、动目。”

③东海：郡名，指东海郡，秦时始置，治所在郯(今山东郯城西北)，西汉时所辖范围相当于今天的山东南部、江苏北部地区。黄公：人名，生平不详。

④赤金：铜。古代将金属分为黄金、白金、赤金，分别指金、银、铜。

⑤绛(jiàng)：深红色。

⑥羸(léi)惫：羸弱，疲惫。

⑦赤刀：即赤金刀。厌：镇压，制服。张衡《西京赋》曰：“东海黄公，赤刀粤祝，冀厌白虎，卒不能救，挟邪作蛊，于是不售。”可见黄公的故事流传颇广。

⑧俗：民间习俗。

⑨角抵：角力，一种杂技游戏，源自先秦的蚩尤戏，战国时兴起。相传蚩尤与黄帝战于涿鹿时，头上生角的蚩尤爱以角相抵，于是民间模仿其形象，头戴牛角而抵斗，称蚩尤戏。秦统一后，角抵在宫中盛行，并增加了娱乐游戏的内容，秦二世对此极为着迷，《史记·李斯列传》曰：“是时二世在甘泉，方作觳抵优俳之观。李斯不得见，因上书言赵高之短曰……”《集解》注曰：“应劭曰：‘战国之时，稍增讲武之礼，以为戏乐，用相夸示，而秦更名曰角抵。角者，角材也。抵者，相抵触也。’文颖曰：‘案：秦名此乐为角抵，两两相当，角力，角伎艺射御，故曰角抵也。’骃案：觳抵即角抵也。”

角抵在汉代也很流行，并加进了各种乐舞、杂技、幻术等，演变为有演员化妆表演并且有故事情节的戏曲，成为百戏的一种。《汉书·刑法志》曰：“春秋之后，灭弱吞小，并为战国，稍增讲武之礼，以为戏乐，用相夸视。而秦更名角抵，先王之礼没于淫乐中矣。”《汉书·武帝纪》曰：“（元封）三年（前108）春，作角抵戏，三百里内皆（来）观。”《汉武故事》曰：“未央宫中设角抵戏，享外国，三百里内皆观。角抵者，六国所造也，秦并天下，兼而增广之，汉兴虽罢，然尤不都绝，至上复采用之。并四夷之乐，杂以奇幻，有若鬼神。”《汉书·西域传下》赞曰：“（孝武）设酒池肉林以飨四夷之客，作《巴俞》都卢、海中《砀极》、漫衍鱼龙、角抵之戏以观视之。”《汉书·元帝纪》曰：元帝初元五年（前44）“罢角抵”。南朝梁任昉《述异记》卷上曰：“秦汉间说，蚩尤氏族耳鬓如剑戟，头有角，与轩辕斗，以角抵人，人不能向。今冀州有乐名蚩尤戏，其民两两三三，头戴牛角而相抵。汉造角抵戏，盖其遗制也。”或说角抵戏是戏剧的雏形。而关于中国戏剧的起源，学界观点各异，有先秦说、汉代说、唐代说等。汉代说即以黄公戏为依据，如耿占军、杨文秀《汉唐长安的乐舞与百戏》说：“称《东海黄公》是我国最早的戏剧节目，我以为一点也不过分。而且在这个戏剧节目中，还掺杂了杂技、魔术表演，因为所谓的‘制蛇御虎’，当指杂技中的戏蛇驯虎之术，而‘立兴云雨，坐成山河’，则无疑是一种幻术，也就是魔术表演。看来，汉代《东海黄公》这个戏剧节目的原型人物东海人黄公，应是一个杂技魔术艺人。”

【译文】

我有一位朋友叫鞠道龙，擅长幻化的法术，他给我讲过一个古时候的故事：在东海郡有个人叫黄公，年轻时学过法术，能轻松地制服大蛇和猛虎。他身上佩戴着铜制的刀子，用深红色的丝带束起头发，站立起来能变出云雾，坐卧下去就能变出山河。等到年老的时候，他力气衰减，身体疲惫，加之饮酒过度，就不能表演这种法术了。秦朝末年，东海郡出现了一头白虎，黄公就带着铜刀前去制服白虎。由于法术没成功，他最终被白虎吃掉了。三辅地区民间习俗根据这个故事编成了戏表演，汉代的皇帝也拿这件事作为角抵戏的素材。

64. 淮南王与方术俱去

又说①：淮南王好方士②，方士皆以术见③，遂有画地成江河，撮土为山岩④，嘘吸为寒暑⑤，喷嗽为雨雾。王亦卒与诸方士俱去⑥。

【注释】

①又说：有版本将本条与上条合一。

②淮南王：即刘安（前179—前122），西汉文学家、思想家、道家人物。汉高祖刘邦之孙，淮南厉王刘长之子，袭其父爵封为淮南王。武帝时，因谋反事发，下狱死。"淮南王安为人好读书鼓琴，不喜弋猎狗马驰骋，亦欲以行阴德拊循百姓，流誉天下。时时怨望厉王死，时欲畔逆，未有因也。"（《史记·淮南衡山列传》）爱好文学及道家学说，曾奉汉武帝命作《离骚传》。"时武帝方好艺文，以安属为诸父，辩博善为文辞，甚尊重之。"（《汉书·淮南衡山济北王传·淮南王传》）也好神仙方术，招揽宾客方士数千人，编撰《淮南鸿烈》一书，又称《淮南子》。《风俗通义·正失》曰："淮南王安，招致宾客方术之士数千人，作《鸿宝》《苑秘》、枕中之书，铸成黄白，白日升天。"方士：古代方术之士，专事求仙炼丹、长生不老之术。因为传说东海中有仙山，所以战国时燕齐一带盛行神仙学说。秦汉时，帝王多迷信鬼神，为求长生不老，四处求仙访道，因此燕齐一带的方士便得到宠幸。如秦始皇派方士徐市等入

海求神药，派臣下求芝奇药仙者。《史记·秦始皇本纪》曰："齐人徐市等上书，言海中有三神山，名曰蓬莱、方丈、瀛洲，仙人居之。请得斋戒，与童男女求之。于是遣徐市发童男女数千人，入海求仙人。""因使韩终、侯公、石生求仙人不死之药。"汉文帝也关注鬼神之事。《史记·屈原贾生列传》曰："上（文帝）因感鬼神事，而问鬼神之本。贾生因具道所以然之状。"武帝尤敬鬼神之祀，遍求长生不老药。《史记·孝武本纪》曰："是时而李少君亦以祠灶、谷道、却老方见上，上尊之。……少君言于上曰：'……臣尝游海上，见安期生，食臣枣，大如瓜。安期生仙者，通蓬莱中，合则见人，不合则隐。'于是天子始亲祠灶，而遣方士入海求蓬莱安期生之属，而事化丹沙诸药齐为黄金矣。"由此可知，汉代朝廷内外畜养方士之风盛行。

③术：方术，道家信奉的求仙之术。包含很广，涉及天象、神怪、占卜、相术等。见：求见，谒见。

④撮（cuō）：聚拢，聚合。

⑤嘘吸：呼吸。

⑥俱去：一起成仙飞升。刘安喜道家学说，求仙炼丹，追求长生不老，所以，他死后，民间传说他与方士一同升仙而去。王充《论衡·道虚篇》曰："儒书言：'淮南王学道，招会天下有道之人。倾一国之尊，下道术之士，是以道术之士，并会淮南，奇方异术，莫不争出。王遂得道，举家升天，畜产皆仙，犬吠于天上，鸡鸣于云中。'此言仙药有余，犬鸡食之，并随王而升天也。好道学仙之人，皆谓之然。"张华《博物志》卷五曰："汉淮南王谋反被诛，亦云得道轻举。"可见刘安得道升天之说并非个例。

【译文】

鞠道龙又说：淮南王刘安喜好方士，方士们都要凭借法术去求见他，于是有的人在地上一划就变出了江河，有的人堆一堆土就变成了山峰岩石,有的人呼吸之间就让寒天变成了酷暑,有的人打个喷嚏咳嗽一下就下起了雨升起了雾。淮南王最后也和这些方士一起成仙飞升而去。

65.扬子云裨补《輶轩》所载

扬子云好事①,常怀铅提椠②,从诸计吏③,访殊方绝域四方之语④,以为裨补《輶轩》所载⑤。亦洪意也⑥。

【注释】

①扬子云:即扬雄。好事:喜欢找事做。

②怀铅提椠(qiàn):怀里揣着铅粉笔手里提着木筒。铅,用于书写的铅粉笔。椠,用于写字的木筒。扬雄《答刘歆书》曰:"(著《方言》时)雄常把三寸弱翰,赍油素四尺,以问其异语,归即以铅摘次之于椠,二十七岁于今矣。"

③诸:各地。计吏:即上计吏,年终时地方负责进京向朝廷呈报政经状况的官吏。战国时期,地方官员年终时直接向诸侯汇报政治和经济等状况。西汉时改为在秋冬考课时由县令上计所在郡国,年末时以郡国守丞的长史为上计使者进京,向朝廷汇报地方赋税、治安、徭役、人口等各种情况。这是朝廷评定地方官吏政绩以决定奖惩升贬的依据。《汉书·武帝纪》曰:"令与计偕。"颜师古注曰:"计者,上计簿使也,郡国每岁遣诣京师上之。"因为关乎地方官员仕途,故上计吏常聘请地方名士担任。这些名士也会借此展露才能,期望有机会得到赏识进而升迁。

④殊方绝域:边远偏僻的地方。殊方,他乡、异域。绝域,非常远的地方。

⑤裨补:增补。輶(yóu)轩:本指古代天子使臣乘坐的一种轻便车,故后世称天子使臣为"輶轩使"。常璩《华阳国志》卷十曰:"此

使考八方之风雅,通九州之异同,主海内之音韵,使人主居高堂知天下之风俗也。”此指扬雄的《方言》一书。《方言》全名《𬨎轩使者绝代语释别国方言》,简称《方言》或《𬨎轩》。为语言和训诂书,原为十五卷,今本十三卷,体例仿照《尔雅》,类集古今各地同义词并注明通行范围,其材料内容来源于古代典籍和实地调查,是研究汉代语言分布和古代词汇的重要著作,也是第一部方言词汇著作。郭璞《尔雅·序》评曰:“是以复缀集异闻,会萃旧说,考方国之语,采谣俗之志。”扬雄写作《方言》历经二十七年,字数总计近一万二千字,似乎尚未完成。应劭《风俗通义》序曰:“周、秦常以岁八月遣𬨎轩之使,求异代方言,还奏籍之,藏于密室。及嬴氏之亡,遗脱漏弃,无见之者。蜀人严君平有千余言,林闾翁孺才有梗概之法,扬雄好之,天下孝廉卫卒交会,周章质问,以次注续,二十七年,尔乃治正,凡九千字,其所发明,犹未若《尔雅》之弘丽也,张竦以为悬诸日月不刊之书;予实玩暗,无能述演,岂敢比隆于斯人哉!”梁启超《中国近三百年学术史·清代学者整理旧学之总成绩(一)》说:“扬雄《方言》为西汉最好的小学书。”𬨎,轻车。许慎《说文解字》“车部”曰:“𬨎,轻车也。”段玉裁注曰:“𬨎车即轻车也。本是车名,引申为凡轻之称。”《诗经·大雅·烝民》曰:“德𬨎如毛,民鲜克举之。”郑玄笺曰:“𬨎,轻。”轩,前顶较高而有帷幕的车子,供大夫以上乘坐。亦泛指车子。

⑥亦洪意:此句或原为注文,意即“这也是葛洪的意思”。成林、程章灿《西京杂记全译》说:“此当是葛洪小注滥入正文。洪即葛洪。”一说意为“宏图”。

【译文】

扬雄喜欢给自己找事做,他常常怀揣着铅粉笔手提木简,拜访那些进京汇报赋税、户口等工作的各地官吏,向他们调查偏远地方的各种方言土语,以不断增补《𬨎轩》一书所记载的内容。这也是葛洪的意思。

66.邓通钱文侔天子

文帝时,邓通得赐蜀铜山①,听得铸钱②。文字肉好③,皆与天子钱同,故富侔人主④。时吴王亦有铜山铸钱⑤,故有吴钱,微重,文字肉好,与汉钱不异。

【注释】

①邓通:文帝宠臣。西汉蜀郡南安(今四川乐山)人。《汉书·佞幸传·邓通传》曰:"(邓通)以濯船为黄头郎。"颜师古注曰:"濯船,能持濯行船也。土胜水,其色黄,故刺船之郎皆著黄帽,因号曰黄头郎也。"后被文帝宠幸,官至上大夫,因为为文帝吮痈而得赏赐无数,并被赐蜀郡严道(今四川荥经)铜山,准予私自铸钱。景帝即位后将其免官,收回其铜山和铸币权,邓通亦被控私自铸钱,家财被抄没,终穷苦而死。《汉书·佞幸传·邓通传》曰:"景帝立……人有告邓通盗出徼外铸钱,下吏验问,颇有,遂竟案,尽没入之,通家尚负责数巨万。"铜山:即严道铜山。

②听:听任,任其。《汉书·食货志下》曰:孝文五年(前175)"除盗铸钱令,使民放铸"。为宠幸邓通,汉文帝下令废除盗铸钱令,令邓通得以铸钱致富。

③文字:铜钱上所铸的文字。汉初至景帝中元年间,铜钱上铸有"半两"文字以示钱币重量大小。肉好(hào):古代圆形玉器和钱币等的边和孔。《尔雅·释器》曰:"肉倍好谓之璧,好倍肉谓之瑗,肉好若一谓之环。"邢昺疏曰:"璧之制,肉,边也,好,孔也,边大倍于孔者名璧,孔大而边小者名瑗,边孔适等若一者名环。"汉代的钱币为方孔圆形钱。肉,指铜钱四周圆形的边。好,指铜钱中间的方孔。《汉书·食货志下》曰"肉好皆有周郭",颜师古注引韦昭曰:"肉,钱形也,好,孔也。"

④侔(móu):相等,等同。人主:皇帝。《史记·佞幸列传》曰:“上使善相者相通,曰:‘当贫饿死。’文帝曰:‘能富通者在我也。何谓贫乎?’于是赐邓通蜀严道铜山,得自铸钱,‘邓氏钱’布天下。其富如此。”应劭《风俗通义·正失》曰:“(文帝)赐以蜀郡铜山,令得铸钱。通私家之富,侔于王者封君。”《汉书·食货志下》曰:“(贾谊谏言反对除盗铸钱令但文帝)不听。是时,吴以诸侯即山铸钱,富埒天子,后卒叛逆。邓通,大夫也,以铸钱财过王者。故吴、邓钱布天下。”反对废盗铸钱令的还有政论家贾山。《汉书·贾邹枚路传·贾山传》曰:“其后文帝除铸钱令,山复上书谏,以为变先帝法,非是。……章下诘责,对以为‘钱者,亡用器也,而可以易富贵。富贵者,人主之操柄也,令民为之,是与人主共操柄,不可长也’。其言多激切,善指事意,然终不加罚,所以广谏争之路也。其后复禁铸钱云。”

⑤吴王:即刘濞(bì,前215—前154),汉高祖刘邦之侄,封吴王。《汉书·荆燕吴传·吴王濞传》曰:“吴有豫章郡铜山,即招致天下亡命者盗铸钱,东煮海水为盐,以故无赋,国用饶足。”吴王因此势力大增,后景帝采御史大夫晁错之策,削夺其封地。景帝三年(前154),吴王串通楚、赵、胶东、胶西、济南、淄川等七国,以诛晁错、清君侧为名发动叛乱,兵败后东逃,后自杀。一说被东越人所杀。

【译文】

汉文帝时,皇帝赏赐给邓通蜀郡的铜山,听任他私自铸造钱币。邓通铸造的铜钱,上面的文字、圆形的边和中间的圆孔,都和皇帝铸造的钱币完全相同,所以他的财富与皇帝的财富一样多。当时吴王刘濞也有一座铜山可以铸钱,所以市面上还有吴钱,吴钱稍重,但铜钱上所铸的文字、圆形的边和中间的方孔与汉朝的铜钱没有任何差别。

67.俭葬反奢

杨贵[1],字王孙,京兆人也[2]。生时厚自奉养[3],死卒裸葬于终南山。其子孙掘土凿石,深七尺而下尸,上复盖之以石,欲俭而反奢也[4]。

【注释】

①杨贵:汉武帝时人,爱好黄老之术,家业千金,尊崇追求道家清静无为、返本归真的思想,故临终时嘱咐家人薄葬。"(杨王孙)及病且终,先令其子,曰:'吾欲裸葬,以反吾真,必亡易吾意。死则为布囊盛尸,入地七尺。既下,从足引脱其囊,以身亲土。'"(《汉书·杨胡朱梅云传·杨王孙传》)针对当时奢靡耗费无度的厚葬,他回复友人的劝解称,"吾是以裸葬,将以矫世也"。侯良《西汉文明之光——长沙马王堆汉墓》说:"西汉时,厚葬成风。《汉书·地理志》叙述京都的风俗说:'列侯、贵人,车服僭上,众庶成效,羞不相及,嫁娶尤崇侈靡,送死过度。'京都如此,各地当然要仿效。《史记·孝文本纪》有文帝遗诏说:'当今之时,世咸嘉生而恶死,厚葬以破业,重服以伤生。'马王堆汉墓正是当时厚葬的一个范例。"

②京兆:即京兆尹,为汉代京畿行政区划名,与右扶风、左冯翊合称三辅。《三辅决录》曰:"京兆,京,大也,天子曰兆民。"应劭《汉官仪》卷上曰:"京兆,绝高曰京。京,大也。十亿曰兆,欲令帝都殷盈也。"《汉书·百官公卿表上》曰:"内史,周官,秦因之,掌治京师。景帝二年分置左右内史。右内史武帝太初元年更名京兆尹。属官有长安市、厨两令丞,又都水、铁官两长丞。左内史更名左冯翊。"颜师古注曰:"张晏曰:'地绝高曰京。《左传》曰莫之与京。十亿曰兆。尹,正也。'师古曰:'京,大也;兆者,众数。言大

众所在，故云京兆也。'"《三辅黄图》卷一曰："京兆，在故城南尚冠里。"何清谷校注说："京兆：京兆尹之省。京兆尹既是三辅之一的政区名，也是该政区的长官名。其职权是掌治京师。因京师多勋臣贵戚，号为难治。"并引谭其骧注说："'京'，意即大；'兆'，意即众；首都为大众所聚，故称'京兆'。从字义上讲，'京兆'和'京师''京都'本无二致；自汉置京兆尹后，前者遂成为郡级政区名，与后者专指首都所在的城市有别。'尹'意即治，古官名。自汉代把首都所在的郡级长官称为尹，后世因之，一直沿袭到明清的顺天府，民国初年的京兆尹。"京兆尹为官名，也是辖区郡名，治所在今陕西西安，辖区包括今西安以东、秦岭以北、渭河以南及河南一部分。

③厚自奉养：生活优裕。

④欲俭而反奢：想节俭办事反而耗资不菲，多花费了钱财。向新阳、刘克任《西京杂记校注》说："终南山土层甚薄，深掘七尺，必须耗费大量人工凿石，故谓之。"

【译文】

杨贵，字王孙，是京兆人。他活着的时候生活很优裕，死后裸葬在终南山。他的子孙们在山上挖土凿石，挖了七尺深，把他的尸体安葬下去，上面再用石头覆盖住，想要节俭办事却反而更浪费奢侈了。

68.介子弃觚

傅介子年十四[①]，好学书，尝弃觚而叹曰[②]："大丈夫当立功绝域，何能坐事散儒[③]！"后卒斩匈奴使者，还拜中郎[④]。复斩楼兰王首[⑤]，封义阳侯[⑥]。

【注释】

①傅介子（？—前65）：汉代北地义渠（今甘肃庆阳）人，曾先后出使龟兹、大宛、楼兰等地。《汉书·傅常郑甘陈段传·傅介子传》曰："至（昭帝）元凤中，介子以骏马监求使大宛，因诏令责楼兰、龟兹国。"龟兹等勾结匈奴杀汉朝使者，介子面责其罪，并斩匈奴使者。后又用计斩楼兰王，被封为义阳侯。

②觚（gū）：亦作"柧"，古人用来书写或记事的木棱简。史游《急就篇》曰"急就奇觚"，颜师古注曰："觚者，学书之牍，或以记事。削木为之，盖简属也。孔子叹觚即此之谓。其形或六面或八面，皆可书。觚者棱也，以有棱角故谓之觚。……今俗犹呼小儿学书简为木觚章，盖古之遗语也。"陆机《文选·文赋》曰："或操觚以率尔，或含毫而邈然。"李善注曰："觚，木之方者，古人用之以书，犹今之简也。"

③散儒：散漫而不自我约束的儒生。《荀子·劝学》曰："不隆礼，虽察辩，散儒也。"杨倞注曰："散，谓不自检束。庄子以不材木为散木也。"

④拜：授官，封爵。中郎：官名，秦置汉沿，属郎中令，掌管宫中侍从、护卫。《汉书·百官公卿表》曰："郎……有议郎、中郎、侍郎、郎中……中郎有五官、左、右三将，秩皆比二千石。"汉平帝时置中郎将，为中郎各署长官，亦省称中郎。

⑤楼兰：西域古国名，在今新疆罗布泊西，位于西域通道，今尚存古城遗址。汉昭帝元凤四年（前77），楼兰贵族联合匈奴杀汉官，"大将军霍光白遣平乐监傅介子往刺其王。介子轻将勇敢士，齐金币，扬言以赐外国为名。既至楼兰，诈其王欲赐之，王喜，与介子饮，醉，将其王屏语，壮士二人从后刺杀之，贵人左右皆散走。……介子遂斩王尝归首，驰传诣阙，悬首北阙下。"（《汉书·西域传上》）后改其国名为鄯善。

⑥义阳：春秋时为申国属地，汉代为平氏县（今河南桐柏）的义阳乡。故义阳侯为乡侯，义阳乡是傅介子的食邑。《汉书·傅常郑甘陈段传·傅介子传》曰："上乃下诏曰：'……平乐监傅介子持节使诛斩楼兰王安归首，悬之北阙，以直报怨，不烦师众。其封介子为义阳侯，食邑七百户。士刺王者皆补侍郎。'"

【译文】

傅介子十四岁，喜欢学习写字，曾经扔掉习字的木简，感慨地说："大丈夫应当在边疆建功立业，怎么能坐在这儿当个散漫而不能自我约束的儒生呢！"后来他终于斩杀匈奴使者，回来后授官中郎。以后他又砍下楼兰王的首级，被封为义阳侯。

69.曹敞收葬吴章

余少时，闻平陵曹敞在吴章门下[①]，往往好斥人过[②]，或以为轻薄，世人皆以为然。章后为王莽所杀[③]，人无有敢收葬者，弟子皆更易姓名，以从他师。敞时为司徒掾[④]，独称吴章弟子，收葬其尸，方知亮直者不见容于冗辈中矣[⑤]。平陵人生为立碑于吴章墓侧[⑥]，在龙首山南幕岭上。

【注释】

①平陵：古地名，汉代属右扶风，因为汉昭帝的陵墓平陵在此地，故设县。故址在今陕西咸阳西北。《三辅黄图》卷六曰："昭帝平陵，在长安西北七十里，去茂陵十里。帝初作寿陵，令流水而已。"曹敞：人名，生平不详。据《汉书·杨胡朱梅云传·云敞传》曰："云敞，字幼儒，平陵人也，师事同县吴章……敞时为大司徒掾，自劾吴章弟子，收抱章尸归，棺敛葬之，京师称焉。"此云敞与曹敞的

生平经历颇接近，传中所叙之事与本条故事相似，故向新阳、刘克任《西京杂记校注》说："疑'曹敞'系'云敞'之误。"吴章：字伟君，平陵人，曾从许商受大夏侯《尚书》，入其门为四科，列于言语。王莽时官至博士。王莽篡权后，为防止外戚卫氏专权，令卫氏不得入京师。《汉书·杨胡朱梅云传·云敞传》曰："（王）莽长子宇，非莽鬲绝卫氏，恐帝长大后见怨。宇与吴章谋，夜以血涂莽门，若鬼神之戒，冀以惧莽。……事发觉，莽杀宇，诛灭卫氏，谋所联及，死者百余人。章坐要斩，磔尸东市门。初，章为当世名儒，教授尤盛，弟子千余人，莽以为恶人党，皆当禁锢，不得仕宦。门人尽更名他师。"

②过：过失，错误。

③王莽（前45—23）：汉元帝皇后王政君之侄，新王朝建立者，8年—23年在位。字巨君，元城（今河北大名）人，成帝时被封新都侯。担任大司马，执掌朝政数年。平帝死后，初始元年（8）称帝，改国号"新"，史称"新莽"。地皇四年（23），新朝在绿林、赤眉起义的打击下崩溃，王莽在长安被杀。

④司徒掾：官职名，司徒府的属官。司徒，官名，西周始置，周代六卿之一，主要掌管邦国土地和民众教化。《尚书·周官》曰："司徒掌邦教，敷五典，扰兆民。"孔安国传曰："《地官》卿，司徒主国教化，布五常之教，以安和天下众民，使小大皆协睦。"秦改置丞相。汉哀帝元寿二年（前1）改丞相为大司徒，与大司空（御史大夫改置）、大司马（太尉改置）并称三公。吕思勉《中国文化小史》说："司马是管军事的，司徒是统辖人民的，司空是管建设事务的。古代穴居，是就地面上凿一个窟窿，所以谓之司空（'空'即现在所用的'孔'字）。"掾，属官的名称，亦为西汉各级政府主要文吏的通称。应劭《汉官仪》卷上曰："司徒府掾属三十一人，秩千石。"

⑤亮直：耿直，光明正大。容：容忍。冗（rǒng）辈：平庸之辈。

⑥墓：古时凡葬不堆土植树者谓之墓。《礼记·檀弓上》曰："古也墓而不坟。"扬雄《方言》第十三曰："凡葬而无坟谓之墓，所以墓谓之墲。"故穴葬平地为墓，筑土隆起为坟。

【译文】

我年轻的时候，听说平陵人曹敞在吴章门下学习，常常喜欢指责别人的错误，有人觉得他为人轻薄，当时人们都这样认为。后来吴章被王莽杀害，没有人敢去给他收葬办后事，他的弟子纷纷改名换姓，改投到其他经师的门下。当时曹敞担任司徒府的属官，只有他敢自称是吴章的弟子，为吴章收葬，人们这才明白忠诚耿直的人是不被平庸之辈所容忍的。平陵人在他还在世的时候就在吴章的墓旁为他立了一块碑，就在龙首山南面的幕岭上。

70. 文帝思贤苑

文帝为太子立思贤苑①，以招宾客。苑中有堂隍六所②。客馆皆广庑高轩③，屏风帏褥甚丽。

【注释】

①太子：指刘启，后为景帝。思贤苑：西汉宫苑名，但在《史记》《汉书》中未载，亦未知居于何处。程大昌《雍录》卷九曰："它书皆无载者，不知苑属何地。"

②堂隍：即堂皇，带有前庭的堂屋，指广大的殿堂。《汉书·杨胡朱梅云传·胡建传》曰："当选士马日，监御史与护军诸校列坐堂皇上。"颜师古注曰："室无四壁曰皇。"

③馆：原指官府招待各诸侯国宾客食宿的客舍。许慎《说文解字》"食部"曰："馆，客舍也。《周礼》：五十里有市，市有馆，馆有积，以待朝聘之客。"后泛指招待宾客的房舍。庑（wǔ）：堂下周围的

廊屋、走廊。许慎《说文解字》"广部"曰:"庑,堂周屋也。"亦意为大屋。刘熙《释名·释宫室》曰:"大屋曰庑。庑,幠也。"《管子·国蓄》曰:"夫以室庑籍,谓之毁成。"尹知章注曰:"小曰室,大曰庑。是使人毁坏庐室。"黄金贵、黄鸿初《古代文化常识》说:"所谓'大屋',指整个的大屋顶。因为大屋顶,所以有屋檐下的檐屋。不过檐屋比起正殿屋,还是小屋。……这种殿周小屋,上有屋(正屋的延伸),里边为墙,外边有柱无墙,下可行人,与廊实是同物。"《后汉书·孝顺孝冲孝质帝纪》顺帝纪曰:"庚子,恭陵百丈庑灾。"李贤注曰:"庑,廊屋也。《说文》曰:'堂下周屋曰庑也。'"《广韵·平唐》曰:"廊,庑也。"轩:堂前屋檐下的平台。孙樵《书褒城驿壁》曰:"至有饲马于轩,宿隼于堂。"一说殿堂前檐突出的椽子。张自烈《正字通》曰:"殿堂前檐特起,曲椽无中梁者,亦曰轩。"

【译文】

汉文帝为太子刘启建造了思贤苑,用来招纳宾客。苑中有六所宽大的殿堂。宾客们居住的馆舍都大屋高廊,气势非凡,里面的屏风、帷帐、被褥等都非常华丽。

71.广陵王死于力

广陵王胥有勇力①,常于别囿学格熊②。后遂能空手搏之,莫不绝脰③。后为兽所伤,陷脑而死④。

【注释】

①广陵王胥:指广陵王刘胥,汉武帝与李夫人所生之子,汉昭帝之弟。封广陵王,封国在今江苏扬州一带。《汉书·武五子传·广陵王传》曰:"胥壮大,好倡乐逸游,力扛鼎,空手搏熊彘猛兽。动

作无法度，故终不得为汉嗣。”

②格：打击，抗拒。耿占军、杨文秀《汉唐长安的乐舞与百戏》说：“在汉代的长安，斗兽还是比较盛行的。不仅民间有‘戏弄蒲人杂妇、百兽、马戏、斗虎’的奢侈喜好，而且为了斗兽的需要，当然也为了驯兽的方便，长安宫苑之中还修建有为数不少的专门的兽圈，已知的有虎圈、彘圈和狮子圈。尤其是张骞通西域之后，‘巨象、师子、猛犬、大雀之群食于外囿。殊方异物，四面而至’。更为长安的斗兽、驯兽活动提供了方便。”

③绝脰（dòu）：打断脖颈。脰，脖颈。

④陷脑：脑袋被打碎。汉宣帝立，刘胥极为不满，屡使女巫诅咒当朝。《汉书·武五子传·广陵王传》曰：“宣帝即位，胥曰：‘太子孙何以反得立？’复令女须祝诅如前。”“居数月，祝诅事发觉，有司按验，胥惶恐，药杀巫及宫人二十余人以绝口。”后“以绶自绞死”。其死因与本条所记有异。

【译文】

广陵王刘胥勇猛有力气，常常在苑囿中练习与熊格斗。后来便能徒手与熊搏斗，每次都能将熊的脖颈打断。后来他在与猛兽搏斗时被伤害，脑袋被打碎而死亡。

72.辨《尔雅》

郭威[①]，字文伟，茂陵人也。好读书，以谓《尔雅》周公所制[②]，而《尔雅》有“张仲孝友”[③]，张仲，宣王时人[④]，非周公之制明矣。余尝以问扬子云[⑤]，子云曰：“孔子门徒游、夏之俦所记[⑥]，以解释六艺者也[⑦]。”家君以为：“《外戚传》称‘史佚教其子以《尔雅》[⑧]’，《尔雅》，小学也[⑨]。”又《记》言：

"孔子教鲁哀公学《尔雅》[10]。"《尔雅》之出远矣。旧传学者皆云周公所记也,"张仲孝友"之类,后人所足耳[11]。

【注释】

①郭威:人名,生平不详。

②《尔雅》:书名,十三经之一。是训诂名物之书,我国最早解释字词义的专著,也是考证词义和古代名物的重要参考材料。郭璞《尔雅》序曰:"夫《尔雅》者,所以通诂训之指归,叙诗人之兴咏,总绝代之离词,辩同实而殊号者也。"最早著录于《汉书·艺文志》,曰"《尔雅》三卷二十篇",未署作者名。今本三卷,十九篇。前三篇解释语辞,后十六篇专门解答名物术语。关于《尔雅》的作者,过去主要有三种说法:其一为周公所作,如张揖《〈广雅〉表》曰:"昔在周公……践阼理政……六年制礼,以导天下。著《尔雅》一篇,以释其义。"其二为孔子门人所作,如郑玄《驳五经异义》曰:"《尔雅》者,孔子门人所作,以释六艺之文,盖不误也。"其三为秦汉儒生所作,如欧阳修《诗本义》卷十曰:"《尔雅》非圣人之书,考其文理,乃是秦汉之间学《诗》者纂集,说《诗》博士解诂之言尔。"但一般认为《尔雅》并非出自某时某人,而是战国至秦汉间由各代儒生编辑旧文,传承继编、逐步增益而成。后作为儒家经典,常被用来解说儒家经义。尔,近也;雅,正也。周公:即姬旦,亦称"叔旦",因采邑在周(今陕西岐山北),故又称周公。周文王之子,武王弟。西周初年政治家,在儒家经典中被尊为圣人。辅助武王灭纣,建立周王朝。武王死,成王年幼,周公摄政,后又东征武庚、管叔、蔡叔,大规模分封诸侯。周代的礼仪典章制度相传都出自周公之手。《史记·鲁周公世家》曰:"成王在丰,天下已安,周之官政未次序,于是周公作《周官》,官别其宜。作《立政》,以便百姓。"《史记·周本纪》曰:"(成王)归在丰,作《周官》。兴正礼

乐，度制于是改，而民和睦，颂声兴。”

③张仲孝友：《尔雅·释训》曰：“张仲孝友，善父母为孝，善兄弟为友。”郭注曰：“（张仲）周宣王时贤臣。”《诗经·小雅·六月》曰：“侯谁在矣，张仲孝友。”《毛传》曰：“张仲，贤臣也。”郑玄笺曰：“张仲，吉甫之友，其性孝友。”周天游校注《西京杂记》说：“尹吉甫为宣王时重臣……离周公时代相差三百余年，所以周公不可能记其事迹。”

④宣王：即周宣王（？—前782），西周国王，姬靖，一作姬静。厉王之子，前827年—前782年在位。其时代晚于周公三百多年。他重法周文王、武王遗风，遏止了厉王暴政带来的颓势，使诸侯人心重归，号“宣王中兴”。

⑤扬子云：即扬雄。

⑥孔子（前551—前479）：春秋末期思想家、政治家、教育家，儒家学派创始人。名丘，字仲尼，鲁国陬邑（今山东曲阜东南）人。提出了以“仁”为核心的完整系统的思想体系。整理了《诗》《书》《礼》《易》《乐》《春秋》六经。最伟大的贡献是开创私人办学的先河。《史记·孔子世家》曰：“孔子以诗书礼乐教，弟子盖三千焉，身通六艺者七十有二人。”他的言论被弟子们整理成《论语》一书，影响中国历史几千年。游、夏：指子游和子夏，都是孔子的得意弟子，在孔子弟子中以“文学”著称，《论语·先进》曰：“文学子游、子夏。”俦（chóu）：同辈，同等。

⑦六艺：指儒家的六部经书，即《诗》《书》《礼》《乐》《易》《春秋》。

⑧《外戚传》：书篇名，出自何书不详。《后汉书·班彪列传上》曰：“武帝时，司马迁著《史记》，自太初以后，阙而不录，后好事者颇或缀集时事，然多鄙俗，不足以踵继其书。”李贤注曰：“好事者谓扬雄、刘歆、阳城衡、褚少孙、史孝山之徒也。”向新阳、刘克任《西京杂记校注》说：“由此可知，刘向父子曾先后继司马迁作史书，

此则所云《外戚传》也有可能是其中之一。”外戚，帝王的母族、妻族。史佚：又作史逸、尹佚，周初史官，与太公、周公、召公合称“四圣”。《逸周书·世浮解》曰：“武王降自车，乃俾史佚繇书于天号。”《淮南子·道应训》曰：“成王问政于尹佚曰。”

⑨小学：专指文字训诂学。隋唐后小学再分为训诂学、文字学、音韵学三类。

⑩“又《记》言”二句：戴德《大戴礼记·小辨》曰：“（鲁哀）公曰：‘不辨则何以为政？’”“子曰：‘……是故循弦以观于乐，足以辨风矣；尔雅以观于古，足以辨言矣。’”卢辩注曰：“尔，近也，谓依于雅颂。”此句中所称“尔雅”似并非书名。但孔广森补注则曰：“尔雅即今《尔雅》书也，《释诂》一篇周公所作。诂者，古也，所以诂训言语通古今之殊异，故足以辨言。”《记》，指《大戴礼记》，亦称《大戴记》，书名，是秦汉以前各种礼仪论著的选集，相传为西汉戴德编撰，原有八十五篇，今存三十九篇，是研究中国古代社会状况、文物制度和儒家学说的参考书。有北周卢辩注、清孔广森《大戴礼记补注》。鲁哀公，春秋末年鲁国国君，前494年—前468年在位。

⑪足（jù）：增补，补足。《列子·杨朱》曰：“逃于后庭，以昼足夜。”

【译文】

郭威，字文伟，是茂陵人。他喜欢读书，认为《尔雅》是周公所作，《尔雅》中有“张仲孝友”的句子，而张仲是周宣王时代的人，所以《尔雅》并不是周公写的，这是显而易见的事。我曾经问过扬雄这个问题，他回答说：“是孔子的门徒子游、子夏这些人所写，用来解释六经的。”我父亲认为：“《外戚传》里说‘史佚用《尔雅》教导他的儿子’，《尔雅》是文字训诂学。”而且《大戴礼记》里提道：“孔子教鲁哀公学习《尔雅》。”可见《尔雅》这书很早就有了。以前那些传授学问的人都认为《尔雅》是周公所作，“张仲孝友”这些文字，是后人添加的。

73.袁广汉园林之侈

茂陵富人袁广汉①,藏镪巨万②,家僮八九百人。于北邙山下筑园③,东西四里,南北五里,激流水注其内④。构石为山⑤,高十余丈,连延数里。养白鹦鹉、紫鸳鸯、牦牛、青兕⑥,奇兽怪禽,委积其间⑦。积沙为洲屿⑧,激水为波潮,其中致江鸥海鹤⑨,孕雏产鷇⑩,延漫林池。奇树异草,靡不具植,屋皆徘徊连属⑪,重阁修廊⑫,行之,移晷不能遍也⑬。广汉后有罪诛,没入为官园,鸟兽草木,皆移植上林苑中。

【注释】

①袁广汉:人名,生平不详。

②镪(qiǎng):通"繦",原指穿钱用的绳子。引申为钱,成串的钱。左思《蜀都赋》曰:"货殖私庭,藏镪巨万。"《汉书·食货志下》曰:"守准平,使万室之邑必有万钟之臧,臧繦千万。"颜师古注引孟康曰:"繦,钱贯也。"

③北邙(máng)山:即北芒岩,又称北邙坂。《类编长安志》卷七曰:"始平原在县北一里,东西五十里,南北八里,东入咸阳界,西入武功界。《三秦记》曰:'长安城北,有始平原数百里。其人井汲巢居,井深五十丈。汉时亦谓之北芒岩。'"北邙山在今陕西咸阳北至兴平一带,是渭北黄土旱原的组成部分,东至咸阳原,西与武功东原连接,绵延30余公里。陈直《三辅黄图校证》说:"自咸阳北面高原起,至兴平一带,农民皆称为北邙坂,而《西京杂记》正用口头语,与洛阳'北邙山'名同实异。"何清谷《三辅黄图校注》说:"据姜开任调查:袁广汉园林遗址在今陕西兴平县城北门外。"

④激:阻碍。

⑤构:组合,衔接。

⑥鹦鹉:《礼记·曲礼上》曰:"鹦鹉能言,不离飞鸟。"《淮南子·说山训》曰:"鹦鹉能言,而不可使长。是何则?得其所言,而不得其所以言。"段成式《酉阳杂俎·广动植之一·羽篇》曰:"鹦鹉,能飞。众鸟趾前三后一,唯鹦鹉四趾齐分。凡鸟下睑眨上,独此鸟两睑俱动,如人目。"兕(sì):古代兽名,皮厚,可以制甲。《尔雅·释兽》曰:"兕似牛。"邢昺疏曰:"郭云:'一角,青色,重千斤。'《说文》云:兕,如野牛,青毛,其皮坚厚,可制铠。《交州记》曰:兕出九德,有一角,角长三尺余,形如马鞭柄。"《诗经·小雅·吉日》曰:"发彼小豝,殪此大兕。"《论语》曰:"虎兕出于柙。"一说指雌性犀牛。

⑦委积:集聚。

⑧洲屿:水中的沙洲。

⑨鹤:古代诗词图画中常指丹顶鹤或白鹤。《淮南子·说林训》曰:"鹤寿千岁,以极其游。"《易经·下经》曰:"鸣鹤在阴,其子和之。"《禽经》曰:"鹤爱阴而恶阳。"

⑩鷇(kòu):初生的需要母禽哺食的雏鸟。《汉书·东方朔传》曰:"声謷謷者,鸟哺鷇也。"颜师古注引项昭曰:"凡鸟哺子而活者为鷇,生而自啄曰雏。"《尔雅·释鸟》曰:"生哺鷇。"邢昺疏曰:"鸟子生,须母哺而食者名鷇,谓燕雀之属也。《史记》赵武灵王探雀鷇而食之,是也。"

⑪屋:屋顶。黄金贵、黄鸿初《古代文化常识》说:"房屋之'屋','以宫室上覆言之'(《说文》'屋'字段玉裁注)即指斜曲的屋面。《诗经·豳风·七月》:'亟其乘屋。'意升踏到屋顶。《行露》:'谁谓雀无角,何以穿我屋?''屋',不是泛指房屋,而是专指屋顶面。"徘徊:在一个地方来回走的样子。此指房屋回旋往返的样子。连属:相连。

⑫廊：屋檐下的过道或独立有顶的通道。

⑬移晷（guǐ）：日影随着时间在流动，指时间长久。张衡《西京赋》曰："白日未及移其晷，已猕其什七八。"晷，此指日影，日光。

【译文】

茂陵有个富人袁广汉，家财数不胜数，家里的僮仆就有八九百人。他在北邙山下建造了一座园林，园林东西长四里，南北长五里，阻挡了流水将其引入园中。园内架石为山，高达十余丈，连绵几里长。园中饲养了白鹦鹉、紫鸳鸯、牦牛、黑色的雌犀牛等，各种奇禽怪兽，都聚集在园中。又在水中堆聚沙土建造了沙洲，激荡流水掀起波浪，还招来了江鸥海鹤，让它们怀胎生下雏鸟，蔓延遍布整座园林。园林里奇树异草，种类繁多，园中房屋都回旋相连，楼阁长廊连绵重叠，在里面行走，很久都走不到头。袁广汉后来因有罪被杀，这座园林被没收为官家园林，园中的鸟兽草木，都被移植到了上林苑中。

74.五柞宫石骐驎

五柞宫有五柞树①，皆连抱，上枝荫覆数亩。其宫西有青梧观②，观前有三梧桐树。树下有石骐驎二枚③，刊其胁为文字④，是秦始皇郦山墓上物也⑤。头高一丈三尺。东边者前左脚折，折处有赤如血。父老谓其有神，皆含血属筋焉⑥。

【注释】

①五柞（zuò）宫：西汉离宫，故址在今陕西周至东南。《三辅黄图》卷三曰："五柞宫，汉之离宫也，在扶风盩厔。宫中有五柞树，因以为名。"《水经注·渭水下》曰："东北迳五柞宫西。长杨、五柞二宫，相去八里，并以树名宫，亦犹陶氏以五柳立称。"五柞宫建造

时间不明，秦宫说、汉宫说皆有。《雍胜略》曰："五柞宫在盩屋县东南三十八里，汉武帝造。"《汉书·东方朔传》曰："（武帝出猎）投宿诸宫，长杨、五柞、倍阳、宣曲尤幸。"时间是建元三年（前138），此说或意为五柞宫建于武帝前。武帝亦死于五柞宫。《汉书·武帝纪》曰：武帝后元二年（前87）"二月行幸盩厔五柞宫。乙丑，立皇子弗陵为皇太子。丁卯，帝崩于五柞宫"。柞，柞树，也叫凿刺树、冬青，常绿灌木或小乔木，生棘刺，叶卵形或长椭圆状卵形，初秋开花，浆果小球形，黑色，生长于我国西部、中部至东南部地区，木材坚硬，可用来制作家具。《诗经·小雅·采菽》曰："维柞之枝，其叶蓬蓬。"罗愿《尔雅翼·释木》曰："《管子》：五粟五沃之土宜柞。《风土记》：舜所耕多柞。"

②青梧观：宫观名，因为有梧桐，故名。《三辅黄图》卷五曰："青梧观，在五柞宫之西。"

③骐骥：即麒麟。

④刊：雕刻。胁：胸部两侧，肋部。

⑤秦始皇（约前259—前210）：即嬴政，秦庄襄王之子，战国时秦国国君，秦王朝建立者，前246年—前210年在位。好韩非之说，重用李斯，并派王翦等大将进攻六国，最终在前221年统一六国，建立了中国历史上第一个中央集权的封建王朝。统一后，他确定皇帝为最高统治者称号，在中央设三公九卿，在地方实行郡县制，统一法律、度量衡、货币和文字，修建驰道、直道。为加强思想统治，焚烧各国史书和民间收藏的儒家经典及诸子书籍，坑死方士和儒生数百名，实行专制主义，严刑苛法，租役繁重，致民众痛苦不堪，死后不久秦朝便被推翻。郦山墓：即秦始皇墓，又称秦始皇陵，位于陕西西安临潼东骊山北麓。秦始皇即位起便开始为自己修建陵墓，历时数十年。《史记·秦始皇本纪》曰："始皇初即位，穿治郦山，及并天下，天下徒送诣七十余万人，穿三泉，下铜

而致椁，宫观百官奇器珍怪徙臧满之。令匠作机弩矢，有所穿近者辄射之。以水银为百川江河大海，机相灌输，上具天文，下具地理。以人鱼膏为烛，度不灭者久之。……尽闭工匠臧者，无复出者。树草木以象山。”《集解》曰：“《皇览》曰：‘坟高五十余丈，周回五里余。’”《正义》曰：“《关中记》云：‘始皇陵在骊山。泉本北流，障使东西流。有土无石，取大石于渭（山）〔南〕诸山。’”《三辅故事》曰：“秦始皇葬骊山，明月珠为日月，水银为江海，金银为凫鹤，又刻玉石为松柏。”“秦始皇葬骊山，起陵高五十丈，下涸三泉，周回七百步。以明珠为日月，人鱼膏为脂烛，金银为凫雁，金蚕三十箔，四门施徼，奢侈太过。”秦始皇墓分内外两城，均为南北长、东西窄的长方形。刘庆柱《关中记辑注》说：“根据最近的考古勘测资料，秦始皇陵的坟丘底部平面为方形，边长三百五十米，现存高四十三米。坟丘之外有两重城垣，内城城垣南北一千三百米，东西五百七十八米；外城城垣南北二千五百一十三米，东西九百七十四米。内城四面辟门，外城东、西、南三面辟门。”1974年在外城以东发现属于始皇墓的陶俑坑，出土大批兵马俑，这些兵马俑造型生动，细部刻画精致，反映了中国古代雕塑艺术的成就。后又在西侧发现两具铜车马，工艺高超，是罕见的古代金工杰作。

⑥属（zhǔ）：连接。王充《论衡·说日》曰：“望四边之际与天属，其实不属，远若属矣。”

【译文】

五柞宫里有五棵柞树，都有两个人合抱那么粗，树顶上枝叶展开的阴影能覆盖四周好几亩地。五柞宫的西边有个青梧观，观前有三棵梧桐树。树下有两只石雕的麒麟，在石麒麟的胸部两侧刻有文字，它们是秦始皇骊山墓上的东西。麒麟头高有一丈三尺。东边的那只麒麟左前脚断了，折断的地方有深红色像血一样的东西。当地的父老乡亲们都说两只麒麟有神灵，都是含着血连着筋的。

75.咸阳宫异物

高祖初入咸阳宫[①]，周行库府[②]，金玉珍宝，不可称言[③]。其尤惊异者，有青玉五枝灯，高七尺五寸，下作蟠螭[④]，以口衔灯，灯燃，鳞甲皆动，焕炳若列星而盈室焉[⑤]。复铸铜人十二枚[⑥]，坐皆高三尺[⑦]，列在一筵上[⑧]，琴筑笙竽[⑨]，各有所执，皆缀花采，俨若生人。筵下有二铜管，上口高数尺，出筵后，其一管空，一管内有绳，大如指，使一人吹空管，一人纽绳[⑩]，则众乐皆作，与真乐不异焉。有琴长六尺，安十三弦，二十六徽[⑪]，皆用七宝饰之，铭曰"璠玙之乐[⑫]"。玉管长二尺三寸[⑬]，二十六孔，吹之则见车马山林，隐辚相次[⑭]，吹息，亦不复见，铭曰"昭华之琯[⑮]"。有方镜，广四尺，高五尺九寸，表里有明[⑯]，人直来照之，影则倒见。以手扪心而来，则见肠胃五脏，历然无碍[⑰]。人有疾病在内，则掩心而照之，则知病之所在。又女子有邪心，则胆张心动。秦始皇常以照宫人，胆张心动者则杀之。高祖悉封闭以待项羽[⑱]，羽并将以东[⑲]，后不知所在。

【注释】

①咸阳宫：秦代皇宫，在今陕西咸阳东北。从孝公开始，历代秦王以渭水为中轴线大造宫殿，先后建起咸阳宫、章华宫、兴乐宫、华阳宫等宫殿。《三辅黄图》卷一曰："始皇穷极奢侈，筑咸阳宫，因北陵营殿，端门四达，以则紫宫，象帝居。渭水贯都，以象天汉，横桥

南渡，以法牵牛。”《三辅旧事》曰：“秦于渭南有舆宫（兴乐宫），渭北有咸阳宫。秦昭王欲通二宫之间，造横长桥三百八十步，桥北京石。”秦亡后，被项羽焚毁。刘庆柱《三秦记辑注》说：“秦咸阳宫宫殿建筑遗址考古发现，建筑毁于大火。遗址堆积之中有大量被火烧而变形的各种金属建筑构件，一些建筑遗迹被烧成砖红色，不少金属构件、砖瓦等被大火烧流并凝结在一起，火势之大可以想见。”刘庆柱《地下长安》说：“秦咸阳宫第一号宫殿建筑遗址已经进行了考古发掘，是目前考古发现的战国时代与秦代都城之中唯一的高台宫殿建筑遗址。该宫殿建筑，将各种不同的建筑单元统一于一个整体的高台宫殿建筑群，在使用功能、通道、采光、排水及结构诸多方面都作了合理的安排。……战国秦汉时代是中国建筑史上的重要阶段，这座大体量的多层楼阁式高台建筑遗址，又是目前所知最有典型性、代表性的古代高台宫殿建筑物遗存，它把过去认为汉代建筑施工技术特点的诸多方面，提前到战国中期或秦代。”咸阳，古都邑名，在今陕西咸阳东北。《三秦记》曰：“咸阳，秦所都；在九嵕山南、渭水北，山水俱阳，故名咸阳。”秦孝公十二年（前350）自栎阳迁都于此，后置县。《三辅黄图》卷一曰：“自秦孝公至始皇帝、胡亥，并都此城。按孝公十二年作咸阳，筑冀阙，徙都之。”《三秦记》曰：“始皇二十六年（前221），一天下，收天下兵聚之咸阳，徙天下豪富二十（十二）万户于咸阳。”都城规模也不断扩大。《三辅黄图》卷一曰：“咸阳北至九嵕、甘泉，南至鄠、杜，东至河，西至汧、渭之交，东西八百里，南北四百里，离宫别馆，相望联属。木衣绨绣，土被朱紫，宫人不移，乐不改悬，穷年忘归，犹不能遍。”《史记·秦始皇本纪》曰：“秦每破诸侯，写放其宫室，作之咸阳北阪上，南临渭，自雍门以东至泾、渭，殿屋复道周阁相属。所得诸侯美人钟鼓，以充入之。”《汉书·地理志上》曰：“渭城，故咸阳，高帝元年更名新城，七年罢，属长安。武帝元鼎三年（前114）更名渭城。有兰池宫。”陈晓捷注《三辅旧事》引《中国文物地图集·陕西分册下》说：“秦咸阳城遗址在今咸阳市渭城区窑店乡与正阳乡之内。其范围大致东起柏家嘴，西至毛家沟，北到高干渠，南部因渭水北侵蚀，已无遗迹可循。现存面积约20平方千米。城址中部偏北探出周长约2747米的夯土墙基，平面略呈长方形，应为宫城所在。宫城内外探出夯土基址二十余处，其中八处在城内，已发掘者为战国遗存。宫殿区东端的柏家嘴、西端的毛家沟似为六国宫殿区。另外在城址有冶铸和制陶等遗迹。”

②库府：即府库。古时国家储藏财物、兵甲的处所。《孟子·梁惠王下》曰：“君之仓廪实，府库充。”库，储藏战车兵甲的屋舍。后泛指储物的屋舍。刘熙《释名·释宫室》曰：“库，舍也，物所在之舍也。故齐鲁谓库曰舍也。”府，古时国家储存财物或文书的地方。《礼记·曲礼下》曰：“在官言官，在府言府，在库言库，在朝言朝。”郑玄注曰：“府谓宝藏货贿之处也。库谓车马兵甲之处也。”《汉书·郊祀志上》曰：“史书而藏之府。”亦指达官贵人的住宅。

③称言：用语言形容。

④蟠螭（pán chī）：盘曲的无角的龙，常用作器物的装饰。王延寿《鲁灵光殿赋》曰：“白鹿孑蜺于欂栌，蟠螭宛转而承楣。”蟠，盘曲。扬雄《法言·问神》曰：“龙蟠于泥，蚖其肆矣。”

⑤焕炳：明亮的样子。列星：众星。盈：充满。

⑥铜人十二枚：《史记·秦始皇本纪》曰：“收天下兵，聚之咸阳，销以为钟鐻，金人十二，重各千石，置廷宫中。”《正义》曰：“《汉书·五行志》云：‘（秦始皇）二十六年，有大人长五丈，足履六尺，皆夷狄服，凡十二人，见于临洮，故销兵器，铸而象之。’谢承《后汉书》云：‘铜人，翁仲其名也。’《三辅旧事》云：‘聚天下兵器，铸铜人十二，各重二十四万斤。汉世在长乐宫门。’”程大昌《雍录》

卷十曰:"《史记》:'……是岁始皇初并六国,喜其为己瑞,销天下兵器,作金人十二以象之。'"

⑦坐:底座。

⑧筵:以竹篾、枝条或蒲苇等编织而成的席子,平铺在地面作坐具。筵上可加席。

⑨笙:古代管乐器名,殷周时已流行,由簧片、笙管和斗子组成,簧片古时用竹制,后改用响铜,簧管自十三到十九根不等,演奏时手按指孔,吹吸振动簧片而发音。《诗经·小雅·鹿鸣》曰:"我有嘉宾,鼓瑟吹笙。吹笙鼓簧,承筐是将。"许慎《说文解字》"竹部"曰:"笙,十三簧。象凤之身也。笙,正月之音,物生,故谓之笙。……古者随作笙。"笙有大小之分,《尔雅·释乐》曰:"大笙谓之巢,小者谓之和。"郭璞注曰:"大者十九簧,小者十三簧。《乡射记》曰:'三笙一和而成声。'"邢昺疏曰:"巢,高也,言其声高。李巡云:小者声少音出和也。孙炎云:应和于笙。"竽:古代竹制簧管乐器,与笙相似而略大。《周礼·春官·笙师》曰:"笙师:掌教吹竽、笙、埙……以教祴乐。"郑玄注引郑司农曰:"竽,三十六簧。"贾公彦疏曰:"按《通卦验》'竽长四尺二寸',注云:'竽,管类,用竹为之,形参差象鸟翼,鸟,火禽,火数七。冬至之时吹之。冬,水用事,水数六。六七四十二,竽之长盖取于此也。'"应劭《风俗通义·声音》曰:"《礼记》:'管,三十六簧也,长四尺二寸。'今二十三管。"

⑩纽:提,拉。

⑪徽:琴徽,原指系琴弦的绳子。后指琴面十三个指示音节的标识,用贝壳或金玉制成。《汉书·扬雄传下》曰:"今夫弦者,高张急徽,追趋逐者,则坐者不期而附矣。"颜师古注曰:"徽,琴徽也,所以表发抚抑之处。"陈旸《乐书·琴晖(徽)》曰:"琴之为乐,弦合声以作主,晖(徽)分律以配臣。……自古晖(徽)十有三,其

一象闰，盖用螺蚌为之，近代用金玉瑟瑟水晶等宝，未闻有弦绳之义。”赵希鹄《洞天清录·古琴辨·琴徽》曰：“古人所以不用金玉而贵蚌徽者，盖蚌有光彩，得月光相射，则愈焕发了，了然分明，此正谓‘对月’。及膝上横琴，设若金玉则否。今人少知此理。然当用海中产珠蚌，他蚌无甚光彩。”

⑫璠玙（fán yú）：春秋时期鲁国所产的美玉名，又作玙璠。许慎《说文解字》“玉部”曰：“璠，璠玙，鲁之美玉。孔子曰：美哉璠玙，远而望之，奂若也；近而视之，瑟若也。一则理胜，二则孚胜。”以美玉形容音乐，比喻美好。

⑬管：古乐器名，亦为以管发声乐器的总称。《诗经·商颂·那》曰：“鞉故渊渊，嘒嘒管声。”《诗经·周颂·有瞽》曰：“既备乃奏，箫管备举。”《太平御览》卷五百八十曰：“蔡邕《章句》曰：管者，形长一尺，围寸，有孔无底，其器今亡。”应劭《风俗通义·声音》曰：“《礼乐记》：‘管，漆竹长一尺，六孔，十二月之音也。象物贯地而牙，故谓之管。’《尚书大传》：‘舜之时，西王母来献其白玉琯。’昔章帝时，零陵文学奚景，于冷道舜祠下得生白玉管，知古以玉为管，后乃易之以竹耳。夫以玉作音，故神人和，凤凰仪也。”

⑭隐辚：隐然飘忽的车声。辚，车声。丁度《集韵·真》曰：“辚：辚辚，众车声。”亦代指车轮。相次：前后连接。

⑮昭华：美玉名。《淮南子·泰族训》曰：“赠以昭华之玉，而传天下焉。”琯：同“管”，古乐器名，即玉管，以玉制成，像笛。《晋书·律历志》曰：“舜时西王母献昭华之管，以玉为之。”此系玉管，故以昭华命名，寓意精美名贵。

⑯有明：透明。

⑰历然：清晰的样子。

⑱高祖悉封闭以待项羽：汉高祖刘邦和项羽相约，先入关者为王，之后高祖先攻入咸阳城，听从下议，封府库还军霸上。《史记·留

侯世家》曰："沛公（刘邦）入秦宫，宫室帷帐狗马重宝妇女以千数，意欲留居之。樊哙谏沛公出舍，沛公不听。（张）良曰：'夫秦为无道，故沛公得至此。夫为天下除残贼，宜缟素为资。今始入秦，即安其乐，此所谓助桀为虐。且忠言逆耳利于行，毒药苦口利于病，愿沛公听樊哙言。'沛公乃还军霸上。"《史记·高祖本纪》曰："（沛公）遂西入咸阳。欲止宫休舍，樊哙、张良谏，乃封秦重宝财物府库，还军霸上。"《史记·项羽本纪》曰："（沛公）曰：'吾入关，秋毫不敢有所近，籍吏民，封府库，而待将军。'"项羽（前232—前202），名籍，字羽，下相（今江苏宿迁西南）人，秦末起义军领袖。秦末跟随叔父项梁起义，秦亡后，自立为西楚霸王并大封诸侯。在楚汉战争中被刘邦击败，从垓下突围到乌江（今安徽和县东北）后自杀。

⑲将以东：项羽进入咸阳后，焚毁秦宫室，拒绝定都关中，而返楚地。《史记·项羽本纪》曰："项羽引兵西屠咸阳，杀秦降王子婴，烧秦宫室，火三月不灭；收其货宝妇女而东。"将，携带。

【译文】

汉高祖刘邦刚进入咸阳宫时，在宫中的库房里巡视了一圈，发现里面的金玉珍宝，无法用语言形容。其中尤其让人惊异的，是一种青玉五枝灯，这个灯有七尺五寸高，下面做了一条盘曲的无角的龙，龙嘴里衔着灯，灯点燃时，龙身上的鳞甲都颤动起来，闪闪发亮，好像无数个星星挤满屋里。还铸造了十二个铜人，底座高三尺，一起围坐在筵席上面，每个铜人的手里都拿着一件乐器，有琴、筑、笙、竽等，铜人身上点缀着彩色花纹，神情庄重，好像活人一样。筵席下面有两只铜管，上面的口高达数尺，一直伸展到筵席后面，其中一只管子是空的，另一只管内有绳子，绳有手指那么粗，让一个人吹着空管，另一个人拉着绳子，各种乐器就一起演奏起来，与真的乐器演奏没什么两样。有一把琴有六尺长，上面安着十三根弦，二十六个琴徽，用各种宝物装饰着，琴上雕刻着"璠玙之乐"

四个字。还有一个玉管，长二尺三寸，有二十六个孔，吹起玉管，就好像看到车马穿过山林，听到车马前后相接驶过时隐约飘忽的车声，吹奏一停止，便再也看不见车马了，这个玉管上刻着“昭华之琯”四个字。还有一枚方镜，四尺宽，五尺九寸高，内外通透，人对着镜子照，镜子里的人影是倒立的。用手抚摸着心口照镜子，就能看见自己的肠胃和五脏，清晰得毫无遮挡。人体内如果有疾病，就捂着心口来照一下，就能知道哪里有病。还有，如果女子有邪心，照了这个镜子，就会胆张心动。秦始皇经常用这面镜子照宫女，发现胆张心动的就杀了。高祖把这些宝物全部封存起来等待项羽到来，项羽带着这些东西东归而去，后来就不知道这些东西流落到哪里去了。

76.鲛鱼荔枝

尉陀献高祖鲛鱼、荔枝①，高祖报以蒲桃锦四匹②。

【注释】

①鲛鱼：即海鲨。《山海经·中山经》曰：“（漳水）多黄金，多鲛鱼。”郝懿行注曰：“鲛鱼即今沙鱼。”荔枝：因为北方没有荔枝，故尉佗将荔枝作为珍奇水果献给高祖。《蜀都赋》曰：“旁挺龙目，侧生荔支（枝）。”《后汉书·孝和孝觞帝纪》和帝纪曰：“旧南海献龙眼、荔支，十里一置，五里一候，奔腾阻险，死者继路。”

②报：回报，回赠。蒲桃锦：陈直《两汉经济史料论丛·关于两汉的手工业》说：“蒲桃其时初入中国，当是最新式的图案。”史载蒲桃由张骞出使西域后传入，故此条所述与史载有异。

【译文】

南越王尉佗向汉高祖进献了海鲨和荔枝，高祖回赠给他四匹绣有葡萄花纹的锦缎。

77.戚夫人侍儿言宫中乐事

戚夫人侍儿贾佩兰①,后出为扶风人段儒妻②。说在宫内时,见戚夫人侍高帝,常以赵王如意为言③,而高祖思之,几半日不言,叹息凄怆,而未知其术④,辄使夫人击筑,高祖歌《大风诗》以和之⑤。又说在宫内时,尝以弦管歌舞相欢娱,竞为妖服⑥,以趣良时⑦。十月十五日,共入灵女庙⑧,以豚黍乐神⑨,吹笛击筑⑩,歌《上灵》之曲⑪。既而相与连臂,踏地为节,歌《赤凤凰来》⑫。至七月七日,临百子池⑬,作于阗乐⑭。乐毕,以五色缕相羁,谓为相连受⑮。八月四日,出雕房北户⑯,竹下围棋,胜者终年有福,负者终年疾病,取丝缕,就北辰星求长命乃免⑰。九月九日,佩茱萸⑱,食蓬饵⑲,饮菊华酒⑳,令人长寿。菊华舒时,并采茎叶,杂黍米酿之㉑,至来年九月九日始熟,就饮焉,故谓之菊华酒。正月上辰㉒,出池边盥濯,食蓬饵,以祓妖邪㉓。三月上巳㉔,张乐于流水,如此终岁焉。戚夫人死,侍儿皆复为民妻也。

【注释】

①侍儿:贴身侍女。贾佩兰:人名,生平不详。

②扶风:即右扶风,"扶助京师,以行风化"之意,《三辅决录》曰:"扶风,扶风化也。"汉代京畿行政区划名,三辅之一,辖地在关中西部,即秦岭以北,西安和泾河以西共二十一个县,治所在汉长安城,《三辅黄图》卷一曰:"扶风,在夕阴街北。"亦为官名。《汉书·百官公卿表》曰:"主爵中尉,秦官,掌列侯。景帝中六年(前144)更名都尉。武帝太初元年(前104)更名右扶风,治内史右

地。……与左冯翊、京兆尹是为三辅，皆有两丞。”段儒：人名，生平不详。

③以赵王如意为言：以赵王如意为话题，指改立赵王如意为太子之事。

④术：办法。高祖一直想改立赵王如意为太子，虽遭众臣反对但坚持己见，后吕后听从张良之计，为太子刘盈请来高祖求而不得的四位隐世高人为傅。《史记·留侯世家》曰：“（四人离开后）上目送之，召戚夫人指示四人者曰：‘我欲易之，彼四人辅之，羽翼已成，难动矣。吕后真而主矣。’戚夫人泣，上曰：‘为我楚舞，吾为若楚歌。’歌曰：‘鸿鹄高飞，一举千里。羽翮已就，横绝四海。横绝四海，当可奈何！虽有矰缴，尚安所施！’”易太子之事就此作罢。

⑤《大风诗》：即《大风歌》。《史记·高祖本纪》曰：高祖称帝后回家乡沛县“置酒沛宫，悉召故人父老子弟纵酒，发沛中儿得百二十人，教之歌。酒酣，高祖击筑，自为歌诗曰：‘大风起兮云飞扬，威加海内兮归故乡，安得猛士兮守四方！’令儿皆和习之”。后称此歌为《大风歌》。

⑥妖服：色彩艳丽的服装。

⑦良时：良辰佳时，美好的时光。

⑧灵女庙：无考，或为设在宫中的寺庙。干宝《搜神记》卷二曰：“十月十五日，共入灵女庙，以豚黍乐神，吹笛击筑，歌《上灵之曲》。既而相与连臂，踏地为节，歌《赤凤皇来》。乃巫俗也。”伶玄《赵飞燕外传》曰：“十月五日，宫中故事，上灵安庙。”此“灵安庙”或即“灵女庙”。蔡邕《王子乔碑》曰：“咨访其验信而有征，乃造灵庙以休厥神。”灵庙是供奉神灵之处，灵女庙或亦属灵庙之类。

⑨豚：小猪。亦泛指猪。《国语·越语上·勾践灭吴》曰：“生女子，二壶酒，一豚。”《孟子·梁惠王上》曰：“鸡豚狗彘之畜，无失其

时，七十者可以食肉矣。”黍（shǔ）：崔豹《古今注·草木》曰：“禾之黏者为黍，亦谓之穄，亦曰黄黍。”罗愿《尔雅翼·释草一》曰：“禾属而黏者也。以大暑而种故谓之黍。”侯良《西汉文明之光——长沙马王堆汉墓》说：“黍属一年生草本，粳者古称稷、穄，现称稷子、糜子。糯者古称黍，现称黍子、粘糜子或黄粟。是一种早熟耐旱的粮食或饲料作物。黍稷起源于中国，为商周时期的主要粮食作物，因此在甲骨文和《诗经》中黍的出现最多，远远超过粟。”

⑩笛：应劭《风俗通义·声音》曰：“《乐记》：‘武帝时丘仲之所作也。笛者，涤也，所以荡涤邪秽，纳之于雅正也。’长二尺四寸，七孔。其后又有羌笛，马融《笛赋》曰：‘近世双笛从羌起，羌人伐竹未及已，龙鸣水中不见已，截竹吹之音相似，剡其上孔通洞之，材以当槌便易持，京君明贤识音律，故本四孔加以一，君明所加孔后出，是谓商声五音毕。’”但吴翌凤《灯窗丛录》二曰：“《风俗通》曰：‘笛，武帝时丘仲所作。’非也，高祖初入咸阳宫，得玉笛长二尺三寸，二十六孔，铭曰昭华之琯。在武帝前。”

⑪《上灵》之曲：古乐器名，无考，或与祭祀灵女庙有关，为娱神或祭神的乐曲。

⑫《赤凤凰来》：古乐曲名，又名《凤凰来仪》《神凤操》《仪凤歌》，相传周成王所作。《乐府诗集·琴曲歌辞一·神凤操》曰：“一曰《凤凰来仪》。《古今乐录》曰：‘周成王时，凤凰翔舞，成王作此歌。’谢希逸《琴论》曰：‘成王作《神凤操》，言感化之德也。’《琴集》曰：‘《凤凰来仪》，成王所作。’”歌辞曰：“凤凰翔兮于紫庭，予何德兮以感灵。赖先人兮恩泽臻，于胥乐兮民以宁。”蔡邕《琴操·仪凤歌》曰：“凤皇来舞于庭……成王乃援琴而鼓之，曰：‘凤皇翔兮于紫庭，余何德兮以感灵。赖先王兮恩泽臻，于胥乐兮民以宁，凤皇来兮百兽晨。’”伶玄《赵飞燕外传》曰：“上灵安庙。

是日，吹埙击鼓，连臂踏地，歌《赤凤来曲》。”

⑬百子池：一说汉宫内池名，一说上林苑内池。《三秦记》曰：“汉上林苑有池……积草池、麋池、舍利池、百子池。”另《三辅黄图》卷四曰：“七月七日临百子池，作于阗乐，乐阕，以五色缕相羁，谓之相连爱。八月四日，出雕房北户，竹下围棋，胜者终年有福，负者终年疾病，取丝缕就北斗星辰求辰命乃免。正月上辰，出池边盥濯，食蓬饵以祓妖邪。三月上巳，张乐于池上。”与本条所述相近。

⑭于阗（tián）乐：泛指西域民族音乐。于阗（tián），古西域国名，又名于窴，在今新疆和田一带。居民从事农牧，多桑麻，产美玉。

⑮受：用同“绶”，丝带。

⑯雕房：宫中专门从事雕刻的地方。一说用彩绘装饰的房子。房，古代指正室两旁的房间。许慎《说文解字》“户部”曰：“房，室在旁也。”段玉裁注曰：“凡堂之内，中为正室，左右为房，所谓东房西房也。”刘熙《释名·释宫室》曰：“房，旁也，在堂两旁也。”后泛指房屋、房间。北户：北门。

⑰北辰星：即北极星，又名中宫、天极、天枢、极星。《尔雅·释天》曰：“北极谓之北辰。”郭注曰：“北极，天之中，以正四时。”邢昺疏曰：“极，中也，辰，时也，居天之中，人望之在北，因名北极。斗杓所建，以正四时，故云北辰。《论语》云：‘为政以德，譬如北辰。’是也。”《史记·天官书》曰：“中宫天极星，其一明者，太一常居也；旁三星三公，或曰子属。后句四星，末大星正妃，余三星后宫之属也。环之匡卫十二星，藩臣。皆曰紫宫。”《索隐》引元命苞曰：“紫之言此也，宫之言中也，言天神运动，阴阳开闭，皆在此中也。”古人以为北极星是太由子、帝星、庶子、后宫、天枢等五星拱卫的聚星，在天星中的地位最为至上、尊贵。汉代时，人们将不同的人与天上的某个星位相联系，认为具有某种对应关系，因此观测天象便可以推测出人的祸福安危。而皇帝、后宫是与北辰星相

对应的关系，所以宫女便向北辰星祈求长命百岁。

⑱茱萸（zhū yú）：又称“越椒”“艾子”，常绿植物，生长在河川中，其味香浓，具有杀虫消毒、祛风逐寒的功能。古代风俗认为茱萸可以避邪，所以人们在九月九日重阳节这天佩戴茱萸以求一年平安。《艺文类聚》卷四曰：“《风土记》曰：九月九日，律中无射而数九，俗尚此日，折茱萸房以插头，言辟除恶气而御初寒。”王力《中国古代文化常识》说：“九月初九日。古人以为九是阳数，日月都逢九，所以称为重阳。古人在这一天有登高饮酒的习惯。据《续齐谐记》所载，费长房对汝南桓景说，九月九日汝南有大灾难，带茱萸囊登山饮菊花酒可以免祸。这是一般人认为重九登高的来源，但不一定可靠。《风土记》以为此日折茱萸插头，以辟邪气，而御初寒，与此并不相同。”王维《九月九日忆山东兄弟》曰：“遥知兄弟登高处，遍插茱萸少一人。”

⑲蓬饵：用蓬蒿制作的饼子。一说为一种麦食。孙诒让《札迻》卷十一曰：“‘蓬’即‘𪍿’也。《周礼·笾人》郑司农注云：‘熬麦曰𪍿。’郑康成云：‘今河间以北，煮穜麦卖之，名曰逢。’《齐民要术》引崔寔《四民月令》云：‘腊月祀炙逢。’𪍿、蓬、逢字并通。”饵，糕饼。《周礼·天官·笾人》曰：“糗饵，粉糍。”郑玄注曰：“合蒸曰饵。”扬雄《方言》卷十三曰：“饵谓之糕，或谓之糍。”

⑳菊华酒：用菊花酿制的酒。民间风俗，九月九日饮菊花酒可以驱邪避祸，延年益寿。菊花性微寒，味甘苦，能清热、平肝、明目，常饮菊花酒有强身益气之功效，故有令人长寿之说。吴均《续齐谐记·九日登高》曰：“汝南桓景随费长房游学累年，长房谓曰：‘九月九日汝家中当有灾，宜急去，令家人各作绛囊盛茱萸以系臂登高，饮菊花酒，此祸可除。’景如言，齐家登山，夕还，见鸡犬牛羊一时暴死。房曰：‘此可以代人。’”《艺文类聚》卷八一曰：“《风俗通》曰：南阳郦县有甘谷，谷水甘美。云其山上大有菊，水从山

上流下，得其滋液，谷中有三十余家，不复穿井，悉饮此水，上寿百二三十，中百余，下七八十者，名之大夭，菊华轻身益气故也。司空王畅、太尉刘宽、太尉袁隗为南阳太守，闻有此事，令郦县月送水二十斛，用之饮食。诸公多患风眩，皆得瘳。”

㉑米：去皮的谷物的仁。黍、稷、稻、粱、菰、菽等谷物有米。

㉒上辰：农历每月上旬的辰日。此指每月第一个地支是“辰”的日子。古代用天干地支法来计算日子，十个天干与十二个地支一一轮流对应组合，六十为一个轮回。辰日并非固定的日子，隔十二天出现一次。

㉓祓（fú）：古代消灾祈福的祭礼或风俗。许慎《说文解字》“示部”曰：“祓，除恶祭也。”《左传·僖公六年》曰：“武王亲释其缚，受其璧而祓之。”杜预注曰：“祓，除凶之礼。”

㉔上巳：农历每月上旬的巳日。此指每月第一个地支是“巳”的日子。三月上巳是古代节日，这一天，人们在水边举行祭祀，用香草泡水洗濯沐浴以祛邪除恶，免灾除病，谓之“禊”或“祓禊”。《周礼·春官·女巫》曰：“女巫：掌岁时祓除、衅浴。”郑玄注曰：“岁时祓除，如今三月上巳如水上之类。衅浴谓以香薰草药沐浴。”应劭《风俗通义·祀典》曰：“《尚书》：‘以殷仲春，厥民析。’言人解析也。疗生疾之时，故于水上衅洁之也。”同时还有人欢快热闹地携酒食宴饮，谓之“祓饮”。汉代以后禊事更常见，《后汉书·礼仪志上》曰：“（三月）上巳，官民皆洁于东流水上，曰洗濯祓除去宿垢疢为大洁。洁者，言阳气布畅，万物讫出，始洁之矣。”汉以前，上巳必在巳日但不固定在三月三日，魏后必在三月三日但不固定在巳日。王力《中国古代文化常识》说：“上巳原定为三月上旬的一个巳日（所以叫上巳），旧俗以此日临水祓除不祥，叫作修禊。但是自曹魏以后，把节日固定为三月三日。后来变成了水边饮宴、郊外游春的节日。”向新阳、刘克任《西京杂记校注》

说："'三月三'遂成群众性传统节日，宴饮游乐，赋诗为文，极为热闹。……另外，古代秋天也举行同类活动，谓之'秋禊'。"

【译文】

戚夫人的贴身侍女贾佩兰，出宫后嫁给扶风人段儒为妻。她说起在皇宫里的时候，看见戚夫人侍奉汉高祖，曾经向高祖提起赵王如意的事情，高祖在思考，好半天默默不语，只是唉声叹气，神色很悲伤凄凉，却想不出什么好方法，就让戚夫人击筑伴奏，自己唱起《大风歌》来应和。贾佩兰又说在皇宫的时候，曾经用弦管乐器伴奏歌舞来娱乐，大家争相穿上艳丽的服装，来度过这美好的时光。十月十五日，大家一起进灵女庙，用小猪、黍米酒祭神，吹笛击筑，唱起《上灵》之曲。然后又互相手拉着手，用脚踏地，合着节拍唱起《赤凤凰来》。到了七月七日，大家一起来到百子池边，演奏西域的乐曲。演奏完以后，拿起彩色的丝线相互牵起来，叫作相连绶。八月四日，从专事雕刻的房间北门出去，到竹林里下围棋，赢的人整年都会有福气，输的人这年都会有病灾，但取来丝线，向着北极星祈求长命百岁后就能免去疾病。九月九日，佩戴茱萸，吃蓬蒿饼，畅饮菊花酒，这样就能长寿了。菊花开放的时候，将花茎和叶子一起采下来，再掺和进黍米酿酒，到来年的九月九日，这酒才算酿造好，可以喝了，所以称它为菊花酒。正月的第一个辰日，大家到水边洗清污垢，吃蓬蒿饼，举行祭祀以祛除灾恶。三月的第一个巳日，再聚集在流水边演奏音乐。就这样过完了一年。戚夫人死后，她的侍女们都出宫嫁给了平民。

78.何武葬北邙

何武葬北邙山薄龙坂①，王嘉冢东北一里②。

【注释】

①何武（？—3）：西汉大臣。字君公，蜀郡郫县（今四川郫都区北）

人。曾任京兆尹、廷尉、御史大夫等要职。汉成帝时任大司空，封汜乡侯。“武为人仁厚，好进士，奖称人之善。”（《汉书·何武王嘉师丹传·何武传》）为官守法清廉，曾与丞相孔光一起拟定限田、限奴婢等方案，但遭到贵族反对。王莽执政时，被诬陷而自杀。坂：山坡。

②王嘉：字公仲，西汉平陵（今陕西咸阳西北）人。汉哀帝时任丞相，封新甫侯。“为人刚直严毅有威重，上甚敬之。”（《汉书·何武王嘉师丹传·王嘉传》）因极力主张匡正时弊而招致董贤等权贵的嫉恨和陷害，被捕下狱而死。王嘉死后，皇帝悔之，“复以孔光代嘉为丞相，征用何武为御史大夫”。（《汉书·何武王嘉师丹传·王嘉传》）

【译文】

何武死后被葬在北邙山的薄龙坂上，王嘉的墓冢在其东北方一里远的地方。

79.生作葬文

杜子夏葬长安北四里①，临终作文曰：“魏郡杜邺②，立志忠款③，犬马未陈④，奄先草露⑤。骨肉归于后土⑥，气魂无所不之⑦。何必故丘⑧，然后即化⑨。封于长安北郭⑩，此焉宴息⑪。”及死，命刊石⑫，埋于墓侧。墓前种松柏树五株⑬，至今茂盛。

【注释】

①杜子夏：即杜邺，字子夏，西汉名臣张敞外孙，小学名家。原籍魏郡繁阳（今河南内黄东北），汉武帝时其祖父迁徙茂陵。“邺壮，从（张）敞子吉学问，得其家书。以孝廉为郎。”（《汉书·谷永杜

郯传·杜邺传》)被大司马卫将军王商视为心腹,除主簿,举侍御史,汉哀帝时迁为凉州刺史,后因病免,此后又举方正、上对策直言,未拜。专治文字学,藏书丰富。

②魏郡:汉代郡名,汉高祖十二年(前195)置,治所在邺(今河北临漳西南),辖区包括今河北、河南、山东接壤地区。

③忠款:忠诚专一。款,诚恳。

④犬马未陈:指上对策之事。汉哀帝元寿二年(前1),杜子夏举方正,上对策,针对哀帝重用外戚傅氏,主张限制外戚干政,但并未被哀帝认可采纳,没有尽到忠君的责任,难以一展抱负。犬马,古代臣子对君王时的卑称。陈,陈述,表达。

⑤奄:突然。先草露:先于草尖的露珠陨落。草露,比喻生命短促,古人常用露珠来比喻时光短促、生命短暂。曹操《短歌行》曰:"对酒当歌,人生几何。譬如朝露,去日苦多。"

⑥骨肉:肉体。后土:古代对土地之神的称谓。此指土地,与皇天相对应。

⑦气魄无所不之:古人认为人死后归于天地。《礼记·郊特牲》曰:"魂气归于天,形魄归于地,故祭求诸阴阳之义也。"许慎《说文解字》"鬼部"曰:"魄,阴神也。""鬼,人所归为鬼。"段玉裁注曰:"阳言气,阴言神者,阴中有阳也。"《尔雅·释训》曰:"鬼之为言归也。"郭璞引《尸子》注曰:"古者谓死人为归人。"邢昺疏曰:"人死为鬼。《小雅·何人斯》云:'为鬼为蜮。'《周礼》曰'享大鬼'。谓之鬼者,鬼犹归也。"

⑧故丘:故乡,故土。古人希望死后落叶归根,返葬故土。《礼记·檀弓上》曰:"礼,不忘其本。古之人有言曰:'狐死正丘首,仁也。'"孔疏曰:"丘是狐窟穴根本之处,虽狼狈而死,意犹向此丘,是有仁恩之心也。"狐死首丘之意为不忘根本。故古人死后要归葬故土。而杜子夏并未依礼归葬故土魏郡,而是葬于长安,

此为豁达之举。

⑨化：死的委婉说法。佛家称“坐化”，道家称“羽化”。

⑩封：垒土为坟墓。郭：外城。

⑪宴息：安息。

⑫刊：刻。

⑬种松柏：旧时传说魍魉好食死者肝脏，但惧怕柏树与虎，故民间有此习俗：为阻止魍魉，在坟墓上种植柏树，在墓地道路入口处放置石虎。段成式《酉阳杂俎·尸穸》曰：“《周礼》：‘方相氏驱罔象。’罔象好食亡者肝，而畏虎与柏。墓上树柏，路口致石虎，为此也。”

【译文】

杜子夏死后葬在长安城北四里远的地方，他临终前写了一篇文章：“魏郡杜邺，立志忠诚，尚未为国尽忠效力，就忽然先于草尖上的露珠而亡。骨肉埋葬在大地上，魂魄随处飞散。死后何必回葬故土，才能羽化登仙。就把我埋在长安的北外城吧，我就在这里安息了。”等到他死的时候，就让人把这些文字刻在石头上，埋在墓地旁边。墓地前面种了五棵松柏，至今依然生长茂盛。

80.淮南《鸿烈》

淮南王安著《鸿烈》二十一篇①。鸿，大也。烈，明也。言大明礼教②。号为《淮南子》，一曰《刘安子》。自云：“字中皆挟风霜③。”扬子云以为一出一入。

【注释】

①《鸿烈》：即《淮南鸿烈》，也称《淮南子》，共有内篇二十一论道、外篇三十三杂说，今只存内篇。此书是淮南王刘安主持，延请八位门客苏飞、李尚、左吴、田由、雷被、毛被、伍被、晋昌共同讨论

编撰而成。《淮南子·览冥训》曰:“持以道德,辅以仁义,近者献其智,远者怀其德。”该书以此为主旨,以道家的自然天道观为中心,兼采糅合儒家、道家、法家、墨家、阴阳五行等诸家之说,内容庞杂,认识上提出“物至而神应”,“知与物接,而好憎生焉”。《汉书·艺文志》将其归为“杂家”类。该书系统详尽地总结了西汉前期的道家思想,是研究黄老思想的宝贵资料,也是地方诸侯王与中央集权分庭抗礼的思想的集中体现。梁启超《中国近三百年学术史·清代学者整理旧学之总成绩(二)》说:“《淮南鸿烈》为西汉道家言之渊府,其书博大而有条贯,汉人著述中第一流也。”许倬云《万古江河:中国历史文化的转折与开展》说:“(《淮南子》)全书兼顾自然与人间,也有着以宇宙涵盖人事的大格局。”

②“鸿,大也”以下三句:《淮南子》高诱注叙曰:“鸿,大也;烈,明也。以为大明道之言也。故夫学者不论《淮南》,则不知大道之深也。”

③风霜:比喻文字严峻、冷厉,有肃杀之气。

【译文】

淮南王刘安著有《鸿烈》二十一篇。鸿,是大的意思。烈,是明亮的意思。说明这本书是要弘扬并阐明礼教的。这书被称为《淮南子》,也称《刘安子》。刘安自称:“书中字字都带着严峻冷厉之气。”扬子云认为两种说法都与原书不尽相符。

81.公孙子

公孙弘著《公孙子》①,言刑名事②,亦谓字直百金。

【注释】

①《公孙子》:书名,在《汉书·艺文志》儒家类著录《公孙弘》十

篇，现失传，或即此书。另一说两书非同一书，因为《公孙子》属法家，《汉书》所录《公孙弘》属儒家。但周天游校注《西京杂记》说："汉初诸子百家重新整合，黄老之术即以道家为主，儒、法、阴阳等诸家为辅，成为汉景帝中期以前的指导思想。汉武帝时，虽接受'独尊儒术'的建议，但实际上外儒内法，所以儒者亦多治刑名之学。……所以本书多涉及刑名之事，归入儒家类，也很正常。"

②刑名事：即刑名之学，是战国时论述名实关系的思想流派，即刑名学派，属于法家，代表人物是战国时申不害。《史记·老子韩非列传》曰："申子之学本于黄老而主刑名。"《淮南子·要略》曰："新故相反，前后相缪，百官背乱，不知所用，故刑名之书生焉。"后人称为"刑名之学"，简称"刑名"。刘向《别录》曰："申子学号曰刑名，刑名者，循名以责实，其尊君卑臣，崇上抑下，合于六经也。宣帝好观其《君臣篇》。"刑名，又作形名。

【译文】

公孙弘著有《公孙子》，是讲述刑名之学的书，也有人称这本书一字价值百金。

82.长卿赋有天才

司马长卿赋，时人皆称典而丽[①]，虽诗人之作[②]，不能加也。扬子云曰："长卿赋不似从人间来，其神化所至邪？"子云学相如为赋而弗逮[③]，故雅服焉[④]。

【注释】

①典：典雅。丽：华美，艳丽。

②诗人之作：《诗经》作者的作品。扬雄《法言·吾子》曰："诗人之赋丽以则，辞人之赋丽以淫。"司马相如的赋属于辞人之赋，但是

“典而丽”，因而为人称道。《汉书·扬雄传下》曰：“雄以为赋者，将以风也，必推类而言，极丽靡之辞，闳侈巨衍，竞于使人不能加也。”“赋莫深于《离骚》，反而广之；辞莫丽于相如，作四赋：皆斟酌其本，相与放依而驰骋云。”

③逮：及。《汉书·扬雄传上》曰：“先是时，蜀有司马相如，作赋甚弘丽温雅，雄心壮之，每作赋，常拟之以为式。”

④雅服：极为信服，非常佩服。雅，甚、颇。《后汉书·皇后纪上》窦皇后纪曰：“及见，雅以为美”。

【译文】

司马相如创作的赋，当时的人都称赞它典雅而艳丽，即使是《诗经》中的作品，也不能超越它。扬雄说：“司马长卿的赋不像是人间创作出来的，难道是神灵幻化出来的吗？”扬雄学司马相如写赋却赶不上他，所以对司马相如十分佩服。

83.赋假相如

长安有庆虬之①，亦善为赋，尝为《清思赋》②，时人不之贵也③，乃托以相如所作，遂大见重于世。

【注释】

①庆虬（qiú）之：人名，生平不详。

②《清思赋》：赋篇名，已佚。

③贵：贵重。此指重视，推崇。

【译文】

长安有个叫庆虬之的人，也擅长写赋，曾经写过一篇《清思赋》，但当时人们并不看重它，于是庆虬之就假托这篇赋是司马相如创作的，《清思赋》便立刻得到世人的推崇。

84.《大人赋》

相如将献赋[①]，未知所为。梦一黄衣翁谓之曰："可为《大人赋》。"遂作《大人赋》[②]，言神仙之事以献之[③]。赐锦四匹。

【注释】

①献赋：向皇帝献上自己创作的赋。西汉时，皇帝需"润色鸿业"，"愉悦耳目"之作点缀升平，于是文人向皇帝进献自己的赋作成为时尚，以期待得到皇帝的赏识，并因此获得仕途升迁的机会。如司马相如便向汉武帝献上《上林赋》而得以授官。班固《两都赋》序曰："至于武、宣之世，乃崇礼官，考文章，内设金马石渠之署，外兴乐府协律之事，以兴废继绝，润色鸿业。……故言语侍从之臣，若司马相如、虞丘寿王、东方朔、枚皋、王褒、刘向之属，朝夕论思，日月献纳，而公卿大臣御史大夫倪宽、太常孔臧、太中大夫董仲舒、宗正刘德、太子太傅萧望之等，时时间作。或以抒下情而通讽喻，或以宣上德而尽忠孝。雍容揄扬，著于后嗣，抑亦雅颂之亚也。故孝成之世，论而录之，盖奏御者千有余篇。而后大汉之文章，炳焉与三代同风。"向皇帝献赋多以称颂为主，即使有所讽谏也较为克制。

②《大人赋》：该赋针对汉武帝好仙道而发，极写仙境之下不可久恋而人世间弥足珍贵，语言生动，意含讽谏。大人，古代统治者之称谓。《史记·司马相如列传》引《大人赋》开篇曰："世有大人兮，在于中州。宅弥万里兮，曾不足以少留。"《索隐》注曰："张揖云：'喻天子。'向秀云：'圣人在位，谓之大人。'张华云：'相如作《远游》之体，以大人赋之也。'"

③之：指汉武帝。《史记·司马相如列传》曰："天子既美《子虚》之

事，相如见上好仙道，因曰：'《上林》之事未足美也，尚有靡者。臣尝为《大人赋》，未就，请具而奏之。'相如以为列仙之传居山泽间，形容甚臞，此非帝王之仙意也，乃遂就《大人赋》。……相如既奏《大人之颂》，天子大说，飘飘有凌云之气，似游天地之间意。"

【译文】

司马相如想向皇帝进献自己创作的赋，但不知道该写什么。一天夜里梦到一位穿黄衣服的老翁对他说："可以写《大人赋》。"于是司马相如就写下了《大人赋》，赋里写的是关于神仙的故事，进献给汉武帝。汉武帝赏赐给他四匹锦缎。

85.《白头吟》

相如将聘茂陵人女为妾①，卓文君作《白头吟》以自绝②，相如乃止。

【注释】

①聘：指旧式婚礼中的文定，即订婚。

②《白头吟》：乐府《楚调曲》名。古辞内容描写男有二心，女来诀绝，表示"愿得一心人，白头不相离"，故名。后世多以此调描写妇女被男方抛弃的题材。歌辞全文曰："皑如山上雪，皎若云间月。闻君有两意，故来相诀绝。今日斗酒会，明旦沟水头；躞蹀御沟上，沟水东西流。凄凄复凄凄，嫁娶不须啼；愿得一心人，白头不相离。竹竿何袅袅，鱼尾何簁簁。男儿重意气，何用钱刀为！"该古辞较早见于南朝徐陵所辑《玉台新咏》，为六首古乐府之一，题为《山上雪》。《乐府诗集·相和歌辞十六》载其歌辞，称为古辞，列于楚调曲，序引本条作五解之一。《宋书·乐志》亦称为古

辞,列入“汉世街陌谣讴”。沈德潜《古诗源·汉诗》收其歌辞,署名“卓文君”,并引本条为序。故卓文君之作仅为一说。

【译文】

司马相如将要娶一户茂陵人家的女儿为妾,卓文君就创作了一首《白头吟》以表达与司马相如的决绝之心,相如便没有纳妾。

86.樊哙问瑞应

樊将军哙问陆贾曰①:“自古人君皆云受命于天,云有瑞应②,岂有是乎?”贾应之曰:“有之。夫目瞤得酒食③,灯火华得钱财④,乾鹊噪而行人至⑤,蜘蛛集而百事喜。小既有征⑥,大亦宜然。故目瞤则咒之⑦,火华则拜之,乾鹊噪则喂之,蜘蛛集则放之。况天下大宝⑧,人君重位,非天命何以得之哉⑨?瑞者,宝也,信也⑩。天以宝为信,应人之德,故曰瑞应。无天命,无宝信,不可以力取也。”

【注释】

①樊将军哙(kuài):即樊哙(?—前189),西汉开国元勋之一。沛县(今属江苏)人。早年以屠狗为生,后跟随刘邦起事,为其得力部将,以军功封贤成君。灭秦后,初入咸阳宫,他力阻刘邦贪取秦宫珍宝及宫人,在项羽所设鸿门宴上勇助刘邦脱险。汉初任左丞相,封舞阳侯。陆贾:汉初政论家、辞赋家。楚人,跟随刘邦打天下,官至太中大夫。对治国安邦有自己的见解,著有《新语》十二篇。《史记·郦生陆贾列传》曰:“陆生曰:‘居马上得之,宁可以马上治之乎?且汤武逆取而以顺守之,文武并用,长久之术也。昔者武王夫差、智伯极武而亡;秦任刑法不变,卒灭赵氏。向使秦已

并天下，行仁义，法先圣，陛下安得而有之？'……（高祖）谓陆生曰：'试为我著秦所以失天下，吾所以得之者何，及古成败之国。'陆生乃粗述存亡之征，凡著十二篇。每奏一篇，高帝未尝不称善，左右呼万岁，号其书曰《新语》。"

②瑞应：祥瑞的感应。古代认为人君德行，天必降祥瑞以示表彰，反之则必有灾祸。葛洪《抱朴子·外篇·诘鲍》曰："王者德及天则有天瑞，德及地则有地应。"

③瞤（rún）：眼皮跳动，俗称"眼跳"。许慎《说文解字》"目部"曰："瞤，目动也。"

④灯火华：油灯芯上爆出火花。

⑤乾鹊：即喜鹊。古人认为喜鹊声吉多凶少，至今民间还有"喜鹊叫贵客到"的说法。

⑥征：征兆，迹象。

⑦咒：祷告，祝告。

⑧大宝：最宝贵的事物，通常指帝位。《易经·系辞下》曰："圣人之大宝曰位。"孔颖达疏曰："位是有用之地，宝是有用之物。若以居盛位，能广用无疆，故称大宝也。"此处喻意得帝位者有天下。

⑨天命：张光直《艺术、神话与祭祀》说："上帝通过判断施政的得失与统治者的俭奢来决定统治权的授予，这就是所谓的'天命'。"

⑩信：信物，凭据。

【译文】

樊哙将军询问陆贾说："自古以来，君主都说自己的帝位是来自上天的安排，说有祥瑞的征兆，难道真有这样的事吗？"陆贾回答说："有的。眼皮跳就会有饭吃，灯花闪就会得到钱财，喜鹊叽叽喳喳叫就是有客人到了，蜘蛛聚集到一起说明百事顺利。小事都像这样是有征兆的，大事也理应如此。所以眼皮跳了就祷告，灯花闪了就拜谢，喜鹊叫了就给它喂食，蜘蛛聚在一起就放任不管。何况这天下最宝贵的东西，就是这皇帝的宝座，没有天命怎么能得到呢？祥瑞，就是宝物，就是凭据。上天用宝物作凭据，对应人的德行，所以叫作瑞应。没有天命，没有宝物作凭据，是不可以只凭力量就能得到帝位的。”

87.霍妻双生

霍将军妻一产二子[①]，疑所为兄弟[②]。或曰：“前生为兄，后生者为弟。今虽俱日[③]，亦宜以先生为兄。”或曰：“居上者宜为兄，居下宜为弟，居下者前生，今宜以前生为弟。”时霍光闻之曰：“昔殷王祖甲一产二子[④]，曰嚚，曰良。以卯日生嚚，以巳日生良[⑤]，则以嚚为兄，以良为弟。若以在上者为兄，嚚亦当为弟。昔许釐公一产二女[⑥]，曰妜，曰茂。楚大夫唐勒一产二子[⑦]，一男一女，男曰贞夫，女曰琼华。皆以先生为长。近代郑昌时、文长蒨并生二男[⑧]，滕公一生二女[⑨]，李黎生一男一女[⑩]，并以前生者为长。”霍氏亦以前生为兄焉[⑪]。

【注释】

①霍将军妻：即霍显。霍将军，指霍光。

②兄弟：哥哥和弟弟。

③俱日：同一天。

④殷王祖甲：又名帝甲，商代第二十二代君王，商王武丁之子，祖庚之弟。对祖甲的评价截然不同。一为明君。《尚书·无逸》曰：“其在祖甲，不义惟王，旧为小人。作其即位，爰知小人之依，能保惠于庶民，不敢侮鳏寡。肆祖甲之享国，三十有三年。”一为昏君。《国语·周语下·刘文公与苌弘欲城周》曰：“玄王勤商，十有四世

而兴。帝甲乱之，七世而陨。”《史记·殷本纪》曰：“帝甲淫乱，殷复衰。”《索隐》注曰：“《国语》云‘帝甲乱之，七代而陨’是也。”

⑤以卯日生嚣，以巳日生良：卯日、巳日都是十二地支中的计时单位，卯日在巳日前两天。嚣，即帝廪辛，良，即帝庚丁，两人相继为商王。《史记·殷本纪》曰：“帝甲崩，子帝廪辛立。帝廪辛崩，弟庚丁立，是为帝庚丁。”

⑥许釐公：春秋时期许国国君，姜姓，名宗。一说即许僖公，亦为春秋时许国国君，姜姓，名业。

⑦唐勒：战国时楚国辞赋家，晚于屈原，与宋玉同时代。《史记·屈原贾生列传》曰：“屈原既死之后，楚有宋玉、唐勒、景差之徒者，皆好辞而以赋见称。”《汉书·艺文志》收录其赋四篇，已佚。

⑧郑昌时、文长蒨：人名，生平不详。

⑨滕公：即夏侯婴（？—前172），西汉大臣。沛县（今属江苏）人，早年跟随刘邦起兵，封汝阴侯，官至丞相。因曾任滕县（今山东滕州）令，时人称“令”为“公”，故号为“滕公”。

⑩李黎：人名，生平不详。

⑪霍氏：指霍显。

【译文】

大将军霍光的妻子霍显一胎生下两个儿子，搞不清楚哪个是哥哥哪个是弟弟。有人说：“先生下来的是哥哥，后生下来的是弟弟。现在虽然他们是同一天出生，也应当认为先生下来的是哥哥。”有人说：“在上面的应该是哥哥，在下面的应该是弟弟，在下面的先生下来，也应该以先生下来的为弟弟。”当时霍光听了这些话，说道：“从前商王祖甲一胎生了两个儿子，一个叫嚣，一个叫良。在卯日生下了嚣，在巳日生下了良，就认定嚣是哥哥，良是弟弟。如果认为在上面的是哥哥，那么嚣就应当是弟弟。从前许釐公一胎生下两个女儿，一个叫妜，一个叫茂。楚国大夫唐勒一胎生了两个孩子，一男一女，男的叫贞夫，女的叫琼华。他们都认为先生下来的是老大。近代郑昌时、文长蒨都是一胎生了两个男孩，滕公一胎生了两个女孩，李黎一胎生了一男一女，他们都认为先生下来的是年长的。”于是霍光的妻子也就认定先生下来的是哥哥。

88.文章迟速

枚皋文章敏疾①，长卿制作淹迟②，皆尽一时之誉。而长卿首尾温丽③，枚皋时有累句④，故知疾行无善迹矣。扬子云曰：“军旅之际，戎马之间，飞书驰檄⑤，用枚皋；廊庙之下⑥，朝廷之中，高文典册⑦，用相如。”

【注释】

① 枚皋（约前156—?）：西汉著名文学家，以辞赋见长，西汉辞赋家枚乘之子。字少儒，淮阴（今属江苏）人。性喜诙谐，与东方朔等人齐名。《汉书·贾邹枚路传·枚皋传》曰：“皋为赋善于朔也。”写赋以下笔敏捷速成著称，有赋一百数十篇，今存不多。

②淹迟：迟缓。《汉书·贾邹枚路传·枚皋传》曰：“（皋）为文疾，受诏辄成，故所赋者多。司马相如善为文而迟，故所作少而善于皋。皋赋辞中自言为赋不如相如，又言为赋乃俳，见视如倡，自悔类倡也。”

③温丽：文气平和，文辞华丽。

④累句：多余重复的句子，病句。

⑤檄（xí）：古代文告，多为征召、声讨等内容，遇紧急情况时，会于封上插鸟羽为警示。《汉书·高帝纪下》曰“吾以羽檄征天下兵”，颜师古注曰：“檄者，以木简为书，长尺二寸，用征召也。其有急事，则加以鸟羽插之，示速疾也。”

⑥廊庙：犹言庙堂，代指朝廷。

⑦高文典册：指朝廷中诏书、诰命等官方文书。

【译文】

枚皋写文章敏捷快速，而司马相如作文则较迟缓，两人的文章在当时都很受赞赏，声誉很高。但司马相如的文章从头至尾都很平和、文辞华丽，而枚皋的文章却常有重复多余的句子，由此可见，写得快就不能仔细推敲了。扬雄说："在行军打仗的途中，在戎马生涯的岁月里，写作飞递的书信、驰送的檄文，要用枚皋；在庙堂之下，在朝廷之中，写作诏令、制诰等文书时，要用司马相如。"

卷四

【题解】

公孙弘的故事散见于《西京杂记》各卷中，主要见于卷二的《公孙弘粟饭布被》、本卷的《三馆待宾》和卷五的《邹长倩赠遗有道》。

《公孙弘粟饭布被》中的公孙弘布衣起家，官至丞相后，故友高贺前来投奔，公孙弘招待高贺吃糙米饭、盖布被。高贺不乐意了：糙米饭、布被我自己也有啊，你升官发财了怎么还招待我这些呢？于是，他四处对别人说：公孙弘里面穿的是华贵的衣衫，却在外面罩上粗布衣服；躲在家里排着五口大鼎吃香喝辣的，在外面却只放着一道菜。这些话流传开来后，导致朝廷怀疑公孙弘虚伪。《三馆待宾》中，公孙弘开东阁造三所宾馆以招揽天下之才，他自己生活节俭，却将所得俸禄都用来奉养这些贤能之士。

这两条故事中，公孙弘的形象似乎有所不同。在《西京杂记》的作者之争中，也有人认为公孙弘的故事前后矛盾，以此证明该书非某人所作。但是，这能证明公孙弘的形象矛盾或者证明公孙弘确实是两面人吗？

公孙弘也许个性复杂、不讨喜。据称公孙弘心机深厚，为人心胸狭窄，《史记》其传曰："弘为人恢奇多闻，常称以为人主病不广大，人臣病不节俭。""弘为人意忌，外宽内深。"也记录了汲黯对公孙弘的评价："弘位在三公，奉禄甚多，然为布被，此诈也。"

《史记》和《汉书》的公孙弘传中并无高贺其人其言，所以高贺究竟何人似乎无法确定，但仅从本书卷二的叙事来看，也不能自然得出公孙弘表里不一的结论。高贺投奔公孙弘，有理由认为他是想借公孙弘高升之机为自己谋点什么，结果却发现公孙弘生活节俭，吃穿并不奢侈。高贺没捞到好处，失望之余造点谣言给公孙弘添堵也在情理之中。但是，那些话只是出自高贺之口，并无确凿证据，当然不能肯定就是事实。汲黯的评价亦未必公允，俸禄高而生活节俭并非难以理解。而本卷叙说的公孙弘开馆招贤士，自己生活俭省却将俸禄皆用来奉养宾客，与《汉书》其传颇为一致："（弘至宰相封侯）于是起客馆，开东阁以延贤人，与参谋议。弘身食一肉，脱粟饭。故人宾客仰衣食，奉禄皆以给之，家无所余。"

所以，《西京杂记》中公孙弘的形象并非前后矛盾，公孙弘的节俭应真实可信。

89. 嵩真自算死期

安定嵩真、玄菟曹元理[①]，并明算术[②]，皆成帝时人。真尝自算其年寿七十三，绥和元年正月二十五日晡时死[③]，书其壁以记之。至二十四日晡时，死。其妻曰："见真算时，长下一算[④]，欲以告之，虑脱有旨[⑤]，故不敢言。今果校一日[⑥]。"真又曰："北邙青陇上孤槚之西四丈所[⑦]，凿之入七尺，吾欲葬此地。"及真死，依言往掘，得古时空椁[⑧]，即以葬焉。

【注释】

①安定：汉代郡名，汉武帝元鼎三年（前114）置，治所在高平（今宁夏固原），辖境相当于今甘肃、宁夏交界地区。嵩真：人名，生平不详。玄菟：汉代郡名，汉武帝元封三年（前108）置，治所在沃沮

城(今朝鲜咸镜道境内),辖境在今辽宁东部、吉林南部及朝鲜咸镜道一带。昭帝时移治高句丽(今辽宁新宾西),东汉时又移治今沈阳东,辖境亦缩小。曹元理:人名,生平不详。

②明:通晓。算术:此指推算料知之术。中国古代也称数学或数学书为算术。

③绥和元年:前8年。绥和,汉成帝年号,前8年—前7年,仅仅两年。

④长下一算:多算了一个筹码。长,多。算,通“筭”,算筹,竹制,古代计数用的筹码,其制甚古,上记数字,用以布算。洪迈《夷坚丁志·德清树妖》曰:“林干无巨细,皆劈裂如算筹,堆积蔽地。”《礼仪·乡射礼》曰:“一人执算以从之。”《山海经·海外东经》曰:“竖亥右手把筭,左手指青丘北。”

⑤脱:可能,或许。毛晃《增修互注礼部韵略》卷五曰:“脱……或然之辞。”旨:主张,意见。

⑥校(jiào)一日:相差一天。校,比较,相比。

⑦青陇:指青陇坡。孤檟(jiǎ):孤零零的檟树。檟,树名,指楸树,落叶乔木,高可达30米,叶子三角状卵形或长椭圆形,花冠白色,树皮、叶子、种子皆可入药,常与松柏一起种植在墓前,或用其木制作棺椁。《左传·哀公十一年》曰:“树吾墓檟,檟可材也,吴其亡乎!”

⑧椁(guǒ):套在棺材外面的大棺,即外棺。古代葬具分棺和椁两重,棺在内,盛放尸体,椁在外,套围棺木。《孝经·丧亲》曰“为之棺椁衣衾而举之”,《孝经正义》依郑注曰:“周尸为棺,周棺为椁。”但身份不同,葬具数也不同,国君分三重,大夫两重,士则有棺无椁。《礼记·丧大记》曰:“君大棺八寸,属六寸,椑四寸。上大夫大棺八寸,属六寸。下大夫大棺六寸,属四寸。士棺六寸。”侯良《西汉文明之光——长沙马王堆汉墓》说:“关于棺椁的使用,古代有严格的等级之分。《礼记·檀弓上》说:‘天子之棺四

重。'郑玄注:'诸公三重,诸侯再重,大夫一重,士不重。'而金鹗《棺椁考》认为郑注孔疏皆误。郑注应改为'天子四重,诸侯三重,大夫一重,士不重'。这样就是五层、四层、三层、二层、一层。"

【译文】

安定郡的嵩真和玄菟郡的曹元理,都精通推算卜知之术,两人都是汉成帝时期的人。嵩真曾经推算出自己的寿命是七十三岁,在汉成帝绥和元年正月二十五日晡时死亡,他把推算的结果写到墙壁上记载下来。到了绥和元年正月二十四日晡时,嵩真死了。他的妻子说:"我看见嵩真推算自己寿命的时候,多下了一个算筹,原本想告诉他,又以为他可能有其他的用意,就没敢说出来。现在看来果然是相差了一天。"嵩真还推算说:"在北邙山青陇坡上一棵孤零零的槚树向西大约四丈远的地方,向地下挖七尺深,我想葬在那个地方。"等嵩真死后,家人依照他说的话去挖那个地方,挖到了一副古时候的空外棺,于是就用这具外棺安葬了他。

90.曹元理算陈广汉资产

元理尝从其友人陈广汉[①],广汉曰:"吾有二囷米[②],忘其石数,子为计之。"元理以食箸十余转[③],曰:"东囷七百四十九石二升七合[④]。"又十余转,曰:"西囷六百九十七石八斗[⑤]。"遂大署囷门[⑥]。后出米,西囷六百九十七石七斗九升,中有一鼠,大堪一升。东囷不差圭合[⑦]。元理后岁复过广汉,广汉以米数告之,元理以手击床曰:"遂不知鼠之殊米[⑧],不如剥面皮矣[⑨]!"广汉为之取酒,鹿脯数片[⑩],元理复算,曰:"薯蔗二十五区[⑪],应收一千五百三十六枚。蹲鸱三十七亩[⑫],应收六百七十三石。千牛产二百犊,万鸡将五万雏[13]。”羊豕鹅鸭，皆道其数，果蓏肴蔌[14]，悉知其所，乃曰：“此资业之广，何供馈之偏邪[15]？”广汉惭曰：“有仓卒客，无仓卒主人。”元理曰：“俎上蒸豘一头[16]，厨中荔枝一柈[17]，皆可为设。”广汉再拜谢罪，自入取之，尽日为欢。其术后传南季，南季传项瑶，瑶传子陆[18]，皆得其分数[19]，而失玄妙焉。

【注释】

①元理：即前条之曹元理。从：拜访，看望。陈广汉：人名，生平不详。

②囷（qūn）：圆形的谷仓。《周礼·冬官·匠人》曰：“囷窌仓城，逆墙六分。”许慎《说文解字》“口部”曰：“囷，廪之圆者。圆谓之囷，方谓之京。”亦指类似圆形谷仓之物。

③箸（zhù）：筷子。《韩非子·说林上》曰：“纣为象箸而箕子怖。”《礼记·曲礼上》曰：“饭黍毋以箸。”

④合（gě）：容量单位，十勺为一合，十合为一升。《汉书·律历志上》曰：“量者，龠、合、升、斗、斛也，所以量多少也。……合者，合龠之量也。”

⑤斗：古代计量单位。《汉书·律历志上》曰：“十升为斗。……斗者，聚升之量也。”

⑥署：题写。门：指谷仓门。

⑦圭合：比喻极其微小。圭，古代较小的容量单位。刘向《说苑·辨物》曰：“度量权衡，以黍生之。十黍为一分，十分为一寸，十寸为一尺，十尺为一丈。十六黍为一豆，六豆为一铢，二十四铢为一两，十六两为一斤，三十斤为一钧，四钧重一石。千二百黍为一龠，十龠为一合，十合为一升，十升为一斗，十斗为一石（斛）。”其中“豆”即“圭”。据《中国历代量制演变测算简表》，西汉时一圭合今制0.5毫升。

⑧殊:不同。

⑨剥面皮:形容羞愧至极,没脸见人。语称他人则意为厌恶其不知羞耻,厚脸皮。《裴子语林》曰:"贾充问孙皓曰:'何以好剥人面皮?'皓曰:'憎其颜之厚也。'"

⑩脯(fǔ):肉干。将肉切片,用盐腌制令其干缩。《周礼·天官·内饔》曰"羞、脩、刑",郑玄注曰:"脩,锻脯也。"贾公彦疏曰:"云'脩锻脯也'者,谓加姜桂锻治之。若不加姜桂、不锻治者,直谓之脯。干则为脯。"

⑪薯(shǔ)蔗:即甘蔗。张衡《文选·南都赋》曰:"若其园圃,则有蓼蕺蘘荷,薯蔗姜䗩,菥蓂芋瓜。"李善注引《汉书音义》曰:"薯蔗,甘柘也。"嵇含《南方草木状·草类》曰:"薯蔗,一曰甘蔗。交趾所生者,围数寸,长丈余,颇似竹。断而食之甚甘,笮取其汁,曝数日成饴,入口消释,彼人谓之石蜜。"

⑫蹲鸱(chī):大芋头,因其形状像蹲着的鸱鸟,故名。《史记·货殖列传》曰:"卓氏曰:'此地狭薄。吾闻汶山之下,沃野,下有蹲鸱,至死不饥。'"《集解》注曰:"骃案:《汉书音义》曰'水乡多鸱,其山下有沃野灌溉。一曰大芋'。"《正义》注曰:"蹲鸱,芋也。言邛州临邛县其地肥又沃,平野有大芋等也。《华阳国志》云汶山郡都安县有大芋如蹲鸱也。"鸱,古书上指鹞鹰,似鹰而较小,背灰褐色,善捕小鸟。《诗经·大雅·瞻卬》曰:"懿厥哲妇,为枭为鸱。"

⑬将:携带。此指生养。

⑭果蓏(luǒ):指瓜果。蓏,瓜类等蔓生植物的果实。《汉书·食货志上》曰"瓜瓠果蓏",颜师古注曰:"应劭曰:'木实曰果,草实曰蓏。'张晏曰:'有核曰果,无核曰蓏。'臣瓒曰:'案木上曰果,地上曰蓏也。'"肴蔌(sù):指鱼肉和蔬菜。蔌,蔬菜的总称。《尔雅·释器》曰:"菜谓之蔌。"郭璞注曰:"蔌者,菜茹之总名。"《诗经·大雅·韩奕》曰:"其蔌维何?维笋及蒲。"《毛传》曰:"蔌,

菜殽也。”

⑮供馈：食品的供奉、供应。偏：食品稀少。

⑯俎（zǔ）：古代祭祀、宴飨时陈置牲体等的礼器。此指切肉用的砧板。《史记·项羽本纪》曰：“如今人方为刀俎，我为鱼肉。”蒸㹠（tún）：蒸乳猪。㹠，同“豚”，小猪。西汉时，人们喜欢吃乳猪，蒸、烤皆可，据传选择标准是选幼不选壮，选壮不选老。贾思勰《齐民要术·蒸缹法》曰：“蒸㹠法：好肥㹠一头，净洗垢，煮令半熟，以豉汁渍之。生秫米一升，勿令近水，浓豉汁渍米，令黄色，炊作饙，复以豉汁洒之。细切姜、橘皮各一升，葱白三寸四升，橘叶一升，合著甑中，密覆，蒸两三炊久。复以猪膏三升，合豉汁一升洒，便熟也。”

⑰柈（pàn）：同“盘”，盘子。

⑱“其术后传南季”以下三句：南季、项瑫、陆均为人名，生平不详。

⑲分数：指推算的法则、方法。《后汉书·律历志上》曰：“截管为律，吹以考声，列以物气，道之本也。术家以其声微而体难知，其分数不明，故作准以代之。”

【译文】

曹元理曾经去拜访他的朋友陈广汉，陈广汉说：“我有两圆仓的米，忘记具体的石数了，你来帮我算算。”曹元理用筷子转了十几圈，说：“东面的圆仓里有米七百四十九石二升七合。”又转了十几圈，说：“西面的圆仓有米六百九十七石八斗。”于是就用大字把推算的数字写在谷仓门上。后来米出仓时，量得西面的谷仓有米六百九十七石七斗九升，当中还有一只老鼠，大约有一升重。东面谷仓的米和曹元理推算的丝毫不差。曹元理第二年又来拜访陈广汉，陈广汉把两个谷仓米的数字告诉他，他用手拍着床说：“竟然没有算出老鼠和米的不同，真是太丢脸了！”陈广汉为他拿来了酒，还有几片鹿肉干，曹元理又算了算，说：“你有甘蔗二十五片地，应该能收一千五百三十六棵。大芋头三十七亩，应该能收六百七十三石。一千头牛会生出二百头小牛犊,一万只鸡会生养五万只小鸡。”羊猪鹅鸭,他都能说出具体数字,瓜果鱼肉和蔬菜,他都知道在哪儿,算完后他说:“这么大的一份家业,怎么招待朋友的食物这么少呢?”陈广汉惭愧地说:“有仓促而来的客人,没有仓促的主人。”曹元理说:“砧板上有一头蒸好的乳猪,厨房里还有一盘荔枝,这些都可以摆上来。”陈广汉再次拜揖谢罪,亲自去取来了这些食物,主客欢聚一整天。曹元理的推算之术后来传给了南季,南季传给了项�,项瑙又传给了他的儿子项陆,这些人都学到了推算的方法,但是却没有学到它精深玄妙之处。

91.因献命名

卫将军青生子①,或有献騧马者②,乃命其子曰騧,字叔马③。其后改为登④,字叔昇。

【注释】

①卫将军青:即卫青(? —前106),西汉名将,汉武帝皇后卫子夫同母之弟。字仲卿,河东平阳(今山西临汾西南)人。原为平阳公主家奴,因卫子夫受到汉武帝宠幸而被武帝重用,官至大将军,封长平侯。《汉书·卫青霍去病传·卫青传》曰:“天子使使者持大将军印,即军中拜青为大将军,诸将皆以兵属,立号而归。”元朔二年(前127)率军大败匈奴,控制了河套地区。元狩四年(前119),又与霍去病合力击败匈奴主力。为清除边患屡立战功。《史记·卫将军骠骑列传》曰:“大将军青,凡七出击匈奴,斩捕首虏五万余级。”

②騧(guā)马:古代指黑嘴的黄马。许慎《说文解字》“马部”曰:“騧,黄马,黑喙。”

③叔:表示兄弟中排行第三。古时兄弟按伯、仲、叔、季排行,也常以

排行来取名或字。

④登：即卫登，卫青幼子，元朔五年（前124）四月丁未以卫青功封发干侯，坐酎金失侯。卫青共三子，另两子为伉、不疑，三子皆因卫青军功同时封侯。《史记·外戚世家》曰："青三子在襁褓中，皆封为列侯。"《汉书·卫青霍去病传·卫青传》曰："（武帝封青三子为侯）青固谢曰：'臣幸得待罪行间，赖陛下神灵，军大捷，皆诸校力战之功也。陛下幸已益封臣青，臣青子在襁褓中，未有勤劳，上幸裂地封为三侯，非臣待罪行间所以劝士力战之意也。伉等三人何敢受封！'上曰：'我非忘诸校功也，今固且图之。'"

【译文】

卫青将军生得一子，正好有人献上黑嘴的黄马，卫青就给儿子取名䯄，字叔马。后来改名登，字叔昇。

92.董贤宠遇过盛

哀帝为董贤起大第于北阙下①，重五殿，洞六门，柱壁皆画云气华花，山灵水怪，或衣以绨锦，或饰以金玉②。南门三重，署曰南中门、南上门、南便门。东西各三门，随方面题署③，亦如之。楼阁台榭④，转相连注⑤，山池玩好，穷尽雕丽。

【注释】

①哀帝：即汉哀帝刘欣（前26—前1），西汉皇帝，元帝之孙，定陶恭王刘康（成帝之弟）之子，母丁姬。幼时深受成帝宠爱，三岁继任为定陶王。因成帝无子嗣，绥和元年（前8）刘欣被立为皇太子，建平元年（前6）即帝位，前6年—前1年在位。《汉书·哀帝纪》曰："年三岁嗣立为王。长好文辞法律。"即位后，屡诛臣下以

防谋逆，严节法度以防淫奢，但却宠幸佞臣，骄纵外戚，最终无法挽回西汉日渐衰败的颓势。董贤（前23—前1）：西汉佞臣，字圣卿，云阳（今陕西淳化西北）人。《汉书·佞幸传·董贤传》曰："哀帝立，贤随太子官为郎。二岁余，贤传漏在殿下，为人美丽自喜，哀帝望见，悦其仪貌。"董贤始召宠幸，拜为黄门郎，二十二岁即官至大司马，封高安侯。其兄弟皆受宠信，得赏赐无数，筑第宅，造冢墓，奢靡无度，父子专擅朝政。哀帝死后，以治办丧事不力之名被王莽逼迫自杀，其庞大家族资产被抄没。

②"重五殿"以下六句：《汉书·佞幸传·董贤传》曰："又以贤妻父为将作大匠，弟为执金吾。诏将作大匠为贤起大第北阙下，重殿洞门，木土之功穷极技巧，柱槛衣以绨锦。"颜师古注曰："重殿谓有前后殿，洞门谓门门相当也。皆僭天子之制度者也。"重五殿，前后五重殿宇。洞六门，六重门两两相对。重殿和洞门的建筑制度只有天子才能使用，可见哀帝对董贤的滥宠。华花（huā），美丽的花。

③随方面：根据方向。随，根据。

④台榭：台和榭，亦泛指楼台等建筑物。榭，建在高台上的木构建筑，特点是只有楹柱没有墙壁，多为游观之所。《汉书·五行志上》曰："治宫室，饰台榭。"颜师古注曰："台有室曰榭。"

⑤连注：连接贯通在一起。

【译文】

汉哀帝为董贤在北阙下盖了一座大宅第，前后有五重殿堂，共有六组两两相对的大门，殿中的柱子上和墙壁上都描画着云气花卉，山神水怪，有的用丝织的锦缎包裹，有的用金银美玉装饰。大宅南边有三重门，题名分别为南中门、南上门、南便门。东西两面各有三重门，根据方向题写名字，也像南面的门一样。宅院中充满楼阁亭台，逶迤曲折互相连接，假山水池和各种赏玩之物，都雕饰得华丽至极。

93.三馆待客

平津侯自以布衣为宰相[①],乃开东阁[②],营客馆,以招天下之士。其一曰钦贤馆[③],以待大贤。次曰翘材馆[④],以待大才。次曰接士馆,以待国士[⑤]。其有德任毗赞、佐理阴阳者[⑥],处钦贤之馆。其有才堪九烈、将军、二千石者[⑦],居翘材之馆。其有一介之善、一方之艺[⑧],居接士之馆。而躬自菲薄,所得俸禄,以奉待之[⑨]。

【注释】

①平津侯:即公孙弘。

②阁(gé):小门。或作“阁”。《尔雅·释宫》曰:“宫中之门谓之闱,其小者谓之闺,小闺谓之阁。”谢肇淛《五杂俎·地部一》曰:“阁与阁,世人多混用之。阁,夹室也,以板为之,亦楼观之通名也。……阁者,门旁小户也。汉公孙弘开东阁以延贤人,盖避当门,而东向开一小门,引宾客以别于官属,即今官署脚门,旁有延宾馆是也。……然则夹室谓之阁,傍门为之阁,义自昭然。”不过,“阁”与“阁”两字后多混用,并无严格区分。《汉书·公孙弘卜式儿宽传·公孙弘传》曰:“(弘至宰相封侯)于是起客馆,开东阁以延贤人,与参谋议。”颜师古注曰:“阁者,小门也,东向开之,避当庭门而引宾客,以别于掾史官属也。”

③钦:钦佩,钦慕。

④翘材:高才,出众的才能,突出的才能。周祈《名义考·翘材》曰:“《说文》:翘,尾长毛也。又翘翘,高也。翘材者,犹言长才、高才也。”

⑤国士:一国中才能出众,可以担当一方之任的人。

⑥毗（pí）赞：辅佐。毗、赞，辅佐，帮助。佐理阴阳：协助调和阴阳之气。此指辅助治理天下万物。古人认为是阴阳二气化生了天下万物，故能调理阴阳二气的人，便能理顺天下万物，这是安邦治国的关键与根本。而具备这种德行的人，才是胜任高位的合格人选。《尚书·周官》曰："立太师、太傅、太保。兹惟三公，论道经邦，燮理阴阳。官不必备，惟其人。"《春秋繁露·王道通三》曰："故四时之行，父子之道也；天地之志，君臣之义也；阴阳之理，圣人之法也。"同书《阴阳义》曰："天地之常，一阴一阳。阳者天之德也，阴者天之刑也。迹阴阳终岁之行，以观天之所亲而任。"

⑦九烈：即九列，亦称九卿，古代朝廷九种高级官职。古代建官法天，地上的官与天象相关。王充《论衡·纪妖篇》曰："天官百二十，与地之王者，无以异也。地之王者，官属备具，法象天官，禀取制度。天地之官同，则其使者亦宜钧。官同人异者，未可然也。"《春秋公羊传注疏》卷五徐彦疏曰："《春秋说》云：立三台以为三公，北斗九星为九卿，二十七大夫内宿部卫之列，八十一纪以为元士，凡百二十官焉。"班固《白虎通义·封公侯》曰："一公置三卿，故九卿也。天道莫不成于三：天有三光，日月星；地有三形，高下平；人有三尊，君父师。故一公三卿佐之，一卿三大夫佐之，一大夫三元士佐之。天有三光，然后而能遍照。各自有三法，物成于三：有始、有中、有终，明天道而终之也。"各代九卿所列不尽相同。秦统一后，在中央设立三公九卿制。汉因袭秦制但有所变动，汉代九卿指的是：太常、光禄勋、卫尉、太仆、廷尉、大鸿胪、宗正、大司农、少府，俸禄皆二千石。此外也有一些官职可位列九卿。故此处或为泛指。将军：武官名。春秋时代以卿统军，称卿为将军，一军统帅也称将军，战国时将军成为正式官名。蔡质《汉官典职仪式选用》曰："汉兴，置大将军、骠骑，位次丞相；车骑、卫将军、左右前后，皆金紫，位次上卿。典京师兵卫，四夷屯

謦。”秩皆二千石。

⑧一介：少量，一点。

⑨“而躬自菲薄”以下三句：《史记·平津侯主父列传》曰：“（弘）食一肉脱粟之饭。故人所善宾客，仰衣食，弘奉禄皆以给之，家无所余。士亦以此贤之。”可与本条所记相印证。躬自菲薄，自己过得很节俭。

【译文】

平津侯公孙弘出身布衣，当上宰相后，就在东边开了个小门，营建接待宾客的馆舍，用来招揽普天下的贤能之士。第一所客馆叫钦贤馆，用来接待最有贤德的人。第二所叫翘材馆，用来接待最有才能的人。第三所叫接士馆，用来接待国中才能足够担当一方之任的人。那些贤德胜任辅佐君王或能协调阴阳关系的人，住在钦贤馆。那些才能足够担任九卿、将军、官秩二千石的人，住在翘材馆。那些在某方面有优点才华的、有一技之长的人，住在接士馆。而公孙弘自己却过得很节俭，他所得到的俸禄，全都用来招待奉养这些人了。

94.闽越献蜜鹇

闽越王献高帝石蜜五斛①，蜜烛二百枚②，白鹇、黑鹇各一双③。高帝大悦，厚报遣其使。

【注释】

①闽越：古越人的一支，相传是春秋时越王勾践的后裔，亦称东越，擅长造船航海。秦并天下，置闽中郡。秦末曾经帮助刘邦打击项羽，故汉高祖五年（前202），刘邦立其首领无诸为闽越王，王闽中故地，即今福建，都东冶（今福建福州）。此后，闽越自恃其地势险要、甲卒众多，心生分离。汉武帝元封年间平定闽越国，将其

并入会稽郡。石蜜:又名崖蜜、岩蜜,是野蜂在高山岩穴中所酿之蜜,历经数十年粒粒积累而成。唐慎微《经史证类大观本草·虫鱼》曰:"石蜜,味甘,平,无毒,微温。……陶隐居云:石蜜即崖蜜也,高山岩石间作之,色青赤,味小酸,食之心烦,其蜂黑色似虻。"斛(hú):旧时量器。也作量词,容量单位。南宋以前十斗为一斛。《仪礼·聘礼》曰:"十斗曰斛。"南宋末年改五斗为一斛。

②蜜烛:用蜂巢提炼的蜂蜡压制而做成的火炬。

③白鹇(xián)、黑鹇:名贵的观赏鸟类,形似山鸡,色有黑白之分。白鹇,又名银雉,背上羽毛白色中带有黑纹,尾长四五尺,嘴与爪皆为红色。谢灵运《文选·雪赋》曰"白鹇失素",李善注曰:"白鹇,鸟名也。《西都赋》曰:'招白鹇。'"李时珍《本草纲目·禽部》曰:"时珍曰:按张华云,行止闲暇,故曰鹇。李昉命为闲客。薛氏以为雉类。……又《西京杂记》云,南粤王献白鹇黑鹇各一,盖雉亦有黑色者。……颂曰:白鹇出江南,雉类也。白色,而背有细黑文。可畜,彼人亦食之。……时珍曰:鹇似山鸡而色白,有黑文如涟漪,尾长三四尺,体备冠距,红颊赤嘴丹爪,其性耿介。李太白言其卵可以鸡伏。亦有黑鹇。"黑鹇,较为罕见。

【译文】

闽越王向汉高祖刘邦进献了石蜜五斛,蜜烛二百根,白鹇、黑鹇各一双。高祖很高兴,赏赐回赠给闽越王使者很多东西。

95.滕公葬地

滕公驾至东都门[①],马鸣,局不肯前[②],以足跑地久之[③]。滕公使士卒掘马所跑地,入三尺所,得石椁。滕公以烛照之,有铭焉。乃以水洗写其文[④],文字皆古异,左右莫能知。以问叔孙通[⑤],通曰:"科斗书也[⑥]"以今文写之[⑦],曰:"佳城郁郁⑧，三千年见白日。吁嗟滕公居此室⑨。”滕公曰：“嗟乎，天也！吾死其即安此乎。”死遂葬焉⑩。

【注释】

①东都门：即东郭门，亦称宣平门。

②局：屈曲不舒展。

③跑（páo）：用马蹄刨地。

④洗写：冲洗，冲刷。写，同“泻”。

⑤叔孙通：汉初薛（今山东滕州南）人，曾为秦博士。秦末，先投项羽，后归刘邦。汉初任太子太傅，博学通时变。《史记·刘敬叔孙通列传》曰：“汉五年（前202），已并天下，诸侯共尊汉王为皇帝于定陶，叔孙通就其仪号。……叔孙通知上益厌之也，说上曰：‘夫儒者难与进取，可与守成。臣愿征鲁诸生，与臣弟子共起朝仪。’高帝曰：‘得无难乎？’叔孙通曰：‘五帝异乐，三王不同礼。礼者，因时世人情为之节文者也。故夏、殷、周之礼所因损益可知者，谓不相复也。臣愿颇采古礼与秦仪杂就之。’”故汉初定立朝章典礼，皆出其手，被称为“汉家儒宗”。著有《汉礼仪制度》，辑佚书甚多。

⑥科斗书：即蝌蚪书，又名蝌蚪文。篆书的一种。因字形头粗尾细，形状如蝌蚪而得名。汪汲《事物原会·蝌蚪书》曰：“《字源》：颛顼高阳氏制蝌蚪书。一云仓颉所作。《古文通考》：其流出于古文。《尚书·序》费氏注云：书有二十法，蝌蚪书是其一法，以其小尾伏头，状似虾蟆子，故名。”

⑦今文：指汉代隶书，是汉代通行的文字。汉以前的文字如金文、籀书、篆书，在当时统称为古文。

⑧佳城：墓地的别称。郁郁：幽森静寂的样子。

⑨居此室：葬在这里。

⑩死遂葬焉：张华《博物志》卷七曰："汉滕公薨，求葬东都门外。公卿送丧，驷马不行，局地悲鸣，跑蹄下地得石，有铭曰：'佳城郁郁，三千年见白日。吁嗟滕公居此室。'遂葬焉。"所记事与本条相似，但时间不同。《三辅旧事》曰："滕文公墓在饮马桥东大道南。俗谓之马冢。"张澍注曰："《水经注》：汉太尉夏侯婴葬日，柩马悲鸣，轻车罔进，下得见石椁，铭云：于嗟，滕公居此室。故遂葬焉。"所述之事与《博物志》同。佳城为墓地别称，其典应出于本条。

【译文】

滕公夏侯婴的车驾走到东都门的时候，马一直鸣叫不已，弯着腿停步不肯前行，用蹄子在地上不停地刨了很久。滕公就命令士兵们挖开马蹄刨过的地方，挖到三尺深的时候，得到了一具石棺。滕公点亮烛火查看，发现石棺上还有铭文。于是就用水冲洗干净上面的文字，这文字很古怪，边上的人没有认识的。他去问了叔孙通，叔孙通说："这是蝌蚪文。"就用当时通行的文字隶书翻译出来，原来写的是："这个地方好阴暗幽寂，经过了三千年才见天日。那滕公就葬在这里。"滕公说道："哎呀，老天啊！我死后难道就葬在这里吗？"他死后便葬在了这里。

96.韩嫣金弹

韩嫣好弹①，常以金为丸②，所失者日有十余。长安为之语曰："苦饥寒，逐金丸。"京师儿童，每闻嫣出弹，辄随之，望丸之所落，辄拾焉。

【注释】

①韩嫣：汉武帝时宫中宠臣。字王孙，韩王信曾孙，弓高侯韩颓当之孙。聪慧，善骑射，为汉武帝所宠幸，得赏赐无数，官至上大夫。骄妄奸佞，常与武帝共卧起。《汉书·佞幸传·韩嫣传》曰："嫣

侍,出入永巷不禁,以奸闻皇太后。太后怒,使使赐嫣死。”好弹(tán):喜欢打弹弓。弹,即用弹弓射弹丸,利用带兜的弓弦把弹丸射出去。刘向《说苑·善说》曰:“弹之状如弓,而以竹为弦。”其起源很早,在人类生活的早期即已发明。赵晔《吴越春秋·勾践阴谋外传》曰:“(善射者陈)音曰:臣闻弩生于弓,弓生于弹,弹起古之孝子。……古者人民朴质,饥食鸟兽,渴饮雾露,死则裹以白茅,投于中野。孝子不忍见父母为禽兽所食,故作弹以守之,绝鸟兽之害。故歌曰‘断竹,续竹,飞土,逐害’之谓也。”

②丸:弹丸。

【译文】

韩嫣喜欢玩弹弓,常常用金子做成弹丸,每天要丢掉十几颗金弹丸。长安人为此编了顺口溜说道:“如果苦于饥寒,就去跟着捡金弹丸。”长安城中的孩子,每次一听说韩嫣要出来打弹弓射弹丸了,就都跟随着他,看着金弹丸掉落的地方,赶紧跑过去捡起来。

97.司马良史

司马迁发愤作《史记》百三十篇①,先达称为良史之才②。其以伯夷居列传之首③,以为善而无报也④。为《项羽本纪》,以踞高位者非关有德也⑤。及其序屈原、贾谊⑥,辞旨抑扬,悲而不伤⑦,亦近代之伟才。

【注释】

①司马迁(约前145或135—前87或前86):西汉史学家、文学家、思想家。太史令司马谈之子。字子长,夏阳(今陕西韩城)人。自幼即诵读经书典籍,早年游遍大江南北,考察风土人情,采集传说旧闻史料。初任郎中,元封三年(前108)继父职任太史令。

太初元年（前104）开始撰写《史记》，后因为替李陵投降匈奴辩解，得罪汉武帝而下狱，遭受腐刑的屈辱。《史记·太史公自序》曰：“（太史公下狱后）退而深惟曰：‘夫《诗》《书》隐约者，欲遂其志之思也。昔西伯拘羑里，演《周易》；孔子厄陈蔡，作《春秋》；屈原放逐，著《离骚》；左丘失明，厥有《国语》；孙子膑脚，而论兵法；不韦迁蜀，世传《吕览》；韩非囚秦，《说难》《孤愤》；《诗》三百篇，大抵贤圣发愤之所为作也。此人皆意有所郁结，不得通其道也，故述往事，思来者。’”于是出狱后发愤著书，完成《太史公书》，后称《史记》。《史记》：我国第一部纪传体通史。司马迁著，完成于太始四年（前93）前后，原名《太史公书》。司马迁利用自己担任太史令的便利条件，充分利用皇家收藏的文献，以及早年游历时采访收集的材料写作而成。《史记·太史公自序》曰：“网罗天下放失旧闻。……凡百三十篇，五十二万六千五百字，为《太史公书》。序略，以拾遗补蓺，成一家之言，厥协《六经》异传，整齐百家杂语，藏之名山，副在京师，俟后世圣人君子。第七十。太史公曰：余述历黄帝以来至太初而讫，百三十篇。”《史记》共一百三十篇，开创了纪传体史书的文体形式，以本纪、世家、列传分别记载不同人物、国家与民族，以八书记载制度沿革，用十表记载世事的来龙去脉。记事时间起于传说的黄帝，止于汉武帝末年，时间跨度三千余年。书中传记真实、生动形象，对后世的史学和文学影响深远。柳诒徵《中国文化史》说：“史学大家司马迁生于武帝之世，萃《尚书》《春秋》《国语》《世本》诸书之体，创为《史记》，立本纪、世家、表、书、传之目，遂为文学、历史两家之祖。治文学者师其义法，修史策者袭其体裁，是亦汉代之特色也。其后，褚少孙、扬雄、刘歆等多踵为之，而班彪及子固相继为《汉书》，遂为断代史之祖。吾国立国数千年，而朝野上下之典章制度、风俗文物胥有可考，实赖历朝史书之记载。”后人注释《史记》的作品主要有南朝宋裴骃的《集解》、唐司马贞的《索隐》和张守节的《正义》。

②先达：德才兼备的前辈。此指刘向、扬雄等人。良史：优秀的史官。《汉书·司马迁传》赞曰："然自刘向、扬雄博极群书，皆称迁有良史之材，服其善序事理，辨而不华，质而不俚，其文直，其事核，不虚美，不隐恶，故谓之实录。"

③伯夷：商代末年孤竹君长子，与其弟叔齐皆不愿继承父位，共奔至周。周武王伐纣，伯夷与叔齐扣马而谏，欲阻武王。周灭商后，两人隐居，不食周粟而死。《史记·伯夷列传》曰："武王已平殷乱，天下宗周，而伯夷、叔齐耻之，义不食周粟，隐于首阳山，采薇而食之。及饿且死，作歌。"司马迁认为二人求仁得仁，以义为先，故列为列传之首。《史记·太史公自序》曰："末世争利，维彼奔义；让国饿死，天下称之。作《伯夷列传》第一。"

④以为善而无报：司马迁认为伯夷是善人，但终饿死，便是"善而无报"了。《史记·伯夷列传》曰："或曰：'天道无亲，常与善人。'若伯夷、叔齐，可谓善人者非邪？积仁洁行如此而饿死！……天之报施善人，其如何哉？……余甚惑焉，倘所谓天道，是邪非邪？"

⑤踞高位者非关有德：《史记》中的本纪是为历代帝王作传，而项羽在秦亡后曾自立西楚霸王，与刘邦势力相当，故司马迁将其列入本纪。《史记·项羽本纪》太史公曰："三年，（项羽）遂将五诸侯灭秦，分裂天下，而封王侯，政由羽出，号为'霸王'，位虽不终，近古以来未尝有也。及羽背关怀楚，放逐义帝而自立，怨王侯叛己，难矣。自矜功伐，奋其私智而不师古，谓霸王之业，欲以力征经营天下，五年卒亡其国，身死东城，尚不觉悟而不自责，过矣。乃引'天亡我，非用兵之罪也'，岂不谬哉！"《史记·太史公自序》曰："秦失其道，豪杰并扰；项梁业之，子羽接之；杀庆救赵，诸侯立之；诛婴背怀，天下非之。作《项羽本纪》第七。"踞，坐，占据。

⑥序：按次序编排。屈原（约前340—约前278）：著名爱国诗人，战

国时期楚国贵族。名平，字原，曾任楚怀王时的左徒、三闾大夫，后遭谗言被诽谤。《史记·屈原贾生列传》曰："上官大夫与之同列，争宠而心害其能。怀王使屈原造为宪令，屈平属草稾未定。上官大夫见而欲夺之，屈平不与，因谗之曰：'王使屈平为令，众莫不知，每一令出，平伐其功，以为"非我莫能为也"。'王怒而疏屈平。"屈原被流放到沅、湘一带，秦国灭楚后，悲愤而投汨罗江自尽。屈原独创了骚体，创作了大量具有楚国地方特色的辞赋，代表作有《离骚》《九歌》等。贾谊（前200—前168）：西汉著名政论家、文学家。洛阳（今属河南）人，时称贾生。年少即通诸子百家书，二十余岁被汉文帝召为博士，迁太中大夫。因改革政制得罪了朝廷重臣，被贬为长沙王太傅。《史记·屈原贾生列传》曰："贾生以为汉兴至孝文二十余年，天下和洽，而固当改正朔，易服色，法制度，定官名，兴礼乐，乃悉草具其事仪法，色尚黄，数用五，为官名，悉更秦之法。孝文帝初即位，谦让未遑也。诸律令所更定，及列侯悉就国，其说皆自贾生发之。于是天子议以为贾生任公卿之位。绛、灌、东阳侯、冯敬之属尽害之，乃短贾生曰：'洛阳之人，年少初学，专欲擅权，纷乱诸事。'于是天子后亦疏之，不用其议，乃以贾生为长沙王太傅。"后贾谊再改任梁怀王太傅。怀王坠马而亡，贾谊因此自伤失职，抑郁而终，年仅三十三岁。《汉书·贾谊传》赞曰："刘向称'贾谊言三代与秦治乱之意，其论甚美，通达国体，虽古之伊、管未能远过也。使时见用，功化必盛。为庸臣所害，甚可悼痛'。"贾谊著有《新书》五十八篇，今存五十六篇，又名《贾子》，其中以《过秦论》最为著名。另有《吊屈原赋》《鹏鸟赋》等传世。

⑦辞旨抑扬，悲而不伤：司马迁将屈原与贾谊合写作传，因两人皆有怀才不遇之经历，也有对自己所受遭遇的怨愤。《史记·屈原贾生列传》太史公曰："余读《离骚》《天问》《招魂》《哀郢》，悲其

志。适长沙，观屈原所自沈渊，未尝不垂涕，想见其为人。及见贾生吊之，又怪屈原以彼其材，游诸侯，何国不容，而自令若是。读《鹏鸟赋》，同死生，轻去就，又爽然自失矣。"《史记·太史公自序》曰："作辞以讽谏，连类以争义，《离骚》有之。作《屈原贾生列传》第二十四。"

【译文】

司马迁发愤而写《史记》一百三十篇，先辈称他是优秀的史官。他把伯夷放在列传的第一篇，是因为伯夷与人为善却没得到好报。他撰写《项羽本纪》，是因为占据了很高地位的人未必一定是有德行之人。还有他为屈原和贾谊两人合传，文章气势起伏跌宕，悲痛但并不哀伤，也是近代伟大的人才。

98.忘忧馆七赋

梁孝王游于忘忧之馆①，集诸游士②，各使为赋。

【注释】

①忘忧之馆：梁孝王所建筑的宫室名。或建于其苑囿中。

②集诸游士：召集宾客。游士，游说谋划之人士。此指枚乘等辞赋家。《汉书·文三王传·梁孝王传》曰："（孝王）招延四方豪杰，自山东游士莫不至：齐人羊胜、公孙诡、邹阳之属。"

【译文】

梁孝王在忘忧之馆游乐时，召集了许多游士宾客，让他们各自写篇赋。

枚乘《柳赋》

枚乘为《柳赋》①，其辞曰："忘忧之馆，垂条之木，枝逶迟而含紫②，叶萋萋而吐绿③。出入风云，去来羽族④。既上下而好音[⑤]，亦黄衣而绛足[⑥]。蜩螗厉响[⑦]，蜘蛛吐丝。阶草漠漠[⑧]，白日迟迟[⑨]。于嗟细柳，流乱轻丝。君王渊穆其度[⑩]，御群英而玩之[⑪]。小臣瞽聩[⑫]，与此陈词。于嗟乐兮！于是樽盈缥玉之酒[⑬]，爵献金浆之醪梁人作藷蔗酒，名金浆[⑭]。庶羞千族[⑮]，盈满六庖[⑯]。弱丝清管[⑰]，与风霜而共雕。枪锽啾唧[⑱]，萧条寂寥。俊乂英旄[⑲]，列襟联袍[⑳]。小臣莫效于鸿毛[㉑]，空衔鲜而嗽醪[㉒]。虽复河清海竭，终无增景于边撩[㉓]。"

【注释】

①枚乘（？—前140）：西汉著名辞赋家。字叔，淮阴（今属江苏）人。曾为吴王刘濞郎中、梁孝王门客。七国之乱前曾阻止刘濞起兵，之后又上书劝谏刘濞罢兵。武帝即位后，召枚乘入京。《汉书·贾邹枚路传·枚乘传》曰："武帝自为太子闻乘名，及即位，乘年老，乃以安车蒲轮征乘。"但枚乘病故于赴京途中。枚乘有赋多篇，今存《七发》等三篇。梁孝王的门客中，以辞赋见长者众，《汉书·贾邹枚路传·枚乘传》曰："（枚乘）复游梁，梁客皆善属辞赋，乘尤高。"本赋与后六条中的赋皆为众宾客于忘忧之馆中所作。

②逶迟：弯弯曲曲下垂的样子。

③萋萋：茂盛、繁茂的样子。

④羽族：指鸟类。

⑤上下而好音：群鸟上下飞翔，叫声悦耳动听。《诗经·邶风·燕燕》曰："燕燕于飞，上下其音。"

⑥黄衣：指黄鹂，又名黄莺、黄鸟、仓庚。羽毛色黄而美丽，叫声婉转悦耳。《诗经·邶风·凯风》曰："睍睆黄鸟，载好其音。"

⑦蜩（tiáo）：古书上指蝉。《诗经·小雅·小弁》曰："菀彼柳斯，鸣蜩嘒嘒。"《庄子·达生》曰："仲尼适楚，出于林中，见痀偻者承

蜩，犹掇之也。”《尔雅·释虫》曰：“蜩，蜋蜩。螗蜩。”邢昺疏曰：“云‘蜩’者，目诸蜩也。蜋蜩，五彩具者也。螗蜩，俗呼胡蝉，似蝉而小，鸣声清亮者也。”《方言》卷十一则曰：“蝉，楚谓之蜩，宋、卫之间谓之螗蜩，陈、郑之间谓之蜋蜩，秦、晋之间谓之蝉。”认为是一物异名。螗（táng）：古书上指一种较小的蝉。《诗经·大雅·荡》曰：“如蜩如螗，如沸如羹。”厉响：尖利刺耳的鸣叫声。

⑧漠漠：繁茂、密布的样子。

⑨迟迟：缓慢移动，徐缓运行的样子。《诗经·邶风·谷风》曰：“行道迟迟，中心有违。”《毛传》曰：“迟迟，舒行貌。”《诗经·豳风·七月》曰：“春日迟迟，采蘩祁祁。”《毛传》曰：“迟迟，舒缓也。”孔颖达疏曰：“迟迟者，日长而暄之意，故为舒缓。”

⑩渊穆：深沉庄重之美。班固《文选·典引》曰“渊穆之让”，蔡邕注曰：“渊穆，深美之辞也。”度：风度，气度。

⑪御：统领，治理。群英：众宾客。

⑫瞽聩（gǔ kuì）：眼睛瞎，耳朵聋。是古代臣子对君主的自谦之词。瞽，失明的人，盲人。聩，先天耳聋。《国语·晋语四·胥臣论教诲之力》曰“聋聩不可使听”，韦昭注曰：“耳不别五声之和曰聋，生而聋曰聩。”

⑬樽：古代酒器，圆形，无足，粗腹大口。缥玉之酒：色泽微黄的美酒。《古文苑·柳赋》曰“缥玉”，章樵注曰：“酒色清白而轻黄也。”

⑭爵：古代酒器，双耳，深腹，三足，口呈前后条槽形，槽与口连接处有柱。可以放到火上温酒。《诗经·小雅·宾之初筵》曰：“酌彼康爵，以奏尔时。”《左传·宣公二年》曰：“臣侍君宴，过三爵，非礼也。”沈从文《中国文物常识》说：“爵如鹤，高足。”金浆之醪（láo）：一种黄色果酒。醪，古代指较为醇厚的酒，是带糟的醇酒。许慎《说文解字》“酉部”曰：“醪，汁滓酒也。”段玉裁注曰：“许意此为汁滓相将之酒。醴为一宿孰之酒。”徐灏笺曰：“醪与醴皆汁

滓相将。醴一宿孰，味至薄，醪则醇酒味甜。”《史记·袁盎列传》曰：“袁盎使吴见守，从史适为守盎校尉司马，乃悉以其装赍置二石醇醪，会天寒，士卒饥渴，饮酒醉，西南陬卒皆卧，司马夜引袁盎起，曰：‘君可以去矣，吴王期旦日斩君。’”

⑮庶羞：众多精美的佳肴。千族：千种。

⑯六庖：君王的厨房。此指梁孝王的厨房。《周礼·天官·庖人》曰：“庖人：掌共六畜、六兽、六禽，辨其名物。”“六庖”或指此。另《古文苑·柳赋》章樵注曰：“《诗》‘大庖不盈’注：‘一曰干豆，二曰宾客，三曰充君之庖。’又有面伤、践毛、不成禽不献者三，故云六庖。”

⑰弱丝清管：形容丝竹管弦的音乐之声纤细轻扬，悦耳动听。丝，指琴瑟等弦乐器。管，指笛笙等管乐器。

⑱枪锽（qiāng huáng）：金属类打击类乐器的撞击声，如钟等。啾唧：细碎的声音。《古文苑·柳赋》章樵注曰：“枪锽，大音。啾唧，小音，并寂然无闻。”

⑲俊乂（yì）：有超人的德行与才能之人。《尚书·皋陶谟》曰：“俊乂在官。”孔安国传曰：“马曰：‘千人曰俊，百人曰乂。’”孔颖达疏曰：“马、王、郑皆云：‘才德过千人为俊，百人为乂。’”英旄（máo）：又作“英髦”，英俊之士。

⑳列襟联袍：形容人才众多，比比皆是。襟、袍，皆是衣着。此处借代在场的诸多游士宾客。

㉑鸿毛：自谦之词，形容微小，微不足道。

㉒衔鲜而嗽醪：享用美酒佳肴。衔鲜，品尝佳肴。嗽醪，畅饮美酒。

㉓增景：增光。边撩：指柳梢，比喻细微，仍为自谦之词。《古文苑·柳赋》章樵注曰：“边撩，柳之边梢也，借喻言细微之事。”《抱经堂丛书·西京杂记》卢文弨本注曰：“以上‘增景’推之，日光照于屋椽之上，盖末光也。‘撩’，似当从‘木’，橑也。犹言不能

增辉萤爝也。”

【译文】

枚乘写了一篇《柳赋》，内容是这样的：“在忘忧馆里，有一棵枝条飘垂的柳树，树枝弯曲下垂带有一点紫色，树叶茂盛竞相吐露绿色。微风在树枝间出入穿行，鸟儿在枝叶间飞来飞去。群鸟在林中上下翩飞，叫声悦耳动听，还有羽毛黄黄足爪深红的黄鹂鸟。蝉儿尖利地嘶鸣，蜘蛛悠闲地吐丝。台阶前的绿草茂密，阳光和暖温煦。啊，那细弱的柳条，好像风中轻盈飘扬的丝缕。君王的风度静穆沉美，他率领着众宾客在柳树下玩赏。小臣我耳聋眼瞎没什么见识，却荣幸地在这盛会中提笔创作。我是多么快乐啊！于是在酒樽中盛满浅黄色的美酒，用酒爵献上黄色的果酒那是梁国人做的甘蔗酒，叫金浆。美味佳肴种类繁多，堆满了君王的厨房。管弦乐声清幽纤细，随园内风势而起伏飘逸。大声的打击乐与细碎的啾唧，都只剩下了萧条和寂寥。才华出众品德卓越的人士济济一堂。小臣我微不足道，只好尽情享用这美酒佳肴。即使河清海枯，也无能为君王增一点光。”

路乔如《鹤赋》

路乔如为《鹤赋》①，其辞曰：“白鸟朱冠，鼓翼池干②。举修距而跃跃③，奋皓翅之翋㺯④。宛修颈而顾步⑤，啄沙碛而相欢⑥。岂忘赤霄之上⑦，忽池籞而盘桓⑧。饮清流而不举⑨，食稻粱而未安⑩。故知野禽野性，未脱笼樊⑪，赖吾王之广爱，虽禽鸟兮抱恩。方腾骧而鸣舞⑫，凭朱槛而为欢⑬。”

【注释】

①路乔如：人名，梁孝王门客，生平不详。

②干：岸。

③修距：修长的鸟爪。趹趹：跃跃欲飞。

④䎗䎗（zhǎn）：快速飞动、迅猛搏击的样子。《古文苑·鹤赋》章樵注曰："飞动貌。"扬雄《法言·孝至》曰："鹰隼䎗䎗未至也。"

⑤宛：弯曲。顾步：举步四顾。

⑥沙碛（qì）：沙石。欢：喧闹声，鸣叫声。

⑦赤霄：指红日高照、云霞似染的天空。《淮南子·人间训》曰："背负青天，膺摩赤霄。"

⑧忽：仅仅，只。池籞（yù）：宫中的池苑。籞，古代帝王的禁苑。《汉书·宣帝纪》曰："（宣帝）又诏：'池籞未御幸者，假与贫民……'"颜师古注曰："苏林曰：'折竹以绳绵连禁御，使人不得往来，律名为籞。'……应劭曰：'池者，陂池也。籞者，禁苑也。'"

⑨举：高飞。

⑩稻：俗称"禾""谷"，古称"稌""秜"。通常指水稻。《诗经·豳风·七月》曰："八月剥枣，十月获稻。"周代设稻人之官，掌治田种稻之事。《周礼·地官·稻人》曰："稻人：掌稼下地。以潴蓄水，以防止水，以沟荡水，以遂均水，以列舍水，以浍写水，以涉扬其芟，作田。"汉代也设有相关职能。罗愿《尔雅翼·释草一》曰："古者之于谷菽与苴以食农，麦以接续，至于食稻衣锦，则以为生人之极乐，以稻味尤美故也。"王仲殊《汉代考古学概说》说："黄河流域也种稻，洛阳汉墓出土的稻谷经鉴定为粳稻，而墓中陶器上所书的'秫稻'则应系糯稻。长江流域和南方地区，稻是主要的谷物。经鉴定，广州汉墓出土的稻谷为籼稻；长沙马王堆汉墓出土的稻谷，从竹简上的文字，并从实物的鉴定看来，有籼稻，也有粳稻和糯稻。江陵凤凰山汉墓发现有稻穗四束，放在一个陶仓中，保存得很好，稻穗长约18.5厘米，每穗平均有51粒，经鉴定，是一种粳稻。"侯良《西汉文明之光——长沙马王堆汉墓》说：

“我国水稻栽培的历史已十分悠久。《氾胜之书》中提到‘三月种秔稻，四月种秫稻’。秔稻即是粳稻，秫稻即是糯稻。马王堆一号汉墓出土稻谷的鉴定进一步说明，西汉初期稻作的品种类型确实是极其丰富的，表现为籼、粳、黏、糯并存，长粒、中粒和短粒并存，这样种类繁多的稻谷，对研究我国古代稻谷品种类型的演变和发展是极为宝贵的实物资料。”粱：指粟的优良品质。也特指精细的小米。《周礼·天官·膳夫》曰：“凡王之馈食用六谷。”郑玄注引郑司农曰：“稌、黍、稷、粱、麦、苽。”《周礼·天官·大宰》曰“生九谷”，郑玄注曰：“黍、稷、稻、粱、苽、麻、大豆、小豆、小麦。”《礼记·曲礼下》曰：“岁凶……大夫不食粱，士饮酒不乐。”一说粱即粟。李时珍《本草纲目·谷部》曰：“粱者，良也，谷之良者也。……粱即粟也。考之《周礼》，九谷、六谷之名，有粱无粟可知矣。自汉以后，始以大而毛长者为粱，细而毛短者为粟。今则通呼为粟，而粱之名反隐矣。……（陶弘景曰）凡云粱米，皆是粟类，惟其牙头色异为分别耳。”

⑪笼樊：即樊笼，指鸟笼。为押韵而倒置。

⑫腾骧（xiāng）：飞腾，跳跃。张衡《西京赋》曰：“负笋业而余怒，乃奋翅而腾骧。”

⑬朱槛：红色的鸟笼栏杆。

【译文】

路乔如创作了一篇《鹤赋》，这篇赋的文辞是：“这只白鸟头顶着红色的羽冠，在池岸边振翅飞翔。它一会儿伸展着脚掌跃跃欲飞，张开洁白的翅膀急速飞上蓝天。一会儿俯下修长的脖颈举步四望，在沙地上啄食追逐喧闹。难道它忘记了那红日高照的天空，只愿在这禁苑中逗留盘桓。喝着清冽的溪水却无法高飞，吃着稻粱却于心不安。由此可知野禽虽有野性，但还没摆脱樊笼的羁绊，有赖于君王您博大的爱心，即使禽兽野鸟也感激怀恋您的恩典。它正飞腾跳跃着边鸣叫边舞蹈，靠着朱红色的鸟笼栏杆尽情欢乐。”

公孙诡《文鹿赋》

公孙诡为《文鹿赋》[①]，其词曰：“麀鹿濯濯[②]，来我槐庭[③]。食我槐叶，怀我德声[④]。质如缃缛[⑤]，文如素綦[⑥]。呦呦相召，《小雅》之诗[⑦]。叹丘山之比岁，逢梁王于一时[⑧]。”

【注释】

①公孙诡（？—前148）：齐（今山东北部）人。吴楚七国之乱后，与羊胜、邹阳等游于梁，同为梁孝王门客。善谋略，官至梁国中尉，号公孙将军，很受梁孝王宠幸。后因立太子事，与梁孝王、羊胜等人策划刺杀当朝重臣袁盎等人。事情败露后遭追捕，藏于梁王宫中，最终被迫自杀。《汉书·文三王传·梁孝王传》曰：“梁王怨爰盎及议臣，乃与羊胜、公孙诡之属谋，阴使人刺杀爰盎及他议臣十余人。贼未得也。于是天子意梁，逐贼，果梁使之。遣使冠盖相望于道，覆案梁事。捕公孙诡、羊胜，皆匿王后宫。使者责二千石急，梁相轩丘豹及内史安国皆泣谏王，王乃令胜、诡皆自杀，出之。”

②麀（yōu）鹿濯濯（zhuó）：语出《诗经·大雅·灵台》，诗曰：“麀鹿濯濯，白鸟翯翯。”朱熹《诗经集传》注曰：“濯濯，肥泽貌。”麀鹿，母鹿。濯濯，肥美润泽的样子。

③槐庭：种着槐树的庭院。

④德声：即德音，美好的名声。《诗经·小雅·鹿鸣》曰：“我有嘉宾，德音孔昭。”郑玄笺曰：“德音，先王道德之教也。”《诗经·邶风·谷风》曰：“德音莫违，及尔同死。”朱熹《诗经集传》注曰：“德音，美誉也。”向新阳、刘克任《西京杂记校注》说：“德声，犹德音，因协韵易字。‘庭’，青韵；‘声’，清韵。邻韵相押。‘音’，侵

韵，与上句‘庭’不协。”

⑤缃缛：形容鹿的毛色呈鹅黄色，细密柔软如丝褥。缃，鹅黄色。缛，通“褥”，褥子。

⑥文如素綦：花纹纵横交错的白色玉饰。文，纹色。素，白色。綦，通“璂”，古代贵族男子穿礼服时戴的弁即帽子上接缝处的玉饰。沈从文《中国文物常识》说：“如大纽扣，古代皮帽上用装饰。”《周礼·夏官·弁师》曰：“王之皮弁，会五采玉璂，象邸玉笄。”郑玄注曰：“璂，读如薄借綦之綦。綦，结也。皮弁之缝中，每贯结五采玉十二以为饰，谓之綦。”许嘉璐《中国古代衣食住行》说：“皮弁是用白鹿皮做的，由几块拼接而成，缝制的形式类似后代的瓜皮帽，皮块相连接处缀以许多五彩玉石，称为綦。”

⑦呦呦相召，《小雅》之诗：指《诗经·小雅·鹿鸣》，诗曰：“呦呦鹿鸣，食野之苹。我有嘉宾，鼓瑟吹笙。吹笙鼓簧，承筐是将。人之好我，示我周行。呦呦鹿鸣，食野之蒿。我有嘉宾，德音孔昭。视民不恌，君子是则是傚。我有旨酒，嘉宾式燕以敖。呦呦鹿鸣，食野之芩。我有嘉宾，鼓瑟鼓琴。鼓瑟鼓琴，和乐且湛。我有旨酒，以燕乐嘉宾之心。”该诗为宴会宾客时演奏的乐歌，《诗经·鹿鸣》序曰：“《鹿鸣》，燕群臣嘉宾也。既饮食之，又实币帛筐篚，以将其厚意，然后忠臣嘉宾得尽其心矣。”呦呦，鹿鸣的声音。本赋作于随梁孝王游宴之时，借《小雅》之诗之意蕴，以鹿鸣呦呦之声来召唤宾客。

⑧叹丘山之比岁，逢梁王于一时：感叹隐居多年终于为梁王所知遇。丘山，隐居的山林。比岁，连年。

【译文】

公孙诡创作了《文鹿赋》，内容是这样的：“那只母鹿长得多么肥美啊，来到这种着槐树的庭院里。它吃着槐树的叶子，怀念着我美好的名声。鹿毛像鹅黄色的柔软丝褥，花纹交错就像白色的玉饰。鹿鸣呦呦召唤着宾客，让人想起《小雅》中的那首诗篇。可叹我隐居山林这么多年，终于遇到梁王的知遇之恩。”

邹阳《酒赋》

邹阳为《酒赋》①，其词曰：“清者为酒，浊者为醴②；清者圣明，浊者顽騃③。皆曲湒丘之麦④，酿野田之米。仓风莫预，方金未启⑤。嗟同物而异味，叹殊才而共侍。流光醳醳⑥，甘滋泥泥⑦。醪酿既成⑧，绿瓷既启⑨。且筐且漉⑩，载茜载齐⑪，庶民以为欢，君子以为礼⑫。其品类，则沙洛渌酃⑬，乌程、若下⑭，高公之清⑮。关中白薄⑯，清渚萦停⑰。凝醳醇酎⑱，千日一醒⑲。哲王临国⑳，绰矣多暇㉑。召皤皤之臣㉒，聚肃肃之宾㉓。安广坐，列雕屏，绡绮为席㉔，犀璩为镇㉕。曳长裾㉖，飞广袖，奋长缨㉗。英伟之士，莞尔而即之㉘。君王凭玉几，倚玉屏。举手一劳㉙，四座之士，皆若哺梁肉焉。乃纵酒作倡㉚，倾碗覆觞㉛。右曰宫申㉜，旁亦徵扬。乐只之深，不吴不狂㉝。于是锡名饵㉞，袪夕醉，遣朝酲㉟。吾君寿亿万岁，常与日月争光。”

【注释】

①邹阳（约前206—前129）：西汉文学家。齐人，汉文帝时为吴王刘濞门客，吴王谋反时，邹阳作《谏吴王书》劝止，未成，便与枚乘、严忌等离吴赴梁，成为梁孝王门客。《汉书·贾邹枚路传·邹阳传》曰：“阳为人有智略，慷慨不苟合，介于羊胜、公孙诡之间。胜等疾阳，恶之孝王。孝王怒，下阳吏，将杀之。”邹阳作《狱中上梁王书》自辩，表明自己忠心而见疑，贤良而被谤，梁孝王阅后放了

他并拜为上客。景帝时官至弘农都尉。擅长辞赋，所作散文尚有战国游士纵横善辩之风。

②醴（lǐ）：带酒糟的浊米酒，用稻、麦芽等谷物酿成，微甜。《周礼·天官·酒正》曰："辨五齐之名，一曰泛齐，二曰醴齐。"郑玄注曰："醴犹体也，成而汁滓相将，如今甜酒矣。"许慎《说文解字》"酉部"曰："醴，一宿孰也。"段玉裁注曰："许云一宿孰，则此酒易成与。"《礼记·丧大记》曰："始食肉者，先食干肉。始饮酒者，先饮酒醴。"

③顽騃（ái）：愚顽，痴愚。古人常以清酒、浊酒分别比喻圣人、贤人，以酒区分圣贤愚顽，或始于邹阳此赋。王楙《野客丛书·酒分圣贤》曰："皇甫嵩作《醉乡日月》，有曰'凡酒以色清味重而甜者为圣，色浊如金而味醇且苦者为贤……'然以酒分圣贤者，其意祖魏人《廋语》所谓'清者为圣，浊者为贤'之说。然又考之，魏人之说又有所自，邹阳《赋》曰：'清者为酒，浊者为醴；清者圣明，浊者顽騃。'……魏人《廋语》与夫《醉乡日月》，其说有疵，不若邹阳之语为善也。"

④曲（qū）：酒曲。此指酿造。湒（jí）丘：便于种植灌溉的丘地。泛指种植稻麦的田地。与下句中的"野田"意同。麦：许慎《说文解字》"麦部"曰："麦，芒谷，秋种厚埋，故谓之麦。麦，金也。金王而生，火王而死。从来，有穗者也。"《诗经·豳风·七月》曰："十月纳禾稼，黍稷重穋，禾麻菽麦。"侯良《西汉文明之光——长沙马王堆汉墓》说："麦到商周时期有了进一步发展，甲骨文有'麦''来''麰'等字，并有'来麦''受麦''呼麦''告麦''田麦''登麦''食麦'等卜辞。可见当时中原地区对小麦的种植非常重视。《诗经》中麦字出现九次，仅次于黍稷。《汉书·食货志》载董仲舒向汉武帝说：'《春秋》他谷不书，至于麦禾不成则书之，以此见圣人于五谷最重麦与禾也。'《战国策·东周策》也说：'今

其民皆种麦。无他种。’这说明当时黄河中下游地区小麦种植有了迅速的发展，已经成为与粟并驾齐驱的主要粮食作物了。到了秦汉时期，小麦种植已经扩展到长江流域。”

⑤仓风莫预，方金未启：不让春风透过酒瓮，到了秋天也不打开酒瓮。指酿酒的过程。仓风，即苍风，指春风。向新阳、刘克任《西京杂记校注》说：“《诗经·王风·黍离》‘悠悠苍天’《经典释文》：‘苍，本亦作仓。’《尔雅·释天》谓‘春为苍天’，则‘仓风’乃指春风，与下句‘金’指秋对举。二句合言酒酿造过程，与卷一‘八月饮酎’所述正合。……《淮南子·览冥训》：‘东风至而酒湛溢。’高诱注：‘东风，木风也。……木味酸，酸风入酒，故酒酢。’《齐民要术·笨曲饼酒》谓酿稷米酎、黍米酎，皆正月作，七月熟，酒甕以泥密封，使不透风漏气。酒成后再密封三年，则‘酒色似麻油’，酒味浓烈芬芳，‘一斗酒醉千人’。可与《淮南子》及高注互为参证。”

⑥醳（yì）醳：醇酒清亮纯净的样子。醳，新酿成的醇酒。

⑦泥泥：酒的滋味甘美醇厚。

⑧醪（láo）酿：醇酒。

⑨瓷：指陶器制的瓶状容器。亦指古代称陶器中较为精致者。宋丁度《集韵·脂》曰：“瓷，陶器之致坚者。”

⑩筐：竹制的滤酒器。此指用滤酒器过滤。《诗经·小雅·伐木》曰：“伐木许许，釃酒有萸。”《毛传》曰：“以筐曰釃，以薮曰湑，萸，美貌。”孔疏曰：“筐者，竹器也。薮，草也。釃酒者或用筐，或用草，于今犹然。”漉（lù）：指酒的过滤，过滤掉杂质、糟粕。《南史·陶潜传》曰：“郡将候潜，逢其酒熟，（潜）取头上葛巾漉酒，毕，还著头上。”

⑪莤（sù）：古代祭礼，用酒灌注茅束以祭神，象征神饮酒。《周礼·天官·甸师》曰：“祭祀，共萧茅，共野果蓏之荐。”郑玄注引

郑大夫曰："萧字或为莤。"一说通"缩"。《左传·僖公四年》曰："尔贡包茅不入，王祭不共，无以缩酒，寡人是征。"杜注曰："束茅而灌之以酒为缩酒。"《说文解字》"酉"曰："莤，礼祭。束茅加于祼圭，而灌鬯酒，是为莤，像神饮之也。《春秋传》曰……无以莤酒。"《礼记·郊特牲》曰："缩酌用茅，明酌也。"郑注曰："泲之以茅，缩去滓也。"齐：同"剂"，调配，调和。

⑫庶民以为欢，君子以为礼：平民与君子都以酒为欢。《汉书·宣帝纪》曰：五凤二年（前56）"秋八月，诏曰：'……酒食之会，所以行礼乐也。'"《汉书·食货志下》曰："酒者，天之美禄，帝王所以颐养天下，享祀祈福，扶衰养疾。百礼之会，非酒不行。故《诗》曰'无酒酤我'，而《论语》曰'酤酒不食'，二者非相反也。"宋朱翼中《北山酒经》卷上曰："酒之于世也，礼天地，事鬼神。射乡之饮，《鹿鸣》之歌，宾主百拜，左右秩秩，上至缙绅，下逮闾里，诗人墨客，渔夫樵妇，无一可以缺此。"

⑬沙洛：美酒名。一说为"桑落"之误。伯仁《酒小史》曰："关中桑落酒。"《水经注·河水四》曰："（河东郡）民有姓刘名堕者，宿擅工酿，采挹河流，酝成芳酎，悬食同枯枝之年，排于桑落之辰，故酒得其名矣。"锱绩《霏雪录·一觞聊可挥》曰："河中桑落坊有井，每至桑落时，取水酿酒，美甚，故呼为桑落酒。"渌酃（lù líng）：美酒名，亦作"酃渌""酃醁"。陈直《洛阳汉墓群陶器文字通释》说："《广韵》：'酃醁，美酒。'《集韵》：'酃，湘东美酒。'盖此酒出于湖南衡阳县之酃湖，因酃湖水绿，故名酃绿，加'酉'则变为酃醁。《抱朴子·嘉循篇》曰：'寒泉旨于酃醁。'《文选》潘岳《笙赋》：'倾缥瓷以酌酃。'"左思《文选·吴都赋》曰"飞轻轩而酌绿酃"，李善注曰："《湘州记》曰：湘州临水县有酃湖，取水为酒，名曰酃酒。"罗含《湘中记》曰："衡阳县东二十里有酃湖，周二十里，深八尺，湛然绿色，土人取以酿酒，其味醇美。"一说为渌、酃

二酒的合称，习称“酃渌酒”。张协《文选·七命》曰“乃有荆南乌程”，李善注曰：“盛弘之《荆州记》曰：渌水出豫章康乐县，其间乌程乡，有酒官，取水为酒，酒极甘美，与湘东酃湖酒，年常献之，世称酃渌酒。”

⑭乌程、若下：两种有名的醇酒。乌程，张协《文选·七命》曰：“乃有荆南乌程。”李善注曰：“《吴地理志》曰：吴兴乌程县，酒有名。”本为地名，秦置，故城在今浙江吴兴南菰城，县中有乌与程两姓人家，皆擅酿酒。一说乌程原作“程乡”，地名，在今广东梅县，产美酒程酒。若下，出长城若溪（今浙江长兴南）。陈元龙《格致镜原·酒》曰：“《吴录》：长城若下酒。有名溪，南曰上若，北曰下若，并有村。村人取若下水以酿酒，醇美胜云阳。”张英《御定渊鉴类函·酒三》曰：“若下出美酒。”一说乌程、若下实为一地。《太平御览》卷六十五曰：“《吴录》曰：长城若下酒。张协《七命》云‘荆南乌程’即此酒也。”

⑮高公之清：酒名，高公酿造的清酒。高公，生平不详。清酒冬酿夏成，可用于祭祀。《周礼·天官·酒正》曰：“辨三酒之物，一曰事酒，二曰昔酒，三曰清酒。”郑注曰：“郑司农云：‘……清酒，祭祀之酒。’玄谓……清酒，今中山冬酿，接夏而成。”一说为“会稽稻米清”中之精品。

⑯关中白薄：酒名。陈元龙《格致镜原·酒》曰：“《初学记》：关中有酒名白薄。”说明该酒出于关中。关中，古地域名，所指范围不一。一说指秦都咸阳，因称函谷关以西为关中。一说位于今陕西渭河流域一带，大致东起潼关，西至宝鸡，即指古代的函谷关以西至大散关之间的地域，因位于两关之间，故名，亦号称“八百里秦川”。《史记·货殖列传》则曰：“关中自汧、雍以东至河、华，膏壤沃野千里……故关中之地，于天下三分之一，而人众不过什三；然量其富，什居其六。”《三辅故事》曰：“西以散关为界，东以函谷

为界，南以武关为界，北以萧关为界，四关之中谓之关中。”《关中记》亦曰：“秦，西以陇关为限，东以函谷为界，二关之间，是谓关中之地。东西方千余里。南北近山者相去一二百里，远者三四百里。南山自华岳，西连秦岭终南、太白，至于陇山。北有高陵平原，南北数千里，东西二三百里，西接岐、梁、汧、雍之山。”刘庆柱《关中记辑注》说：“‘南北数千里’应为‘南北数十里’之误。”

⑰清渚萦（yíng）停：形容醇酒的颜色像溪水一样晶莹清透。

⑱凝：浓烈。

⑲千日一醒：意指醇酒劲道很强。相传古有“千日酒”，喝后醉倒千日才能醒来。张华《博物志》卷十曰：“昔刘玄石于中山酒家酤酒，酒家与千日酒，忘言其节度。归至家当醉，而家人不知，以为死也，权葬之。酒家计千日满，乃忆玄石前来酤酒，醉向醒耳。往视之，云玄石亡来三年，已葬。于是开棺，醉始醒，俗云：‘玄石饮酒，一醉千日。’”

⑳哲王：贤明圣哲的君王。此指梁孝王。临：治理。

㉑绰矣：悠闲舒缓的样子。暇：闲暇。

㉒皤（pó）皤：鬓发斑白、白发苍苍的样子。

㉓肃肃：恭敬肃立的样子。

㉔绡绮（xiāo qǐ）：泛指有花纹的轻薄丝织物。绡，薄的生丝织品，轻纱。许慎《说文解字》“糸部”曰：“绡，生丝也。”段玉裁注曰：“生丝，未湅之丝也。已湅之缯为练。未湅之丝曰绡。以生丝之缯为衣，则曰绡衣。”绡的密度稀疏，轻薄度次于一般的纱，常作舞衣、帷幔。

㉕犀（xī）：即犀牛。《尔雅·释兽》曰：“犀似牛。”邢昺疏曰：“郭云：‘形似水牛，猪头，大腹，庳脚，脚有三蹄，黑色。三角，一在顶上，一在额上，一在鼻上。鼻上者，即食角也。小而不椭，好食棘。亦有一角者。’”刘欣期《交州记》曰：“犀出九德，毛如豕，蹄有甲，头似马。”此指犀牛角。璩（qú）：一种美玉。镇：席镇，压席子的物品。

㉖曳：拉，拖。裾（jū）：衣服的大襟。

㉗奋：摆动。缨：古人固定冠冕的丝带。许嘉璐《中国古代衣食住行》说："为了防止冠冕掉下去，在冠圈两旁有丝绳，可以在颔（下巴）下打结，把冠圈固定在头顶上。这两根丝绳叫缨。……缨打结后余下的部分垂在颔下，称为緌，也是一种装饰。"

㉘莞（wǎn）尔：微笑的样子。即之：就座，入席。

㉙劳：慰勉，抚慰，慰劳。

㉚倡：通"唱"，歌唱，参与宴饮的宾客边饮酒边唱和。一说为"倡乐"，即由歌舞杂耍艺人奏乐表演。

㉛覆：倒。觞（shāng）：盛满酒的杯子。亦泛指酒器。

㉜申：重复，一再演唱。

㉝吴：喧哗，喧闹。《诗经·周颂·丝衣》曰："不吴不敖，胡考之休。"《诗经·鲁颂·泮水》曰："烝烝皇皇，不吴不扬。"《毛传》皆曰："吴，哗也。"

㉞锡：赏赐。饵：此应指醒酒之物.

㉟酲（chéng）：醉酒醒后神志昏沉、意识不清，好像患病的感觉。史游《急就篇》曰："侍酒行觞宿昔酲。"颜师古注曰："病酒曰酲。"

【译文】

邹阳创作了一篇《酒赋》，内容是这样的："清冽的称为酒，浑浊的称作醴；清澈的就好比是一个圣人贤良明德，浑浊的就像是一个人愚笨无知。酒曲都用丘地种植的麦子，酒料都选自野田的谷米。不让春风吹进酒瓮，直到秋天也不轻易开启。感慨同样的东西却能做出不同的味道，可叹不同的人才却欢聚在一堂。酒色清冽泛着亮光，甘美醇厚的味道令人着迷沉醉。既然醇酒已经酿造好了，就打开这绿色的酒瓮吧。用竹筐一遍遍过滤，一边过滤一边调配，百姓们饮酒尽情欢乐，君子们饮酒注重仪礼。说到酒的品类，有沙洛酒、渌酃酒、乌程酒、若下酒，还有高公清酒。关中的白薄酒，颜色晶莹透亮。这些经过多次酿造的味道醇厚的美酒，喝过的人一醉千日方酒醒。圣明的君主治理国家，时光充裕而闲暇度日。召集来鬓发花白的老臣，会聚恭敬肃立的宾客。布置宽敞的座席，陈列雕饰精美的画屏，用丝织品铺就酒席，用犀牛角和宝玉作席镇。摇曳着长长的衣襟，飞扬起宽大的衣袖，飘动着细细的帽带。英俊伟岸的宾客，微笑着各自入座。君王靠着玉几案，倚着玉屏风。抬手示意抚慰的手势，满座的来宾就像尝到了美味佳肴一样。于是宾客开始纵情畅饮，放声歌唱，吃完碗中美食，喝光杯中美酒。演奏持续不断，乐声悠扬动听。深深沉浸在欢乐中，不高声喧闹，也不举止狂放。于是君王赐来名贵的醒酒食物，祛除黄昏的醉意，消除宿醉的昏沉。祝我们的君王万寿无疆，常与日月争荣光。”

公孙乘《月赋》

公孙乘为《月赋》①，其辞曰：“月出皦兮②，君子之光。鹍鸡舞于兰渚③，蟋蟀鸣于西堂④。君有礼乐，我有衣裳⑤。猗嗟明月，当心而出。隐员岩而似钩⑥，蔽修堞而分镜⑦。既少进以增辉，遂临庭而高映。炎日匪明⑧，皓璧非净⑨。躔度运行⑩，阴阳以正。文林辩囿⑪，小臣不佞⑫。”

【注释】

①公孙乘：人名，梁孝王门客，生平不详。

②皦（jiǎo）：同“皎”，洁白，明亮。《诗经·陈风·月出》曰：“月出皎兮，佼人僚兮。”《毛传》曰：“皎，月光也。”《古文苑·月赋》章樵注曰：“以月之明比君子之德。”

③鹍（kūn）鸡：鸟名，羽毛黄白色，样子像鹤。《楚辞·九辩》曰：“鹍鸡啁哳而悲鸣。”洪兴祖补注曰：“鹍鸡似鹤，黄白色。”《管子·轻重甲》曰：“鹅鹜之舍近，鹍鸡鹄鵾之通远。”《尔雅·释畜》曰：

“鸡三尺为鶤。”兰渚：长有兰草的小沙洲。

④蟋蟀：《诗经·豳风·七月》曰：“十月蟋蟀入我床下。”《尔雅·释虫》曰：“蟋蟀，蛬。”邢昺疏曰：“蟋蟀，一名蛬，今促织也，亦名青蛚。《诗·唐风》云：‘蟋蟀在堂，岁聿其莫。’陆玑疏云：‘蟋蟀，似蝗而小，正黑，有光泽，如漆，有角翅。一名蛬，一名蜻蛚，楚人谓之王孙，幽州人谓之趋织。里语曰：“趋织鸣，懒妇惊。”是也。’”

⑤衣裳：典出齐桓公之事。《穀梁传·庄公二十七年》曰：“桓会不致，安之也。桓盟不日，信之也。信其信，仁其仁，衣裳之会十有一，未尝有歃血之盟也，信厚也。”齐桓公会诸侯，确立了霸主地位。衣裳之会即是指春秋时代诸国以礼交好之会。《古文苑·月赋》章樵注曰：“梁王宴乐群士，众宾从梁王游，各由其道，不衍礼度。”公孙乘借用此典，喻指梁孝王与门客之会和乐相处是因为梁孝王礼义守信。

⑥隐员岩而似钩：因为被圆形山岩遮挡而使月缺如钩。员，圆。岩，高山。

⑦修堞：城墙上呈齿状的长长的堞墙。分镜：圆月被堞墙遮蔽而变得如破镜般零碎。

⑧匪：非。

⑨皓璧：白玉。

⑩躔（chán）度：日月星辰在天空中运行的度数。躔，日月星辰运行。扬雄《方言》卷十二曰：“躔，历行也，日运为躔。”郭璞注曰：“躔，犹践也。”

⑪文林辩囿：意指文士辩才聚集，人数众多。

⑫不佞：不才。《古文苑·月赋》章樵注曰：“于群英之中用月进言，自愧非材佞口辩也。《论语》‘仁而不佞’。”

【译文】

公孙乘创作了一篇《月赋》，它的文辞是这样的：“月亮出来了多么皎洁明亮，就如同君子的德行一样。鹍鸡在生长着兰草的沙洲上欢舞，蟋蟀在西边的厅堂里鸣唱。君王以礼乐招待宾客，我也不逾越礼节地陪侍在旁。那是多么美丽的明月啊，出现在天空的正中央。被高耸的山岩遮住了就像一只钩子，被长长的堞墙遮盖了又像一面破裂的镜子。只要稍微升起增添光辉，就能高悬天际把庭院照亮。与月亮相比，炎炎烈日不算明亮，洁白的美玉也不算明净。月亮沿着固定的轨迹运行，阴阳历法根据它的移动来调整。在这么多文士辩才面前为月作赋，小臣我深感才华有限。”

羊胜《屏风赋》

羊胜为《屏风赋》①，其辞曰：“屏风鞈匝②，蔽我君王。重葩累绣③，沓璧连璋④。饰以文锦，映以流黄。画以古列⑤，颙颙昂昂⑥。藩后宜之⑦，寿考无疆⑧。”

【注释】

①羊胜（？—前148）：西汉文学家。齐人，梁孝王门客，曾与公孙诡合谋刺杀汉廷重臣袁盎等人，遭追捕后藏匿梁王宫中，后被迫自杀。

②鞈（gé）匝：环绕、围绕的样子。鞈，古代革制的胸甲。

③重、累：形容层层叠叠。葩：花，指绣在屏风上的花朵。

④沓、连：形容很多。璋：玉器名，状如半珪，古代朝聘、祭祀、丧葬、治军时用作礼器和信玉。《尚书·顾命》曰：“秉璋以酢。”《尔雅·释器》曰：“璋大八寸谓之琡。”郭璞注曰：“璋，半珪也。”邢昺疏曰：“知者以《典瑞》云：‘四圭有邸以祀天，两圭有邸以祀地，圭璧以祀日月，璋邸射以祀山川。’自上而下，降杀以半，故知璋，半珪也。”

⑤古列：前代的圣贤列士、列女。汉代宫廷流行为功臣作画，以表

彰其功德，表而扬之。《汉书·赵充国辛庆忌传·赵充国传》曰："初，充国以功德与霍光等列，画未央宫。成帝时，西羌尝有警，上思将帅之臣，追美充国，乃召黄门郎扬雄即充国图画而颂之。"《汉书·李广苏建传·苏武传》曰："（汉宣帝）甘露三年（前51），单于始入朝。上思股肱之美，乃图画其人于麒麟阁，法其形貌，署其官爵姓名。"《三辅故事》曰："天禄阁、石渠阁在大殿北，以藏秘书，又画贤臣像凡二十人，霍光第一，苏武第十二。"在屏风上画列女图也时有之。《古文苑·屏风赋》章樵注曰："绘古贤烈（列）士于上，其威仪容貌端重高朗。"

⑥颙（yóng）颙：庄重恭敬的样子。昂昂：器宇轩昂、意气风发的样子。《诗经·大雅·卷阿》曰："颙颙卬卬，如圭如璋。"《毛传》曰："颙颙，温貌。卬卬，盛貌。"郑笺曰："体貌则颙颙然敬顺，志气则卬卬然高朗。""卬"同"昂"。

⑦藩后：侯王。古代诸侯王的职责是如藩屏般护卫王室。此指梁孝王。

⑧考：老，高寿。

【译文】

羊胜创作了一篇《屏风赋》，它的文辞内容是这样的："屏风重重环绕，遮蔽了我们的君王。屏风上层层叠叠地绣了许多花的图案，镶嵌着一连串的玉璧玉璋。用有花纹的锦缎装饰着，衬托出褐黄的底色。屏风上画有前代贤良的列士、列女图，他们庄重敬顺、意气风发。我们的君王最适合用这样的屏风，祝福他万寿无疆。"

邹阳《几赋》

韩安国作《几赋》①，不成，邹阳代作，其辞曰："高树凌云，蟠纡烦冤②，旁生附枝。王尔公输之徒③，荷斧斤④，援葛虆[5]，攀乔枝[6]。上不测之绝顶，伐之以归。眇者督直[7]，聋者磨砻[8]。齐贡金斧，楚入名工，乃成斯几。离奇仿佛，似龙盘马回，凤去鸾归。君王凭之，圣德日跻[9]。”

邹阳、安国罚酒三升，赐枚乘、路乔如绢，人五匹。

【注释】

①韩安国（？—前127）：字长孺，梁国成安（今河南临汝东南）人。曾在邹县田生家学习《韩子》及杂家学说，后在梁孝王时任中大夫。能言善辩。七国之乱时为将，阻吴兵于梁国界外，因此扬名。后又妥善处置公孙诡、羊胜等人的谋刺事件，赢得景帝与窦太后的重视与信任。汉武帝时迁大司农，为御史大夫，行丞相事。《史记·韩长孺列传》曰：“安国为人多大略，智足以当世取合，而出于忠厚焉。贪嗜于财。所推举皆廉士，贤于己者也。”

②蟠纡（yū）：盘曲，屈曲。烦冤：本指风势回转。此指树枝婉转回旋的样子。

③王尔：春秋时能工巧匠，生平不详。公输：指公输班，建筑巧匠。春秋时鲁国人，故通称“鲁班”或“鲁盘”。相传姓公输，名般，亦作班、盘，或称“公输子”“班输”。曾创造攻城的云梯和磨粉的碨。相传曾发明多种木作工具，被后世尊为工匠“祖师”。

④斤：斧头之类的工具。

⑤虆（léi）：藤蔓植物，与葛藤相似。

⑥乔：指树木高耸。《尚书·禹贡》曰：“厥木惟乔。”孔安国传曰：“乔，高也。”《尔雅·释木》曰：“句如羽毛，乔。……上句曰乔。”“小枝上缭为乔。”邢昺疏前句曰：“句，曲也。树枝曲卷，似鸟毛羽名乔。……木枝上竦者亦曰乔。”郭璞注后句曰：“谓细枝皆翘缭上句者名为乔木。”

⑦眇(miǎo)者:一只眼睛失明的人。亦意眼睛细小无法睁大之人。许慎《说文解字》“目部”曰:“眇,小目也。”段玉裁注曰:“眇能视,虞翻曰,离目不正。……《方言》曰:眇,小也。”此指斜木。督直:督查其树,绳之以墨,使削直。

⑧砻(lóng):研磨。

⑨跻(jī):升,登。

【译文】

韩安国创作《几赋》,但写不出来,邹阳代他写了一篇,文辞是这样的:“有一棵树高耸入云端,树干弯弯曲曲盘旋着上升,旁边还生出了枝杈。一些像王尔、鲁班那样的能工巧匠,肩扛着斧头,手拉着葛藤,拽着高高的树枝往上攀爬。登上那高不可测的树顶,砍下了这段木头带回来。让一只眼睛失明的人削直木头,让耳聋的人把木头磨光。齐国进献了宝贵的斧头,楚国献来了能工巧匠,于是做成了这张木几。它形状奇特,就好像巨龙盘踞、骏马回旋,也像凤凰飞去、鸾鸟复归。君王倚靠着这张几案,他的圣德也将日臻完满。”

邹阳、韩安国罚酒三升,赐给枚乘、路乔如绢,每人五匹。

99.五侯进王

梁孝王入朝,与上为家人之宴[①],乃问王诸子,王顿首谢曰[②]:“有五男。”即拜为列侯[③],赐与衣裳器服[④]。王薨,又分梁国为五,进五侯皆为王[⑤]。

【注释】

①上:皇上。此指梁孝王的哥哥、汉景帝刘启。

②顿首:又称“稽颡”“叩颡”“叩头”,是古代跪拜礼之一。行礼时,施礼者屈膝跪地,左手覆盖右手,拱手于地,至膝前,头急遽低下,

引头至地，稍顿即起。此礼一般施于平辈或地位相同者之间。但汉时，则多用于君臣、上下之间，臣子上表必言顿首。蔡邕《独断》卷上曰："表者，不需头，上言'臣某言'，下言'臣某诚惶诚恐、顿首顿首、死罪死罪'，左方下附曰某官臣某甲上。"按场合不同、身份不同，拜礼分为九等，稽首最隆重，顿首次之。《周礼·春官·大祝》曰："辨九拜，一曰稽首，二曰顿首，三曰空首，四曰振动，五曰吉拜，六曰凶拜，七曰奇拜，八曰褒拜，九曰肃拜，以享右祭祀。"《史记·周本纪》曰："西周君犇秦，顿首受罪，尽献其邑三十六，口三万。"

③列侯：秦朝废公、侯、伯、子、男五等爵位，改立爵位为二十级，彻侯为二十级，位最高，金印紫绶，有封邑，得食租税。汉袭秦制。《汉书·百官公卿表上》曰："爵：一级曰公士，二上造，三簪袅，四不更，五大夫，六官大夫，七公大夫，八公乘，九五大夫，十左庶长，十一右庶长，十二左更，十三中更，十四右更，十五少上造，十六大上造，十七驷车庶长，十八大庶长，十九关内侯，二十彻侯。皆秦制，以赏功劳。彻侯金印紫绶，避武帝讳，曰通侯，或曰列侯。"蔡邕《独断》卷下曰："汉制：皇子封为王者，其实古诸侯也。周末诸侯或称王，而汉天子自以皇帝为称，故以王号加之，总名诸侯王。王子弟封为侯者，谓之诸侯；群臣异姓有功封者，谓之彻侯，后避武帝讳改曰通侯。法律家皆曰列侯，功德优盛、朝廷所异者赐位特进，位在三公下。"应劭《风俗通义·佚文》曰："秦时，六国未平，将帅皆家关中，故称关内侯。通侯，言其功大，通于王室。列者，言其功德列著，乃飨爵也。"王力《中国古代文化常识》说："汉代封爵实际上只有王侯二等。皇子封王，相当于先秦的诸侯，所以通称诸侯王。汉初异姓也封王，后来'非刘氏不王'，异姓受封者通称列侯。汉武帝以后，诸侯王得在王国境内分封庶子为侯，也是列侯性质（称为王子侯）。"据《汉书·诸侯王表》与《王

子侯表》，梁孝王五子中仅长子买封乘氏侯、次子明封桓邑侯。与本条所叙有异。

④衣裳器服：与列侯相应的礼服与车马旗饰。《周礼·春官·都宗人》曰："正都礼与其服。"郑玄注曰："服，谓衣服及宫室车旗。"《后汉书·舆服志上》曰："公、列侯安车，朱班轮，倚鹿较，伏熊轼，皁缯盖，黑轓，右騑。……（诸车之文）公、列侯，倚鹿伏熊，黑轓，朱班轮，鹿文飞軨，九斿降龙。……（诸马之文）王、公、列侯、镂锡文髦，朱镳朱鹿，朱文，绛扇汗，青翅燕尾。"

⑤"王薨（hōng）"以下三句：《史记·梁孝王世家》曰："及闻梁王薨，窦太后哭极哀……景帝哀惧，不知所为。与长公主计之，乃分梁为五国，尽立孝王男五人为王，女五人皆食汤沐邑……梁孝王长子买为梁王，是为共王；子明为济川王，子彭离为济东王，子定为山阳王，子不识为济阴王。"

【译文】

梁孝王进京朝见皇帝，与景帝一起共进家宴，景帝问起梁王子女的情况，梁王叩头拜谢回答说："有五个儿子。"景帝当即封他们为列侯，赐给他们与列侯相应的礼服车马旗饰。梁孝王死后，景帝又把梁国一分为五，五个列侯都进封为王。

100.河间王客馆

河间王德筑日华宫①，置客馆二十余区，以待学士。自奉养不逾宾客②。

【注释】

①河间王德：即河间献王刘德（？—前130），汉景帝之子，武帝异母弟。《汉书·景十三王传·河间王传》曰："（献王）修学好古，实

事求是。从民得善书，必为好写与之，留其真，加金帛赐以招之。”其收藏古书甚多，与汉宫廷藏书相当。献王修礼乐，被服儒术，山东儒者多依从而游。日华宫：河间王刘德所建宫殿。陈直《三辅黄图校证》说：“《畿辅通志》卷一百六十一云：‘献县南三十五里，有河间献王日华宫故址。’”《三辅黄图》卷三曰：“日华、曜华宫，营构不在三辅，然皆汉之诸王所建。”

②逾：超过。

【译文】

河间王刘德营造日华宫，设置了客馆二十多处，用来招待有才学的人士。他自己生活起居的标准并没有超过宾客。

101.年少未可冠婚

梁孝王子贾从朝①，年幼，窦太后欲强冠婚之②。上谓王曰：“儿堪冠矣③。”王顿首谢曰：“臣闻《礼》二十而冠④，冠而字⑤，字以表德⑥。自非显才高行，安可强冠之哉？”帝曰：“儿堪冠矣。”余日，帝又曰：“儿堪室矣⑦。”王顿首谢曰：“臣闻《礼》三十壮有室⑧。儿年蒙悼⑨，未有人父之端⑩，安可强室之哉？”帝曰：“儿堪室矣。”余日，贾朝，至阃而遗其舄⑪，帝曰：“儿真幼矣。”白太后未可冠婚之⑫。

【注释】

①梁孝王子贾：梁孝王之子刘贾。《史记·梁孝王世家》和《汉书·文三王传》皆记叙梁孝王有五子，但其中并无名为“贾”的儿子，或为“買（买）”之误。从朝：跟从（梁王）朝见皇帝。

②窦太后（？—前135或前129）：汉文帝皇后，汉景帝与梁孝王生

母。赵清河观津（今河北武邑东南）人。《西汉会要·帝系二》曰："吕太后时，（窦太后）以良家子选入宫。太后出宫人以赐诸王各五人，误置籍代伍中。代王独幸窦姬，生景帝。文帝立数月，公卿请立太子，而窦姬男最长，立为太子。窦姬为皇后。景帝即位，尊为皇太后。"窦太后不喜儒术，而好黄老之学，景帝及窦氏宗族均必须读黄老之术。在太后位逾五十年，对汉初政治颇有影响。她去世后，儒术才真正成为汉室独尊之学。冠：冠礼，古代男子二十岁时结发戴冠，举行加冠仪式，行成人礼，以示成年。

③堪：可以。

④《礼》：即《礼记》，亦称《小戴记》或《小戴礼记》。儒家经典之一，是秦汉以前各种礼仪论著的选集。相传由西汉戴圣编纂，今本为东汉郑玄注本，含四十九篇。大率由孔子弟子及其再传、三传弟子等所记，是研究中国古代社会情况、儒家学说和文物制度的参考书。后人注释《礼记》的作品有东汉郑玄《礼记注》，唐孔颖达《礼记正义》，清朱彬《礼记训纂》和孙希旦《礼记集解》等。《礼记·内则》曰："二十而冠，始学礼，可以衣裘帛，舞《大夏》，惇行孝弟，博学不教，内而不出。"同书《曲礼上》曰："二十曰弱，冠。"孔疏曰："二十成人，初加冠，体犹未壮，故曰弱也。至二十九，通得名弱冠，以其血气未定故也。"但也有十九而冠之说，如《说苑·建本》曰："周召公年十九，见正而冠，冠则可以为方伯诸侯矣。"同书《修文》曰："冠礼：十九见正而冠，古之通礼也。"《荀子·大略》曰："天子诸侯子十九而冠，冠而听治，其教至也。"天子诸侯之子行冠礼的年纪或与士不同。

⑤字：古人有名有字。出生三月即命名，男子二十岁行冠礼时才取字，女子十五岁许嫁行笄礼时取字。取字时在意义上与名有关联，常互为表里，故字又被称为"表字"。对人自称时常称名，表示谦恭，称呼别人时常称字，以示尊敬，此乃成人之道。《礼

记·曲礼上》曰:“男子二十,冠而字。”《礼记·檀弓上》曰:“幼名,冠字。”孔疏曰:“幼名者,名以名质,生若无名,不可分别,故始生三月而加名,故云‘幼名’也。‘冠字’者,人年二十,有为人父之道,朋友等类,不可复呼其名,故冠而加字。”

⑥字以表德:班固《白虎通义·姓名》曰:“人所以有字何?冠德明功,敬成人也。”

⑦室:娶妻成家。《礼记·曲礼上》曰:“三十曰壮,有室。”郑玄曰:“有室,有妻也。妻称室。”孔疏曰:“三十而立,血气已定,故曰壮也。壮有妻,妻居室中,故呼妻为室。”

⑧三十壮有室:《礼记·内则》曰:“三十而有室,始理男事,博学无方,孙友视志。”

⑨蒙悼:蒙稚,蒙昧无知,没有见识,意指年幼无知。蒙,童蒙。悼,年幼者之称。《礼记·曲礼上》曰:“七年曰悼。悼与耄,虽有罪不加刑焉。”孔疏曰:“悼,怜爱也。未有识虑,甚可怜爱也。”

⑩未有人父之端:没有做父亲的样子,不能承担起家庭的责任和义务。《汉书·王贡两龚鲍传·王吉传》曰:“吉意以为‘夫妇,人伦大纲,夭寿之萌也。世俗嫁娶太早,未知为人父母之道而有子,是以教化不明而民多夭……’”端,迹象。

⑪阃(kǔn):门槛。舄(xì):用丝绸作面,履下再加一层木底的鞋子,是古代一种复底鞋。其形状像舄鸟,故名。《周礼·天官·屦人》曰:“屦人:掌王及后之服屦,为赤舄、黑舄。”郑玄注曰:“复下曰舄,禅下曰屦。古人言屦以通于复,今世言屦以通于禅,俗易语反与?”舄的木底为实心,在需要长时间站立的礼仪场合或走湿地时使用。刘熙《释名·释衣服》曰:“复其下曰舄。舄,腊也。行礼久立,地或泥湿,故复其末下,使干腊也。”崔豹《古今注·舆服》曰:“舄,以木置履下,干腊不畏泥湿也。天子赤舄,凡舄色皆象于裳。”舄在古代常指帝王所穿。《诗经·豳风·狼跋》曰:“公

孙硕肤，赤舄几几。”《毛传》曰：“赤舄，人君之盛屦也。”周锡保《中国古代服饰史》说：“舄有三等，王以赤舄为上，次有白舄、黑舄。”后逐渐成为一般鞋履的别称，《史记·滑稽列传》曰：“日暮酒阑，合尊促坐，男女同席，履舄交错，杯盘狼藉。”“舄”始为周代的说法，到汉代开始改称“屦”，但其旧称依然流行，扬雄《方言》卷四曰：“自关而西……中有木者谓之复舄。”

⑫白：告诉。

【译文】

梁孝王的儿子刘贾跟随父王进京朝见皇帝，刘贾年纪尚小，但窦太后想强行给他加冠完婚。皇上对孝王说：“孩子可以加冠了。”孝王叩头拜谢道：“我看到《礼记》上说二十岁才行冠礼，行加冠礼后才取字，字是用来表明品德的。不是才华过人德行高深的人，怎么能强行给他加冠呢？”皇上说：“孩子可以加冠了。”过了几天，皇上又说：“孩子可以娶妻成家了。”孝王又叩头拜谢说：“我看《礼记》上说三十岁壮年后才可娶妻成家。儿子年幼无知，根本没有为人父的样子，怎么能强行给他娶亲呢？”皇上说：“这孩子可以娶妻成家了。”没过几天，刘贾上朝，走过一道门槛时把鞋子绊掉了，皇上说：“这孩子确实年纪还小。”就告诉窦太后说还不能给他加冠成亲。

102.劲超高屏

江都王劲捷①，能超七尺屏风②。

【注释】

①江都王：即江都易王刘非（？—前128），汉景帝之子，景帝时被封为汝南王。吴楚之乱时，因击吴有功，徙封江都王，治理吴国。《汉书·景十三王传·江都王传》曰：“非好气力，治宫馆，招四方

豪杰，骄奢甚。”武帝曾派文学士董仲舒为江都相以辅助、匡正刘非。《汉书·董仲舒传》曰：“天子以仲舒为江都相，事易王。易王，帝兄，素骄，好勇。仲舒以礼谊匡正，王敬重焉。”

②超：跃过，跳过。据《中国历代度制演变测算简表》，汉代的一尺合今23.1厘米，故七尺相当于今天的161.7厘米。

【译文】

江都王刘非身手勇猛矫捷，能一跃而过七尺高的屏风。

103.元后燕石文兆

元后在家①，尝有白燕衔白石，大如指，坠后绩筐中②。后取之，石自剖为二，其中有文曰“母天地”。后乃合之，遂复还合，乃宝录焉③。后为皇后，常并置玺笥中④，谓为天玺也。

【注释】

①元后：指汉元帝皇后王政君（前71—13），汉成帝生母，王莽姑母。《西汉会要·帝系二》曰：“五凤中，献入掖庭。宣帝选送太子宫，生成帝，字太孙。宣帝崩，太子即位，是为元帝。立太孙为太子，以母王妃为倢伃。后三日，立为皇后。”王政君为皇后后，王氏家族开始显赫，其兄弟五人同日封侯，世称“五侯”。王氏其他子弟皆是公卿大夫，势力遍布朝廷。平帝即位后，因年幼，太后王政君临朝，委重任于王莽，王莽因此篡权立“新朝”，改命太皇太后王政君为“新室文母太皇太后”。

②绩筐：盛纺绩物的筐。绩，缉麻线，把麻析成细缕捻接成线。《诗经·陈风·东门之枌》曰：“不绩其麻，市也婆娑。”郑玄笺曰：“绩麻者，妇人之事也，疾其今不为。”《国语·鲁语下·公父文伯之母论劳逸》曰：“公父文伯退朝，朝其母，其母方绩。”

③宝录：特别珍藏。录，收藏。

④玺笥：收藏玉玺印的方形器具。

【译文】

元后在家还没入宫的时候，曾经有一只白色的燕子嘴里衔着一块手指大的白色的石头，掉在了元后的针线筐里。元后拿起白石，白石立即自己剖成两半，中间有“母天地”几个字。元后合上白石，它便又像原来那样合起来了，元后就把它特别珍藏起来。元后后来当上了皇后，常常将白石与皇后玉玺一起放在印盒里，认为它是天然的宝印。

104.玉虎子

汉朝以玉为虎子①，以为便器，使侍中执之②，行幸以从③。

【注释】

①虎子：指小便器。古代常将小便器做成老虎的形状，故后世称小便器为虎子。

②侍中：官名，起源于周代，秦始置，本为丞相属官。汉沿之，多为加官，多至数十人。王隆《汉官解诂》曰：“当侍从左右，无员，常侍中。”作为皇帝身边的近臣，负责处理皇帝生活起居的事情，因常参与机要，故地位较重要。应劭《汉官仪》曰：“侍中，周官也。侍中则便蕃左右，与帝升降，卒思近对，拾遗补阙，百僚之中，莫密于兹。”《通典·职官三》曰：“直侍左右，分掌乘舆服物，下至亵器虎子之属。……法驾出，则多识者一人负国玺，操斩白蛇剑，参乘；余皆骑，在乘舆后。”王力《中国古代文化常识》说：“汉代的加官有侍中、给事中、诸吏等。加侍中就能出入宫禁，成为皇帝的亲信。加给事中就能掌顾问应对。加诸吏就能对官廷官员进行监察和弹劾。后世侍中成为门下省的首长，给事中成为门下省的

属官。”因为跟随在皇帝身边，故侍中的组成很复杂。卫宏《汉旧仪》卷上曰：“侍中，无员。或列侯、将军、卫尉、光禄大夫、侍郎为之。得举非法，白请及出省户休沐，往来过直事。”汉武帝时，常任用士人为侍中，方便咨询政事。一些亲信大臣也常常被冠以“侍中”“给事中”等头衔，参与皇帝谋议。东汉时成为实职的二千石吏，形成侍中寺。通过《史记》《汉书》可知，曾任侍中的人数可观，身份也多样，有外戚卫青、霍光，有功臣子弟金日磾，有文士严助、朱买臣，有儒臣刘歆，也有佞臣董贤。

③行幸：皇帝出行。

【译文】

汉代宫廷将玉做成小老虎的样子，当作小便器，让侍中拿着，在皇帝出行时跟在身边。

105.紫泥

中书以武都紫泥为玺室①，加绿绨其上②。

【注释】

①中书：官名，少府属官。汉武帝时始置。卫宏《汉旧仪》卷上曰：“汉置中书官，领尚书事，中书谒者令一人。成帝建始四年（前29）罢中书官，以中书为中谒者令。”同书补遗卷上曰：“中书掌诏诰答表，皆机密之事。”魏以后，中书权势益重，至唐时设中书省，与门下省、尚书省合称“三省”。因为中书掌管传宣诏命，所以必管玺印，故需要选择封泥。武都：郡名，亦古县名，汉武帝元鼎六年（前111）置郡，治所在武都县，即今甘肃西和县西南。紫泥：汉代时天子的印玺皆以紫泥封之。赵彦卫《云麓漫钞》卷十二曰：“古印文作白字，盖用以印泥，紫泥封诏是也。”而紫泥皆来

自武都，武都紫泥作为汉朝的御用封泥而专配于皇帝六玺。卫宏《汉旧仪》卷上曰："皇帝六玺，皆白玉螭虎纽……以皇帝行玺为凡杂；以皇帝之玺赐诸侯王书；以皇帝信玺发兵；其徵大臣，以天子行玺；策拜外国事，以天子之玺；事天地鬼神，以天子信玺。皆以武都紫泥封，青布囊，白素裹，两端无缝，尺一板中约署。"泥封，似今邮袋上的铅封。武都紫泥成为汉朝廷的御用封泥，其因一说是武都紫泥的质量最佳。《太平御览》卷五十九曰："《陇右记》曰：武都紫水有泥，其色亦紫而粘。贡之用封玺书，故诏诰有紫泥之美。"另一说认为，"紫"在古文中意为"赤红"，而刘邦"斩白蛇起义"后常自称"赤帝子"，以示正统。《汉书·高帝纪下》赞曰："汉承尧运，德祚已盛，断蛇著符，旗帜上赤，协于火德，自然之应，得天统矣。"陈鹏《武都紫泥渊源考》说："西汉官方强调皇室出自赤帝，而炎汉之观念日渐为人所接受，于是赤红之色在汉朝有了特殊的政治含义，成为皇室御用色调。这或许能解释武都紫泥为何能被西汉皇帝看中——'赤红'的武都紫泥恰好迎合了西汉的政治宣传，以其合乎皇室赤帝血裔的颜色，而被指定为皇帝六玺专用封泥。"玺室：放置玺印的盒子。

②绨（tí）：古代一种粗厚光滑的丝织品。

【译文】

中书用武都所出产的紫泥来做印盒的封泥，并用一种绿色的丝织布盖在印盒上面。

106. 文固阳射雉

茂陵文固阳①，本琅琊人，善驯野雉为媒②，用以射雉。每以三春之月③，为茅障以自翳④，用觟矢以射之⑤，日连百数。茂陵轻薄者化之⑥，皆以杂宝错厕翳障⑦，以青州芦苇为弩矢[8]，轻骑妖服，追随于道路，以为欢娱也。阳死，其子亦善其事。董司马好之[9]，以为上客[10]。

【注释】

①文固阳：人名，生平不详。

②雉（zhì）：鸟名，外形像鸡，善走，不能久飞。雄的尾巴长，羽毛美丽，多为赤铜色或深绿色，有光泽。雌的尾巴稍短，灰褐色。种类很多，如血雉、长尾雉等。通称野鸡，有的地方叫山鸡。李时珍《本草纲目·禽部》曰："雉，南北皆有之。形大如鸡，而斑色绣翼。雄者文采而尾长，雌者文暗而尾短。"媒：媒介，诱饵。此指鸟媒，是以雉为诱饵引诱其他雉前来，以伺机捕捉。

③三春：春季三个月的合称。古代农历称正月为孟春，二月为仲春，三月为季春。

④茅障：用茅草做成屏障。翳（yì）：遮掩。

⑤觟（huà）矢：箭名，用母羊角做箭头。觟，有角的母羊。郝懿行《尔雅义疏·释畜》曰："吴羊牝者无角，其有角者别名觟也。"许慎《说文解字》"角部"曰："觟，牝羊角者也。"段玉裁注曰："此云牝羊者，牂也。羖，夏羊牡之称。羖羊无无角者。……牂羊多无角，故其角者别之曰觟也。"

⑥化：改变。

⑦错厕：相杂交错。错，错落。厕，置。

⑧青州：古代《禹贡》九州之一，指今泰山以东至渤海的区域。此指汉武帝所置刺史部十三州之一，辖境相当于今山东德州等地以东，山东济南、安丘等地以北，马颊河以南及河北吴桥等地。弩（nǔ）矢：弓箭。

⑨董司马：即董贤。好：喜欢。

⑩上客：上宾。亦指上等食客。战国时齐国孟尝君将其食客安排为

上客居代舍、中客居幸舍、下客居传舍。《史记·孟尝君列传》曰："初,冯驩闻孟尝君好客……孟尝君置传舍十日……孟尝君迁之幸舍,食有鱼矣。……孟尝君迁之代舍,出入乘舆车矣。"《索隐》注曰:"传舍、幸舍及代舍,并当上、中、下三等之客所舍之名耳。"

【译文】

茂陵人文固阳,本来是琅琊郡人,擅长驯养野鸡作为鸟媒,用来射猎野鸡。每到春天的三个月里,他就用茅草做成屏障遮挡住自己,用鲑矢箭射杀野鸡,每天都可以射到数百只。茂陵的那些游手好闲的少年们改进了文固阳的这种做法,他们都用各种宝物装饰、互相交错做成遮蔽的屏障,用青州产的芦苇做成弓箭,骑着轻快的马儿,穿着妖艳的服装,在道路上追逐奔跑,以此嬉闹取乐。文固阳死后,他的儿子也擅长用鸟媒射杀野鸡。董贤喜欢他,把他奉为上宾招待。

107.鹰犬起名

茂陵少年李亨①,好驰骏狗②,逐狡兽③,或以鹰鹞逐雉兔④,皆为之佳名。狗则有修毫、厘睫、白望、青曹之名,鹰则有青翅、黄眸、青冥、金距之属,鹞则有从风鹞、孤飞鹞。杨万年有猛犬⑤,名青驳⑥,买之百金。

【注释】

①李亨:人名,生平不详。

②骏狗:大型猎狗。

③狡(jiǎo):凶暴,狂戾。

④鹰:《礼记·月令》曰:"(季夏之月)温风始至,蟋蟀居壁,鹰乃学习,腐草为萤。"鹞(yào):鸟名,比鹰略小的一种猛禽,种类较多,捕食鼠类、小鸟等。我国常见的白尾鹞生活在水边或沼泽地带。

⑤杨万年：人名，生平不详。

⑥驳（bó）：指马毛色不纯，亦指一种毛色不纯的马。《尔雅·释畜》曰："驳如马，倨牙，食虎豹。"郭璞注曰："《山海经》云：有兽名驳，如白马黑尾，倨牙，音如鼓，食虎豹。"邢昺疏曰："驳亦野马名也，其状如马，其牙倨曲而食虎豹也。《诗·秦风》云：'湿有六驳。'"

【译文】

茂陵的年轻人李亨，喜欢赶着大猎狗，追逐猛兽，有时也用鹰或鹞去追赶野鸡、兔子，并且给这些鹰犬都起了好听的名字。猎狗有修毫、厘睫、白望、青曹等名字，鹰的名字有青翅、黄眸、青冥、金距等，鹞的名字则有从风鹞、孤飞鹞等。杨万年有条凶猛的猎犬，取名叫青驳，买下它花了上百斤金子。

108. 长鸣鸡

成帝时，交趾、越嶲献长鸣鸡①，伺鸡晨②，即下漏验之③，晷刻无差④。鸡长鸣则一食顷不绝，长距善斗⑤。

【注释】

①交趾：古代泛指五岭以南地区。初，南越王赵佗置交趾郡，辖境含今南定以北的越南北部地区。汉武帝时又置交趾刺史部，辖境相当于今广东、广西大部和越南顺化以北地区。东汉末年改名交州。越嶲（xī）：郡名，汉武帝元鼎六年（前111），武帝平定西南夷后置，治所在邛都（今四川西昌东南），辖境相当于今云南楚雄、丽江地区以及四川西昌等地区。

②伺：等候。鸡晨：鸡鸣报晓。《尚书·牧誓》曰："牝鸡无晨。牝鸡之晨，惟家之索。"

③下：关闭。漏：漏壶，也称"刻漏""漏刻""壶漏"，古代计时器具，

利用滴水多寡来计量时间。形制历代不一，一般都由盛水的漏壶、标有刻度以指示时辰的漏箭、安置漏箭的受水壶等组成。周代时已使用，延用数千年，清以后随着钟表和日晷的普及才逐渐弃用。许慎《说文解字》“水部”曰：“漏，以铜受水，刻节，昼夜百节。”引申意为时刻。

④晷（guǐ）刻：时刻。晷，古代计时器，按照日影的移动以确定时刻。其形制多为圆形石盘，盘心竖立一根铜针，盘面刻印时刻，北高南低向阳斜置放于露天，铜针阴影随着太阳的运行而移动，根据针影在刻度上的位置便可确定时间。《晋书·鲁胜传》曰：“立晷测影，准度日月星。”谢国桢《西汉社会生活概述》说：“流传下来的古代计算时间的工具和仪器大约可分为三种：一是日晷，二是表，三是铜壶刻漏。前两种是用于白昼，第三种滴漏最宜用于夜晚。……据桓谭《新论》说：‘昼日参以晷业，暮夜参以星宿，财得其正。’可见这三种测日用具是相辅而成的。”

⑤距：鸡爪，亦专指雄鸡脚掌上部突出如趾的尖骨。《汉书·五行志中之上》曰：“未央殿辂軨中雌鸡化为雄，毛衣变化而不鸣，不将，无距。”颜师古注曰：“距，鸡附足骨，斗时所用刺之。”

【译文】

汉成帝时期，交趾郡和越巂郡进献了一种长鸣鸡，等到长鸣鸡报晓的时候，就关闭漏壶来检验，果然时间一点也不差。鸡长声鸣叫，能持续一顿饭的工夫都不停顿，这种鸡的爪子很长，善于打斗。

109.博昌陆博术

许博昌①，安陵人也，善陆博②。窦婴好之③，常与居处。其术曰：“方畔揭道张，张畔揭道方，张究屈玄高，高玄屈究张④。”又曰：“张道揭畔方，方畔揭道张，张究屈玄高，高玄屈究张。”三辅儿童皆诵之。法用六箸[⑤]，或谓之究，以竹为之，长六分。或用二箸。博昌又作《大博经》一篇[⑥]，今世传之。

【注释】

①许博昌：人名，汉武帝时六博高手，生平不详。

②陆博：即六博，也称“六簙”“双陆”，指一种掷采下棋的比赛游戏，是古代十分流行的博戏。罗新本、许蓉生《中国古代赌博习俗》说：“（六博）是我国现在所知最早流行于世，并且具有完整规则和道具的博戏。……六博既是中国博戏之祖，又是中国象棋之祖。”游戏的博具由棋局、棋子、箸三种组成。博法是：先置局，二人向局而坐，局上置十二颗棋，六黑六白，每人六棋，行棋则以投箸所示结果，依道而行，行棋时常出现争道情况而引发争执。投箸是博戏的关键，关乎成败。班固《弈旨》曰：“夫博悬于投，不专在行。优者有不遇，劣者有侥幸。”传说六博由乌胄首创。许慎《说文解字》“竹部”曰：“簙，局戏也。六箸十二棋也。古者乌胄作簙。”而《史记·殷本纪》曰：“帝武乙无道，为偶人，谓之天神。与之博，令人为行。天神不胜，乃谬辱之。为革囊，盛血，卬而射之，命曰‘射天’。”可知早在商代即有博戏。《楚辞·招魂》曰：“菎蔽象棋，有六簙些。”王逸注曰：“菎，玉也。蔽，簙箸以玉饰之也。……投六箸，行六棋，故为六簙也。……以菎蔽作箸，象牙为棋，丽而且好也。”洪兴祖补注曰：“《方言》：簙谓之蔽。秦晋之间谓之簙，吴楚之间谓之蔽。……《古博经》云：博法，二人相对，坐向局，局分为十二道，两头当中名为水，用棋十二枚，六白六黑，又用鱼二枚，置于水中，其掷采以琼为之……二人互掷采行棋，棋行到处即竖之，名为骁棋。即入水食鱼，亦名牵鱼。每牵一鱼获二筹，翻一鱼获二筹。”最终获得六鱼者成为赢家。博戏流行千余年，其博具和规则也发生过变化。汉以后博戏热逐渐衰退，晋以

后便渐渐不传,故博戏具体玩法今已不详。秦汉墓中多次出土六博博具实物、模型或博戏画像,迄今发现最早的六博博具实物是战国时期的,于湖北荆州雨台山楚墓出土。傅举有《论秦汉时期的博具、博戏兼及博局纹镜》说:"博戏在春秋战国之际就已成为人们喜爱的娱乐活动。《战国策·齐策》云:'临淄甚富而实,其民无不吹竽鼓瑟……陆博蹋鞠者。'《史记·滑稽列传》:'若乃州闾之会,男女杂坐,行酒稽留,六博投壶,相引为曹,握手无罚,目眙不禁。'战国博戏之热闹场面可以想见。秦汉时期,博戏更加流行。当时的最高统治集团就酷爱博戏。《说苑·正谏篇》:'秦始皇帝太后不谨,幸郎嫪毐,毐专国事,益骄奢,与侍中左右贵臣俱博。'《汉书·文帝纪》颜注引如淳曰:'薄昭与文帝博,不胜,当饮酒,侍郎酌,为昭少,一侍郎谴呵之。时此郎下沐,昭使人杀之,是以文帝使自杀。'……上述记载,知汉代文帝、景帝、武帝、昭帝、宣帝都是喜爱博戏的。其次,西汉王朝还专门设有博待诏官。……由于最高统治者酷爱博戏,所以博戏在社会上就更加流行,甚至善博的人在社会上受到人们的尊敬,并且享有较高的社会地位。《西京杂记》卷下《陆博术》:'许博昌,安陵人也……'可见当时的博戏,真是老幼皆知了。……秦汉博戏的盛况,在秦汉考古资料中有较多的反映,至今所发现的有关博的实物资料,几乎全是秦汉时期的,特别是在汉墓中,占发现总数的百分之九十以上。幽灵世界是现实世界的再现或模拟,汉墓中博的随葬品,正是汉代博戏盛行的证据。"侯良《西汉文明之光——长沙马王堆汉墓》说:"秦汉时期是中国历史上博戏最盛行的时代……六博在当时是重要的娱乐项目。它不仅在社会上通乎上下,甚至连汉画石和汉镜纹饰中的仙人也在六博。因此博具和博戏的图像在考古资料中实为常见。其他如武威磨嘴子48号西汉墓出土两个彩绘木雕对博俑,伸臂张目,神态毕肖,犹可通过这对生动的艺术形象,看到汉代博戏的热烈场面。”

③窦婴(?—前131):西汉大臣,窦太后之侄。字王孙,观津人。汉景帝时为大将军,武帝时拜丞相,封魏其侯。《汉书·窦田灌韩传·窦婴传》曰:“婴引卮酒进上曰:‘天下者,高祖天下,父子相传,汉之约也,上何以得传梁王!’”因为反对景帝传位于梁孝王,以及推崇儒术,被窦太后贬斥,窦太后死后失势,与丞相田蚡争权失败后弃市。

④“方畔揭道张”以下四句:博戏时的口诀,不过因为博戏失传,该口诀的具体含义似无法解释准确。揭,高举,掀起。屈,摧折。究,箸。其后“张道揭畔方”四句与此相同。

⑤六箸:古代博具,类似于后世的骰子。颜之推《颜氏家训·杂艺》曰:“古为大博则六箸,小博则二焭,今无晓者。比世所行,一焭十二棋,数术浅短,不足可玩。”赵曦明注引鲍宏《博经》曰:“所掷骰谓之琼。”卢文弨案:“焭,渠管切,即琼也,温庭筠诗用双琼即二焭也。”傅举有《论秦汉时期的博具、博戏兼及博局纹镜》说:“箸,出土文物为一细长的半边竹管,中空,填以金属粉、铜丝或以其它物质加固。外髹漆。其断面呈新月形。箸字从竹,《说文·竹部》:‘凡竹之属皆从竹。’又说:‘箸,饭攲也。’所以博箸其制必以竹,其形则像吃饭用的细长的竹筷子。……有的博具没有箸,但有茕。茕与箸的作用相同。……茕即焭。《说文·凡部》:‘茕,回疾也。’段注:‘回转之疾飞也。’可见茕是一种球体,故能‘回转之疾飞也’。目前出土实物有四件。”

⑥《大博经》:许博昌所作关于六博游戏的著作,亦名《六博经》。罗新本、许蓉生《中国古代赌博习俗》说:“(《六博经》)直至东晋时仍流传于世。这是已知中国最早的‘博书’,如果从赌博的角度来理解,它可以说是中国第一部赌博术专著。”但《汉书·艺文志》未载,今失传。傅举有《论秦汉时期的博具、博戏兼及博局纹

镜》说："汉代博戏如此盛行，因此就有专门研究博术的人，还出现了博戏的著作，如西汉初许博昌著《大博经》。西汉末年，'迟昭平能说博经'。东汉也著有《博经》。这些著作，到隋唐时期还存在。《隋书·经籍志》载《大小博法》一卷。《唐书·经籍志》载有《大博经行棋戏法》二卷，鲍宏《小博经》一卷。隋唐时期大博、小博已不流行，上述大小博经，当是秦汉以来的著作。此外，《淮南子》《史记》《汉书》《后汉书》等汉代文献，也多有论及博法。"

【译文】

许博昌，安陵人，擅长陆博这种游戏。窦婴也喜欢陆博，常常与许博昌一起生活起居。许博昌玩陆博游戏的技巧口诀是："方畔揭道张，张畔揭道方，张究屈玄高，高玄屈究张。"还有："张道揭畔方，方畔揭道张，张究屈玄高，高玄屈究张。"当时连三辅地区的儿童都能背诵这些口诀。陆博要用到六箸，有人也称为究，用竹片做成，有六分长。有时也会用两箸。许博昌还写过一篇《大博经》，现在还在世上流传。

110.战假将军名

高祖与项羽战于垓下①，孔将军居左，费将军居右②，皆假为名。

【注释】

①垓下：古地名，在今安徽灵璧东南，沱河北岸。前202年，楚汉两军曾在此决战，刘邦击败项羽，其部将有韩信、彭越等人。史称"垓下之战"。《史记·高祖本纪》曰："项羽卒闻汉军之楚歌，以为汉尽得楚地，项羽乃败而走，是以兵大败。"项羽战败后突围至乌江自杀。

②孔将军、费将军：并无其人，皆假托之名，虚张声势，以迷惑项羽。

居左、居右：大国设中军、左军、右军，左军居左，右军居右。但《史记·高祖本纪》曰："高祖与诸侯兵共击楚军，与项羽决胜垓下。淮阴侯将三十万自当之，孔将军居左，费将军居右，皇帝在后，绛侯、柴将军在皇帝后。项羽之卒可十万。淮阴先合，不利，却。孔将军、费将军纵，楚兵不利，淮阴侯复乘之，大败垓下。"《正义》注曰："(孔、费)二人韩信将也。纵兵击项羽也。以'纵'字为绝句。孔将军，蓼侯孔熙。费将军，费侯陈贺也。"与本条所叙有异。

【译文】

汉高祖刘邦与项羽在垓下决战，号称有孔将军为左军，费将军为右军，其实都是假托其名。

111.东方生善啸

东方生善啸[①]，每曼声长啸[②]，辄尘落帽。

【注释】

①东方生：即东方朔。生，尊称，"先生"的省称，指有才学的人。《史记·儒林列传》曰："言《礼》自鲁高堂生。"《索隐》注曰："谢承云'秦氏季代有鲁人高堂伯'，则'伯'是其字。云'生'者，自汉已来儒者皆号'生'，亦'先生'省字呼之耳。"啸：蹙口作声，撮口而发出悠长而清脆的声音，俗称吹口哨儿。《世说新语·栖逸》曰："阮步兵啸闻数百步。"

②曼声：悠长婉转的声音。曼，长。

【译文】

东方朔很擅长撮口发出悠长清脆的声音，每次婉转长啸时，就有尘土从屋梁上震落下来撒到帽子上。

112.古生杂术

京兆有古生者[①]，学纵横、揣摩、弄矢、摇丸、樗蒲之术[②]，为都掾史四十余年[③]，善訑谩[④]。二千石随以谐谑，皆握其权要，而得其欢心。赵广汉为京兆尹[⑤]，下车而黜之[⑥]，终于家。京师至今俳戏皆称古掾曹[⑦]。

【注释】

①古生：姓古的先生，生平不详。

②纵横：合纵连横的简称，指讲求合纵连横之术的纵横家。纵横家为九流之一，擅长审时度势，权衡利弊，游说人主。陆贾《新语·辨惑》曰："因其刚柔之势，为作纵横之术，故无忤逆之言，无不合之义者。"一说为古代智力游戏，向新阳、刘克任《西京杂记校注》说："将自一至九的九个自然数，排列于分成九格的正方形内，使同一行（纵）、同一列（横）几个数的和相等。"揣摩：揣测、估计他人或他事的用意，以期合于本意，这是纵横家的常用手法，也是其八面玲珑的处世哲学。王充《论衡·答佞篇》曰："（张）仪、（苏）秦排难之人也，处扰攘之世，行揣摩之术。"《史记·苏秦列传》曰："于是得周书《阴符》，伏而读之，期年，以出揣摩，曰：'此可以说当世之君矣。'"《索隐》注曰："王劭云：'《揣情》《摩意》是《鬼谷》之二章名，非为一篇也。'高诱曰：'揣，定也。摩，合也。定诸侯使仇其术，以成六国之从也。'江邃曰'揣人主之情，摩而近之'，其意当矣。"一说此"揣摩"非纵横家之道，只是为人处世之小道。弄矢：古代的一种杂耍戏，将众多的箭头投向空中，再徒手接之，以不落空者为完美。摇丸：即弄丸，也是古代的一种杂耍戏，与弄矢相似，把很多的丸子接连抛向空中，边接

边抛，不使落空。《庄子·徐无鬼》曰："市南宜僚弄丸而两家之难解。"樗（chū）蒲：又称摴蒲、五木，是古代的一种博戏，传为老子入西戎始作。《艺文类聚》卷七四曰："《博物志》曰：老子入胡，作樗蒲。后汉马融《樗蒲赋》曰：……伯阳（老子）入戎，以斯消忧。"《太平御览》卷七二六曰："《博物志》曰：老子入西戎，造樗蒲。樗蒲，五木也。或云胡人亦为樗蒲卜。"这种博戏是用掷骰子的方法决定胜负。李肇《国史补·叙古樗蒲法》曰："其法：三分其子，三百六十，限以二关。人执六马，其骰五枚，分上为黑、下为白。黑者刻二为犊，白者刻二为雉。掷之，全黑者为卢，其采十六；二雉三黑为雉，其采十四；二犊三白为犊，其采十；全白为白，其采八：四者贵采也。开为十二，塞为十一，塔为五，秃为四，撅为三，枭为二：六者杂采也。贵采得连掷，得打马，得过关，余采则否。"罗新本、许蓉生《中国古代赌博习俗》说："马融的《樗蒲赋》是关于樗蒲的最早完整记载，从通篇文字来看，当时的樗蒲只是流行于达官贵人和士大夫中间的一种'雅戏'，似乎还没有用来赌博。西晋以后，樗蒲盛行于世，用之于赌博的记载也越来越多。"

③都掾史：汉代时三辅地区属于京畿地区，长官地位高于其他郡国，其所属一般掾史地位也高于他郡，薪俸亦高，如卒史，他郡百石，三辅为二百石。但他郡只用本郡人，三辅可用外郡人。有功也可直接上报尚书迁补，无须再经过察举例选。故前加"都"以示不同。

④訑（dàn）谩：戏谑诙谐，荒诞不经。訑，同"诞"。

⑤赵广汉（？—前65）：西汉官吏。字子都，西汉涿郡蠡吾（今河北博野西南）人。汉宣帝时曾任颍川太守，为人刚直，后升任京兆尹，执法严明，不惧强权，因此冒犯了贵戚而被害。《汉书·赵尹韩张两王传·赵广汉传》曰："广汉虽坐法诛，为京兆尹廉明，威制豪强，小民得职。百姓追思，歌之至今。"

⑥下车：即初到任。黜：罢黜，即免去职务。

⑦俳（pái）戏：滑稽戏，杂戏。《汉书·贾邹枚路传·枚皋传》曰："皋不通经术，诙笑类俳倡，为赋颂，好嫚戏。"颜师古注曰："俳，杂戏也。倡，乐人也。"

【译文】

京兆有个姓古的先生，学习纵横、揣摩、弄矢、摇丸、樗蒲等杂术。他担任京兆都掾史四十多年，擅长溜须拍马，说些戏谑诙谐的话。在二千石官秩的官员面前也能随意地打趣讲笑话，因为他完全掌握了这些人的权术秘密，并知道如何能讨得他们的欢心。赵广汉担任京兆尹后，刚赴任就把他罢免了，最终古先生死于家中。直到现在京师还把滑稽戏之类称作古掾曹。

113.娄敬不易旃衣

娄敬始因虞将军请见高祖[①]，衣旃衣[②]，披羊裘。虞将军脱其身上衣服以衣之[③]，敬曰："敬本衣帛[④]，则衣帛见。敬本衣旃，则衣旃见。今舍旃褐[⑤]，假鲜华，是矫常也[⑥]。"不敢脱羊裘，而衣旃衣以见高祖[⑦]。

【注释】

①娄敬：即刘敬，汉高祖刘邦重要谋士。汉初齐国卢（今山东济南）人，车夫出身。高祖五年（前202）刘邦欲定都洛阳，娄敬以戍卒身份求见刘邦，建议定都关中。刘邦采纳了娄敬的建议，并赐娄敬刘姓，拜为郎中，号为奉春君。后封关内侯，号为建信侯。刘敬又建议与匈奴和亲，以清除边患，迁六国贵族后裔及豪族入关中，以削弱关东旧贵族豪强的势力，均被刘邦采纳。虞将军：《史记》

与《汉书》之刘敬传中皆称“齐人虞将军”，其生平不详。

②旃（zhān）衣：粗毛织成的衣服。旃，同“毡”。

③脱其身上衣服以衣之：《初学记》卷二六曰：“《五经要义》曰：古者著裘于内，而以缯衣覆之，乃加以朝服。会之时，袒其朝服见裘里。”虞将军此举是想让娄敬尽朝会之礼。

④帛：古代丝织物的通称。《孟子·梁惠王上》曰：“五亩之宅，树之以桑，五十者可以衣帛矣。”

⑤旃褐：即旃衣。褐，粗毛或粗麻捻成线编织而成的短衣，多为平民所穿，笨重且不保暖。《诗经·豳风·七月》曰：“无衣无褐，何以卒岁。”《史记·商君列传》曰：“（五羖大夫）闻秦缪公之贤而愿望见，行而无资，自粥于秦客，被褐食牛。”沈从文《中国古代服饰研究·汉代陶俑砖刻所见农民》说：“汉代农民照法律规定，只能穿本色麻布衣，不许穿彩色，董仲舒《春秋繁露》还说到‘散民不敢服杂彩’。到西汉后期，才许用青绿，如《汉书·成帝纪》永始四年诏：‘青绿民所常服，且勿止。’可知当时或较早还曾有过禁令。……据《汉书·高帝纪》，汉初有禁令，‘贾人毋得衣锦、绣、绮、縠、絺、纻、罽，操兵，乘骑马’。从禁令本身，就可知秦代或更早以来，这些情况即已存在，汉初才会用法令禁止。”

⑥矫：假装，伪饰。

⑦衣旃衣以见高祖：此事《史记·刘敬叔孙通列传》载曰：“汉五年（前202），（娄敬）戍陇西，过洛阳，高帝在焉。娄敬脱挽辂，衣其羊裘，见齐人虞将军曰：‘臣愿见上言便事。’虞将军欲与之鲜衣，娄敬曰：‘臣衣帛，衣帛见；衣褐，衣褐见：终不敢易衣。’于是虞将军入言上。上召入见，赐食。”

【译文】

娄敬当年通过虞将军的引荐求见高祖刘邦，他身穿粗毛布上衣，披着羊皮袄。虞将军脱下自己身上的衣服要给娄敬穿上，娄敬说：“我如果是穿着丝绸衣服,那就穿丝绸衣服去拜见。我本来就穿着粗毛上衣,那就穿着粗毛上衣去拜见。现在要我脱下粗纺的衣服,换上华丽的衣着,这是弄虚作假。”他不肯脱下自己的羊皮袄,还是穿着粗纺上衣去见高祖了。

卷五

【题解】

《西京杂记》关注了汉代众多文人作品和艺术创作。尤其是文人著作、诗歌等作品,如昭帝的《黄鹄歌》,扬雄的《太玄》和《方言》,董仲舒的《春秋繁露》,刘安的《淮南鸿烈》,卓文君的《白头吟》等,也包括司马迁的《史记》。从中可以领略汉代创作的面貌。其中,《西京杂记》花费最多笔墨的是辞赋家和他们的赋作。

赋盛行于汉代,是文人创作的主要体裁。经过"文景之治",到武帝时期汉王朝国力强盛,铺张昂扬、篇制宏伟的汉赋正逢其时,皇皇大赋成为汉文学代表成就,被王国维评价为"后世莫能继焉者也"。

《西京杂记》完整收录的赋有八篇:卷四中梁孝王好集游士,文人骚客齐聚忘忧馆中,咏物斗赋豪作七篇,称颂梁王仁厚;卷六中山王刘胜献《文木赋》赞颂其兄鲁恭王。汉赋中名篇大赋不少,这几篇赋也许并非顶尖之作,也有后人质疑诸赋的作者和创作年代。但是更多赋作能流传下来,让后人得以欣赏不同风格、特点的汉赋作品,并领略文人斗赋的风采,也是葛洪的贡献。

《西京杂记》各卷中叙及的赋作有《鹏鸟赋》《大人赋》《上林赋》《子虚赋》等。汉代以赋著名的文学家很多,本卷中的贾谊便是代表作家。此外如枚乘、枚皋、扬雄等汉赋大家也频频出场。露面最多的是司马相如，他是汉赋的杰出代表，其赋极言长安之繁华、苑囿陂池之盛，铺叙大气，为人称道，同时他对赋的创作理念如“文”与“质”统一，“赋之迹”与“赋家之心”的关系等，亦见解独到。因此，司马相如颇得同时代人与后来者的推崇，《西京杂记》中便不时可见扬雄对他的赞赏：“长卿赋不似从人间来，其神化所至邪？”“朝廷之中，高文典册，用相如。”扬雄苦学相如作赋，但始终无法达到相如的高度，“故雅服焉”，对他推崇备至。

其实，模仿、学习未必能够讨得他人创作精髓，作者能形成自己的写作风格，张扬写作个性便是成功。“相如含笔而腐毫，扬雄辍翰而惊梦，桓谭疾感于苦思，王充气竭于思虑，张衡研《京》以十年，左思练《都》以一纪，虽有巨文，亦思之缓也。”（《文心雕龙·神思》）“枚皋文章敏疾”，“长卿首尾温丽”，文风各所长，文思各有优，各自精彩绝伦，岂不佳哉？

114. 母嗜雕胡

会稽人顾翱[①]，少失父，事母至孝[②]。母好食雕胡饭，常帅子女躬自采撷[③]。还家，导水凿川，自种供养，每有赢储[④]。家亦近太湖[⑤]，湖中后自生雕胡，无复余草[⑥]，虫鸟不敢至焉，遂得以为养，郡县表其闾舍[⑦]。

【注释】

①顾翱：人名，生平不详。

②事：侍奉。

③帅：带领，率领。

④赢储：盈余，剩余。赢，满，有余。

⑤太湖：湖名，古称“震泽”“具区”“笠泽”。在今江苏南部，邻接浙江，为长江和钱塘江下游泥沙堰塞古海湾而成。面积2400多平

方千米,湖中有岛屿近五十个,以洞庭西山最大,富灌溉、航运、水产之利。水产丰富,风景优美。

⑥余草:其他的杂草。

⑦表:表彰,标榜显扬。汉代常在里门张榜表彰善行。《史记·留侯世家》曰:"表商容之闾,释箕子之拘,封比干之墓。"《索隐》注曰:"按:崔浩云'表者,标榜其里门也'。"闾舍:居住的地方。闾,古代居民组织基本单位,民户聚居处。周制,二十五家为闾,设长叫"闾胥"。许慎《说文解字》"门部"曰:"闾,里门也。《周礼》:五家为比。五比为闾。闾,侣也,二十五家相群侣也。"段玉裁注曰:"周制,二十五家为里。其后则人所聚居为里,不限二十五家也。里部曰:里,居也。"

【译文】

会稽郡人顾翱,少年时失去了父亲,十分孝顺地侍奉他的母亲。他的母亲喜欢吃菰米饭,他就经常带领子女亲自去采摘。回到家里,引水挖河沟,自己种植菰米以奉养母亲,经常还有盈余。他的家靠近太湖,后来湖中就自然生长出了菰米,而不再长出其他的杂草,飞鸟和昆虫也不敢来啄食,于是顾翱就用湖中长出的菰米来奉养母亲,郡、县都在他居住的地方张榜表彰他。

115.琴弹《单鹄寡凫》

齐人刘道强①,善弹琴,能作《单鹄寡凫》之弄②,听者皆悲,不能自摄③。

【注释】

①刘道强:人名,生平不详。

②《单鹄寡凫》:古琴曲名,曲名意为孤飞的天鹅、落单的野鸭,故该

曲或抒发的是丧偶之悲情。弄：乐曲。《乐府诗集·琴曲歌辞一》序引《琴论》曰："齐人刘道强能作《单凫寡鹤》之弄。""弄者，情性和畅，宽泰之名也。"

③自摄：自我把持。《左传·成公十六年》曰"请摄饮焉"。杜预注曰："摄，持也。"

【译文】

齐人刘道强，擅长弹琴，会弹《单鹄寡凫》的曲子，听了他弹奏的曲子后，人们都感到非常悲伤，不能自持。

116.赵后宝琴

赵后有宝琴[①]，曰"凤凰"，皆以金玉隐起为龙凤螭鸾、古贤列女之象[②]。亦善为《归风送远》之操[③]。

【注释】

①赵后：即赵飞燕。

②隐起：隐约呈现。亦指器物上所刻凹入的图像或文字。列女：指古代富有才德、节操的女子。《战国策·韩二·韩傀相韩》曰："非独政之能，乃其姊者，亦列女也。"《后汉书·列女传》曰："《诗》《书》之言女德尚矣。若夫贤妃助国君之政，哲妇隆家人之道，高士弘清淳之风，贞女亮明白之节，则其徽美未殊也，而世典咸漏焉。故自中兴以后，综其成事，述为《列女篇》。"

③《归风送远》：古琴曲，传说为赵飞燕所作。《乐府诗集·琴曲歌辞一》序曰"赵飞燕亦善为《归风送远》之操"。沈德潜《古诗源》卷二收其辞曰："凉风起兮天陨霜。怀君子兮渺难望。感予心兮多慨慷。"《赵后外传》曰："（成）帝于太液池作千人舟，号合宫之舟。池中起为瀛洲，榭高四十尺。……广榭上，后歌舞《归风送

远》之曲，帝以文犀簪击玉瓯，令后所爱侍郎冯无方吹笙，以倚后歌中流。”操：琴曲或鼓曲名。应劭《风俗通义·声音》曰：“雅琴者，乐之统也，与八音并行。然君子所常御者，琴最亲密，不离于身。……其遇闭塞忧愁而作者，命其曲曰操；操者，言遇灾遭害，困厄穷迫，虽怨恨失意，犹守礼仪，不惧不慑，乐道而不失其操者也。”《乐府诗集·琴曲歌辞一》序引《琴论》曰：“忧愁而作，命之曰操，言穷则独善其身而不失其操也。”

【译文】

赵后飞燕有一把宝琴，名叫“凤凰”，琴上都用黄金、玉石等镶嵌出隐约突起的图案，有龙凤螭鸾以及古代贤人、列女等。她也擅长弹奏《归风送远》的琴曲。

117.邹长倩赠遗有道

公孙弘以元光五年为国士所推[①]，上为贤良[②]。国人邹长倩以其家贫[③]，少自资致，乃解衣裳以衣之，释所着冠履以与之[④]，又赠以刍一束、素丝一襚、扑满一枚[⑤]，书题遗之曰：“夫人无幽显[⑥]，道在则为尊。虽生刍之贱也，不能脱落君子[⑦]，故赠君生刍一束。诗人所谓‘生刍一束，其人如玉[⑧]’。五丝为䋈，倍䋈为升，倍升为緎，倍緎为纪，倍纪为緵[⑨]，倍緵为襚。此自少之多，自微至著也。类士之立功勋，效名节，亦复如之，勿以小善不足修而不为也。故赠君素丝一襚。扑满者，以土为器，以蓄钱具，其有入窍而无出窍[⑩]，满则扑之。土，粗物也。钱，重货也[⑪]。入而不出，积而不散，故扑之。士有聚敛而不能散者[⑫]，将有扑满之败，可不诫欤？故赠君扑满一枚。猗嗟盛欤！山川阻修，加以风露。次卿足下[13]，勉作功名。窃在下风[14]，以俟嘉誉。”弘答烂败不存[15]。

【注释】

①元光五年：前130年。元光，汉武帝年号。王楙《野客丛书·董仲舒公孙弘》曰：“武帝即位以来，凡两开贤良之科，一在建元元年（前140），一在元光元年（前134），而元光五年，但诏征吏民明当世务者，不闻有贤良之举。”认为“五年”系“元年”之误。《汉书·武帝纪》曰：“（元光元年）五月，诏贤良曰：‘……贤良明于古今王事之体，受策察问，咸以书对，著之于篇，朕亲览焉。’于是董仲舒、公孙弘等出焉。”但《史记·平津侯列传》与《汉书·公孙弘卜式儿宽传·公孙弘传》皆作“元光五年”，如《史记·平津侯列传》曰：“元光五年，有诏征文学，菑川国复推上公孙弘。”《汉书·公孙弘卜式儿宽传·公孙弘传》曰：“元光五年，复征贤良文学，菑川国复推上弘。”且诸传中，皆提及武帝屡举贤良。《汉书·董仲舒传》曰：“武帝即位，举贤良文学之士前后百数，而仲舒以贤良对策焉。”《汉书·公孙弘卜式儿宽传·公孙弘传》曰：“时上方兴功业，屡举贤良。”《汉书·严朱吾丘主父徐严终王贾传上·严助传》曰：“（武帝）时征伐四夷，开置边郡，军旅数发，内改制度，朝廷多事，屡举贤良文学之士。”故本条中公孙弘举贤良时间或亦可靠。国士：一国之内才能出众之人。按照西汉察举制度，只有地方主要官吏才有资格举荐人才，故此指地方主要官吏。

②上：通“尚”，尊崇。贤良：即贤良方正，亦称贤良文学，汉代取士选官科目之一，征召文墨才学之士（另一科目为孝廉，注重士人品质德行）。其制始于汉文帝二年（前178）。《史记·文帝纪》曰：“（文帝曰）乃十一月晦，日有食之，适见于天，菑孰大焉！朕获保宗庙，以微眇之身讬于兆民君王之上，天下治乱，在朕一人，唯二三执政犹吾股肱也。朕下不能理育群生，上以累三光之

明,其不德大矣。令至,其悉思朕之过失,及知见思之所不及,丐以告朕。及举贤良方正能直言极谏者,以匡朕之不逮。”汉武帝建元元年(前140),正式奠定了汉代以儒取士的察举制度。《汉书·武帝纪》曰:“(武帝)诏丞相、御史、列侯、中二千石、二千石、诸侯相举贤良方正直言极谏之士。”武帝后,贤良专指饱学儒生。《汉书·东方朔传》曰:“武帝初即位,征天下举方正贤良文学材力之士,待以不次之位,四方士多上书言得失。”汉代察举分常科与特科。特科无固定时间和规定,因需而设,其中又分为时常征召的贤良方正、贤良文学以及不常征召的明经、明法、至孝等。高承《事物纪原·学校举贡·贤良》曰:“汉唐逮今,取士之制有贤良方正茂材异等六科,谓之制举,亦曰大科,通谓之贤良,其制盖自汉文帝始。《史记·文帝纪》:二年十二月日食,令举贤良方正,能直言极谏,以辅不逮。……《事始》则谓自孝武策仲舒始,非也。”许倬云《万古江河:中国历史文化的转折与开展》说:“汉武帝时代,察举尚未制度化。然而,朝堂之上,有各种不同出身的人物;地方长吏,有当地的贤豪,甚至由当地人士出任二千石(例如,会稽的朱买臣)。”“察举制度与文官制度相辅而行,从此中国有了一个相当专业的官僚阶层。而这一阶层,相对于世袭贵族,又是开放的,可以不断吸纳有用的人才,相对程度地保持一定的质量。这一文官集团,经由察举制度,也在相当程度上代表地方参加中央政府的统治机制。以此特质,汉代的文官政府对于皇权,有时是共生互利,有时又是对抗制衡。”

③国:指公孙弘故乡菑川国,汉初属齐,文帝十六年(前164)封菑川王贤,都剧城(今山东寿光南)。邹长倩:人名,生平不详。

④释:解开,脱下。

⑤刍(chú):喂牲口用的草。韩愈《驽骥》诗曰:“渴饮一斗水,饥食一束刍。”襚(suì):古代丝缕的计量单位,两缕为一襚。扑满:储

蓄钱币用的器具，一般为陶制，只有入口而无出口，蓄满后只有摔破才能将钱币取出，故称。

⑥幽：幽暗，不遇。亦意在野。显：显耀，显贵。亦意在朝。

⑦脱落：轻慢失度，不以为意。

⑧“生刍一束，其人如玉”：语出《诗经·小雅·白驹》末段，诗曰：“皎皎白驹，在彼空谷。生刍一束，其人如玉。毋金玉尔音，而有遐心！”这是首别友思贤的诗，末段表达了依依别情，更借贤人的高洁身份，衬托别后之眷眷。“生刍一束，其人如玉”，由刍及人，本为告诫贤者，应欣然接受主人的简陋款待，因为他的品德如白玉般完美。亦即不可因为贤者贫贱便轻视他。《后汉书·周黄徐姜申屠列传》徐稚传曰：“及（郭）林宗有母忧，稚往吊之，置生刍一束于庐前而去。众怪，不知其故。林宗曰：‘此必南州高士徐孺子也。《诗》不云乎，“生刍一束，其人如玉”。吾无德以堪之。’”生刍，青草，新割的草。

⑨“五丝为繑（niè）”以下五句：繑、升、絨（zhì）、纪、緵（zōng），均为古代丝缕的计量单位。而丝缕的计量有不同说法。《抱经堂丛书·西京杂记》卢文弨本注曰：“案以下所云，唯緵为八十缕，与古合。古亦以八十缕为升，今则云十丝；与絨、纪、襚之名，他书多未经见。《埤雅》全载之。”《史记·孝景本纪》曰：“令徒隶衣七緵布。”《索隐》注曰：“七緵，盖今七升布，言其粗，故令衣之也。”《正义》注曰：“緵，八十缕也，与布相似。七升布用五百六十缕。”许慎《说文解字》“糸部”曰：“绺，纬十缕为绺。”“绹，绮丝之数也。《汉律》曰：绮丝数谓之绹，布谓之总，绶组谓之首。”《三国志·魏书·方技传》杜夔传曰“其好古存正莫及夔”。裴松之注引《马钧传》曰：“（钧）为博士，居贫，乃思绫机之变，不言而世人知其巧矣。旧绫机五十综者五十蹑，六十综者六十蹑，先生患其丧功费日，乃皆易以十二蹑。”（“蹑”通“繑”。）陈直《两汉经济

史料论丛·关于两汉的手工业》说:“足证至三国时,五丝为蹑,倍纪为总(緵)的名称,尚沿用不废。”

⑩窍:孔,洞。

⑪重货:贵重的财物。货,财物。《尚书·洪范》曰:“一曰食,二曰货,三曰祀。”孔颖达疏曰:“货者,金玉布帛之总名,皆为人用。”《荀子·富国》曰:“等赋府库者,货之流也。”杨倞注曰:“钱布龟贝曰货也。”许慎《说文解字》“贝部”曰:“货,财也。”

⑫聚敛:搜刮钱财。散:布施。

⑬次卿:或为公孙弘之字,但《汉书》本传未载其字,《史记》本传载弘“字季”。

⑭窃:谦辞,私自。下风:风向的下方,喻意处于下位或劣势。此为谦辞。

⑮烂败:破碎腐烂。依《史记·平津侯主父列传》所载,元光五年(前130)时,公孙弘应年已七旬,再次举贤良。传曰:“建元元年(前140),天子初即位,招贤良文学之士。是时弘年六十,征以贤良为博士。使匈奴,还报,不合上意,上怒,以为不能,弘乃病免归。元光五年,有诏征文学。菑川国复推上公孙弘。弘让谢国人曰:‘臣已尝西应命,以不能罢归,愿更推选。’国人固推弘,弘至太常。太常令所征儒士各对策,百余人,弘第居下。策奏,天子擢弘对为第一。召入见,状貌甚丽,拜为博士。”

【译文】

公孙弘在元光五年被菑川国的主要官吏推举为贤良文学。菑川国人邹长倩知道他家境贫寒,没有什么财产,就解下身上的衣裳给他穿上,脱下戴的帽子和穿的鞋子送给他,又赠送他一把青草、一緵白色的丝,还有一枚扑满,并且写了封信给他说:“一个人不管是默默无闻还是成名显贵,只要有道德就是尊贵的。即使你像刚割下的青草一样卑贱,也是不能因此轻慢的君子,所以就送你新割下的青草一把。这就是诗人所说的‘生刍一束，其人如玉’。五缕丝为一緉，两緉为一升，两升为一絨，两絨为一纪，两纪为一緵，两緵为一襚。这是积少成多，从细微到显著的道理。士人建功创业，弘扬名声节操，也正是如此，不要以为善小无足轻重就不愿去做。所以送给你白色的丝一襚。扑满，是用土做成的器物，用来储蓄钱财，它只有入口而没有出口，钱币存满了就摔破它。土是粗糙的东西。钱是贵重的财物。只知道收入而不知道付出，只知道积蓄而不知道发散出来，所以要摔破它。有的人只顾搜刮钱财却不会散财消灾，就要遭到扑满被摔碎那样的命运，这难道不应该引以为戒吗？所以就赠送给你扑满一枚。这是多么重要的事啊！山川阻隔，前路迢迢，而且还要风餐露宿。次卿足下，愿你发愤努力，成就功名。我在这里等待你声名远扬的一天。”公孙弘的回信已经破碎腐烂，不存在了。

118.大驾骑乘数

汉朝舆驾祠甘泉汾阴[①]，备千乘万骑，太仆执辔[②]，大将军陪乘[③]，名为大驾[④]。

司马车驾四[⑤]，中道[⑥]。

辟恶车驾四[⑦]，中道。

记道车驾四[⑧]，中道。

靖室车驾四[⑨]，中道。

象车[⑩]，鼓吹十三人[⑪]，中道。

式道候二人[⑫]，驾一。左右一人。

长安都尉四人[⑬]，骑。左右各二人。

长安亭长十人，驾。左右各五人。

长安令车驾三[⑭]，中道。

京兆掾史三人，驾一。三分。

京兆尹车驾四，中道。

司隶部京兆从事、都部从事、别驾一车[15]。三分。

司隶校尉驾四[16]，中道。

廷尉驾四[17]，中道。

太仆、宗正引从事[18]，驾四。左右。

太常、光禄、卫尉[19]，驾四。三分。

太尉外部都督令史、贼曹属、仓曹属、户曹属、东曹掾、西曹掾[20]，驾一。左右各三。

太尉驾四，中道。

太尉舍人、祭酒[21]，驾一。左右。

司徒列从[22]，如太尉王公，骑。令史、持戟吏亦各八人[23]，鼓吹一部[24]。

中护军骑[25]，中道。左右各三行，戟楯、弓矢、鼓吹各一部[26]。

步兵校尉、长水校尉[27]，驾一。左右。

队百匹[28]。左右。

骑队十[29]。左右各五。

前军将军[30]。左右各二行，戟楯、刀楯、鼓吹各一部，七人。

射声、翊军校尉[31]，驾三。左右二行，戟楯、刀楯、鼓吹各一部，七人。

骁骑将军、游击将军[32]，驾三。左右二行，戟楯、刀楯、鼓吹各一部，七人。

黄门前部鼓吹[33]，左右各一部，十三人，驾四。

前黄麾骑[34]，中道。

自此分为八校[35]。左四右四。

护驾御史[36]，骑。左右。

御史中丞驾一[37]，中道。

谒者仆射驾四[38]。

武刚车驾四[39]，中道。

九斿车驾四[40]，中道。

云罕车驾四[41]，中道。

皮轩车驾四[42]，中道。

阘戟车驾四[43]，中道。

鸾旗车驾四[44]，中道。

建华车驾四[45]，中道。左右。

虎贲中郎将车驾二[46]，中道。

护驾尚书郎三人[47]，骑。三分。

护驾尚书三[48]，中道。

相风乌车驾四[49]，中道。

自此分为十二校。左右各六。

殿中御史骑[50]。左右。

典兵中郎骑[51]，中道。

高华[52]，中道。

罼罕[53]。左右。

御马[54]。三分。

节十六[55]。左八右八。

华盖，中道。

自此分为十六校。左八右八。

刚鼓[56]，中道，金根车[57]。

自此分为二十校，满道。

左卫、右卫将军[58]。

华盖。自此后麋烂不存。

【注释】

①舆(yú)驾：亦称乘舆，指汉代天子乘舆之制，是皇帝出行时所备车驾、舆服、仪仗、器物等的总称。蔡邕《独断》卷上曰：“汉天子正号曰皇帝……车马衣服器械百物曰乘舆。”“乘，犹载也，舆，犹车也，天子以天下为家，不以京师宫室为常处，则当乘车舆以行天下，故群臣托乘舆以言之。或谓之车驾。”皇帝每次出行的目的、规模不同，其配备与名称也会有所不同。舆，本指车厢，后引申为车。《易经·上经》曰：“君子得舆，小人剥庐。”孔颖达疏曰：“是君子居之，则得车舆也。”《老子》八十章曰：“虽有舟舆，无所乘之。”祠：祭祀，汉武帝时非常重视祭祀甘泉泰一和汾阴后土，祭天在甘泉宫，祭地在汾阴。汾阴：古县名，在汾水之南，治所在今山西万荣西南。汉武帝时曾在此得西周宝鼎，故改年号为元鼎元年(前116)，并举行祭礼，恭迎宝鼎至甘泉。《汉书·严朱吾丘主父徐严终王贾传上》吾丘寿王传曰：“汾阴得宝鼎，武帝嘉之，荐见宗庙，藏于甘泉宫，群臣皆上寿贺曰：‘陛下得周鼎。’寿王独曰非周鼎。”卫宏《汉旧仪》补遗卷下曰：“汉法：三岁一祭天于云阳宫甘泉坛，以冬至日祭天，天神下。三岁一祭地于河东汾阴后土宫，以夏至日祭地，地神出。……皇帝祭天，居云阳宫，齐百日上甘泉通天台，高三十丈，以候天神下，见如流火，舞女童三百人，皆年八岁。天神下坛所，举烽火。皇帝就竹宫中，不至坛所。甘泉台去长安三百里，望见长安城，皇帝所以祭天之圆丘也。……祭地河东汾阴后土宫，宫曲入河，古之祭地泽中方丘也。礼仪如祭

天，名曰汾葵，一曰葵丘也。”

②太仆：官名，秦汉九卿之一，主管皇帝车驾、马匹，后专管官府畜牧事务。《周礼·夏官·太仆》曰：“太仆：掌正王之服位，出入王之大命。”《通典·职官七》曰：“《周官》有太仆下大夫，掌正王之服位，出入王之大命，似今太仆之职。……秦因之……汉初，夏侯婴常为之。……王莽改太仆为太御。后汉太仆与汉同，亦掌车马。天子每出，奏驾上卤簿用，大驾则执驭。”汉代太仆地位高于周代。《汉书·百官公卿表上》曰：“太仆，秦官，掌舆马，有两丞。属官有大厩、未央、家马三令，各五丞一尉。又车府、路軨、骑马、骏马四令丞；又龙马、闲驹、橐泉、騊駼、承华五监长丞；又边郡六牧师苑令，各三丞；又牧橐、昆蹄令丞皆属焉。”执辔（pèi）：控制牲口的嚼子和缰绳，意为驾御。辔，马缰绳。许慎《说文解字》“丝部”曰：“辔，马辔也。……与连同意。《诗》曰：六辔如丝。”《礼记·曲礼上》曰：“执策分辔，驱之五步而立。”孔颖达疏曰：“辔，御马索也。”

③大将军：官名，古代领兵打仗的最高统帅。春秋时已有将军称号，战国时有大将军，如秦国大将军王翦。应劭《汉官仪》卷上曰：“将军，周官也。赵王以李牧为将军破秦，始受大名。王翦、灌婴并为之。”秦汉沿置，汉代时大将军为武职，位次丞相，但因为常常由皇亲国戚担任，深得皇帝宠信，位高权重，实际左右了朝政，故地位实高于丞相，如霍光、王莽等。

④大驾：皇帝最隆重的乘舆仪式。汉代皇帝出行的车驾，按照出行规模大小而分为大驾、法驾、小驾。蔡邕《独断》卷下曰：“天子出，车驾次第谓之卤簿。有大驾，有小驾，有法驾。大驾则公卿奉引，大将军参乘，太仆御，属车八十一乘，备千乘万骑。”《三辅黄图》卷六曰：“大驾则公卿奉引，大将军参乘，太仆御；属车八十一乘，作三行，尚书御史乘之，最后一乘垂豹尾，豹尾以前皆为省中，

备千乘万骑出长安,出祠天于甘泉备之,百官有其仪注,名曰甘泉卤簿。”凡皇帝亲往祭祀,动用大驾。汉武帝晚年常居甘泉,汾阴所出的宝鼎也被移往甘泉,故大驾也被称为“甘泉卤簿”。《独断》卷下曰:“在长安时,出祠天于甘泉备之,百官有其仪注,名曰甘泉卤簿。中兴以来希用之。”《后汉书·舆服志上》曰:“西都行祠天郊,甘泉备之。官有其注,名曰甘泉卤簿。”刘昭注引蔡邕《表志》曰:“国家旧章,而幽僻藏蔽,莫之得见。”蔡邕所记多为东汉之制,故或不得详。因而本条所记之甘泉大驾卤簿益显珍贵。

⑤司马车:《三辅黄图》卷二曰:“汉未央、长乐、甘泉宫,四面皆有公车。”《汉书·百官公卿表上》曰“(卫尉)属官有公车司马、卫士、旅贲三令丞。……长乐、建章、甘泉卫尉皆掌其官,职略同,不常置。”应劭《汉官仪》卷上曰:“公车司马令,周官也,秩六百石,冠一梁,掌殿司马门,夜徼宫中,天下上事及阙下,凡所征召皆总领之。”则此司马车应属公车司马令之车。一说此处“司马车”或为“司南车”“指南车”之误,因古代天子大驾出行以司南车为先导。《晋书·舆服志》曰:“司南车,一名指南车,驾四马,其下制如楼,三级,四角金龙衔羽葆,刻木为仙人。衣羽衣,立车上,车虽回运,而手常南指。大驾出行,为先启之乘。”司马,武官名。西周始置,汉代大将军、将军、校尉的属官都有司马。《汉书·百官公卿表上》曰:“元狩四年(前119)初置大司马,以冠将军之号。”颜师古注引应劭曰:“司马,主武也,诸武官亦以为号。”

⑥中道:古代帝王出行时车驾分为左、中、右三行,居中间而行的即是中道。

⑦辟恶车:意在避除不祥、邪恶的车。崔豹《古今注·舆服》曰:“辟恶车,秦制也。桃弓苇矢,所以祓除不祥。”

⑧记道车:亦称记里车、大章车,一种特制的记录道路里程的车。崔豹《古今注·舆服》曰:“大章车,所以识道里也,起于西京,亦曰

记里车。车上为二层，皆有木人。行一里，下层击鼓；行十里，上层击镯。《尚方故事》有作车法。”

⑨靖室车：即静室令之车。应劭《汉官仪》卷上曰：“静室令，式道候，秦官也。静室令，车驾出，在前驱，静清所徼车逆日，以示重慎也。”《三辅黄图》卷六曰：“静室，天子出入警跸，旧典行幸所至，必遣静室令，先按行清静殿中。以虞非常。”崔豹《古今注·舆服》曰：“警跸，所以戒行徒也。《周礼》跸而不警，秦制出警入跸，谓出军者皆警戒，入国者皆跸止也。故曰出警入跸也。至汉朝梁孝王，王出称警，入称跸，降天子一等焉。一曰跸，路也，谓行者皆警于涂路也。”

⑩象车：用驯服的大象所驾的车。《韩非子·十过》曰：“昔者黄帝合鬼神于泰山之上，驾象车而六蛟龙。”后世明确使用象车的是在汉朝，《晋书·舆服志》曰：“象车，汉卤簿最在前。”

⑪鼓吹：即黄门鼓吹，指乐队或乐队用鼓、钲、箫、笳等乐器合奏的乐曲。由少府属官黄门令或乐府令所管辖。《后汉书·孝安帝纪》曰：“壬午，诏太仆、少府减黄门鼓吹，以补羽林士。”李贤注曰：“《汉官仪》曰：‘黄门鼓吹百四十五人。’”周伟洲《从郑仁泰墓出土的乐舞俑谈唐代音乐和礼仪制度》说：“中国古代统治者出行仪仗中的鼓吹乐，最早是西汉初由北方游牧民族（北狄）传入内地的。刘瓛《定军礼》云：‘鼓吹未知其始也，汉班壹雄朔野而有之矣。鸣笳以和箫声，非八音也。’《通典》卷一四六《乐六》亦记：‘北狄乐，皆为马上乐也。鼓吹本军旅之音，马上奏之，故自汉代以来，北狄乐总归鼓吹署。’”鼓吹本是军乐，后来也用于飨宴、出巡、丧葬等场合。崔豹《古今注·音乐》曰：“短箫饶歌，军乐也。黄帝使岐伯所作也，所以建武扬盛德，风劝战士也。《周礼》所谓王大捷，则令凯乐；军大捷，则令凯歌者也。汉乐有黄门鼓吹，天子所以宴乐群臣也。短箫饶歌，鼓吹之一章，亦以赐有功诸

侯。”汉代鼓吹乐，有黄门鼓吹，用在飨宴时列于殿堂；有黄门前后部鼓吹，用于大驾出巡时列于卤簿之间。也用于丧葬中，《太平御览》卷五百六十七曰：“挚虞《新礼仪志》曰：汉魏故事，将葬，设吉凶卤簿，皆鼓吹。”《乐府诗集·横吹曲辞一》序曰：“横吹曲，其始亦谓之鼓吹，马上奏之，盖军中之乐也。北狄诸国，皆马上作乐，故自汉已来，北狄乐总归鼓吹署。其后分为二部，有箫笳者为鼓吹，用之朝会、道路，亦以给赐。汉武帝时，南越七郡，皆给鼓吹是也。有鼓角者为横吹，用之军中，马上所奏者是也。”

⑫式道候：官名，皇帝出行时担任清道、警戒职责的官员。有左、中、右候三人，六百石。《汉书·百官公卿表上》曰“式道左中右候”，颜师古注引应劭曰：“式道凡三候，车驾出还，式道候持麾至宫门，门乃开。”《后汉书·百官志》曰：“本有式道左、右、中候三人，六百石。车驾出，掌在前清道；还，持麾至宫门，宫门乃开。”

⑬长安都尉：即京辅都尉，武职，京兆尹所辖，因为西汉三辅的治所都在长安城中，所以称长安都尉。汉武帝元鼎四年（前113），置三辅都尉、都尉丞各一人，职同郡都尉，但因地处京畿，故地位略高，秩比二千石。在护卫京师或皇帝出行时，也属执金吾管辖。《三辅黄图》卷一曰：“三辅郡皆有都尉，如诸郡。京辅都尉治华阴，左辅都尉治高陵，右辅都尉治郿。”何清谷校注说：“三辅都尉的尉、丞、兵卒皆属负责京师治安的中尉管辖，中尉武帝时改称执金吾，与三辅长官似乎没有隶属关系，但三辅都尉常兼任三辅长官。”

⑭长安令：长安县令。此处令指县令，官名，县行政长官。《汉书·百官公卿表上》曰：“县令、长，皆秦官，掌治其县。万户以上为令，秩千石至六百石。减万户为长，秩五百石至三百石。皆有丞、尉，秩四百石至二百石，是为长吏。……县大率方百里，其民稠则减，稀则旷，乡、亭亦如之，皆秦制也。”《后汉书·百官志五》

曰:“(令与长)皆掌治民,显善劝义,禁奸罚恶,理讼平贼,恤民时务,秋冬集课,上计于所属郡国。……县万户以上为令,不满为长。侯国为相。皆秦制也。丞各一人。尉大县二人,小县一人。本注曰:丞署文书,典知仓狱。尉主盗贼。凡有贼发,主名不立,则推索行寻,案察奸宄,以起端绪。”作为古代官名,令另指政府某部门或机构的长官,如上书令、中书令等。

⑮司隶部:即司隶校尉部。《汉书·武帝纪》曰:元封五年(前106)“初置刺史部十三州”,将全国划分为十三刺史部,派遣刺史监察所属各郡。首都地方称为司隶校尉部。从事:官名,汉代三公及州郡长官的属官,皆称从事史。《通典·职官十四》曰:“凡司隶属官,有从事史十二人,其都官从事史,至为雄剧,主察百官之犯法者。”《后汉书·百官志四》曰:“从事史十二人。本注曰:都官从事,主察举百官犯法者。功曹从事,主州选署及众事。别驾从事,校尉行部则奉引,录众事。簿曹从事,主财谷簿书。其有军事,则置兵曹从事,主兵事。其余部郡国从事,每郡国各一人,主督促文书,察举非法,皆州自辟除,故通为百石云。”故本句中“京兆从事”即校尉于京兆尹所置的从事;“都部从事”即“都官从事”,“部”或为“官”之误;“别驾”应为“别驾从事”之简称。《通典·职官十四》曰:“别驾从事史一人,从刺史行部,别乘传车,故谓之别驾。汉制也,历代皆有。”

⑯司隶校尉:官名,司隶校尉部的主要长官。汉武帝征和四年(前89)初置,用来调查“巫蛊”案。初为临时之官,后渐成定制,其职责是督察百官,以举不法。《汉书·百官公卿表上》曰:“司隶校尉,周官,武帝征和四年初置。持节,从中都官徒千二百人,捕巫蛊,督大奸猾。后罢其兵。察三辅、三河、弘农。元帝初元四年(前45)去节。成帝元延四年(前9)省。绥和二年(前7),哀帝复置,但为司隶,冠进贤冠,属大司空,比司直。”《通典·职官

十四》曰:“司隶,周官也。掌五隶之法,辨其物而掌其政令,帅其民而捕盗贼。……掌察皇太子以下,行马内事皆主之,专道而行,专席而坐。初除,皆谒两府,后汉复为司隶校尉。所部河南尹、河内、右扶风、左冯翊、京兆尹、河东、弘农凡七郡,治河南洛阳。无所不纠,唯不察三公。廷议处九卿上,朝贺处公卿下。”应劭《汉官仪》卷上曰:“司隶校尉纠皇太子、三公以下,及旁州郡国无不统。陛下见诸卿,皆独席。”其官俸仅六百石,但权限很大,以便于皇帝掌控。

⑰廷尉:官名,秦官,汉沿用,为九卿之一,是执掌刑狱的最高司法官吏,地位非常重要。汉景帝中六年(前144)及哀帝元寿二年(前1)曾一度改为大理。《汉书·百官公卿表上》曰:“廷尉,秦官,掌刑辟,有正、左右监,秩皆千石。景帝中六年更名大理,武帝建元四年(前137)复为廷尉。”

⑱宗正:官名,秦汉时为九卿之一,掌管王室亲族的事务,汉代时一般由皇族担任,非刘氏不得出任。《通典·职官七》曰:“两汉皆以皇族为之,不以他族。”《汉书·百官公卿表上》曰:“宗正,秦官,掌亲属,有丞。平帝元始四年(4)更名宗伯。……又诸公主家令、门尉皆属焉。”

⑲太常:官名,为九卿之一。秦称奉常。《汉书·百官公卿表上》曰:“奉常,秦官,掌宗庙礼仪,有丞。景帝中六年(前144)更名太常。”应劭《汉官仪》卷上曰:“太常,古官也。……欲令国家盛大,社稷常存,故称太常,以列侯为之,重宗庙也。”同书卷下曰:“(甘泉卤簿)太常驾四马,主簿前车八乘,有铃下、侍阁、辟车、骑吏、五百等员。”太常的另一职责是为博士选拔弟子,督导教育,并从中选择优秀者以补充官吏队伍。光禄:官名,秦汉九卿之一。秦及汉初名为郎中令,汉武帝太初元年(前104)更名为光禄勋,掌管宫廷侍卫,主要负责保卫皇宫安全。应劭《汉官仪》卷上曰:

"光，明也。禄，爵也。勋，功也。……举不安得，赏不失劳，故曰光禄勋。"《后汉书·百官志二》曰："光禄勋，卿一人，中二千石。本注曰：掌宿卫宫殿门户，典谒署郎更直执戟，宿卫门户，考其德行而进退之。郊祀之事，掌三献。"其属官有光禄大夫、太中大夫、中散大夫、谏议大夫、议郎等，主要"掌顾问应对，无常事，唯诏令所使。凡诸国嗣之丧，则光禄大夫掌吊"。卫尉：官名，汉九卿之一。率卫士，主宫内宿卫。《汉书·百官公卿表上》曰："卫尉，秦官，掌宫门卫屯兵，有丞。景帝初更名中大夫令，后元年复为卫尉。"颜师古注曰："《汉旧仪》云卫尉寺在宫内。胡广云主宫阙之门内卫士，于周垣下为区庐。区庐者，若今之仗宿屋矣。"应劭《汉官仪》卷下曰："（卤簿）卫尉驾四马，主簿前车八乘，有铃下、侍阁、辟车、骑吏等员。"王隆《汉官解诂》曰："卫尉主宫阙之内，卫士于垣下为庐，各有员部。居宫中者，皆施籍于门，案其姓名。若有医巫、僦人当入者，本官长吏为封启传，审其印信，然后内之。人未定，又有籍，皆复有符。符用木，长二寸，以当所属两字，为铁印，亦太卿炙符。当出入者，案籍毕，复齿符，乃引内之也。其有官位得出入者，令执御者官，传呼前后以相通，从昏至晨，分部行夜。夜有行者，辄前曰：'谁？谁？'若此不解，终岁更始，所以重慎宿卫也。"

⑳太尉：官名，掌管军事的最高长官。《汉书·百官公卿表上》曰："太尉，秦官，金印紫绶，掌武事。"与丞相、御史大夫并称"三公"。因权力极大，秦代不时空缺。汉代沿之，亦设废不定。《通典·职官二》曰："汉文三年（前177）省，景帝三年（前147）复置，其尊与丞相等。五年（前152）又省。元狩四年（前119）更名大司马。后汉建武二十七年（51）复旧名为太尉公。"最终成为一种无实权的待遇，由皇帝奖励给有功之臣，有武事职但无发兵实权。到东汉时位列三公之首，地位大升，重点在录尚书事，官

属也多于西汉时。都督：官名，东汉光武建武初，临时设督军御史，事后便罢。后曹魏文帝始设诸州军事，或领刺史，是中央和地方的军事长官。此官职非汉制，恐后人比附魏晋之制而杂入。令史：官名，汉代设兰台令史，尚书令史等，掌管文书，职位次于郎。贼曹属、仓曹属、户曹属、东曹掾、西曹掾：官名，皆为太尉府的属官。《宋书·百官志上》曰："（汉东京）太尉府置掾属二十四人，西曹主府吏署用事，东曹主二千石长吏迁除事，户曹主民户祠祀农桑事……贼曹主盗贼事……仓曹主仓谷事。"《后汉书·百官志一》曰："西曹主府史署用。东曹主二千石长吏迁除及军吏。"卫宏《汉旧仪》卷上曰："丞相初置，吏员十五人，皆六百石，分为东、西曹。东曹九人，出督州为刺史；西曹六人，其五人往来白事东厢，为侍中，一人留府，曰西曹，领百官奏事。"职官治事分科谓之曹，曹相当于后世的部。以上记载的似皆是东汉的官制。

㉑舍人：官名，掌管宫中政事财务。秦汉有太子舍人，为太子官属。汉沿之，选择良家子弟充任，位比郎中。亦通称战国至汉初王公贵族的侍从宾客，亲近左右。《汉书·高帝纪上》曰："南阳守欲自刭，其舍人陈恢曰：'死未晚也。'"颜师古注曰："文颖曰：'主厩内小吏，官名也。'苏林曰：'蔺相如为宦者令舍人。韩信为侯，亦有舍人。'师古曰：'舍人，亲近左右之通称也。后遂以为私属官号。'"祭酒：官名，汉代宴饮时，常常从宾客中挑选一位德高望重的长者举酒以祭，故尊称为祭酒。如丞相府有西曹南阁祭酒。汉平帝时置六经祭酒，秩上卿，后又置博士祭酒，为五经博士之首。应劭《汉官仪》卷上曰："太常差选有聪明威重一人为祭酒，总领纲纪也。汉置博士祭酒一人，秩六百石。"

㉒列从：众属吏。

㉓持戟（jǐ）吏：即仪仗官员，手持大戟作仪仗，扈从警卫。戟，中国古代独有的一种兵器，形状呈"十"或"卜"字形，既有直刃又有

横刃，既可直刺又能横击，并可做勾、啄、刺、割等动作，其杀伤力远胜戈和矛。

㉔鼓吹一部：属司徒府所辖之军乐队。

㉕中护军：官名，是执勤宫中的武官。护军，武职官名，掌管军政军赋，主选武官，协调都督、出征诸军关系。《汉书·百官公卿表上》曰："护军都尉，秦官，武帝元狩四年（前119）属大司马……哀帝元寿元年（前2）更名司寇，平帝元始元年（1）更名护军。"《通典·职官十六》曰："秦有护军都尉，汉因之，高帝时以陈平为护军中尉，尽护诸将。……汉东京省。班固为大将军中护军，隶将军幕府，非汉朝列职。"在汉初，护军为护军中尉，跟随皇帝身边。西汉中期则称护军都尉，隶属于大将军府。《汉书·陈平传》曰："平自初从，至天下定后，常以护军中尉从击臧荼、陈豨、黥布。"《汉书·赵充国辛庆忌传·赵充国传》曰："昭帝时，武都氐人反，充国以大将军护军都尉将兵击定之，迁中郎将。"

㉖戟楯（dùn）、弓矢：都是仪仗中的一部分。楯，同"盾"，古代兵器名，即盾牌。

㉗步兵校尉：武职官名，汉武帝时设置的八校尉之一。《汉书·百官公卿表上》曰："步兵校尉掌上林苑门屯兵。"东汉时，与屯骑、越骑、长水、射声为五校尉，皆掌宿卫兵，秩比二千石。大驾出行，五校尉在前，各有鼓吹一部。《通典·职官十六》曰："时五校官显职闲，而府寺宽敞，舆服光丽，伎巧必给，故多以皇族肺腑居之。"长水校尉：武职官名，汉武帝所设八校尉之一。《汉书·百官公卿表上》曰："长水校尉掌长水宣曲胡骑。"颜师古注曰："长水，胡名也。宣曲，观名，胡骑之屯于宣曲者。"长水在今陕西蓝田西北。宣曲，汉代离宫之一，位于汉长安上林苑昆明池以西。《三辅黄图》卷三曰："宣曲宫，在昆明池西。孝宣帝晓音律，常于此度曲，因以为名。"

㉘队：古代军事编制单位，一百人为一队。《左传·襄公十年》曰："左执之，右拔戟，以成一队。"杜预注曰："百人为队。"

㉙骑队：骑兵队。《晋书·舆服志》曰："骑队五在左，五在右，队各五十匹，命中督二人分领左右。"

㉚前军将军：武官名，周末初置。《汉书·百官公卿表上》曰："前后左右将军，皆周末官，秦因之，位上卿，金印紫绶。汉不常置，或有前后，或有左右，皆掌兵及四夷。有长史，秩千石。"《后汉书·百官一》曰："又有前、后、左、右将军。"蔡质《汉官典职仪式选用》曰："左右前后皆金（印）紫（绶），位次上卿，典京师兵卫屯警。"汉代有大将军、骠骑将军、车骑将军、卫将军、前将军、后将军、左将军、右将军等，另有若干杂号将军。名号甚多，地位不等。

㉛射声：即射声校尉，武职官名，汉武帝所置八校尉之一，率善射之士，即掌管弓弩部队。翊（yì）军校尉：武职官名，掌管宫门宿卫。《晋书·武帝纪》曰：太康元年（280）"六月丁丑，初置翊军校尉官"。意为西晋初设此官职，故此处或又杂入晋制。《晋书·舆服志》曰："次射声校尉在左，翊军校尉在右，并驾一。各卤簿左右各二行，戟楯在外，刀楯在内，鼓吹各一部，七人。"

㉜骁骑将军：官名，汉代始置，为杂号将军。应劭《汉官仪》卷上曰："骁骑，汉官也。武帝以李广为之。后世祖建武九年（33）始改屯骑。"《汉书·李广苏建传·李广传》曰："后汉诱单于以马邑城，使大军伏马邑傍，而广为骁骑将军，属护军将领。"游击将军：官名，简称游击，汉置，为杂号将军。《汉书·高惠高后文功臣表》曰："阳夏侯陈豨以特将将卒五百人前元年从起宛朐，至霸上，为游击将军，别定代，破臧荼侯。"

㉝黄门：为少府属官，黄门侍郎、给事黄门侍郎的省称。秦汉时设官署黄门，置黄门侍郎、给事黄门侍郎，与侍中俱管门下诸事，侍从皇帝。汉代有黄门令、小黄门、中黄门等，由宦官充任，侍奉皇

帝及亲族，故后世亦称宦官为黄门。卫宏《汉旧仪》卷上曰："黄门令，领黄门谒者。骑吹曰冗从，仆射一人，领髦头。"黄门是宫中禁门，因为门闼涂为黄色而得名。《通典·职官三》曰："凡禁门黄闼，故号黄门。其官给事于黄闼之内，故曰黄门侍郎。"《汉书·西域传》赞曰："蒲梢、龙文、鱼目、汗血之马充于黄门。"《汉书·霍光金日磾传·霍光传》曰："上（武帝）乃使黄门画者画周公负成王朝诸侯以赐光。"颜师古注曰："黄门之署，职任亲近，以供天子，百物在焉，故亦有画工。"故黄门执掌甚杂，如掌养马，有黄门马监；掌画工，有黄门画工；掌倡优，有黄门倡监。举凡有德有艺之士皆可待诏黄门，以便选用。前部鼓吹：由黄门令所辖之乐队。日常训练则与少府属吏乐府令有关，汉武帝时曾任命李延年为协律都尉，佩二千石印绶，属专为皇亲国戚设立的临时之职，应与黄门令和乐府令有交集。

㉞黄麾：汉魏六朝时皇帝仪仗中专用的黄色旌旗。依旌旗位置不同，分为前黄麾和后黄麾。高承《事物纪原·旗旐采章·黄麾》曰："《宋朝会要》曰：'麾，古有黄、朱、纁三色，所以指麾也。汉卤簿有前后黄麾。今制绛帛为之，如幡，采成黄麾字。'"崔豹《古今注·舆服》曰："麾，所以指麾。武王执白旄以麾，是也。乘舆以黄，诸公以朱，刺史二千石以纁。"骑：执黄麾的骑士。

㉟校：本指军营，后指军队之一部。《汉书·卫青霍去病传·卫青传》曰："护军都尉公孙敖三从大将军击匈奴，常护军傅校获王，封敖为合骑侯。"颜师古注曰："校者，营垒之称，故谓军之一部为一校。或曰幡旗之名，非也。每军一校，则别为幡耳，不名校也。"

㊱护驾御史：侍御史随大驾出巡时，即为护驾御史。《后汉书·舆服志上》曰："每出，太仆奉驾上卤簿，中常侍、小黄门副；尚书主者，郎令史副；侍御史、兰台令史副。皆执注，以督整车骑，谓之护驾。"应劭《汉官仪》卷下曰："侍御史在左驾马，询问不法者。"侍

御史为御史中丞属吏。《汉书·百官公卿表上》曰:"(御史大夫)有两丞……一曰中丞……内领侍御史员十五人。"

㊲御史中丞:官名。汉代为御史大夫下属主吏。汉代御史大夫有两丞:一为御史丞,一为中丞,又称御史中执法。《汉书·百官公卿表上》曰:"(御史大夫)有两丞,秩千石。一曰中丞,在殿中兰台,掌图籍秘书,外督部刺史,内领侍御史员十五人,受公卿奏事,举劾按章。"御史中丞位不高,但司职监察,权限不小,至东汉初便取代御史大夫地位,与司隶校尉、尚书令在朝会时设专席独坐,号称"三独坐"。也与尚书令、谒者分掌宪台、中台和外台,位次于尚书令。

㊳谒者仆射:官名,谒者的长官。《后汉书·百官志二》曰:"谒者仆射一人,比千石。本注曰:为谒者台率,主谒者,天子出,奉引。古重习武,有主射以督录之,故曰仆射。"因为主谒者台,常随侍皇帝左右。谒者,秦汉皆置,为郎中令佐吏,掌管接待宾客之事。蔡质《汉官典职仪式选用》曰:"见尚书令,对揖无敬。谒者见,执板拜之。"应劭《汉官仪》卷上曰:"谒者皆著缃绩大冠,白绢单衣。谒者三十人,秩四百石,掌报章奏事及丧吊祭享。"

㊴武刚车:古代一种有巾有盖的战车,在打仗或仪仗中常用作先驱。《后汉书·舆服志上》曰:"吴孙《兵法》云:'有巾有盖,谓之武刚车。'武刚车者,为先驱。又为属车轻车,为后殿焉。"

㊵九斿(liú)车:即竖立九旒旌旗之车,为乘舆前驱。应劭《汉官仪》上曰:"甘泉卤簿有道车五乘,斿车九乘,在舆前。"蔡邕《独断》卷下曰:"前驱有九斿、云罕、闟戟、皮轩、鸾旗车,皆大夫载。"《后汉书·舆服志上》曰:"前驱有九斿云罕",刘昭注曰:"徐广曰:'斿车有九乘。'前史不记形也。武王克纣,百夫荷罕旗以先驱。《东京赋》曰:'云罕九斿。'薛综曰:'旌旗名。'"九斿,即九旒,旗名。《礼记·乐记》曰:"所谓大辂者,天子之车也。龙旗九旒,天

子之旌也。”《周礼·冬官·辀人》曰：“龙旗九斿，以象大火也。”贾公彦疏曰：“天子以十二为节，而今建九斿、七斿、六斿、四斿者，盖谓上得兼下也。”斿，旌旗下端垂饰，随风摇摆。《汉书·五行志下之中》曰“君若缀斿”，颜师古注曰：“应劭曰：‘斿，旌旗之流，随风动摇也。’师古曰：‘言为下所执，随人东西也。’”

㊶云罕车：一作云罕车，指竖立着云罕旗的车，乘舆出行时用作前导。云罕，旌旗。司马相如《文选·上林赋》曰“载云罕”，张揖注曰：“罕，罼也。前有九斿、云罕之车。”张衡《文选·东京赋》曰“云罕九斿”，薛综注曰：“云罕，旌旗之别名也。”

㊷皮轩车：用虎皮装饰的车，乘舆出行时用作前驱。皮轩，《后汉书·舆服志上》曰“皮轩鸾旗”，刘昭注曰：“胡广曰：‘皮轩，以虎皮为轩。’郭璞曰：‘皮轩革车’，或曰即《曲礼》‘前有士师，则载虎皮’。”蔡邕《独断》卷下曰：“皮轩，虎皮为之也。”司马相如《文选·上林赋》曰“前皮轩”，文颖注曰：“皮轩，以虎皮饰车。”高承《事物纪原·舆驾羽卫·皮轩》曰：“《通典》曰：‘皮轩车，汉制，以虎皮为轩。’《宋朝会要》曰：‘汉制前驱车也，取《曲礼》前有士师则载虎皮之义也。’”轩，车幡，以虎皮制成。

㊸阘（xì）戟车：插着长戟的战车，乘舆出行时用作前导。《宋史·仪卫志三》曰：“《考工记》车戟崇于殳，酋矛崇于戟，各四赤，戟矛皆插车骑，谓之兵车。战国尚武，故增插四戟，谓之阘戟。则知德车武车固异用矣。汉卤簿，前驱有凤凰阘戟。”阘戟，指长戟，古兵器名。《史记·商君列传》曰：“持矛而操阘戟者旁车而趋。”《集解》注曰：“徐广曰：‘屈庐之劲矛，干将之雄戟。’”《后汉书·舆服志上》曰“阘戟”，刘昭注引薛综曰：“阘之言函也，取四戟函车边。”

㊹鸾旗车：天子仪仗中插着鸾旗的车子，大驾出行时用于前导。高承《事物纪原·舆驾羽卫·鸾旗》曰：“《通典》曰：‘鸾旗车，汉制，编羽毛，列系帜旁。’《宋朝会要》曰：‘汉制为前驱，上载赤旗

绣鸾也。'" 鸾旗,旗名,用羽毛编成的赤色旗帜,上面绣有鸾鸟。《汉书·严朱吾丘主父徐严终王贾传下》贾捐之传曰:"鸾旗在前,属车在后。"颜师古注曰:"鸾旗,编以羽毛,列系橦旁,载于车上,大驾出,则陈于道而先行。属车,相连属而陈于后也。"《后汉书·舆服志上》曰:"鸾旗者,编羽旄,列系幢旁。民或谓之鸡翘,非也。"刘昭注曰:"胡广曰:'鸾旗,以铜作鸾鸟车衡上。'与本志不同。"

㊺建华车:《晋书·舆服志》曰:"建华车,驾四,凡二乘,行则分居左右。"《通典·礼二十四》曰:"晋制,建华车,二乘,驾四马。大驾,分在左右行。自后无闻。"建华车似初见于《晋书》,故此处或又掺入晋制。

㊻虎贲中郎将:官名,郎中令及光禄勋属官,掌管宫中宿卫及君王出入侍卫之事。本作期门郎,以保护皇帝安全。《汉书·百官公卿表上》曰:"期门掌执兵送从,武帝建元三年(前138)初置。"《汉书·东方朔传》曰:"(汉武帝)与侍中常侍武骑及待诏陇西北地良家子能骑射者期诸殿门,故有'期门'之号自此始。"《汉书·地理志下》曰:"汉兴,六郡良家子选给羽林、期门,以材力为官,名将多出焉。"颜师古注曰:"六郡谓陇西、天水、安定、北地、上郡、西河。"《通典·职官十一》曰:"周官有虎贲氏,掌领虎士八百人,军旅会同,君宿于外,则守王闲。汉武帝建元三年初置期门,比郎中。盖以微行出游,选材力之士,执兵从送,期之诸门,故名期门。无员,多至千人。平帝元始元年(1)更名虎贲郎,置中郎将领之,故有虎贲中郎将。"《汉书·百官公卿表上》曰:"(期门)比郎,无员,多至千人,有仆射,秩比千石。平帝元始元年更名虎贲郎,置中郎将,秩比二千石。"虎贲,《后汉书·百官志二》曰:"虎贲中郎将,比二千石。本注曰:主虎贲宿卫。"刘昭注曰:"又虎贲旧作'虎奔',言如虎之奔也,王莽以古有勇士孟贲,故名

焉。孔安国曰‘若虎贲兽’，言其甚猛。”

㊼尚书郎：官名，东汉设尚书台，取孝廉中有才能者入台，在皇帝身边处理政务。应劭《汉官仪》卷上曰：“尚书郎四人：一人主匈奴单于营部，一人主羌夷吏民，一人主天下户口土田垦作，一人主钱帛贡献委输。……尚书郎初上诣台，称守尚书郎。满岁称尚书郎中。三年称侍郎。”

㊽尚书：官名，战国始置，秦时为少府属官，掌管殿内文书，秩六百石。其机构设于禁中，“掌通章奏”，是沟通皇帝与丞相的重要环节。汉因之。秦与汉初时，与尚冠、尚衣、尚食、尚浴、尚席统称“六尚”。汉武帝时，为加强中央集权，注重利用尚书，常任用宦官为尚书。至元帝时，尚书成为皇帝制衡三公的重要力量。成帝时尚书台正式成为独立机构。《后汉书·百官志三》曰：“成帝初置尚书四人，分为四曹：常侍曹尚书主公卿事；二千石曹尚书主郡国二千石事；民曹尚书主凡吏上书事；客曹尚书主外国夷狄事。世祖承遵，后分二千石曹，又分客曹为南主客曹、北主客曹，凡六曹。”可知，尚书台成为皇帝与中央和地方政府沟通的核心通道，君臣章奏皆须经尚书。故尚书职位不高但权势颇重，同时还掌官内图书、秘记及封奏宣示之事。到东汉时，统领纲纪，权位愈重。

㊾相风乌车：装有测风向的铜乌的车。《三辅黄图》卷五曰：“长安灵台，上有相风铜乌，千里风至，此乌乃动。”相风乌，即相风铜乌，古代铜制的乌鸦形状的风向器，是一种安装在高处的固定式候风仪，以观测风向。汪汲《事物原会·占风旗》曰：“《稗史汇编·黄帝传》：‘有相风乌，疑黄帝作。’崔豹《古今注》：‘相风为夏禹所作。’周迁《舆服杂事》：‘相风周公所造。’沈约《舆服志》：‘相风秦制。’明彭云举《山堂肆考》：‘晋车驾出，以相风竿在前，刻乌于竿上，名相风竿，今樯乌是其遗意。’实即占风旗也。”

㊿殿中御史：官名，掌管殿中供奉等事务的侍御史。

㉛典兵中郎：即五官中郎，郎官的一种，在宫内时负责门户警卫，在皇帝出巡时充当车骑。中郎，官名，秦置，属郎中令。汉沿之，属光禄勋，掌管宫殿宿卫侍值，分五官、左、右三署，三署之长为中郎将。《汉书·百官公卿表上》曰："中郎有五官、左、右三将，秩皆比二千石。"

㉜高华：为"高盖"，车名。一说指高贵望族。周天游校注《西京杂记》说："高华，《晋书·舆服志》作'高盖'，车名。此作'华'，恐误。又高门望族称高华，乃魏晋南北朝的习俗，与汉无涉。且魏晋大驾卤簿也从未言有高门参乘。"

㉝罼罕（bì hǎn）：天子车上竖立的大旗，在御驾出行时作为仪仗前驱。高承《事物纪原·旗旐采章·罕罼》曰："《通典》曰：武王克纣，百夫荷罕旗以先驱。后汉有九斿、云罕。《西京杂记》曰，汉大驾有罕罼在左右。则是汉始置此二物。《晋·舆服志》五时车后次华盖中道，左罼右罕。《宋朝会要》曰，象罼为天街，故为前引，皆赤质金铜，饰朱藤结网金兽面。罕方，上有二螭，首衔红丝拂。罼如圆扇。"罼，古时捕捉鸟兔的长柄小网，亦指用长柄网捕捉鸟兽。罕，同"罕"，旗帜名。

㉞御马：皇帝出行时仪仗所用的马，也称仪马。高承《事物纪原·舆驾羽卫·仪马》曰："今导驾有御马，分左右。按，自汉有之。《西京杂记》汉朝舆驾祀甘泉汾阴，罼罕左右及节十六，后乃有御马三，则仪马之设自汉始也。"

㉟节：符节，古代使臣执符节以为凭信，战国秦汉及以后历代皆有，形制不同。亦用于卤簿，为天子仪仗之一，是皇帝出行的标志。《太平御览》卷六百八十一曰："《后汉书》注曰：节所以为信，以竹为之，长八尺，以牦牛尾为旄三重。"刘熙《释名·释书契》曰："节，赴也，执以赴君命也。"杨伯峻注《孟子·离娄章句下》说："符和节都是古代表示印信之物，原料有玉、角、铜、竹之不同，形

状有虎、龙、人之别，随用途而异。一般是可剖为两半，各执其一，相合无差，以代印信。”段成式《酉阳杂俎·礼异》曰：“凡节，守国用玉节，守都鄙用角节，使山邦用虎节，土邦用人节，泽邦用龙节，门关用符节，货贿用玺节，道路用旌节。古者安平用璧，与事用圭，成功用璋，边戎用珩，战斗用璩，城围用环，灾乱用隽，大旱用龙，龙节也，大丧用琮。”汉代官吏宣示皇帝诰令，绶以节，以为凭信。使臣出使常持节，以代表国家的信物。《汉书·李广苏建传·苏武传》曰：“（苏武使匈奴，单于徙武北海上，武）仗汉节牧羊，卧起操持，节旄尽落。”《汉书·张骞李广利传·张骞传》曰：“（匈奴）留骞十余岁，予妻，有子，然骞持汉节不失。”

56刚鼓：仪卫之一，置于天子所乘金根车前，以示威严。

57金根车：古纬书谓器车、根车皆祥瑞之车。秦汉皇帝的车辂遂袭其意而命名。称为“金根”，殆因其车以桑根为之，桑根色如黄金，又加以金饰之，故名。《通典·礼二十四》曰：“秦平九国，荡灭典籍，旧制多亡。因金根车用金为饰，谓金根车，而为帝轸。”崔豹《古今注·舆服》曰：“金根车，秦制也。秦并天下，阅三代之舆服，谓殷得瑞山车，一曰金根，故因作为金根之车。秦乃增饰而乘御焉，汉因而不改。”皇帝大驾出行，则御凤凰车，以金根车为副车。《通典·礼二十四》曰：“后汉光武平公孙述，始获葆车舆辇。而因旧制金根车，拟周之玉辂，最尊者也。……大驾则御凤凰车，以金根为副。”蔡邕《独断》卷下曰：“法驾，上所乘曰金根车，驾六马。有五色安车、五色立车各一，皆驾四马。是谓五时副车。”《后汉书·舆服志上》亦曰：“秦并天下，阅三代之礼，或曰殷瑞山车，金根之色。汉承秦制，御为乘舆，所谓孔子乘殷之路者也。”刘昭注曰：“殷人以为大路，于是始皇作金根之车。殷曰乘（桑）根，秦改曰金根。《乘舆马赋》注曰：‘金根，以金为饰。’”并对皇帝舆驾的车辆、构件、旗帜等形态做了详尽规定，其曰：“乘舆、金根、安车、立车，轮皆朱班重牙，贰毂两辖，金薄缪龙，为舆倚较，文虎伏轼，龙首衔轭，左右吉阳筩，鸾雀立衡，虡文画辀，羽盖华蚤，建大旗，十有二斿，画日月升龙，驾六马，象镳镂锡，金鋄方釳，插翟尾，朱兼樊缨，赤罽易茸，金就十有二，左纛以氂牛尾为之，在左騑马轭上，大如斗，是为德车。五时车，安、立亦皆如之。各如方色，马亦如之。白马者，朱其髦尾为朱鬣云。所御驾六，余皆驾四，后从为副车。”华梅等《中国历代〈舆服志〉研究》说：“金根车是以金为饰的车，主要作为皇帝乘舆。秦汉及其以后的乘舆制度中，金根车一直居首位，是装饰得最豪华的车辆，并且驾六匹牡马，《后汉书·舆服志》所谓‘所御驾六，余皆驾四’，即指这种金根车而言，因而‘驾六’也就成为金根车的标志之一。”

㊽左卫、右卫将军：即左卫将军、右卫将军。卫将军，汉代将军名，分为左、右，掌管禁卫，位次上卿。《通典·职官十》曰：“汉兴，置大将军、骠骑将军，位次丞相；车骑将军、卫将军、左右前后将军，皆金印紫绶，位次上卿，掌京师兵卫，四夷屯警。”

【译文】

汉朝皇帝车驾出行去甘泉宫和汾阴祭祀时，准备了千乘万骑，前呼后拥，由太仆驾车，大将军陪乘，称为大驾。

司马乘的车四匹马驾御，在中间一列。

辟恶车四匹马驾御，在中间一列。

记道车四匹马驾御，在中间一列。

靖室令乘的车四匹马驾御，在中间一列。

象车、鼓吹乐队十三人，在中间一列。

式道候二人，坐的车一匹马驾御。左右列各一人。

长安都尉四人，骑马。左右列各二人。

长安亭长十人，驾车。左右列各五人。

长安令的车三匹马驾御，在中间一列。

京兆掾史三人，一匹马驾车。分成三列。

京兆尹的车四匹马驾御，在中间一列。

司隶校尉部属京兆从事、都部从事、别驾从事分别驾一车。分成三列。

司隶校尉的车四匹马驾御，在中间一列。

廷尉的车四匹马驾御，在中间一列。

太仆、宗正带着从事，四匹马驾车。分左右两列。

太常、光禄、卫尉，四匹马驾车。分成三列。

太尉属下的都督令史、贼曹的属官、仓曹的属官、户曹的属官、东曹掾属、西曹掾属，一匹马驾车。左右列各三人。

太尉的车四匹马驾御，在中间一列。

太尉舍人、祭酒，一匹马驾车。分列左右。

司徒的随从，像太尉王公的随从一样，骑马。令史、持戟吏也是各八人，鼓吹一部。

中护军骑马，在中间一列。左右列各三行，戟楯、弓矢、鼓吹各一部。

步兵校尉、长水校尉，一匹马驾车。分列左右。

马队一百匹。分成左右列。

骑兵十队。左右列各五队。

前军将军。左右列各两行，戟楯、刀楯、鼓吹各一部，七人。

射声校尉、翊军校尉，三匹马驾车。左右列各两行，戟楯、刀楯、鼓吹各一部，七人。

骁骑将军、游击将军，三匹马驾车。左右列各两行，戟楯、刀楯、鼓吹各一部，七人。

黄门令管辖的前部鼓吹乐队，左右列各一部，十三人，四匹马驾车。

前黄麾骑马，在中间一列。

从这里开始分为八队。左四队右四队。

护驾御史，骑马。分列左右。

御史中丞的车一匹马驾御，在中间一列。

谒者仆射的车四匹马驾御。

武刚车四匹马驾御,在中间一列。

九斿车四匹马驾御,在中间一列。

云罕车四匹马驾御,在中间一列。

皮轩车四匹马驾御,在中间一列。

阘戟车四匹马驾御,在中间一列。

鸾旗车四匹马驾御,在中间一列。

建华车四匹马驾御,在中间一列。分列左右。

虎贲中郎将的车两匹马驾御,在中间一列。

护驾尚书郎三人,骑马。分成三列。

护驾尚书三人,在中间一列。

相风乌车四匹马驾御,在中间一列。

从这里开始分为十二队。左右各六队。

殿中御史骑马。分列左右。

典兵中郎骑马,在中间一列。

高盖车,在中间一列。

罼罕旗。分列左右。

御马。分成三列。

符节十六副。左八副右八副。

华盖,在中间一列。

从这里开始分为十六队。左八队右八队。

刚鼓,在中间一列,金根车。

从这里开始分为二十队,列满道路。

左卫将军、右卫将军。

华盖。在这之后的文字腐烂不存。

119.董仲舒天象

元光元年七月[①],京师雨雹[②]。鲍敞问董仲舒曰[③]:“雹何物也?何气而生之[④]?”

仲舒曰:“阴气胁阳气[⑤]。天地之气,阴阳相半[⑥],和气周回[⑦],朝夕不息。阳德用事[⑧],则和气皆阳,建巳之月是也[⑨],故谓之正阳之月。阴德用事[⑩],则和气皆阴,建亥之月是也[⑪],故谓之正阴之月。十月阴虽用事,而阴不孤立,此月纯阴,疑于无阳[⑫],故谓之阳月。诗人所谓‘日月阳止’者也[⑬]。四月阳虽用事,而阳不独存,此月纯阳,疑于无阴,故亦谓之阴月。自十月已后,阳气始生于地下,渐冉流散[⑭],故言息也[⑮],阴气转收,故言消也。日夜滋生,遂至四月,纯阳用事。自四月已后,阴气始生于天上,渐冉流散,故云息也,阳气转收,故言消也。日夜滋生,遂至十月,纯阴用事。二月、八月[⑯],阴阳正等,无多少也。以此推移,无有差慝[⑰]。运动抑扬,更相动薄[⑱],则熏蒿歊蒸[⑲],而风雨云雾雷电雪雹生焉。气上薄为雨,下薄为雾。风其噫也[⑳],云其气也,雷其相击之声也,电其相击之光也。二气之初蒸也,若有若无,若实若虚,若方若圆。攒聚相合[㉑],其体稍重,故雨乘虚而坠。风多则合速,故雨大而疏。风少则合迟,故雨细而密。其寒月则雨凝于上,体尚轻微,而因风相袭,故成雪焉。寒有高下,上暖下寒,则上合为大雨,下凝为冰霰雪是也[㉒]。雹,霰之流也,阴气暴上,雨则凝结成雹焉。太平之世[㉓],则风不鸣条[㉔],开甲散萌而已[㉕];雨不破块[㉖],润叶津茎而已[㉗];

雷不惊人，号令启发而已[28]；电不眩目，宣示光耀而已[29]；雾不塞望，浸淫被洎而已[30]；雪不封条，凌殄毒害而已[31]。云则五色而为庆[32]，三色而成矞[33]；露则结味而成甘，结润而成膏[34]。此圣人之在上，则阴阳和，风雨时也[35]。政多纰缪[36]，则阴阳不调。风发屋[37]，雨溢河，雪至牛目[38]，雹杀驴马，此皆阴阳相荡[39]，而为祲沴之妖也[40]。"

敞曰："四月无阴，十月无阳，何以明阴不孤立，阳不独存邪？"

仲舒曰："阴阳虽异，而所资一气也。阳用事，此则气为阳；阴用事，此则气为阴。阴阳之时虽异，而二体常存。犹如一鼎之水，而未加火，纯阴也；加火极热，纯阳也。纯阳则无阴，息火水寒，则更阴矣[41]；纯阴则无阳，加火水热，则更阳矣。然则建巳之月为纯阳，不容都无复阴也[42]。但是阳家用事，阳气之极耳。荠麦枯[43]，由阴杀也。建亥之月为纯阴，不容都无复阳也，但是阴家用事，阴气之极耳。荠麦始生，由阳升也。其著者，葶苈死于盛夏[44]，款冬华于严寒[45]，水极阴而有温泉，火至阳而有凉焰。故知阴不得无阳，阳不容都无阴也。"

敞曰："冬雨必暖，夏雨必凉，何也？"

曰："冬气多寒，阳气自上跻[46]，故人得其暖，而上蒸成雪矣。夏气多暖，阴气自下升，故人得其凉，而上蒸成雨矣。"

敞曰："雨既阴阳相蒸，四月纯阳，十月纯阴，斯则无二气相薄，则不雨乎？"

曰："然则纯阳纯阴，虽在四月、十月，但月中之一日耳。"

敞曰："月中何日？"

曰："纯阳用事，未夏至一日；纯阴用事，未冬至一日[47]。朔旦、夏至、冬至[48]，其正气也。"

敞曰："然则未至一日，其不雨乎？"

曰："然。颇有之，则妖也。和气之中，自生灾沴[49]，能使阴阳改节，暖凉失度。"

敞曰："灾沴之气，其常存邪？"

曰："无也，时生耳。犹乎人四支五脏[50]，中也有时，及其病也，四支五脏皆病也。"

敞迁延负墙[51]，俛揖而退[52]。

【注释】

①元光元年：前134年。元光，汉武帝年号。

②雨（yù）雹：下起冰雹。雨，下，降落。雹，《汉书·五行志中之下》曰："雹者阴胁阳也。"宋陆佃《埤雅·释天·雹》曰："阴包阳为雹。曾子曰：阳之专气为雹。"此事正史未载，或因未成灾。《汉书·五行志中之下》曰："凡物不为灾不书，书大，言为灾也。"

③鲍敞：人名，生平不详。董仲舒因治春秋公羊学而著名，鲍敞之问，应是学士慕名向董仲舒求教。

④气：气象。也指中国古代哲学概念，指人的主观精神，或形成宇宙万物的最根本的物质实体。《易经·系辞上》曰："精气为物，游魂为变，是故知鬼神之情状。"

⑤阴气：寒气，肃杀之气。胁：胁迫，威逼。阳气：与阴气相对，指暖气，也指人体正气的重要组成部分。《管子·形势解》曰："春者，阳气始上，故万物生。"《汉书·五行志中之下》曰："刘向以为盛阳雨水，温暖而汤热，阴气胁之不相入，则转而为雹；盛阴雨雪，凝

滞而冰寒,阳气薄之不相入,则散而为霰。”

⑥阴阳:本意指日光向背,向日为阳,反则为阴。后引申为气候的寒暖。中国古代思想家则以此解释自然界两种互相对立、此消彼长的物质势力,认为万事万物都由阴阳化生,如天与地、日与月、男和女、白日与黑夜等,皆分为阴与阳。雷电雨雪风雹等也是因为阴阳的相互作用而致。《国语·周语上·西周三川皆震伯阳父论周将亡》曰:“阳伏而不能出,阴迫而不能烝,于是有地震。”《易经·系辞上》曰:“阴阳不测之谓神。”孔颖达疏曰:“天下万物,皆由阴阳,或生或成,本其所由之理,不可测量之谓神也。”把阴阳交替看作宇宙的根本规律,并以阴阳比附社会现象,引申为上下、君臣、夫妻等关系。战国末期以邹衍为代表的阴阳家把阴阳变成了和天人感应说结合的神秘概念,西汉时的董仲舒进一步提出“阳尊阴卑”之说。

⑦周回:轮回,运转,循环往复。

⑧阳德:指阳气。用事:指当政,当权。此处意为控制,支配。

⑨建巳之月:指夏历(俗称农历)四月。古代以十二地支记十二月,夏历以十一月建子,故四月即建巳。

⑩阴德:指阴气。

⑪建亥之月:即夏历十月。

⑫疑于:几乎,近于。

⑬日月阳止:时光已到了十月。语出《诗经·小雅·杕杜》,诗曰:“日月阳止,女心伤止。”郑笺曰:“十月为阳。”《尔雅·释天》曰:“十月为阳。”邢昺疏曰:“(郭)云‘纯阴用事,嫌于无阳,故以名云’者,以易言之。五月一阴生,十月纯坤用事,故云纯阴用事也。云嫌者君子爱阳而恶阴,故以阳名之无阳,而得阳名者,以分阴分阳,迭用柔刚,十二月之消息见其用事耳。其实阴阳常有。《诗纬》曰:阳生酉仲,阴生戌仲。是十月中兼有阴阳也。四月秀

葽，靡草死，岂无阴乎？明阴阳常兼有也。《诗·小雅》云：'日月阳止。'是也。"

⑭冉：渐渐。

⑮息：滋生，生长。与后文的"消"相对。

⑯二月、八月：二月为春分，是春季的第二个月，八月为秋分，是秋季的第二个月。故言此时阴阳相等，无多少、强弱之别。

⑰差慝（tè）：差错。

⑱更相动薄：交替作用，互相消长。薄，迫，逼迫。

⑲熏蒿歊（xiāo）蒸：气蒸发、升腾、流散的样子。

⑳噫（ǎi）：呼气，吹气。指气在淤塞后突然吐出，如风般畅通无阻。《庄子·齐物论》曰："夫大块噫气，其名为风。"陆佃《埤雅·释天·风》曰："天地之气嘘而成云，噫而成风。"

㉑攒（cuán）聚：聚集。

㉒霰（xiàn）：空中降落的白色不透明的小冰粒，常呈球形或圆锥形，多在下雪前或下雪时出现。《汉书·五行志中之下》曰："霰者阳胁阴也。"陆佃《埤雅·释天·雹》曰："阳散阴为霰……曾子曰：……阴之专气为霰。"

㉓太平之世：董仲舒《春秋繁露·深察名号》曰："是故事各顺于名，名各顺于天，天人之际，合而为一。同而通理，动而相益，顺而相受，谓之德道。"董仲舒强调此说，认为天能以灾异或祥瑞表示对人与事的责罚或褒奖，故此句及以下数句皆指出上天对"太平之世"所显现出的祥瑞之兆。

㉔风不鸣条：意为风未摇动树枝，故亦未发出啸音。此为汉代流行语，典出桓宽《盐铁论·水旱》，文曰："周公载纪而天下太平，国无夭伤，岁无荒年。当此之时，雨不破块，风不鸣条，旬而一雨，雨必以夜。"《艺文类聚》卷一曰："《风俗通》曰：风或清明来久长，不摇树本枝叶，离地二三丈者，此有龙德在其下。风或清，不及地

二三尺者，此君子之风。”王充《论衡·是应篇》曰：“儒者论太平瑞应，皆言气物卓异……风不鸣条，雨不破块，五日一风，十日一雨。”条，树枝。

㉕甲：种子的外壳。散萌：植物的种子长出嫩芽。

㉖雨不破块：形容雨细如丝，下到地面也不破坏土块的形状。块，土块。

㉗润、津：皆意为缓慢津润、滋润。

㉘雷不惊人，号令启发而已：春雷乍起，万物惊而萌发，有如接到号令而行动。《易经·说卦》曰：“动万物者，莫疾乎雷。”

㉙宣示：显示，显现。

㉚浸淫被泊：逐渐润泽，浸透，披覆。浸淫，浸渍，湿润。被泊，覆盖，弥漫。

㉛凌殄（tiǎn）：清除，消灭。

㉜庆：即庆云，五色云，古代视为祥瑞喜庆的云气。也称景云、卿云。《艺文类聚》卷九十八曰：“孙氏《瑞应图》曰：景云者，太平之应也，一曰庆云。非气非烟，五色氛氲，谓之庆云。”

㉝矞（yù）：即矞云，三色云，古代认为象征祥瑞的彩云，外赤色内青色的云气。左思《文选·魏都赋》曰：“矞云翔龙，泽马于阜。”李善注曰：“矞云者，外赤内青也。”

㉞膏：滋润的甘霖。

㉟时：及时，合时，指风雨依照规律及时来临。

㊱纰缪（pī miù）：错误。

㊲发屋：掀翻房屋。

㊳至：同“窒”，堵塞，窒碍。

㊴相荡：指阴气与阳气相互冲击、排斥。

㊵祲沴（jìn lì）：灾害，妖祸。祲，阴阳二气相侵而形成的不祥的云气，古人视为妖氛，不祥的预兆。《左传·昭公十五年》曰：“吾见

赤黑之祲，非祭祥也，丧氛也。”杜预注曰：“祲，妖氛也。”孔颖达疏引郑玄曰：“祲，阴阳气相侵渐成祥者。”沴，因天地四时之气不协调而产生的灾害。《汉书·谷永杜邺传·谷永传》曰“六沴作见”，颜师古注曰：“沴，灾气也。”

㊶更：重复。

㊷容：应当。

㊸荠（jì）：即荠菜，古称靡草。《礼记·月令》曰：“（孟夏之月）靡草死，麦秋至。”郑注曰：“旧说云靡草，荠亭历之属。”《诗经·邶风·谷风》曰：“谁谓荼苦？其甘如荠。”麦（líng）：菜藻。《广雅·释草》曰：“麦，菜藻也。”《艺文类聚》卷八二曰：“《淮南子》曰：荠麦冬生而夏死。”

㊹葶苈：又名葶历、丁历，现名葶菜。一种野生杂草，十字花科，一年生草本植物，茎部叶子长椭圆形，开黄色小花，嫩茎叶可食。

㊺款冬：又名款东、颗冻，因其凌寒叩冰而生，故名。菊科，多年生草本，冬季开花，花黄白色，花蕾性温味辛，可入药，有润肺和化痰止咳之功效。罗愿《尔雅翼·释草三》曰：“《楚辞》曰：‘款冬而生兮，凋彼叶柯。’万物丽于土，而款冬独生于冰下；百草荣于春，而款冬独荣于雪中，以况附阴背阳，为小人之类。至傅咸作《款冬赋》，称其‘华艳春晖，既丽且殊。以坚冰为膏壤，吸霜雪以自濡’，则又赏其禀精淳粹，不变于寒暑为可贵，所取义各异也。”

㊻跻（jī）：升，登。

㊼冬至：二十四节气之一，公历在每年的12月22日前后。这一天北半球白天最短，夜间最长。王力《中国古代文化常识》说：“冬至就是冬至节。冬至前一日称为小至。古人把冬至看成是节气的起点。《史记·律书》：‘气始于冬至，周而复始。’从冬至起，日子一天天长起来，叫作‘冬至一阳生’。《史记·律书》：‘日冬至，则一阴下藏，一阳上舒。’古人又认为：冬天来了，春天就要跟着到

来。杜甫《小至》诗:‘冬至阳生春又来。’”

㊽朔旦:夏历每月的第一天。夏至:二十四节气之一,公历在每年的6月21日或22日。这一天北半球白天最长,夜间最短。

㊾灾沴:意同“祲沴”。

㊿四支:四肢。

51迁延:退却、后退的样子。负墙:背靠墙而立。古代时,普通人与尊者谈话结束后,要退后至墙边肃立,以示尊敬逊让之礼。《礼记·文王世子》曰:“凡侍坐于大司成者,远近间三席,可以问,终则负墙。”墙,房屋或园场周围的障壁,即围墙。刘熙《释名·释宫室》曰:“墙,障也,所以自障蔽也。”《诗经·郑风·将仲子》曰:“无逾我墙,无折我树桑。”

52俛(fǔ)揖:低头拱手行礼。俛,同“俯”。

【译文】

汉武帝元光元年七月,京都长安下起了冰雹。鲍敞问董仲舒说:“冰雹是什么东西?是什么气生成了冰雹呢?”

董仲舒回答说:“是阴气逼迫阳气而生成的。天地之间的气,阴气和阳气各占一半,二气和合在一起,循环运转,从早晨到晚间一刻不停。当阳气为主导时,和合之气中都是阳气,这就是地支排列为巳的那个四月,所以把这个月称为正阳之月。当阴气占主导时,和合的气中就都是阴气,这就是地支排序中为亥的那个十月,所以把这个月称为正阴之月。十月虽然阴气为主导,但阴气并不是独自存在的,这个月纯为阴气,几乎没有阳气,所以称它为阳月。这就是诗人所说的‘时光已到阳月了’。四月虽然阳气为主导,但阳气也不是孤立存在的,这个月纯为阳气,几乎没有阴气,所以称它为阴月。从十月以后,阳气开始在地下慢慢滋生,并逐步传播扩散,所以说它是在生长,而阴气开始收敛了,所以说它是在消歇。阳气日夜不停地滋长,一直到了四月,纯阳气占据了主导地位。从四月以后,阴气开始在天上慢慢生成,并逐渐传播扩散,所以说它是在生长，而阳气慢慢收敛了，所以说它是在消歇。阴气日夜不停地滋生，一直到十月，全部都是阴气。二月和八月，阴阳二气完全相等，不多也不少。阴阳二气就是按照这个规律循环往复，没有出现过差错。阴阳二气上下高低来回运动，相互作用、激荡，气不断蒸腾着，风雨云雾雷电雪雹就这样产生了。气向上冲，就变成了雨，往下压就形成了雾。风是它们呼出的气，云是它们产生的气雾，雷是它们互相搏击时发出的声音，闪电是它们相互搏击时产生的火光。阴阳二气刚开始蒸腾的时候，好像有又好像没有，像实的又像是虚的，像方的也像圆的。它们聚集起来，结合在一起，积累到一定重量，就变成雨点从空中飘落下来。风大了，二气结合的速度就加快，所以雨点落下时就大而稀稀拉拉的。风小了，二气结合的速度就变慢，所以雨点落下时就小而密密麻麻的。寒冷的月份，雨在天上凝结起来，很轻很小，被风一吹，就变成了雪花。寒气有高下之别，上层暖和下层寒冷，上层的气就聚集起来变成了大雨，下层的云气就凝结为冰雪雪珠。冰雹，就是雪珠一类的东西，阴气突然往上冲，雨就凝结成冰雹了。在太平之世，刮风不会吹响树枝，只会使种子破壳植物萌芽而已；下雨不会砸碎土块，只会滋润植物的叶子和根茎而已；打雷不会让人受惊吓，只会像发布号令一样催生万物苏醒成长而已；闪电不会使人眼花，只是显示自己的光芒而已；雾气不会阻碍人们望远，只是弥漫开来，使大地浸润在水汽里而已；雪不会埋没树枝，只是消灭那些害虫毒物而已。云有五彩色则成为庆云，呈三彩色就成为矞云；露珠的味道是甘甜的，滋润得大地异常肥沃。这是因为有圣人统治，所以阴阳调和，风调雨顺。如果国家的统治有很多错误，那么阴阳就会失调。大风会掀翻屋顶，暴雨会溢出河堤，大雪会塞瞎牛眼，冰雹会砸死驴马，这都是由于阴阳之气相互激荡，带来了灾害不祥的妖气。”

鲍敞问：“四月没有阴气，十月没有阳气，您根据什么知道阴气不是孤立的，阳气也不是独自存在的呢？”

董仲舒回答说：“阴和阳虽然不同，但本质上来说还是一样的。阳为主导时，这时候的气就都是阳气；阴为主导时，这时候的气就都是阴气。虽阴气和阳气占主导的时间不同，但阴阳二气却是永恒存在的。这就像一锅水，没有用火烧时，完全是阴的；加火烧到最热时，就完全是阳的了。完全是阳的，就没有阴，把火熄灭，水就变凉了，就又变成阴的了；完全是阴的，就没有阳，加火把水烧热，就又变成阳的了。因此，地支排序在巳的四月虽然完全是阳的，但不能说就没有阴的存在了。只是阳的一方为主导，阳气达到极盛的顶点而已。荠菜、菜藻都枯萎了，是被阴气杀死的。地支排序在亥的十月虽然完全是阴的，也不能说不存在阳气了，只是以阴的一方为主导，阴气达到了顶点而已。荠菜、菜藻开始生长，是因为阳气上升了。举最明显的例子，葶苈在盛夏时死去，款冬在严寒中开花，水是偏阴的却也有温泉，火是偏阳的可也有不热的火焰。因此可知，阴离不开阳，阳也不能完全离开阴。”

鲍敞说：“冬季下雨一定暖和，夏天下雨必会凉爽，这是怎么回事呢？”

董仲舒回答说：“冬天的气大多数是寒冷的，阳气从上面上升，所以人们会觉得暖和，而气往上蒸腾就形成了雪。夏天的气多数是暖和的，阴气从下面上升，所以人们就觉得凉爽，而气往上蒸腾，就变成雨了。”

鲍敞说：“雨既然是阴阳二气间相互蒸腾的结果，那么四月完全是阳气，十月完全是阴气，这样就没有阴阳二气的相互激荡，难道就不下雨了吗？”

董仲舒回答说：“完全是阳气和完全是阴气虽然是在四月和十月，但只是指这两个月中的一天。”

鲍敞问：“是这两个月中的哪一天呢？”

董仲舒说：“完全是阳气为主导的，是夏至的前一天；完全是阴气占主导的，是在冬至的前一天。每个月的初一、夏至、冬至，就是阴阳气最纯正的时候。”

鲍敞问：“那么，夏至、冬至的前一天，就不下雨了吗？”

董仲舒回答说：“是的。有时候也会下雨，但这是妖异。阴阳之气在和合之中，自身产生了灾害不祥的妖气，它会使阴阳违反节令，暖凉失去控制。”

鲍敞问道：“灾害不祥的妖气会经常存在吗？”

董仲舒回答说：“不是的，但是随时都可能会产生的。这就好像人的四肢五脏，多数时候会是正常的，等出毛病的时候，四肢五脏都会出毛病。”

鲍敞退后靠在墙边，弯下身子拱手行礼，告辞而去。

120.郭舍人投壶

武帝时，郭舍人善投壶①，以竹为矢②，不用棘也③。古之投壶，取中而不求还，故实小豆于中，恶其矢跃而出也④。郭舍人则激矢令还⑤，一矢百余反，谓之为骁⑥。言如博之掔枭于掌中⑦，为骁杰也。每为武帝投壶，辄赐金帛。

【注释】

①郭舍人：汉武帝时宫廷中的倡优，性格诙谐，很受武帝宠悦。《史记·滑稽列传》记载他曾救过武帝乳母之命，但并未提及其善投壶。投壶：先秦开始流行的一种游戏，也是一种礼制，起源于射礼。君臣、贵族聚会宴饮，常常在席间设壶游戏，宾主共欢。游戏使用的壶口广腹大、颈部细长，壶中置放豆子，主宾依次投矢于壶中。如果投矢过猛，矢会触豆而弹出。比赛中设司射一人以裁决胜负，投中多者为胜，负者罚饮，称为投壶之礼。《礼记·投壶》曰：“投壶之礼：主人奉矢，司射奉中，使人执壶。主人请曰：某有枉矢哨壶，请以乐宾。……壶，颈修七寸，腹修五寸，口径二寸半，容斗五升。壶中实小豆焉，为其矢之跃而出也。壶去席二矢半。矢，以柘若棘，毋去其皮。”《太平御览》卷七百五十三曰：“魏王粲

赋曰：夫注心锐志，自求诸身，投壶是也。傅玄《投壶赋》序曰：投壶者，所以矫懈而正心也。”

②矢：投壶的筹子，一般用酸枣木或柘木制成。以竹制矢，或因竹子质地坚硬。

③棘：即酸枣树，落叶灌木，叶长椭圆形，花黄绿色。果实较枣小，可食，有酸味。树枝上有刺，木质坚硬。古代群臣外朝时，立九棘为标识，以区别等级职位。罗愿《尔雅翼·释木一》曰：“棘，心赤而外有刺，故朝位植之。左九棘，孤卿大夫位焉，群士在其后；右九棘，公侯伯子男位焉，群吏在其后。面三槐，三公位焉，州长众庶在其后。盖槐取怀来，棘欲其赤心，而留意于三棘也。”古代在玩投壶游戏时，常用棘做成矢以投壶。

④恶：避免。

⑤激矢：使矢中壶里后弹起来。激，使跳起，弹起。

⑥骁（xiāo）：本意为勇猛。此处意为杰出，超群。

⑦博：指六博。擥（qiān）：握持。枭（xiāo）：鸟名，俗称猫头鹰。此指博戏中博头上刻有枭头的棋子。古代六博以枭形为贵彩，得枭者为胜，故称枭杰。其他棋子还刻有卢、雉、犊、塞等形状。《史记·魏世家》曰：“（苏代谓魏安釐王）曰：‘王独不见夫博之所以贵枭者，便则食，不便则止矣。’”《正义》注曰：“博头有刻为枭鸟形者，掷得枭者合食其子，若不便则为余行也。”彭大翼《山堂肆考》卷一百六十九曰：“古者乌曹氏作博，以五木为子，有枭、卢、雉、犊、塞为胜负之彩。博头有刻枭形者为最胜。”另一说认为“擥”应为“竖”。孙诒让《札迻》卷十一曰：“‘擥’当作‘竖’。《列子·释文》引《古博经》云：‘二人互掷采行棋，棋行到处即竖之，名为骁棋。’此云‘竖枭’，即竖骁棋也。‘掌’当作‘辈’。”周天游校注《西京杂记》亦认为本句应为“言如博之竖棋于辈中”，其校注说：“六博戏中，各六子时，有一子到一定时候可转为枭棋，

此子必竖起来，以区别于他子。……故卢文弨改‘竖’为‘擥’、‘辈’为‘掌’，皆不明棋理，望文生义而误改。”

【译文】

汉武帝时候，郭舍人擅长投壶，他用竹子做成筹子，而不用酸枣木。古时候人们投壶，只求投中，而不求筹子跳出来，所以在投壶中放了小豆，以防止筹子从壶里跳出来。但郭舍人却能让筹子弹跳回来，一个筹子可以弹跳回来一百多次，并把这个筹子称为“骁”。这是说它像博戏时手中握住了枭棋一样，是取胜的骁杰。郭舍人每次替汉武帝投壶，武帝都会赐给他金银丝帛。

121.象牙簟

武帝以象牙为簟，赐李夫人。

【译文】

汉武帝用象牙做成凉席，赐给李夫人。

122.贾谊《鹏鸟赋》

贾谊在长沙①，鹏鸟集其承尘②。长沙俗以鹏鸟至人家③，主人死。谊作《鹏鸟赋》④，齐死生，等荣辱，以遣忧累焉⑤。

【注释】

①贾谊在长沙：贾谊因为得罪汉廷重臣，被汉文帝贬至长沙，为长沙王太傅。长沙，即长沙国，西汉诸侯国之一，高帝五年（前202）以长沙郡置，封吴芮，治所在今湖南长沙。

②鹏（fú）鸟：鸟名，外形像猫头鹰，又名山鸮、夜鸣、声恶。《史

记·屈原贾生列传》曰:“有鸮飞入贾生舍,止于坐隅。楚人命鸮曰‘服’。”《集解》引晋灼注曰:“《异物志》有山鸮,体有文色,土俗因形名之曰服。不能远飞,行不出域。”古人认为鹏鸟是不祥之鸟。故《鹏鸟赋》序曰:“鹏似鸮,不祥鸟也。”集:群鸟聚集栖息。承尘:古代用具,室内悬挂在床上方或座位上方以承接下落的灰尘,以布帛制成,亦有以木板制成,四周缀有流苏以作装饰。刘熙《释名·释床帐》曰:“承尘,施于上,承尘土也,搏辟以席搏著壁也。”又名“帟”,指小帐幕,幄中座上的承尘。《周礼·天官·幕人》曰:“幕人:掌帷、幕、幄、帟、绶之事。”郑玄注曰:“帟,王在幕若幄中,坐上承尘。”

③俗:风俗,习俗。《尚书·君陈》曰:“败常乱俗。”《汉书·地理志下》曰:“凡民函五常之性,而其刚柔缓急,音声不同,系水土之风气,故谓之风;好恶取舍,动静亡常,随君上之情欲,故谓之俗。孔子曰:‘移风易俗,莫善于乐。’”

④《鹏鸟赋》:贾谊代表作,以人与鸟对话的方式探讨、抒发人生与生命哲理。以四言为主,语言凝练,兼有散文化倾向。此赋作于汉文帝六年(前174)四月庚子日,此时贾谊已谪居长沙三年,又遇不祥鹏鸟临门,心情郁闷,故作赋以自我调适。《史记·屈原贾生列传》曰:“贾生为长沙王太傅三年,有鸮飞入贾生舍,止于坐隅。楚人命鸮曰‘服’。贾生既以谪居长沙,长沙卑湿,自以为寿不得长,伤悼之,乃为赋以自广。其辞曰:单阏之岁兮,四月孟夏,庚子日施兮,服集予舍,止于坐隅,貌甚闲暇。……”《集解》曰:“徐广曰:‘……文帝六年岁在丁卯。’”《索隐》曰:“《尔雅》云‘岁在卯曰单阏’。李巡云‘单阏,起也,阳气推万物而起,故曰单阏’。”

⑤以遣忧累:以排遣心中烦扰忧郁。《鹏鸟赋》篇末曰:“纵躯委命兮,不私与己。其生若浮兮,其死若休;澹乎若深渊之静,氾乎若

不系之舟。不以生故自宝兮,养空而浮;德人无累兮,知命不忧。细故慸葪兮,何足以疑!”

【译文】

贾谊谪居长沙时,有一群鵩鸟飞进他的住所,停在他床顶悬挂着的接落尘土的帐幕上。长沙地方风俗认为这种鵩鸟飞到人家里,这家的主人就会死去。贾谊于是写下了《鵩鸟赋》,表示要混同生死,均等荣辱,以此来排遣心中的烦扰忧郁。

123.金石感偏

李广与兄弟共猎于冥山之北[①],见卧虎焉。射之,一矢即毙。断其髑髅以为枕[②],示服猛也[③]。铸铜象其形为溲器[④],示厌辱之也[⑤]。他日,复猎于冥山之阳,又见卧虎,射之,没矢饮羽[⑥]。进而视之,乃石也,其形类虎。退而更射,镞破竿折而石不伤[⑦]。余尝以问扬子云,子云曰:“至诚则金石为开[⑧]。”余应之曰:“昔人有游东海者,既而风恶,船漂不能制,船随风浪,莫知所之。一日一夜,得至一孤洲,共侣欢然[⑨]。下石植缆[⑩],登洲煮食。食未熟而洲没,在船者斫断其缆,船复漂荡。向者孤洲乃大鱼[⑪],怒掉扬鬣[⑫],吸波吐浪而去,疾如风云。在洲死者十余人。又余所知陈缟[⑬],质木人也[⑭],入终南山采薪,还晚,趋舍未至,见张丞相墓前石马[⑮],谓为鹿也,即以斧挝之[⑯],斧缺柯折[⑰],石马不伤。此二者亦至诚也,卒有沉溺缺斧之事,何金石之所感偏乎?”子云无以应余。

【注释】

①李广（？—前119）：西汉名将。陇西成纪人，知兵法，擅长骑马射箭，一生与匈奴战七十余次，屡立军功，被匈奴人畏称为“飞将军”。汉武帝时曾任右北平太守，但终身未得封侯。元狩四年（前119），随大将军卫青进攻匈奴，因迷路错过会师时间而遭追责，因耻于应对刀笔小吏而自尽。《史记·李将军列传》太史公曰：“《传》曰‘其身正，不令而行；其身不正，虽令不从’。其李将军之谓也？余睹李将军悛悛如鄙人，口不能道辞。及死之日，天下知与不知，皆为尽哀。彼其忠实心诚信于士大夫也？谚曰‘桃李不言，下自成蹊’。此言虽小，可以谕大也。”兄弟：李广只有从弟李蔡，官至丞相，封乐安侯。李广死后第二年，坐侵孝景园壖地，下狱后自杀。冥山：又称石城山、固城山，在今河南信阳东南。

②髑髅（dú lóu）：骷髅，死人的头颅骨。应劭《风俗通义·祀典》曰：“虎者，阳物，百兽之长也，能执搏挫锐，噬食鬼魅，今人卒得恶悟，烧虎皮饮之，击其爪，亦能辟恶，此其验也。”烧虎皮饮之、系虎爪、枕虎枕等，都是汉代人认为可以辟邪的风俗。高承《事物纪原·虎枕》曰：“《西京杂记》曰：李广与兄游猎冥山北，见猛虎，一矢毙之，断其头为枕，示服也。《事始》记为虎枕之始。魏咸熙中得梁冀玉虎枕，臆下有题曰‘帝辛九年’。帝辛即纣也，是则商纣之时已有其制也。”

③服猛：降服凶猛的野兽。

④溲器：小便器。其器即名为虎子，多为瓷制。

⑤示厌辱之：赵彦卫《云麓漫钞》卷四曰：“故汉人目溷器为虎子，郑司农注《周礼》，有是言。唐讳虎，改为马，今人云厕马子者是也。”

⑥没矢饮羽：箭没入石中，箭尾羽毛也隐没不可见。形容射箭的力量极大。韩婴《韩诗外传》卷六曰：“昔者楚熊渠子夜行，见寝石以为伏虎，弯弓而射之，没金饮羽。下视，知其石也，因复射之，矢

跃无迹。熊渠子见其诚心，而金石为之开，而况人乎？”《吕氏春秋·精通》曰：“养由基射兕，中石，矢乃饮羽，诚乎兕也。”高诱注曰：“饮羽，饮矢至羽。”

⑦镞（zú）：即箭头，箭上端金属之所聚。竿：竹制的箭杆。石不伤：《史记·李将军列传》曰：“广出猎，见草中石，以为虎而射之，中石没镞，视之石也。因复更射之，终不能复入石矣。”《史记》与《汉书》之李广传中皆载李广任右北平太守时出猎射草中石与射虎之事，但俱未载有冥山射虎之事。

⑧至诚则金石为开：刘向《新序·杂事四》亦曰：“昔者楚熊渠子夜行，见寝石，以为伏虎，关弓射之，灭矢饮羽。下视，知石也。却复射之，矢摧无迹。熊渠子见其诚心而金石为之开，况人心乎？”此故事与本条李广故事大致相同。周天游校注《西京杂记》说：“此刘歆所言与其父相左，恐当非其撰《西京杂记》之一证。”

⑨共侣：同行的伙伴。

⑩下石：抛下石锚。石，石锚，古代止船用石锚。植缆：立缆桩，栓系缆绳。

⑪向者：先前，往昔。大鱼：应属鲸鱼一类的体积巨大的鱼。

⑫怒掉：奋力掉头。鬣（liè）：鱼颔旁的小鳍。

⑬陈缟：人名，生平不详。

⑭质木：心性质朴木讷。《汉书·地理志下》曰：“民俗质木，不耻寇盗。”颜师古注曰：“质木者，无有文饰，如木石然。”

⑮张丞相：或指张苍。向新阳、刘克任《西京杂记校注》说：“汉有二张丞相：文帝相张苍，成帝相张禹。据《汉书·张禹传》载，禹年老，请平陵肥牛亭自治冢茔，肥牛亭在咸阳县西北，渭河北岸。此言于终南山见张丞相墓，终南山在渭水之南，故所见之墓非张禹墓，当是张苍墓。”

⑯挝（zhuā）：敲，打。

⑰柯：即斧柄。

【译文】

李广和兄弟一起到冥山的北面打猎，看到一只老虎俯卧在地上。李广用箭射它，一箭就射杀了老虎。他把老虎的头颅砍下做成枕头，表示降服了猛兽。又用铜铸成了老虎的样子做成便壶，表示厌弃侮辱之意。后来有一天，他又到冥山的南面打猎，又见到一头老虎卧在那里，他一箭射去，箭头深深地扎进去，连箭头尾部的羽毛都看不见了。李广走近一看，原来这是一块石头，形状很像老虎。他退后再射，结果箭头破碎，箭杆也折断了，而石块却毫无损伤。就这件事我曾经问过扬雄，扬雄说："心意最真诚的时候，连金石都会为之感动得开裂了。"我回答他说："从前有人游东海，不久海上刮起了风暴，船只摇摆着失去了控制，随风漂流，不知会漂向何方。过了一天一夜，才到了一个孤零零的沙洲上，船上的伙伴们很高兴。他们抛下石锚系好缆绳，登上沙洲煮东西吃。东西还没煮熟，沙洲就沉没了，留在船上的人赶紧砍断缆绳，船又继续漂荡。先前那个孤零零的沙洲原来是一条大鱼，它奋力掉头，扬起鱼鳍，呼吸间波涛翻涌，它游动而去，快得像风吹云散。在沙洲上的人死了十几个。还有我认识的陈缟，是个生性质朴木讷的人，他到终南山去砍柴，回来晚了，急着赶回家，还没到家门口，看到了张丞相墓前的石马，他以为是一头鹿，就挥起斧头砍过去，结果斧头缺了一块，斧柄也折断了，可是石马却毫发无损。这两组人都极其真诚，最终却遭到船员沉溺、斧头缺口的下场，金石的那份诚意感动怎么有偏心呢？"扬雄找不到话来回答我。

卷六

【题解】

《西京杂记》中奇人怪事、逸闻逸事甚至玄妙魔幻的事情不少，信者恒信，不信者自当消遣。比如黄公"坐成山河"、方士"嘘吸为寒暑"，比如嵩真自算死期几乎无差、滕公生知葬地，再比如广川王的盗墓游戏。

盗墓是一门古老的职业，有墓就有盗墓，有奢华的厚葬就有疯狂的偷盗。盗墓的目的因人而异，有的是为复仇泄愤，如伍子胥盗掘楚平王墓。更多的只是谋钱财。秦汉盗墓盛行，与当时的厚葬风气有密切关系，帝王、公侯们生前豪奢，死后还要金缕玉衣，华丽殉葬，欲在阴间继续享受荣华富贵。所以，奇珍异宝的随葬品堆满墓穴，盗掘墓葬获取财宝也成为得快钱的一条途径。不过，广川王刘去疾有点特别，他不为报仇雪恨，也不为金银钱财，他盗墓仅仅是好玩。

《汉书·景十三王传》中的广川王刘去疾"好文辞方技博弈倡优"，但为人凶狠残暴，人命于他不过是蝼蚁。他残杀了自己的姬妃十余人，有的"掘出尸，皆烧为灰"，有的燔烧烹煮，有的生割剥人。实在是十恶不赦。不过，其传中并未提及他有盗掘古墓之举。而从他极端残酷、变态的性格来看，盗墓这种事他绝对干得出来，这不过是他寻求刺激的恶趣味而已。

既是盗墓，肯定只敢偷偷地干，但刘去疾似乎没什么忌讳，他在自己的封国盗墓谁敢吭声？所以他网罗无赖少年，“国内冢藏，一皆发掘”。他的封地历史上曾经诸侯争霸，王侯墓葬众多，所以，“王所发掘冢墓不可胜数，其奇异者百数焉”。刘去疾盗墓大张旗鼓，可以铁凿、刀砍，还用上了烧热的锯子。仅从本卷中叙述的七次盗墓来看，就足够奇特。

刘去疾盗魏襄王的墓，将墓里玉制的痰盂和铜剑带回家；盗晋灵公的墓，抄走了拳头大的玉制蟾蜍。暴君晋灵公被同样暴虐的广川王盗墓，也算“恶有恶报”了。刘去疾盗墓为取乐，并不介意墓中有无财宝。当然，他也有害怕的时候，盗魏王子且渠墓，看到墓中尸体的肌肤头发、手脚牙齿新鲜得与活人无异，他居然恐惧得慌忙逃离。而盗栾书墓后，他夜里做梦被一白须老者杖击，醒来左脚肿痛生疮，至死未痊愈。这就是报应吗？

124. 文木赋

鲁恭王得文木一枚①，伐以为器，意甚玩之②。中山王为赋曰③：“丽木离披④，生彼高崖。拂天河而布叶⑤，横日路而擢枝⑥。幼雏羸鷇，单雄寡雌。纷纭翔集，嘈嗷鸣啼⑦。载重雪而梢劲风，将等岁于二仪⑧。巧匠不识，王子见知。乃命班尔，载斧伐斯⑨。隐若天崩，豁如地裂⑩。华叶分披，条枝摧折。既剥既刊⑪，见其文章⑫。或如龙盘虎踞，复似鸾集凤翔。青緺紫绶⑬，环璧珪璋⑭。重山累嶂⑮，连波叠浪。奔电屯云，薄雾浓雰⑯。麚宗骥旅⑰，鸡族雉群。蠋绣鸯锦⑱，莲藻芰文⑲。色比金而有裕，质参玉而无分⑳。裁为用器，曲直舒卷。修竹映池，高松植巘㉑。制为乐器，婉转蟠纡㉒。凤将九子，龙导五驹㉓。制为屏风，郁岪穹隆㉔。制为杖几，极丽穷美。制为枕案，文章璀璨，彪炳涣汗㉕。制为盘盂㉖，采玩踟蹰[27]。猗欤君子,其乐只且[28]!”

恭王大悦,顾盼而笑,赐骏马二匹。

【注释】

①文木:树名,一种高级乌木,木质细密,产于交趾。崔豹《古今注·草木》曰:“翳木出交州林邑,色黑而有文,亦谓之文木。”左思《文选·吴都赋》曰“文欀桢僵”,刘渊林注曰:“文,文木也。材密致无理,色黑如水牛角,日南有之。”

②玩:欣赏。

③中山王:即中山靖王刘胜,汉景帝之子,鲁恭王异母弟。景帝三年(前154)封于中山,治卢奴(今河北定州),为人骄纵奢淫。《汉书·景十三王传·中山王传》曰:“胜为人乐酒好内,有子百二十余人。常与赵王彭祖相非曰:‘兄为王,专代吏治事。王者当日听音乐,御声色。’赵王亦曰:‘中山王但奢淫,不佐天子拊循百姓,何以称为藩臣!’”

④离披:散乱的样子。

⑤天河:指银河。

⑥日路:太阳运行的轨迹。擢(zhuó):抽生。

⑦嘈嗽:虫鸟鸣叫的声音。

⑧二仪:指乾坤,天与地。

⑨斯:劈。

⑩隐若天崩,豁如地裂:描绘文木被伐倒地时巨大的声音,好似天崩地裂。隐,通“殷”。震动。豁,象声词。

⑪剥:削,剥去树皮。刊:砍斫树枝。

⑫文章:树木的纹理形状。

⑬青緺(guā):青紫色绶带。

⑭珪:同“圭”。指瑞玉,古代在朝聘、祭祀、丧葬等举行隆重仪式时

使用的玉制礼器。长条形,上尖下方,其名称、大小因爵位及用途不同而异。《荀子·大略》曰:"聘人以珪,问士以璧"。《尔雅·释器》曰:"以玉者谓之珪。"

⑮嶂(zhàng):高峻如屏障一样的山峰。

⑯雰(fēn):指雾气。

⑰麚(jiā)宗骥旅:雄鹿和骏马成群结队。麚,雄鹿。

⑱蠋(zhú):泛指鳞翅目和膜翅目叶蜂的幼虫。此指蛾蝶类的幼虫,青色,形状像蚕。

⑲芰(jì):即菱,俗称菱角。应劭《风俗通义·佚文》曰:"两角曰菱,四角曰芰,总谓之水栗。"段成式《酉阳杂俎·广动植之四·草篇》曰:"芰,一名水栗,一名薢茩。汉武昆明池中有浮根菱,根出水上,叶沦没波下,亦曰青冰菱。玄都有菱碧色,状如鸡飞,名翻鸡芰,仙人凫伯子常采之。"

⑳参:等同。

㉑"裁为用器"以下四句:《古文苑·文木赋》章樵注曰:"枝干巨细长短曲直,随所用各有所宜。"巘(yǎn),层层叠叠的山峰、山顶。

㉒蟠纡(fán yū):弯曲。

㉓凤将九子,龙导五驹:乐声有的像凤带着九个儿子在鸣唱,有的像龙领着五个孩子在吟哦。《古文苑·文木赋》章樵注曰:"伶伦制十二筒,以应凤鸣;丘仲截竹吹之,像水中龙吟。'将子''导驹',言声音烦杂,自然清亮。"应劭《风俗通义·声音》曰:"谨按:《尚书》:'舜作箫《韶》九成,凤凰来仪。'其形参差,像凤之翼,十管,长一尺。"古时以排箫参差像凤翼,常以凤鸣比喻箫声,又以龙吟比喻笛声。驹,指初生的马、驴、骡子等。此指龙子。

㉔郁岪(fú):山势高峻险拔的样子。亦形容山气暗昧。穹隆:指天空中间高四周下垂的样子,也泛指隆起成拱形。此指屈曲的样子。

㉕彪炳:文彩焕发的样子。涣汗:比喻文章有气势,如号令既出不可

更改。此指木质纹理精彩而有感染力。《汉书·楚元王传》曰：“《易》曰‘涣汗其大号’。言号令如汗，汗出而不反者也。”颜师古注曰：“言王者涣然大发号令，如汗之出也。”

㉖盘盂：盛水和食物的器皿。古代常常在盘盂上雕刻铭言或者功绩，作为法鉴。

㉗踟蹰（chí chú）：缓行。引申为悠然自得的样子。

㉘只且：句末语气词，表感叹意。《诗经·王风·君子阳阳》曰：“右招我由敖，其乐只且。”

【译文】

鲁恭王得到了一根文木，砍下来做成了器物，心里非常高兴。中山王为此写了一篇赋：“美丽的树木枝叶散乱，生长在那高高的悬崖上。枝条掠过银河布满绿叶，在太阳运行的轨迹边横斜抽枝。雏鸟瘦弱待哺，雄鸟雌鸟孤孤单单。纷纷飞来栖息在这树上，发出嘈嗷的鸣叫声。身披积雪但树梢在劲风中舞动，年岁差不多等同于天地乾坤。巧匠们并没有发现它，却被王子得知消息。他派来了能工巧匠，带着斧头来砍伐这棵大树。巨木轰然倒地，好似天崩地裂。树叶纷纷落下，树枝都被砍断。将它剥皮削光，便呈现出树木的纹理形状。有的像龙盘虎踞，又像鸾鸟云集凤凰翱翔。有的像青紫色的绶带，悬挂着玉环和珪璋。有的像重重叠叠的峰峦，波涛层叠。有的像雷电奔驰云雾聚集，雾气薄厚不均。有的像雄鹿骏马聚合在一起，家鸡野鸡成群结队。有的像绣着蛾蝶鸳鸯的华丽锦缎，像莲花水藻和菱角上的纹理。色彩比黄金还漂亮，质地与白玉毫无差别。将它锯下来做成器物，弯直舒卷任意选择。像细长的竹子映照着池塘，像高高的青松挺立在山顶。用它做成乐器，形状婉转曲折。乐声像凤带着九子在鸣唱，也像龙领着五子在吟哦。用它制成屏风，形似蜿蜒起伏的高峻山峰。用它制成手杖和矮几，极其精美华丽。用它制成枕头和小桌，色彩艳丽，文彩灿烂。用它制成盘盂，主人赏玩不舍离去。多么美好的君子啊，愿他永远快乐！”

鲁恭王十分高兴，左顾右盼笑了起来，赐给中山王两匹骏马。

125.广川王发古冢

广川王去疾[①]，好聚无赖少年，游猎毕弋无度[②]。国内冢藏[③]，一皆发掘。余所知爰猛[④]，说其大父为广川王中尉[⑤]，每谏王不听，病免归家。说王所发掘冢墓不可胜数，其奇异者百数焉。为余说十许事，今记之如左。

【注释】

①广川王去疾：即广川王刘去疾（？—前71），汉武帝异母兄弟广川惠王刘越的孙子、景帝曾孙。刘去疾好侠士，常着短衣携长剑。为人非常残暴，以酷刑杀人众多，事发后自杀。《汉书·景十三王传·广川王传》中其名为“去”，传曰：“（武帝）下诏曰：‘广川惠王于朕为兄，朕不忍绝其宗庙，其以惠王孙去为广川王。’去即缪王齐太子也，师受《易》《论语》《孝经》皆通，好文辞、方技、博弈、倡优。”其传载其有过掘墓出尸之事，但并未载其发古冢之事。周天游校注《西京杂记》认为其名“去”有误，校注说：“汉代取名，为了祈福免灾，常以‘去病’‘弃疾’‘无忌’‘毋伤’‘不害’命名，极少见只名‘去’的。疑《汉书》本传误脱‘疾’字。”广川，西汉封国名。原为郡，汉景帝初期改为国，治信都（今河北冀州），辖境相当于今河北武邑、衡水一带与山东德州。不久改为信都郡，后复立国。

②毕弋：泛指捕捉射猎。毕，捕捉禽兽所使用的网子，带有长柄。弋，用绳子系在箭的尾部而射的捕猎方法。

③国：指广川国。冢藏：坟墓以及墓中的殉葬品。

④所知：所结识交往的朋友。爰猛：人名，生平不详。

⑤大父：祖父。中尉：秦汉时武官名，掌管京城治安城防，为九卿之一。汉武帝时更名为执金吾。《汉书·百官公卿表上》曰："中尉，秦官，掌徼循京师，有两丞、候、司马千人。武帝太初元年更名执金吾。"颜师古注曰："应劭曰：'吾者，御也，掌执金革以御非常。'师古曰：'金吾，鸟名也，主辟不祥。天子出行，职主先导，以御非常，故执此鸟之象，因以名官。'"另一说见崔豹《古今注·舆服》曰："汉朝执金吾，金吾，亦棒也，以铜为之，黄金涂两末，谓为金吾。御史大夫、司隶校尉亦得执焉。御史、校尉、郡守、都尉、县长之类，皆以木为吾焉。"此指汉代诸侯国的军事长官，掌封国内的治安即捕捉盗贼。西汉初由诸侯国自置，景帝后由朝廷委任。本条故事与以下七条内容相关。

【译文】

广川王刘去疾，喜欢纠集一帮无赖少年，毫无节制地四处射猎。广川国内的墓地和墓中的殉葬品，全被他们盗挖了。我熟悉的爰猛说过，他祖父曾当过广川王的中尉，每次都规劝广川王，但广川王不听，他便托病辞官回家了。他说广川王盗掘的墓葬数不胜数，其中怪异的事有一百多件。他跟我提到了十来件事，现在将其记录如下。

魏襄王冢

魏襄王冢①，皆以文石为椁②，高八尺许，广狭容四十人。以手扪椁③，滑液如新。中有石床、石屏风，宛然周正④。不见棺柩明器踪迹⑤，但床上有玉唾壶一枚⑥，铜剑二枚，金玉杂具，皆如新物。王取服之⑦。

【注释】

①魏襄王（？—前296）：战国时魏国第四代国君，魏惠王之子。名

嗣,谥襄。在位期间,与秦、楚交战屡败,割让大片土地,魏国势力逐渐衰弱。

②文石:有纹理的石头。

③扪(mén):摸。

④周正:完整。

⑤明器:亦称冥器、盟器。古代用竹、木或陶土等材料制成的专门用于给死者随葬的模拟性器物。《礼记·檀弓下》曰:"其曰明器,神明之也。涂车、刍灵,自古有之,明器之道也。"王仲殊《汉代考古学概说》说:"在制陶工艺上最富有特色的是,随着随葬习俗的改变,在西汉中期以后,还盛行制作各种专为随葬用的陶质明器,种类之多,数量之大,达到了惊人的程度。……各式各样的陶俑,亦被大量制作以随葬。这些陶质的明器,有时制作得很精致。""西汉中期以后,风气为之一变,专为随葬而作的陶质明器开始显著地增多。……到了西汉晚期,特别是东汉,一般也都用木制或陶制的车的模型和马的偶像来代替了。杀人殉葬在法律上已被禁止。……虽然在大多数汉墓里用以随葬的车的模型和人、马的偶像是木制或陶制的,但也不无例外。在甘肃省武威县雷台汉墓中,随葬着一批铜质的车马模型和兵士、奴婢的铸像。……有的地区,例如在湖南省的长沙一带,除了铜钱以外,还盛行用泥质的冥钱随葬。必须指出,这并不是出于墓主人的节约,而是一种风俗。马王堆汉墓随葬着大量珍贵的器物,但却用泥钱来代替铜钱,便是最好的说明。"后多指焚化烧给死者的纸质器物,称为冥器。赵彦卫《云麓漫钞》卷五曰:"古之明器,神明之也。今之以纸为之,谓之冥器,钱曰冥财。冥之为言,本于《汉武纪》:'用冥羊马。'不若用明字为近古云。"

⑥唾壶:痰盂。

⑦王取服之:《晋书·束皙传》曰:"太康二年(281),汲郡人不准盗

发魏襄王墓，或言安釐王冢，得竹书数十车。其《纪年》十三篇，记夏以来至周幽王为犬戎所灭。”如若本条内容为真，则盗出竹书的应为安釐王墓。

【译文】

魏襄王的墓，全部用带纹理的石块做成外棺，高约八尺，长宽可容纳四十人。用手抚摸外棺，润滑如新。墓中有石床、石屏风，都完好无损。棺柩中没有见到那些殉葬品的踪迹，但石床上有玉制的痰盂一只，铜剑两把，还有一些金玉杂物，都像新的一样。广川王都拿回去用了。

哀王冢

哀王冢①，以铁灌其上，穿凿三日乃开。有黄气如雾，触人鼻目，皆辛苦②，不可入。以兵守之，七日乃歇。初至一户，无扃钥③。石床方四尺，床上有石几，左右各三石人立侍，皆武冠带剑。复入一户。石扉有关钥④，叩开⑤，见棺柩，黑光照人。刀斫不入，烧锯截之，乃漆杂兕革为棺。厚数寸，累积十余重，力不能开，乃止。复入一户，亦石扉，开钥，得石床，方七尺。石屏风、铜帐镛一具⑥，或在床上，或在地下，似是帐糜朽，而铜镛堕落床上。石枕一枚，尘埃朏朏⑦，甚高，似是衣服⑧。床左右石妇人各二十，悉皆立侍，或有执巾栉镜镊之象⑨，或有执盘奉食之形。无余异物，但有铁镜数百枚。

【注释】

①哀王：即魏哀王，战国时魏国国君，魏襄王之子，在位二十三年。

②辛苦：辛味和苦味。此处指气味辛辣刺鼻。

③扃（jiōng）：从外面关闭门户的门闩。许慎《说文解字》“户部”

曰："扃，外闭之关也。"段玉裁注曰："关者，以木横持门户也。"亦指从内关门的门闩。钥：门锁。

④关：指门内的横门闩。

⑤叩开：击打开门户。

⑥鞲（gōu）：同"钩"。

⑦朏（fěi）朏：聚积貌。

⑧衣服：墓葬时，常将墓主生前使用的衣服和个人用品作陪葬。此处应是陪葬衣服堆积后风化的样子。

⑨巾栉（zhì）镜镊：即毛巾、梳子、铜镜和镊子等洗漱、沐浴用品。栉，梳子和篦子的总称。

【译文】

魏哀王的墓，上面全部用铁浇铸而成，挖凿了三天才打开。有一股黄色的雾气，向人的鼻子眼睛猛扑过来，气味辛辣刺鼻，人根本无法进到墓里。派士兵把守，七天后气味才散掉。开始进到一扇门，没有门闩门锁。里面有一张石床，长宽各四尺，床上有石制矮几，左右各有三个石人侍立着，他们都穿戴着武士的衣冠佩着剑。又进入一扇门，石门上有门闩门锁，打开门，里面有棺柩，黑光照人。刀砍不进去，用烧热的锯子锯开，原来是用兽皮掺和了漆做成的棺木。有好几寸厚，加起来有十几层，人力搬不动，便罢手了。又进去一扇门，也是石门，打开门锁，看到一张石床，长宽各七尺。石屏风、铜帐钩一副，有的在床上，有的在地下，好像是帐子腐朽糜烂后，铜钩脱落了。床上有石枕头一只，积满了灰尘，很高，像是腐烂的衣服。床的两边各有石妇人二十个，都侍立在一旁，有手拿毛巾、梳子、镜子、镊子的样子，有举着盘子侍奉进食的样子。此外没有其他东西，只有几百枚铁镜子。

魏王子且渠冢

魏王子且渠冢①，甚浅狭，无棺柩，但有石床，广六尺，长一丈，石屏风，床下悉是云母。床上两尸，一男一女，皆年二十许，俱东首[②]，裸卧无衣衾[③]，肌肤颜色如生人，鬓发齿爪亦如生人。王畏惧之，不敢侵近，还，拥闭如旧焉。

【注释】

①且渠：魏王子之名，生平不详。

②东首：头朝东。

③衾（qīn）：被子。许慎《说文解字》"衣部"曰："衾，大被。"段玉裁注曰："《释名》曰：衾，广也。其下广大如广受人也。寝衣为小被，则衾是大被。"此指尸体入殓时盖尸的单被。

【译文】

魏国王子且渠的墓，非常浅而且狭窄，没有棺柩，只有一张石床，宽六尺，长一丈，有石屏风，床下都是云母石。床上有两具尸体，一男一女，年纪都在二十岁左右，都是头朝东，全身赤裸地躺着，没有衣服和裹尸的单被，肌肤脸色就像活人一样，鬓发、牙齿、手脚也如活人似的。广川王很害怕，不敢靠近，退了出来，把墓穴按原样填塞封闭起来。

袁盎冢

袁盎冢[①]，以瓦为棺椁[②]，器物都无，唯有铜镜一枚[③]。

【注释】

①袁盎（？—前148）：即爰盎，西汉大臣。楚人，字丝。汉文帝时，初任郎中。历任齐相、吴相、楚相。性格刚直，敢于直言进谏，名重朝廷。后被晁错告发隐瞒吴王刘濞谋反之事，被贬为庶人。吴楚七国之乱时，建议汉景帝诛杀晁错以平息叛乱。此后因为阻止景帝传帝位于梁孝王，被梁孝王派人刺杀。《史记·袁盎晁错列传》

曰:“袁盎虽家居,景帝时时使人问筹策。梁王欲求为嗣,袁盎进说,其后语塞。梁王以此怨盎,曾使人刺盎。刺者至关中,问袁盎,诸君誉之皆不容口。乃见袁盎曰:‘臣受梁王金来刺君,君长者,不忍刺君。然后刺君者十余曹,备之!’袁盎心不乐,家又多怪,乃之棓生所问占。还,梁刺客后曹辈果遮刺杀盎安陵郭门外。”

②瓦:古代陶制器物的总称。许慎《说文解字》“瓦部”曰:“瓦,土器已烧之总名。”段玉裁注曰:“凡土器未烧之素皆谓之坯,已烧皆谓之瓦。”

③铜镜:铜制的镜子。王仲殊《汉代考古学概说》说:“中国是世界上最早发明铜镜的国家之一。根据近年来的考古发掘,可以肯定在殷代已经出现了铜镜。到了战国时代,铜镜的铸造发展得很快,而汉代的铜镜又在战国以来的基础上进一步得到普及。中国的铜镜,始终只是一种日常的生活用具,并不像日本的弥生时代和古坟时代那样把从中国输入的铜镜当作珍宝或神器。”

【译文】

袁盎的墓,用瓦做成棺椁,里面什么殉葬物品都没有,只有一枚铜镜。

晋灵公冢

晋灵公冢[①],甚瑰壮,四角皆以石为玃犬捧烛[②],石人男女四十余,皆立侍。棺器无复形兆[③],尸犹不坏,孔窍中皆有金玉[④]。其余器物皆朽烂不可别,唯玉蟾蜍一枚,大如拳,腹空,容五合水,光润如新,王取以盛书滴。

【注释】

①晋灵公:春秋时晋国国君,晋文公之孙,襄公之子,名夷皋,前620年—前607年在位。在位期间奢侈骄横,暴虐无道,是历史上著

名的暴君。《史记·晋世家》曰："灵公壮，侈，厚敛以雕墙。从台上弹人，观其避丸也。宰夫胹熊蹯不熟，灵公怒，杀宰夫，使妇人持其尸出弃之，过朝。"后被晋国重臣赵穿所杀。《左传·宣公二年》亦曰"晋灵公不君"。

②玃（jué）：大猿，一说大猴，亦泛指猿猴。《尔雅·释兽》曰："玃父，善顾。"郭璞注曰："貑玃也，似猕猴而大，色苍黑，能攫持人，好顾盼。……《说文》云大母猴也。"崔豹《古今注·鸟兽》曰："猿，五百岁为玃。"张华《博物志》卷三曰："蜀山南高山上，有物如猕猴，长七尺，能人行，健走，名曰猴玃，一名化，或曰猳玃。"

③形兆：行迹，征兆。王充《论衡·明雩篇》曰："夫见在之水，相差无几，人君请之，终不耐行。况雨无形兆，深藏高山，人君雩祭，安耐得之？"

④孔窍中皆有金玉：此为古代丧葬制度，以玉或金填塞七窍或九窍，以求得灵魂安好以及尸身完好。王仲殊《汉代考古学概说》说："大概为了企图使尸骨不朽，有时使用各种小玉具遮盖或充塞死者的七窍。塞在口中的称'琀'，往往被制成蝉的形状。《汉书·杨王孙传》说：'口含玉石，欲化不得，郁为枯腊。'这当然是不可信的。"刘庆柱《地下长安》说："人死后口里含的玉，称玉含。皇帝死后的玉含是珠玉。汉代以玉蝉为玉含，玉含取形于蝉，可能是因为蝉这种昆虫由卵变虫的特点，将玉蝉放在逝者口中，期盼死而复生。"沈从文《中国文物常识》说："汉代重厚葬，用玉种类也更具体，有了一定制度。例如手中必握二玉豚，口中必有一扁玉蝉，此外眼、耳、鼻孔无不有小件雕玉填塞。胸肩之际必着一玉璧或数玉璧。"

【译文】

晋灵公的墓，非常瑰丽壮观，墓的四周都用石头做成大猴捧烛灯的形状，男女石人四十多个，都侍立在两旁。棺中陪葬器物都没有了，尸体还没有腐烂，七窍中塞满了金银玉石。其他的器物都腐烂得分不清是什么东西了，只有一枚玉蟾蜍，大如拳头，腹中是空的，能装半升水，光润如新，广川王拿了回去，研磨时用来盛水。

幽王冢

幽王冢[①]，甚高壮，羡门既开[②]，皆是石垩[③]，拨除丈余深，乃得云母，深尺余，见百余尸，纵横相枕藉，皆不朽，唯一男子，余皆女子，或坐或卧，亦犹有立者，衣服形色，不异生人。

【注释】

①幽王：即周幽王（？—前771），周宣王之子，西周末代君主。名宫涅，前781年—前771年在位。荒淫无度，国为犬戎所灭。《史记·周本纪》曰："幽王以虢石父为卿，用事，国人皆怨。石父为人佞巧善谀好利，王用之。又废申后，去太子也。申侯怒，与缯、西夷犬戎攻幽王。幽王举烽火征兵，兵莫至。遂杀幽王骊山下，虏褒姒，尽取周赂而去。"一说为晋幽公，前437年—前419年在位，夜出时被盗贼杀害。而先秦时有周幽王、楚幽王，但皆不可能葬于广川国内。周天游校注《西京杂记》说："幽公好淫，与此墓中多妇人正相合。疑'幽王'系'幽公'之误。"

②羡（yán）门：墓门。羡，道，墓道。

③石垩（è）：一般称为白色土，石灰岩的一种，土质细密，密封性强，可以防水隔热。

【译文】

幽王墓，非常高大壮观，墓道门打开后，全是白色土，清理到一丈多深后，才看到云母石，再往下挖一尺多深后，看到百余具尸首，纵横交错相互枕靠着，都没有腐烂，只有一个男子，其余的都是女人，有的坐着，有的躺着，还有站立着的，衣服和形体肤色，和活人没什么不同。

栾书冢

栾书冢[1]，棺柩明器，朽烂无余。有一白狐，见人惊走，左右遂击之，不能得，伤其左脚。其夕，王梦一丈夫，须眉尽白，来谓王曰："何故伤吾左脚？"乃以杖叩王左脚。王觉，脚肿痛生疮，至死不差[2]。

【注释】

①栾书（？—前573）：即栾武子，春秋时晋国大夫。晋厉公六年（前575）率兵伐郑，大败救援郑国的楚军，威震诸侯。厉公无道，欲杀栾书，栾书囚杀厉公，立晋悼公。病卒。清《畿辅通志·陵墓》曰："栾书墓，在栾城县西北五里。"

②差（chài）：同"瘥"，痊愈，病除。扬雄《方言》卷三曰："差、间、知，愈也。南楚病愈者谓之差，或谓之间，或谓之知……或谓之除。"李石《续博物志》卷八曰："栾书冢有一白狐，王击之，伤其足。王寻病足死。"与本条内容有异。

【译文】

栾书的墓里，棺柩和殉葬品已经全部腐烂了。有一只白狐，看到人便惊慌地逃走了，广川王手下的人就去追击它，没有追到，只打伤了它的左脚。当晚，广川王梦到一个男子，胡子眉毛全都白了，来质问他说："为什么打伤我的左脚？"就用手杖击打广川王的左脚。广川王一觉醒来，脚就肿痛生疮，到死都没好。

126. 太液池五舟

太液池中，有鸣鹤舟、容与舟、清旷舟、采菱舟、越女舟[1]。

【注释】

①容与：自得安逸的样子。《三辅黄图》卷四引《庙记》曰："建章宫北池名太液，周回十顷，有采莲女、鸣鹤之舟。"

【译文】

太液池中，有鸣鹤舟、容与舟、清旷舟、采菱舟和越女舟。

127.孤树池

太液池西有一池，名孤树池。池中有洲，洲上煔树一株[①]，六十余围，望之重重如盖[②]，故取为名。

【注释】

①煔（shān）树：即杉树。《尔雅·释木》曰："柀，煔。"郭璞注曰："煔似松，生江南，可以为船及棺材，作柱埋之不腐。"煔，同"杉"。

②重重：层层覆盖的样子。《抱经堂丛书·西京杂记》卢本注曰："重重，当即童童。"童童，茂盛貌，重叠貌。

【译文】

太液池的西边有一个水池，名叫孤树池。水池中间有一块沙洲，沙洲上有一棵杉树，树身有六十多人合抱那么粗，看上去层层叠叠像一顶顶伞盖，所以池塘的名字就以这棵孤树命名。

128.昆明池中船

昆明池中有戈船、楼船各数百艘[①]。楼船上建楼橹[②]，戈船上建戈矛，四角悉垂幡旄，旍葆麾盖[③]，照灼涯涘[④]。余少时犹忆见之。

【注释】

①戈船：一种大型战船，船上配备了可刺可钩的戟。一说是在船下安戈戟以防止蛟龙的袭击，故称。《汉书·武帝纪》曰“归义越侯严为戈船将军”。颜师古注曰：“张晏曰：‘又有蛟龙之害，故置戈于船下，因以为名也。’臣瓒曰：‘《伍子胥书》有戈船，以载干戈，因谓之戈船也……’师古曰：‘以楼船之例言之，则非为载干戈也。此盖船下安戈戟以御蛟鼍水虫之害。张说近之。’”楼船：楼式大船，古代多用作战船。亦代指水军。《汉书·武帝纪》曰：“遣楼船将军杨仆、左将军荀彘将应募罪人击朝鲜。”颜师古注引应劭曰：“楼船者，时欲击越，非水不至，故作大船，上施楼也。”《汉书·食货志下》曰：“粤欲与汉用船战逐，乃大修昆明池，列馆环之。治楼船，高十余丈，旗帜加其上，甚壮。……南粤反……因南方楼船士二十余万人击粤。”

②楼橹：古代军中用来瞭望、攻守的高台，上无遮盖，建于船上，也可建于地面或车上。橹，指没有顶盖的望楼。《后汉书·南匈奴列传》曰：“初，帝造战车，可驾数牛，上作楼橹，置于塞上，以拒匈奴。”李贤注曰：“橹即楼也。《释名》曰：‘楼无屋为橹也。’”《三国志·魏书·董二袁刘传》袁绍传曰：“绍为高橹，起土山，射营中。”

③旍（jīng）：同“旌”，旗帜。麾盖：旗帜的顶部。

④涯涘（sì）：水边，岸。《三辅黄图》卷四曰：“《三辅旧事》曰：‘昆明池地三百三十二顷，中有戈船各数十，楼船百艘，船上建戈矛，四角悉垂幡旄葆麾盖，照烛涯涘。’”涯、涘，皆意为水边。《尚书·微子》曰：“若涉大水，其无津涯。”《尔雅·释丘》曰：“涘为厓。”邢昺疏曰：“李巡曰：涘，一名厓，厓谓水边也。《诗·秦风》云：‘所谓伊人，在水之涘。’是也。”

【译文】

昆明池中有戈船、楼船各数百艘。楼船上建有瞭望台，戈船上装有可刺可钩的戟，四周都悬挂着旗帜，旗盖旗顶，照亮了水边。我记得小时候还见到过。

129.玳瑁床

韩嫣以玳瑁为床[①]。

【注释】

①玳瑁（dài mào）：一种海龟科的海生爬行类动物，生活在热带和亚热带海水中，外形像龟，性暴烈，四肢呈桨状，前肢较长，背部有褐色和淡黄色相间的花纹，甲片坚硬光滑。

【译文】

韩嫣用玳瑁做成床。

130.书太史公事

汉承周史官[①]，至武帝置太史公[②]。太史公司马谈[③]，世为太史。子迁，年十三[④]，使乘传行天下[⑤]，求古诸侯史记，续孔氏古文[⑥]，序世事，作传百三十卷，五十万字[⑦]。谈死，子迁以世官复为太史公，位在丞相下[⑧]。天下上计，先上太史公，副上丞相。太史公序事如古《春秋》法[⑨]，司马氏本古周史佚后也。作《景帝本纪》，极言其短及武帝之过，帝怒而削去之[⑩]。后坐举李陵[⑪]，陵降匈奴，下迁蚕室[⑫]。有怨言，下狱死[⑬]。宣帝以其官为令[⑭]，行太史公文书事而已，不复用其子孙。

【注释】

①汉承周史官：汉代设太史令，系沿袭于周代的太史。《史记·太史公自序》曰："其在周，程伯休甫其后也。当周宣王时，失其守而为司马氏。司马氏世典周史。惠、襄之间，司马氏去周适晋。晋中军随会奔秦，而司马氏入少梁。"

②太史公：实为太史令，史官名。西汉初年设太史令一职。其前身为太（大）史，先秦各国皆置，负责记载邦国大事，为朝廷掌管文书。《尚书·立政》曰："太史、尹伯，庶常吉士。"孔传曰："太史，下大夫，掌邦六典之贰。"《周礼·秋官·大司寇》曰："大史、内史、司会及六官皆受其贰而藏之。"贾公彦疏曰："大史、内史、司会，掌事皆与六卿同，故皆有副贰盟辞而藏之，拟相勘当也。"《周礼·春官·大史》曰："大史：掌建邦之六典，以逆邦国之治。掌法以逆官府之治，掌则以逆都鄙之治。"郑注曰："大史，史官之长。"秦代时属奉常所辖，汉代时改奉常为太常。《后汉书·百官志二》曰："太史令一人，六百石。本注曰：掌天时、星历。凡岁将终，奏新年历。凡国祭祀、丧、娶之事，掌奏良日及时节禁忌。凡国有瑞应、灾异，掌记之。"可知太史令之职的地位应不高，《左传·桓公十七年》曰："天子有日官，诸侯有日御。日官居卿以底日，礼也。"杜注曰："日官，典历数者。"孔疏曰："《周礼》大史'掌正岁以序事，颁告朔于邦国'。然则天子掌历者谓大史也。大史，下大夫，非卿，故不在六卿之数。《传》言居卿，则是尊之若卿。"《史记·太史公自序》曰："谈为太史公。"《索隐》注曰："案《茂陵书》，谈以太史丞为太史令，则'公'者，迁所著书尊其父云'公'也。然称'太史公'皆迁述其父所作，其实亦迁之词，而如淳引卫宏《仪注》称'位在丞相上'，谬也。案《百官表》又无其官。且修史之官，国家别有著撰，则令郡县所上图书皆先上之，而后人不晓，误以为在丞相上耳。"司马迁《报任安书》亦曰："向

者，仆亦常厕下大夫之列，陪外廷末议。……仆之先人非有剖符丹书之功，文史星历近乎卜祝之间，固主上所戏弄，倡优畜之，流俗之所轻也。"

③司马谈（？—前110）：西汉史学家和思想家。夏阳（今陕西韩城）人，司马迁之父，官至太史令。《史记·太史公自序》曰："太史公（司马谈）学天官于唐都，受《易》于杨何，习道论于黄子。太史公仕于建元元封之间，愍学者之不达其意而师悖，乃论六家之要指。"其著《论六家要旨》是汉初总结诸子百家思想的重要作品。

④年十三：《史记·太史公自序》曰："迁生龙门，耕牧河山之阳。年十岁则诵古文。二十而南游江、淮。"本条所载司马迁畅游天下的年龄与其自述不符。

⑤乘传：乘着传舍中的车子。传，传车，官府的接待站传舍中提供的车马，以供官员往来使用。《汉书·高帝纪下》曰"乘传诣洛阳"，颜师古注曰："传者，若今之驿，古者以车，谓之传车，其后又单置马，谓之驿骑。"

⑥续孔氏古文：续孔子《春秋》。《史记·太史公自序》曰："先人（司马谈）有言：'自周公卒五百岁而有孔子。孔子卒后至于今五百岁，有能绍明世，正《易传》，继《春秋》，本《诗》《书》《礼》《乐》之际？'意在斯乎！意在斯乎！小子何敢让焉。"古文，指《春秋》。

⑦"序世事"以下三句：《史记·太史公自序》曰："网罗天下放失旧闻，王迹所兴，原始察终，见盛观衰，论考之行事，略推三代，录秦汉，上记轩辕，下至于兹，著十二本纪，既科条之矣。并时异世，年差不明，作十表。礼乐损益，律历改易，兵权山川鬼神，天人之际，承敝通变，作八书。二十八宿环北辰，三十辐共一毂，运行无穷，辅拂股肱之臣配焉，忠信行道，以奉主上，作三十世家。扶义俶傥，不令己失时，立功名于天下，作七十列传。凡百三十篇，五十

二万六千五百字,为《太史公书》。序略,以拾遗补蓺,成一家之言,厥协《六经》异传,整齐百家杂语,藏之名山,副在京师,俟后世圣人君子。”

⑧位在丞相下:此记载与卫宏《汉旧仪》补遗卷上曰“太史公……位在丞相上”不同。《汉书·司马迁传》曰“谈为太史公”,颜师古注引晋灼曰:“《百官表》无太史公在丞相上。又卫宏所说多不实,未可以为正。”黄汝成《日知录集释》卷二十曰:“宏,汉人,其言可信,而后人多疑之。予谓位在丞相上者,谓殿中班位在丞相之右,非职任尊于丞相也。”可作一说。

⑨《春秋》:儒家经典之一,相传由孔子依据鲁国史官所编《春秋》加以整理修订而成,记事年代起于鲁隐公元年(前722),终于鲁哀公十四年(前481),是现存最早的一部编年体史书,具有很高的历史价值。《春秋》文字简短,褒贬寓于记事之中,后世称这种写法为“春秋笔法”,认为《春秋》严守礼法,忠于事实,微言大义皆寓于记事的详略、书否之中,往往一字便可见褒贬。

⑩“作《景帝本纪》”以下三句:《史记·太史公自序》曰:“余述历黄帝以来至太初而讫,百三十篇。”《集解》注曰:“《汉书音义》曰‘十篇缺,有录无书’。张晏曰:‘迁没之后,亡《景纪》《武纪》《礼书》《乐书》《律书》《汉兴以来将相年表》《日者列传》《三王世家》《龟策列传》《傅靳蒯列传》。元、成之间,褚先生补阙,作《武帝纪》《三王世家》《龟策》《日者列传》,言辞鄙陋,非迁本意也。’”《索隐》注曰:“《景纪》取班书补之,《武纪》专取《封禅书》,《礼书》取荀卿《礼论》,《乐》取《礼乐记》,《兵书》亡,不补,略述律而言兵,遂分历述以次之。《三王世家》空取其策文以缉此篇,何率略且重,非当也。《日者》不能记诸国之同异,而论司马季主。《龟策》直太卜所得占龟兆杂说,而无笔削之功,何无鄙也。”《汉书·司马迁传》曰:“(《史记》)十篇缺,有录无书。”颜师古

注曰:“序目本无《兵书》,张云亡失,此说非也。”至于此十篇亡失原因,未见权威说法和依据,故本条说法姑且为一家之言。《史记·太史公自序》曰“第七十”,《集解》注曰:“卫宏《汉书旧仪注》曰‘司马迁作《景帝本纪》,极言其短及武帝过,武帝怒而削去之’。”《三国志·魏书·钟繇华歆王朗传》王肃传曰:“(文)帝又问:‘司马迁以受刑之故,内怀隐切,著《史记》非贬汉武,令人切齿。’对曰:‘司马迁记事,不虚美,不隐恶。刘向、扬雄服其善叙事,有良史之才,谓之实录。汉武帝闻其述《史记》,取孝景及己本纪览之,于是大怒,削而投之。于今此两纪有录无书。后遭李陵事,遂下迁蚕室。此为隐切在孝武,而不在于史迁也。’”其说与本条基本相同,或从本条说法。

⑪李陵(?—前74):西汉将领,名将李广之孙。字少卿,陇西成纪(今甘肃秦安)人。《汉书·李广苏建传·李陵传》曰:“(李陵)善骑射,爱人,谦让下士,甚得名誉。武帝以为有广之风。”汉武帝天汉二年(前99),以骑都将军率兵出击匈奴被围而救兵不至,遂降匈奴。汉灭其三族,导致李陵与汉朝彻底决裂,后病死于匈奴。李陵刚降匈奴时,司马迁曾为李陵辩解,认为其非真投降,而是欲等待时机报效汉室。《汉书·李广苏建传·李陵传》曰:“迁盛言:‘陵事亲孝,与士信,常奋不顾身以殉国家之急。……身虽陷败,然其所摧败亦足暴于天下。彼之不死,宜欲得当以报汉也。’”司马迁因此被汉武帝治罪下狱。司马迁《报任安书》曰:“夫仆与李陵俱居门下,素非相善也,趣舍异路,未尝衔杯酒接殷勤之欢。然仆观其为人自奇士,事亲孝,与士信,临财廉,取予义,分别有让,恭俭下人,常思奋不顾身以徇国家之急。其素所蓄积也,仆以为有国士之风。”从《汉书》等史书以及司马迁自述可知,司马迁与李陵应无深交,也并未“坐举李陵”和“下狱死”,故本条所记与史载差异较大。

⑫蚕室:狱名,受宫刑的人所居之室,宫室密闭,内蓄温火,如养蚕之室。亦代指宫刑。宫刑为古代五刑之一。司马迁《报任安书》曰:“李陵既生降,隤其家声,而仆又茸以蚕室,重为天下观笑。”颜师古注曰:“蚕室,初腐刑所居温密之室也。谓推致蚕室之中也。”《三辅黄图》卷六曰:“蚕室,行腐刑之所也。司马迁下蚕室。”《后汉书·光武帝纪下》曰:“冬十月癸酉,诏死罪系囚皆一切募下蚕室。”李贤注曰:“蚕室,宫刑狱名,宫刑者畏风,须暖,作窨室蓄火如蚕室,因以名焉。”

⑬下狱死:司马迁被治罪下狱,受宫刑。出狱后出任中书令,完成了《史记》的撰写。故本条所记与史载不符。《汉书》未载司马迁卒年与死因,故史家对此有不同说法与猜测。如死因便有获罪致死、自杀、自然死亡等说法。《史记·太史公自序》曰“第七十”,《集解》注曰:“卫宏《汉书旧仪注》曰‘司马迁……有怨言,下狱死’。”本条或依从卫宏的获罪致死说。

⑭宣帝以其官为令:《汉书·百官公卿表》《后汉书·百官志》均未载汉宣帝改“太史公”为“太史令”一事。故本条之说或误。

【译文】

汉朝继承周代的史官制度,到汉武帝时,设置太史公。太史公司马谈,其家族世代担任太史。他的儿子司马迁,十三岁时,便让他乘着驿车周游天下,访求古代各诸侯国的史书记载,继承孔子所修的古史《春秋》,记叙世事,完成了史传一百三十卷,共五十万字。司马谈死后,司马迁因为家族世袭也当上了太史公,地位次于丞相。各地郡县到京城呈递上计簿,都是先送给太史公,而把副本上呈丞相。太史公记事运用古代的《春秋》笔法,司马氏本是古代周初史官史佚的后代。司马迁写《景帝本纪》,极力叙说景帝的短处和武帝的过错,武帝生气发怒了,便将他写的都删削掉了。后来司马迁因为举荐李陵获罪,李陵投降了匈奴,司马迁被处以宫刑。他说了一些不满的话,被抓进狱中处死了。宣帝将太史公这个官职改为太史令，只是履行太史公的文书事宜而已，并且也不再任用司马迁的子孙担任这一官职。

131.皇太子官

皇太子官称家臣[①]，动作称从[②]。

【注释】

①家臣：原指春秋诸国卿大夫所属的臣僚，卿大夫家的总管称宰，其下设各种官职，总称为家臣。后也泛指诸侯、王公的私臣。此指皇太子的属官。汉代的皇太子称家，故其属官便称家臣、家吏、家令丞等。《汉书·武五子传·刘据传》曰："皇后及家吏请问皆不报。"颜师古注曰："臣瓒曰：'太子称家，家吏是太子吏也。'师古曰：'既言皇后及家吏，此为皇后吏及太子吏耳。瓒说是也。'"《汉书·百官公卿表上》曰："詹事，秦官，掌皇后、太子家，有丞。属官有太子率更、家令丞。"颜师古注引张晏曰："太子称家，故曰家令。"

②从：原意为跟从、服从。天子之行动称为"御"，而太子的作为必须跟从天子之意，故称。卫宏《汉旧仪》卷下曰："皇太子称家，动作称从。"

【译文】

皇太子的属官称为"家臣"，皇太子的动作行为称为"从"。

132.驰象论秋胡

杜陵秋胡者[①]，能通《尚书》[②]，善为古隶字[③]，为翟公所礼[④]，欲以兄女妻之。或曰："秋胡已经娶而失礼，妻遂溺死，不可妻也。"驰象曰[⑤]："昔鲁人秋胡，娶妻三月而游宦三年，休[6]，还家。其妇采桑于郊[7]，胡至郊而不识其妻也，见而悦之，乃遗黄金一镒[8]。妻曰：'妾有夫，游宦不返，幽闺独处[9]，三年于兹，未有被辱如今日也。'采不顾。胡惭而退。至家，问家人妻何在，曰：'行采桑于郊，未返。'既还，乃向所挑之妇也。夫妻并惭。妻赴沂水而死[10]。今之秋胡，非昔之秋胡也。昔鲁有两曾参[11]，赵有两毛遂[12]。南曾参杀人见捕，人以告北曾参母。野人毛遂坠井而死[13]，客以告平原君[14]，平原君曰：'嗟乎，天丧予矣！'既而知野人毛遂，非平原君客也。岂得以昔之秋胡失礼，而绝婚今之秋胡哉？物固亦有似之而非者。玉之未理者为璞，死鼠未腊者亦为璞[15]；月之旦为朔，车之辀亦谓之朔[16]，名齐实异，所宜辨也。"

【注释】

①秋胡：人名，生平不详。

②《尚书》：亦称《书》或《书经》，儒家经典之一。是中国上古时代历史文献和追述古代事迹的著作汇编，其中保存有商周时代特别是西周初期的重要史料。相传由孔子编选而成。西汉初时存二十八篇，即《今文尚书》，后世又有在孔子宅壁中发现的《古文尚书》以及东晋时梅颐伪造的《古文尚书》两种。现在通行的《十三经注疏》本的《尚书》，便为《今文尚书》和伪造的《古文尚书》的合集。尚，即"上"，上古之意。

③古隶：汉字形体之一。隶字有古今之分，书法上称秦隶为"古隶"，称汉隶为"今隶"。古隶流行于周、秦时代。唐张怀瓘《书断·隶书》曰："隶书者，秦下邽人程邈所造也。邈字元岑，始为衙县狱吏，得罪始皇，幽系云阳狱中，覃思十年，益大小篆方圆而为隶书三千字，奏之，始皇善之，用为御史。以奏事繁多，篆字难

成，乃用隶字，以为隶人佐书，故名隶书。……程邈即隶书之祖也。”汪汲《事物原会·古隶书 徙隶书》曰：“春秋前则隶书已见于周，秦时犹与古文相参。程邈始废古文而全用隶，然则隶虽非始于邈而实定于邈，即以为始于邈亦无不可矣。张怀瓘《书断》：秦令隶人佐书曰隶，或曰程邈囚狱中，改籀文为隶字上之，始皇大喜，免其罪，故又名徒隶书。”秦隶是小篆走向今隶的一种过渡字体，特点是将小篆粗细相等的线条变为平直有棱角的笔画，如横、竖、挑、勾、撇、捺等，以方便书写。同时放弃了小篆中象形文字的形体，这样，秦代以前象形加表义的文字转变成为表义加表音的文字，从此以后两千多年来的汉字形体开始定型。

④翟公：西汉下邽（今陕西渭南东北）人，官廷尉。《史记·汲郑列传》赞曰：“下邽翟公有言，始翟公为廷尉，宾客阗门；及废，门外可设雀罗。翟公复为廷尉，宾客欲往，翟公乃大署其门曰：‘一死一生，乃知交情。一贫一富，乃知交态。一贵一贱，交情乃见。’”一说为生平不详。

⑤驰象：人名，生平不详。

⑥休：休假。

⑦桑：《诗经·郑风·将仲之》曰：“无逾我墙，无折我树桑。”《诗经·卫风·氓》曰：“桑之落矣，其黄而陨。”王仲殊《汉代考古学概说》说：“植桑养蚕，也是农村的一项重要副业。至少在战国时代，据铜器上的图纹所见，桑树已有两种。一种可称为‘树桑’，甚高大；一种可称为‘地桑’，较低矮。后者不仅便于采摘，而且叶多而嫩润，比前者更宜于饲蚕。汉代的桑树，据在画像石和画像砖上所见，亦有‘树桑’和‘地桑’两种，而《氾胜之书》有关改进栽桑方法的记载则说明了低矮的‘地桑’正是用改进了的方法培植出来的。”郊：周制距国都百里或五十里、三十里、十里之地，依国之大小而定。《尔雅·释地》曰：“邑外谓之郊。”邢昺疏

曰："邑，国都也，谓国都城之外名郊也。"亦泛指城外，野外。《左传·襄公二十六年》曰："声子将如晋，遇之于郑郊。"

⑧镒（yì）：古代货币单位。秦置，定黄金为上币，以镒为单位；以铜钱为下币，以半两为单位。但镒的重量说法不一。《史记·平准书》曰："马一匹则百金。"《集解》引臣瓒注曰："秦以一镒为一金，汉以一斤为一金。"《战国策·齐一·成侯邹忌为齐相》曰"乃使人操十金而往卜于市"，高诱注曰："二十两为一金。"《文选·吴都赋》曰："金镒磊砢。"刘渊林注曰："金二十四两为镒。"

⑨闺：内室，特指女子的居室。

⑩沂水：水名，发源于山东沂源，流经江苏入泗水。类似故事也见于刘向《列女传·鲁秋洁妇》。后人哀其事，为之赋《秋胡行》。

⑪曾参（前505—前436）：即曾子。孔子弟子，以孝著称，被儒家尊为"宗圣"。名参，字子舆，春秋末年时鲁国人。"曾参杀人"的故事见于《战国策·秦二·秦武王谓甘茂》，文曰："昔者曾子处费，费人有与曾子同名族者而杀人，人告曾子母曰：'曾参杀人。'曾子之母曰：'吾子不杀人。'织自若。有顷焉，人又曰：'曾参杀人。'其母尚织自若也。顷之，一人又告之曰：'曾参杀人。'其母惧，投杼逾墙而走。"

⑫毛遂：战国时赵国人，平原君门客。秦围赵国时，他自荐出行，跟随平原君到楚国求救，说服楚王与赵合纵，联合抗秦，被平原君尊为上客。成语"毛遂自荐"即典出于此。

⑬野人：村野之人。

⑭平原君：即赵胜（？—前251），战国时赵国贵族，战国"四大公子"之一，赵武灵王之子，惠文王之弟。嬴姓，赵氏，曾任赵相，号平原君，有食客数千人。

⑮玉之未理者为璞（pú），死鼠未腊（xī）者亦为璞：语出《战国策·秦三·应侯曰郑人谓玉未理者璞》，文曰："郑人谓玉未理者

璞，周人谓鼠未腊者朴。”“朴”亦作“璞”。《后汉书·应劭传》曰：“昔郑人以干鼠为璞，鬻之于周。”理，对玉进行加工处理。璞，没有经过加工的玉。腊，指整块皱缩的干肉。是古代储存食物的方法。

⑯辀（zhōu）：小车车辕。为一根稍弯曲的木杠，后端连在车轴上，其前部逐渐弯曲隆起，顶端放置横木为衡轭以驾马。朱骏声《说文通训定声·孚部》曰：“辀，辕也。按大车左右两木直而平者谓之辕，小车居中一木曲而上者谓之辀，故亦曰轩辕，谓其穹隆而高也。”孙机《中国古独辀马车的结构》则说：“马车称辀，牛车称辕；单根称辀，两根虽装在马车上亦多称辕。”

【译文】

杜陵人秋胡，精通《尚书》，擅长书写隶书，被翟公礼遇，翟公要把哥哥的女儿嫁给他。有人说：“秋胡已经娶妻并且违反礼制，他的妻子投水自尽了，不能把女儿嫁给他。”驰象说：“从前有个鲁国人叫秋胡，娶妻才三个月，就出外做官，长达三年，休假的时候，他便回家了。他的妻子在郊外采桑，秋胡走到郊外，但他已经不认识自己的妻子了，见了她很是喜欢，就送给她一镒黄金。他的妻子说：‘我是有丈夫的，他在外做官还没有回来，我独自生活在幽深的闺房里，至今已有三年了，从来没有受过像今天这样的侮辱。’便继续采桑不再搭理他。秋胡很惭愧地走开了。到家后，问家人妻子在哪里，家人回答说：‘出去到郊外采桑了，还没回来。’等到妻子回来，才知道妻子就是他刚刚挑逗的那个女人。夫妻两人都深感羞愧。妻子便投到沂水里自尽了。现在的秋胡，不是从前的那个秋胡。从前鲁国有两个曾参，赵国有两个毛遂。南边的曾参杀了人被抓了起来，有人就跑去告诉北边的曾参的母亲。村野农夫毛遂掉到井里死掉了，门客中有人告诉了平原君，平原君叫道：‘啊呀，老天爷这是要我的命啊！’不久知道了是农夫毛遂，不是平原君的门客毛遂。怎么能因为以前的秋胡失礼了，就拒绝把女儿嫁给现在的秋胡呢？事情本来也有表面相像而本质迥异的。玉块没有经过加工的叫作璞，死老鼠的肉没有晒干也叫作璞；每个月的第一天叫朔，小车的车辕也叫朔，名称相同，实质却是完全不一样的，这是应当辨别清楚的。”

中华经典名著
全本全注全译丛书
（已出书目）

周易
尚书
诗经
周礼
仪礼
礼记
左传
韩诗外传
春秋公羊传
春秋穀梁传
孝经·忠经
论语·大学·中庸
尔雅
孟子
春秋繁露
说文解字
释名
国语
晏子春秋
穆天子传
战国策
史记
吴越春秋
越绝书
华阳国志
水经注
洛阳伽蓝记
大唐西域记
史通
贞观政要
营造法式
东京梦华录
唐才子传
廉吏传
徐霞客游记
读通鉴论
宋论
文史通义

老子
道德经
鹖冠子
黄帝四经·关尹子·尸子
孙子兵法
墨子
管子
孔子家语
吴子·司马法
商君书
慎子·太白阴经
列子
鬼谷子
庄子
公孙龙子(外三种)
荀子
六韬
吕氏春秋
韩非子
山海经
黄帝内经
素书
新书
淮南子
九章算术(附海岛算经)
新序
说苑

列仙传
盐铁论
法言
方言
论衡
潜夫论
政论·昌言
风俗通义
申鉴·中论
太平经
伤寒论
周易参同契
人物志
博物志
抱朴子内篇
抱朴子外篇
西京杂记
神仙传
搜神记
拾遗记
世说新语
弘明集
齐民要术
刘子
颜氏家训
中说
帝范·臣轨·庭训格言

坛经
大慈恩寺三藏法师传
蒙求·童蒙须知
茶经·续茶经
玄怪录·续玄怪录
酉阳杂俎
历代名画记
化书·无能子
梦溪笔谈
北山酒经(外二种)
容斋随笔
近思录
洗冤集录
传习录
焚书
菜根谭
增广贤文
呻吟语
了凡四训
龙文鞭影
长物志
智囊全集
天工开物
溪山琴况·琴声十六法
温疫论
明夷待访录·破邪论
陶庵梦忆
西湖梦寻
幼学琼林
笠翁对韵
声律启蒙
老老恒言
随园食单
阅微草堂笔记
格言联璧
曾国藩家书
曾国藩家训
劝学篇
楚辞
文心雕龙
文选
玉台新咏
二十四诗品·续诗品
词品
闲情偶寄
古文观止
聊斋志异
唐宋八大家文钞
浮生六记
三字经·百家姓·千字文·弟子规·千家诗
经史百家杂钞